Joachim Lottmann

Happy End

Joachim Lottmann

Happy End

Roman

HAFFMANS ▌▎▌ TOLKEMITT

Deutsche Erstausgabe

1. Auflage, Mai 2015

© 2015 Haffmans & Tolkemitt GmbH,
Inselstraße 12, D-10179 Berlin.
www.haffmans-tolkemitt.de

Alle Rechte vorbehalten, insbesondere das Recht der mechanischen,
elektronischen oder fotografischen Vervielfältigung, der Einspeicherung
und Verarbeitung in elektronischen Systemen, des Nachdrucks in
Zeitschriften oder Zeitungen, des öffentlichen Vortrags, der Verfilmung
oder Dramatisierung, der Übertragung durch Rundfunk,
Fernsehen oder Internet, auch einzelner Text- und Bildteile,
sowie der Übersetzung in andere Sprachen.

Lektorat: Heiko Arntz, Wedel.
Umschlaggestaltung: Natalie Dietrich/metaphor.me
Produktion von Urs Jakob,
Werkstatt im Grünen Winkel, CH-8400 Winterthur.
Satz: Fotosatz Amann, Memmingen.
Druck & Bindung: Ebner & Spiegel, Ulm.
Printed in Germany.

ISBN 978-3-942989-89-3

*»Was ist der ultimative Flash?
Hundert Tage Alkohol?
Ein Jahr Kokain?«*

Es gibt ja diesen Fall von diesem, äh, amerikanischen Dramatiker, Henry Miller, oder Arthur Miller, der mit Marilyn Monroe verheiratet war und danach nicht mehr schreiben konnte. Oder, nein, der sich von Marilyn scheiden ließ und irgendwann eine andere Frau gekriegt hat, und *die* war dann seine große Liebe, und mit der war es so toll, daß er nie mehr schreiben konnte. Mit der ist er heute noch zusammen. Also, wenn er noch leben sollte, wie es ja im Märchen immer heißt: wenn sie nicht gestorben sind. Sollte er/sie schon gestorben sein, konnte ich es nicht mitkriegen, denn Arthur Miller hat ja seit einem halben Jahrhundert nichts Vernünftiges mehr aufs Papier gebracht. Er hat natürlich weiter fleißig geschrieben, bestimmt sogar noch mehr als vorher, denn mit Fleiß kompensiert man immer das versiegende Talent, aber es war alles komplett wertlos. Sogar seine Biographie – bestimmt hieß sie ›Leben mit Marilyn‹ – war völlig reizlos. Über Marilyn stand nichts drin, was von Interesse wäre, denn er wollte seine neue Frau nicht kränken. Tja, und so ist dieser Schriftsteller zwar glücklich geworden, aber mögen konnte ich ihn trotzdem nicht mehr. Ich fand immer, daß dieses Schicksal auch mir bevorstehen würde. *Einmal* würde ich, ja, auch ich, der Liebesunfähige, einen Menschen finden, egal ob Frau oder Mann, der mich erlöste. Warum ich das dachte? Es war so eine bestimmte Ahnung. Die Frucht aller Beobachtungen von Kindesbeinen an. Es mußte für alle Rechnungen des Lebens logischerweise zumindest theoretisch ein Ergebnis geben. Die Tatsache, daß scheinbar die meisten Menschen dieses Ergebnis nicht mehr rechtzeitig in Erfahrung brachten, störte mich nicht. Sie starben einfach zu früh. Aber daß ich lange, sehr lange leben würde, stand für mich immer fest. Ich hatte Zeit. Deswegen war ich ja Schriftsteller geworden. Niemand hat soviel Zeit im Leben wie ein Schriftsteller. Bücher waren mir nie wichtig an diesem Beruf, die Zeit war es. Und was soll ich sagen, eines Tages passierte es: Ich fand die sogenannte Frau meines Lebens. Also wirklich jetzt. Die Frau, ich muß gar nicht ausweichend sagen *der Mensch*, nein, ganz und gar die Frau, mit der die Liebe plötzlich klappte, fiel wie vom Himmel direkt in meine Arme. Vielleicht sollte ich es nicht so kitschig ausdrücken, schließlich stehen mir als Berufsautor auch weniger verbrauchte Worte zur Verfügung. Also, ich werde das später erzählen, wie ich meine Frau kennenlernte, wie wir geheiratet haben, wie wir uns vom ersten Moment an gut verstanden, wie wir niemals, tatsächlich niemals Beziehungsgespräche führen mußten oder Dritte unsere Loyalität füreinander stören konnten. Nein, im Moment will ich nur sagen, daß ich glücklich bin und nicht mehr schreiben kann. Denn eines dürfte klar sein: Wer im Schnitt sechs Stunden am Tag gern mit einem bestimmten anderen Mitbürger redet, der hat keine Veranlassung, auch nur noch eine einzige Zeile zu schreiben. Warum sollte er? Man schreibt, was man nicht sagen kann. Kann man alles sagen, fällt der Grund zum Schreiben weg. Da man dennoch weiterleben und Geld verdienen muß, macht man es wie Arthur Miller:

Man übt sich in der biederen Kunst des Scheinschreibens. Unter falschem Etikett drechselt man nichtsnutzige Werke und kassiert dafür fette Vorschüsse. Die reichen immer für ein Jahr oder zwei. Den Ruhm aus früheren Büchern kann einem keiner nehmen, es ist wie der lebenslange Ehrensold des Bundespräsidenten. Auch die Kritiker machen das falsche Spiel mit. Denn nun hat man ja endlich die Muße und den Frieden, mit ihnen essen zu gehen und Freundschaft zu schließen. War man früher wütend, verzweifelt, engagiert und machte sich überall Feinde, kann man nun fünfe gerade sein lassen und allen Dummköpfen der Branche recht geben. Man will nichts mehr geändert haben, denn das Leben ist so schön geworden! Tja, so ging es auch mir, und niemand bekam mit, daß ich gar nicht mehr schreiben konnte. Dafür war ich zum ersten Mal seit Ewigkeiten reich. Zuletzt hatte ich als Student soviel Geld in der Tasche gehabt, als Sproß einer reichen Hamburger Politikerfamilie. Dazwischen lagen viele Jahrzehnte der schriftstellertypischen Not.

Nicht mehr schreiben können ist eine feine Sache. Denn es bedeutet in Wirklichkeit, nicht mehr schreiben zu *müssen*. Jeder echte Schriftsteller tut es ja ganz und gar aus Getriebenheit. Das ist eine altbekannte Wahrheit, so platt wie zutreffend. Es gibt zwar unendlich viele Deutsche, die Manuskripte herstellen und dafür die über tausend jährlichen Buchpreise erhalten, und sie sind kein bißchen getrieben und schreiben auch nur Mist, aber das ignorieren wir noch nicht mal. Wir wollen hier nicht rumschimpfen. Das *Problem* interessiert uns, das echte. Das von echten Schriftstellern. Das sind immer die, die keine Preise kriegen. Wie gesagt, nicht mehr schreiben zu müssen ist fein. Man darf nun einfach nur tippen. Das ist das, was ich gerade mache. Meine liebe Frau liegt auf dem Sofa und denkt, ich würde schreiben. Dabei klappere ich nur lustig auf den Tasten des kleinen feuerwehrroten Laptops herum. Ich habe der Welt nichts mitzuteilen. Gewiß, es könnte ein Problem sein, nichts mehr mitzuteilen zu haben, der Stadt und dem Erdkreis, den Kollegen und den Kritikern, und aus diesem Problem könnte sich ein Leiden einstellen und so weiter, aber das wäre gelogen. Ich leide nicht, ich bin sogar immens froh, endlich nicht mehr zu leiden. What the fuck soll daran falsch sein? Man muß das große Ganze im Blick haben, den Sinn. Mein Leben hat auf den letzten Metern noch einen Sinn bekommen, und der Literaturbetrieb kann mich mal. Mit anderen Worten: Meine Frau liest gerade ›Imperium‹ von Christian Kracht und fühlt sich wohl. Sie hat heute einfach blaugemacht, ist nicht zur Arbeit gegangen. Mit mir ist der Tag ja viel schöner, auch wenn ich nicht mit ihr rede, sondern schreibe. Also zum Schein schreibe. Für sie ist es ja kein Schein. Sie denkt, ich schreibe wirklich. Wie die Frau in ›Shining‹, die immer hört, wie Jack Nicholson in die Tasten haut. Ein großes Werk entsteht, denkt sie. Der Mann in ›Shining‹ hat immer nur einen Satz getippt, immer denselben, was ich anstrengend finde. Viel angenehmer ist es, so verspielt und sinnfrei zu klimpern wie ich jetzt. Das hat den Vorteil, daß die von mir durch Freundschaft korrumpierten Kritiker später das Buch theoretisch sogar *lesen* können, bevor sie ihre wohlwollenden Stellungnahmen verfassen.

Also weiter, in diesem Sinne. Was wollen die wohl hören? Was würde ihre Langeweile noch am ehesten lindern? Bestimmt Nachrichten aus dem Literaturbetrieb. Im Jahre 2010, das ist nun lange her, passierte etwas äußerst Seltsames, also im Sinne des Literaturbetriebs und seiner Gesetze. Man übergab mir nämlich doch noch einen Literaturpreis. Das hätte mich schon damals stutzig machen können. Preise bekommen doch nur Heuchler sowie Leute, die Krebs haben und bald sterben. Gehörte ich zu einer der beiden Gruppen? Nun gab es da einen Preis, der nicht von einer Jury von leblosen Kulturbürokraten vergeben wurde, sondern vom jeweils letzten Preisträger. Der durfte nämlich seinen Nachfolger bestimmen, und zwar ganz allein. Dieser Preis hieß Wolfgang-Koeppen-Preis, und den hatte ich bekommen. Im Jahr darauf mußte ich nun den Nachfolger auswählen, und ich wählte mich erneut aus. So kam ich auf ein Preisgeld von zehntausend Euro. Man warnte mich, es ein zweites Mal zu tun – dann würde man den ganzen Preis abschaffen. Also tüftelte ich nun herum, wer den Preis und das viele Geld erhalten solle. Vielleicht Christian Kracht? Der Altmeister hatte es verdient. Er war wie ich ein echter Schriftsteller, hatte somit noch nie einen Preis zugesprochen bekommen und war in entwürdigender Weise darauf angewiesen, daß seine aufwendigen Auslandsaufenthalte in Kambodscha, Argentinien und Kenia von seinem gutherzigen Vater Christian Kracht sen., einem betagten Multimilliardär aus der Hamburger Medienaristokratie, bezahlt wurden. Und dieser feine alte Herr war nun auch noch gestorben. Das Erbe hatte er bestimmt in eine gemeinnützige Stiftung für die Armen und Bedürftigen dieser Welt fließen lassen, und dem guten Junior blieb nur die Verzweiflung. So überlegte ich ernsthaft, Kracht zumindest auf meine Longlist zu setzen. Das war die Liste aller Kandidaten, die mir durch den Kopf gingen. Ich wollte diese Liste frühzeitig veröffentlichen, damit möglichst alle wichtigen deutschsprachigen Autoren sich Hoffnungen machten und nett zu mir waren. Natürlich streute ich auch schon Gerüchte. So meinte ich einmal zu meinem Verleger, der ebenso der Verleger Christian Krachts war, man müsse beim Koeppen-Preis auch einmal an ebendiesen, an Kracht, denken. Hocherfreut griff der Angesprochene zum iPhone und rief *den Christian* in Kenia an. Da ich nicht völlig ausschloß, tatsächlich Kracht zu küren, besorgte ich mir schnell das berühmte Buch von ihm, besser gesagt tat das meine Frau: ›Imperium‹.

Sie fand es richtig gut, oder ziemlich gut, glaube ich. Irgendwie sehr gut und doch nicht wirklich ausreichend. Sie hat etwas in der Art geäußert. Nun haben wir uns in den letzten Tagen mit neuen Büchern von möglichen Koeppen-Preisträgern geradezu zugemauert. Eigentlich eine schöne Sache. So bekam ich endlich einen Einblick in die deutsche Gegenwartsliteratur. Ich hatte das Zeug ja vorher im Prinzip nicht gelesen. Nur einmal, 1998, hatte ich mich damit beschäftigt, ebenfalls aus beruflichen Gründen. Das war auch schön gewesen, wie jetzt. Damals hatte ich alle jungen Autoren kennengelernt, von Feridun Zaimoglu bis Tanja Dückers und Maike Wetzel. Total nette Leute. Die wurden dann später allesamt berühmt. Also für ein paar Jahre; inzwischen kennt man die Namen nicht mehr. Egal. Der ›Spiegel‹ titelte damals »Das neue deutsche Erzählwunder« und brachte die seinerzeit noch hübsche Karen Duve aufs Cover. Die schreibt inzwischen Kochbücher, was ich ihr gönne. Jeder, der einmal so gut schrieb wie sie, soll wenigstens ein einziges Mal viel Geld bekommen. Das geht nur so. Man muß ein außerliterarisches Thema treffen, so wie jetzt Kracht mit seinem *faschistoiden* Roman ›Imperium‹. Wie gesagt, meine Frau las gerade darin. Aber fast parallel dazu lasen wir sieben weitere Autoren, deren Werke wir für viel Geld in der jüdischen Buchhandlung Shlotzky in der Rotensterngasse gekauft hatten: die Altfeministin Marlene Streeruwitz, den Reiseschriftsteller Tex Rubinowitz, den Henri-Nannen-Preisträger Matthias Matussek, den begabten Berliner Jungautor Tilman Rammstedt, den Schweizer Puristen und Realisten Paul Nizon, die Kölner Superfee Alina Bronsky und den Sibylle-Berg-Favoriten Erwin Koch. Ich hatte ja diese Longlist angefertigt, und darauf standen noch zwanzig weitere Namen. Sie auch noch alle zu nennen, würde mein Lektor nicht zulassen. Marlene Streeruwitz konnte ich nicht selbst lesen, die las mir meine Frau vor. Ich bekam ein Würgen, wenn ich es selbst las. Da ich wußte, daß auch feministische Frauen gut schrieben sowie daß meine Frau von Literatur mehr verstand als ich, ließ ich es geschehen. Ich fand die Sprache dieser Autorin hölzern, unelegant, humorlos, bleiern. Der Rhythmus schepperte mir Absatz für Absatz um die Ohren, gleich dem ächzenden Geklapper eines alten Fiakers, der immer um den Stephansdom herumgurkt, um Touristen aus Nürnberg und Aschaffenburg zu beeindrucken. Aber wurscht, wie man in Wien sagt. Den Preis einer Galionsfigur des Altfeminismus zu geben wäre ein strategischer Geniestreich gewesen. Wer hätte danach je wieder angemerkt, ich sei ein frauenfeindlicher Autor, hm? Oh, ich sehe gerade, daß es kurz vor 19 Uhr ist und der Große Zapfenstreich beginnt. Die Verabschiedung für Christian Wulff, unseren Bundespräsidenten. Das wird im Fernsehen übertragen, und das muß ich sehen. Also bis gleich.

So, danke schön. Danke, daß Sie gewartet haben, also daß ich meine kleine Übung hier einfach unterbrechen durfte. Das wäre ja in früheren Büchern unmöglich gewesen. Schlicht blöd. Ist es natürlich auch hier, aber ich habe mich ja entschuldigt. Hier ist, wieder das Wiener Lieblingswort, alles »wuascht«. Da kann ich den Leser auch direkt ansprechen, ihn sogar duzen, oder am besten gleich mich selbst ansprechen. Hallo Johannes Lohmer! Danke, daß du gewartet hast. Hallo ich! Stell dir vor, was gerade im Fernsehen war: Den Bundespräsidenten haben sie mit fünfhundert Vuvuzelas in seinem Schloß Bellevue umstellt, und diese lebensgefährlichen, bis zu drei Meter langen Supertröten waren natürlich viel lauter als das Bundeswehrorchester, das den Großen Zapfenstreich blasen wollte. Es war abenteuerlich, grotesk, historisch beschämend. Die gesamte Spitze des Staates, die Kanzlerin, die Minister, die Landesfürsten, der Christian Wulff mit seiner Barbie, sie stehen alle da wie im Auge des Lärm-Orkans und gehen vor den Live-Kameras des Staatsfernsehens buchstäblich unter, akustisch wie politisch. Dann wurden die aufgebrachten Wutbürger auch noch ständig vor die Kamera gezerrt, damit überhaupt irgend etwas anderes als nur Getröte gesendet wurde, und die kläfften dann tatsächlich wie gecastetes »Volk« los: »Diese Schweine da oben ... die sollen sich was schämen ... gelogen und betrogen hamse ... die vertreten uns nich ... die wollen bei den Reichen und den Schönen sein, diese Halunken...« Und so weiter. Es klang wie »An den Galgen mit diesen Spitzbuben!« aus Schwarzweiß-Revolutionsfilmen, Stichwort Sturm auf die Bastille. Wulff selbst stand die ganze Zeit kalkweiß und völlig erstarrt und verbittert auf einem Podest. Noch nie habe ich eine solche öffentlich inszenierte Demütigung gesehen. Für die Moskauer Schauprozesse war ich ja noch zu jung. Wulff, der sich in drei quälenden Entschuldigungsrunden bis aufs letzte Hemd hatte ausziehen müssen, entging der Hinrichtung dennoch nicht. Da stand er, es war der letzte Akt des langen Prozesses. Vor ihm brannten unheimlich die Fackeln der Soldaten. Wohl jeder, der schon mal Guido-Knopp-Sendungen gesehen hatte, dachte sofort an die fälligen Worte »SA marschiert«, »Ich hatt' einen Kameraden«, »Horst Wessel« und so weiter, erwartete diese belehrenden Füllsel aus dem Off. Von da kamen aber nur die Vuvuzelas.

Und tschüß. Das war also der Wulff. Schon der langweilige Name wird dafür sorgen, daß man in drei Jahren nicht mehr wissen wird, wer das war. Bei Schriftstellern ist das anders. Thomas Mann ist nach wie vor bekannt. Und Marlene Streeruwitz, obwohl nie so bekannt wie Mann oder einst Wulff, wird immer einen guten Klang haben, auch ohne Talent. Nun greife ich aber gerade zu Karl-Markus Gauß, und siehe da: Das ist gut, das kann man hören, die Sprache lebt, ist musikalisch. Man muß sich nicht anstrengen beim Lesen, alles dringt von selbst in den Kopf. Der Anti-Streeruwitz ist das, ein echter Kandidat für den Koeppen-Preis. Außerdem hat ihn mir Ernst A. Grandits empfohlen, der große alte Mann des österreichischen Kulturfernsehens. Seine Übertragungen des Klagenfurt-Wettbewerbs waren legendär. Ihm einen Gefallen zu tun, würde meinen Stand im Betrieb noch weiter festigen. Weitere Preise würden auf mich zukommen, zum Beispiel der »Literaturpreis der Österreichischen Industrie – Anton Wildgans« in Höhe von 10 000 Euro, um nur einen zu nennen. Mein lieber Kollege Doron Rabinovici hatte ihn gerade eingeheimst, auf Zureden guter Freunde. Ich war bei der feierlichen Übergabe dabei, im Wiener Rathaus. Der Bürgermeister sprach, der Präsident der Handelskammer, die Vorsitzende des Literaturvereins und noch fünf andere, bis hin zum Preisträger selbst. Der hat dann über das Schicksal seiner Familie gesprochen, was er sehr gut tat. Ich überlegte, ob ich das ebenfalls tun sollte beim nächsten Preis. Ich konnte das Schicksal meiner jüdischen Großmutter erzählen, nein, eben nicht: Ich hatte die Fähigkeit dazu noch nicht erworben. Das Leben dieser Frau hatte ich niemals recherchiert, es wäre eine echte Aufgabe, die noch vor mir stand. Meiner Frau Elisabeth würde es über die Maßen gefallen, wenn ich mich daranmachte. Sie lebte mit einem Bein in der Vergangenheit, war selbst Halbjüdin. Ihr gefiel alles, was vor 1933 stattgefunden hatte. Gestern waren wir zum Beispiel bei einem Karl-Valentin-Abend im Kosmos-Theater. Karl Valentin muß ein Komiker der Vor-Fernseh-Ära gewesen sein, wahrscheinlich ein Bayer. In der Zeit seiner aktiven, gehörte Bayern noch zu Österreich, glaube ich. Sonst wäre es gar nicht erklärlich, daß ein großes Wiener Theater einen ganzen Abend für ihn freiräumte. Die Frau von Helmut Qualtinger spielte die Liesl Karstadt, die wiederum die Frau von diesem Valentin war. Ich glaube, ich hatte die beiden Namen schon in der Schule gehört, Valentin, Karstadt, weil ich einmal in Bayern zur Schule gegangen war, in einer Zeit, als Bayern schon zu Deutschland gehörte, offiziell, gefühlt natürlich nicht. Und ja, stimmt, der Qualtinger war schon seit einem halben Jahrhundert tot, aber seine Frau spielte besser denn je. Sie sang Moritaten ohne Ende, fuhr Kunstfahrrad auf der Bühne, trug traurige

Geschichten vor, werkgetreu und unverändert wie bei der Premiere 1928. Das war Wien! Das konnte keine andere Stadt. Wo sonst traten noch Leute im Matrosenanzug mit Luftballon auf, ganz ernsthaft, ohne die Spur einer wie immer gearteten Brechung? Ich war begeistert. Auch meine Frau Elisabeth, genannt natürlich Sissi, was ich nicht weiter strapazieren werde, hatte dieses innere Leuchten, denn es war ganz und gar ihre Welt. Neben uns saßen der ehemalige österreichische Finanzminister und seine aktuelle Frau, unsere einzigen Freunde. Sagen wir: das einzige befreundete *Paar*. Elisabeth hatte noch ein halbes Dutzend Freundinnen, die allesamt Altfeministinnen und radikal alleinstehend waren. Manche haßten mich, und deshalb trafen wir uns lieber mit dem einzigen Paar, das wir besaßen. Der Minister stand schon im achten Lebensjahrzehnt, hatte Karl Valentin noch persönlich gekannt, schmunzelte voller Behagen. Seine Frau war blond, jung, gähnte demonstrativ. Der Schlußapplaus ließ dennoch das ganze Haus erbeben. Wir gingen nach dem fünften Vorhang vorzeitig nach Hause, da meine Frau ja eigentlich ins Bett gehörte.

Ja, mir gefällt Wien. Die Zeit ist nicht nur stehengeblieben, das wäre ja furchtbar, sondern weit zurückgesprungen. Der schon mehrfach erwähnte Altfeminismus ist auch nicht der, den wir in Deutschland in den siebziger Jahren hatten, sondern der von 1900, als es immer um »die Frauenfrage« ging. Also um die »Frauenfrage« oder um die »deutsche Sache«. Letzteres setzte sich dann leider durch in Deutschland, während in Skandinavien die Frauensache siegte. Egal. Ich plappere so vor mich hin, darf ich ja. Deutsche Sache, hi-hi. Wie Kracht. In Gesellschaft muß ich sowieso eher den Mund halten. Zum Beispiel haben wir gestern mit dem anderen Paar gar nicht geredet. Der Minister blieb recht stumm, und seine blonde Frau war bekifft. Ja, tatsächlich. Elisabeth hat es mir später erzählt. Das war aber nichts, was mir den schönen werkgetreuen Abend hätte vermiesen können. Und nun sitze ich wieder am Schreibtisch, und längst hat unbemerkt ein neuer Tag begonnen. Ja, ja, der Leser merkt es nicht, wenn man unterbricht und am nächsten Tag weiterschreibt. Peter Handke hat deshalb in seinem Buch ›Das Gewicht der Welt‹ alle Schreibakte mit Datum und Uhrzeit versehen. Dieses Buch gilt vielen als Handkes bestes. Einzigartig, ein Geniestreich, jubelte nicht nur ›Die Zeit‹. Ich fand es auch ziemlich gut. Deswegen würde ich es so gern nachmachen. Ich gebe mir das ganz offen zu. Pah!, aber es geht nicht. Der Meister hat da so unendlich feine kleine Beobachtungen aufgeschrieben, dafür fehlen mir einfach die Nerven. Die Kunst ist ja, daß es trotzdem so ganz *schlicht* daherkommt, wie: »Vor mir liegt mein alter Bleistift, ungespitzt.« Ich werde es einmal vorführen, um zu zeigen, daß ich es nicht hinkriege. Hm, so etwa: Ich blicke auf die kleine alte Messinglampe, die mir Lydia Mischkulnig geschenkt hat. Ich verwende gern Namen in meinen Texten. Namen sind für mich auch nur Worte, aber schönere. Mein Schreibtisch ist aus heller, erstaunlich heller Eiche, nein, es kann Eiche nicht sein, so hell ist Eiche nie. Aber ich kenne mich mit Bäumen nicht aus. Der Schreibtisch wurde 1958 hergestellt. In Farbfilmen aus dieser Zeit sieht man manchmal einen Reeder in Hamburg an so einem hellen, gerundeten Schreibtisch sitzen. Draußen ist nicht mehr der erste Frühlingstag wie gestern, sondern es regnet. Meine geliebte Frau liegt in einem anderen Zimmer auf dem Sofa und liest weitere

Bücher von Autoren, die für den Koeppen-Preis in Frage kommen. Sie hat vorhin mit einer ihrer besten Freundinnen telefoniert, der ärgsten Altfeministin von allen, mit jener nämlich, die mich haßt und bereits eine Unterschriftenliste gegen mich eröffnet hat. Da geht es um einen Beschluß, der im Freundeskreis etwas vereinfachend »Unvereinbarkeitsbeschluß« genannt wird. Ich will dieses Vorhaben nicht weiter beachten. Jedenfalls hat diese Freundin gerade erzählt, sie schriebe nun ein tolles Buch über die Frühzeit der feministischen Bewegung in den achtziger Jahren. Ich weiß nicht, ob sie damit die Zeit ab 1980 oder 1880 meinte. Ach, ich wollte ja im Peter-Handke-Stil schreiben, verdammt. Nun, die kleinen Tropfen halten sich nicht lange an der Fensterscheibe, sondern verdunsten unmerklich und traurig, kaum daß man es mitkriegt. Still liegt die Welt da, denn es ist der zweite Bezirk und Sonntag. Mürbe und zerschnitten warten alte Kekse, die in eine bleichrosa Schale gebettet sind, die wiederum auf einer rotlackierten, abschließbaren Geldkassette steht, auf den Zugriff. Ich könnte sie mit meinem iPhone fotografieren. Dabei fällt mir ein, daß Handke, in der nächsten großen Liebesbeziehung, ein ganz anderes Buch geschrieben hat. Nämlich ›Mein Jahr in der Niemandsbucht‹, tausend Seiten, Suhrkamp, 49 Euro, unlesbar. Wenn man sich den Schmarrn anschaut, merkt man erst, wie gut seine harmlosen Tagebuchnotizen aus ›Gewicht der Welt‹ waren. In der ›Niemandsbucht‹ gibt er sich endgültig überhaupt keine Mühe mehr. Er drischt jeden Tag zwei Stunden lang irgendwelche sinnlosen Sätze herunter, damit die liebe neue Frau ihn für einen Schriftsteller hält. Ehrlich gesagt: So weit darf es bei mir nicht kommen. Da denke ich lieber laut über ganz normale Tagesaufgaben nach. Zum Beispiel muß ich in allernächster Zeit einen Vortrag zum Thema »Der Schriftsteller in Geldnöten« halten. Ich hatte jahrzehntelang so dermaßen wenig Geld, daß man mich nun für einen Experten auf dem Gebiet hält. Aber was soll ich – einen ganzen Abend lang – dazu sagen? Wer erinnert sich schon noch an Armut *ganz konkret*? Selbst die Leute aus der Stalingrad-Generation haben immer nur zwei, drei Bilder parat: wie sie ihre Schuhsohlen kochten oder wie sie Kohlenzüge überfielen. Was habe ich da zu bieten? Da müßte ich meine ganze Biographie nachbeten: In Hamburg bei der Geburt sehr reich, dann das verunglückte Wirtschaftswunder in der Provinz, dann wieder jede Menge Geld als Student, dann noch mehr Geld als Journalist, dann der seltsame Nervenzusammenbruch mit folgender jahrzehntelanger Schreib- und Arbeitsunfähigkeit und damit einhergehender lebensbedrohender Armut, schließlich der Durchbruch als Schriftsteller, hm. Wollen die Leute das wirklich hören? Daß ihnen ein doch ziemlich unbekannter und somit unwichtiger Mensch sein Leben erzählt? Und wie sollen sie den Nervenzusammenbruch begreifen? Sie könnten keinerlei Gewinn für ihr eigenes Leben aus meiner Schilderung ziehen. Oder wie sollte ich die letzten Jahre plausibel machen: Da war ich berühmt, konnte gut schreiben, veröffentlichte sieben Bücher in acht Jahren und lebte dennoch von 88 Euro im Monat, die mir die linksradikale Tageszeitung ›taz‹ überwies. Wie war das möglich, und warum ging das nur mir so? Nun, weil ich den eigentlichen Beruf des Schriftstellers nicht ausübte, nämlich durch die Provinz tingeln und für 400 Euro pro Abend alten Leuten etwas vorlesen. Das tat ich nicht. Jeder wird mich fragen: Warum nicht. Ich werde sagen: Weil ich soziophob bin. Alle werden sagen: Was ist das. Warum bist du dann hier. Ich werde antworten: Ich wollte gar nicht kommen, ich habe aus Versehen zugesagt. Und dann?

Die Wahrheit ist, daß die große Liebe, meine schöne Frau Elisabeth, mich überredet hat. Es gehört zum neuen Spiel, zur neuen *echten* Schriftstellerexistenz, die ich nun begonnen habe. Glücklich sein, schlecht schreiben, Preise bekommen, alten Leuten vorlesen. Genau das darf ich dem Publikum aber nicht sagen. Was sage ich statt dessen? Soll ich auf die Kollegen schimpfen, die sich bereits ihr ganzes Leben lang durchschmarotzt haben? Um Gottes willen. Soll ich in den offiziellen Tenor einfallen, ein- bis zweitausend Literaturpreise seien zuwenig? Nun, ich werde eben Sissi fragen. Außenstehende wissen immer Rat.

Das andere Problem war natürlich, jeder ahnt es, ich erzählte ja auch schon davon: der Wolfgang-Koeppen-Preis – besser gesagt: die Stadt Greifswald, die die Preisverleihung ausrichtete und aus Steuermitteln finanzierte. Täglich rief der zuständige Referent an, und ich nahm nicht ab. Der Mann wollte sicher wissen, wie weit ich war mit meiner Findung, wollte fachsimpeln und mitreden. So ein Kultusbeamter war total belesen, liebte die Bücher, wollte den Autoren nahekommen. Mir brach der Angstschweiß aus. Ich kannte tatsächlich richtige Autoren, ja, ich kannte sie gut! Aber es waren nur eine Handvoll, und ich wollte nicht über sie herumtratschen. Die vielen anderen wiederum kannte ich viel weniger als der Kultusbeamte. Ich hatte mich ja nie an dem großen Insider-Geplapper beteiligt, das wohl jede Berufsgruppe untereinander pflegt. So blühte mir ein peinlich einseitiges Gespräch. Der Mann würde lange aus dem Nähkästchen plaudern und schließlich, da ich nicht mit gleicher Münze zurückzahlte, verärgert auflegen. Er würde mich für nicht ganz koscher halten, für eine Art Betrüger, und das war ich ja auch. Ich konnte nicht einmal gescheit über die Autoren referieren, die ich gerade las, also Paul Nizon, Marlene Streeruwitz, Alina Bronsky, Tilman Rammstedt, Christian Kracht, Erwin Koch, Karl-Markus Gauß und so weiter ... mir schwirrte schon der Kopf. Bei letzterem fiel mir zum Beispiel gleich die Stelle über Obama ein. Der Autor, der wie ich auch Zeitgenössisches in seine literarischen Texte einfließen ließ, empörte sich über die angebliche Scheinheiligkeit seiner Landsleute, die den schwarzen US-Präsidenten wie einen Erlöser feierten, aber gleichzeitig einen wie ihn aus jeder Wienerwald-Gaststätte jagen würden. Stichwort Rassismus. Der gute Schreiberling hatte wohl die Augen nicht mehr aufgemacht seit seiner politischen Prägung in den siebziger Jahren. Einen wie Barack Obama rausschmeißen, aus einem Lokal, einem Club, in Europa? Realitätsferner ging es ja wohl nicht mehr. Aber wenn ich das dem Beamten in Greifswald sagte, würde er befremdet sein. Was ich bloß meinte, würde er sich fragen. Leugnete ich die Rassendiskriminierung? Und den Holocaust gleich mit? Wer war ich? Warum sprach ich so seltsam?

In den folgenden Wochen fand ich mich aber noch ein in meine neue Rolle. Anecken war ja so was von over, ehrlich gesagt. Ich begann, souverän zu werden. Die vielen Bücher ließen mich weise werden, außerdem entdeckte ich eine gewisse Ähnlichkeit in Aussehen und Kleidung mit Ernst A. Grandits. Jeden Tag gefiel mir ein anderer Autor besser. Besonders gern hatte ich das neue Buch von Tex Rubinowitz, ›Rumgurken‹. Ich erhielt die Fahnen sowie die Bitte um einen Werbesatz für die zu schaltenden Anzeigen. Aber die meiste Zeit las ich natürlich gar nicht, sondern genoß einfach das Leben.

Einmal fuhr ich mit meiner Frau Elisabeth nach München. Wir stellten Szenen aus dem ›Sissi‹-Film von 1955 nach. Ihre Eltern kamen ja aus Bayern und lebten noch. Und einmal besuchten wir das Café Hummel in der Josefstädter Straße. Es war gerade renoviert worden. Das wollten wir uns ansehen. Bis Anfang 2012 war es das grindigste Café Wiens oder der ganzen Welt gewesen. Die Leute, selbst nicht schön, saßen auf abgewetzten, muffigen Sitzbänken, unterhielten sich aber prächtig. Die angegilbten Wände rochen noch nach Zwischenkriegszeit, und an der Stirnseite des Lokals prangte eine hochvergrößerte, wandgroße Riesenfotografie aus dem Jahre 1887, die das Café Hummel, sich kreuzende Pferde-Straßenbahnen und geschäftig herumeilende Leute auf der Josefstädter Straße zeigte. Hier war was los vor hundertfünfundzwanzig Jahren, doch nun eben nicht mehr. Postmoderne schwarze Glasflächen und das übliche Fußgängerzonen- und Flughafen-Design machten aus dem Café Hummel ein Event-Bistro, das besser nach Erfurt oder Husum gepaßt hätte. Sissi und ich konstatierten den immensen Kulturverlust und betraten das einst helle, urbane, preiswerte Künstlerlokal nie wieder. Es schockierte mich, daß also sogar in Wien, wo doch die Zeit stehengeblieben war, der Turbokapitalismus derart zuschlagen konnte, wenn auch mit zwanzigjähriger Verspätung. Ich tröstete mich damit, in meiner Frau eine Seelenverwandte zu haben. Auch sie liebte die Vergangenheit.

In der Stadtbücherei liehen wir uns nun täglich alte österreichische Filme aus. Ja, in Wien gab es noch Stadtbüchereien, und sie waren gut besucht. Vor allem saßen jede Menge lesesüchtige Kinder auf dem Fußboden und schmökerten Karl May und ›Hanni und Nanni‹. Die ›Fluch der Karibik‹-DVD mit Johnny Depp und Keira Knightley steckte dagegen unausgeliehen im Regal, ein Ladenhüter. Wir sahen alle Johannes-Heesters-Filme, dazu Hans Moser und Paul Hörbiger. Eine schöne Zeit. Bei ›Junge Leute brauchen Liebe‹ mit Cornelia Froboess und Peter Weck kamen wir uns auch menschlich näher. Höhepunkt war ›Einmal der liebe Herrgott sein‹ aus den vierziger Jahren, Mosers beste Rolle überhaupt. Das war ergreifend schön. Danach stand fest, daß wir heiraten würden.

Heiraten ist eine schöne Zwischenbeschäftigung, wenn man ohnehin keine Arbeit hat. Übrigens verdiente ich durchaus mein Geld, und zwar ganz redlich. Zwei Zeitungen hatten mich als Kolumnisten angestellt. So etwas schreibt sich ja von selbst, da hat man nicht viel zu tun, und doch gilt es als normale, ja ehrliche Art des Gelderwerbs. In nur vier Wochen hatte ich da ein Vermögen zusammen. Trotzdem fiel mir auch das immer schwerer. Ich fragte meistens meine Frau, was ich diesmal schreiben solle, sie antwortete, und ich tat wie geheißen. Als ich einmal erkältet war, schrieb sie für mich die Kolumne. Mir war klar, daß sie sie irgendwann *immer* schreiben würde.

Von meinen Freunden bekam ich immer weniger mit. Wie alle glücklichen Ehemänner verlor ich die alten Kumpels und erst recht die gutaussehenden Freundinnen aus den Augen. Letztere hielten sich sogar länger, was mich zunächst verwunderte. Frauen sind meist ganz dankbar, wenn die Verhältnisse geklärt sind und man sich ganz auf das Sachliche und beruflich Förderliche konzentrieren kann. Die ja immer mitschwingenden leicht erotischen Untertöne sind endlich weg und werden weiß Gott nicht vermißt. Doch irgendwann merkten auch die »guten Freundinnen«, daß glückliche Menschen weniger Einfälle entwickeln als unglückliche. Ich geriet in den Langweiligkeitsverdacht.

Bei meinem besten Freund Thomas kam mir zugute, daß dieser selbst gerade eine Bindung einging. Er hatte sich zum ersten Mal richtig verliebt, und zwar in eine Gehirnchirurgin. Das klang wie ein Witz, und er erzählte es auch gern herum. Alle mußten lachen, er selbst am meisten. Die Frau sah eigentlich eher wie ein leichtes Mädchen aus. Um so größer war die Freude, daß die noch sehr junge Frau als vollausgebildete Ärztin im Klinikum arbeitete. Sie mußte ungeheuer intelligent sein. Und sie absorbierte alle Kräfte meines Freundes. Wir hatten anscheinend dasselbe Schicksal und beschlossen eine Doppelhochzeit zu viert. Freilich glaubte ich nicht, daß die viel zu attraktive und sexuell offensiv auftretende Gehirnchirurgin meinen bereits vierundvierzigjährigen Freund so liebte wie meine Frau mich. Meine Elisabeth machte mich glücklich, aber die andere hatte vielleicht noch andere Pläne. So zweifelte ich doch an der These der Schicksalsähnlichkeit, fand die Doppelhochzeit aber dennoch toll.

Eines Tages saß ich wieder in meinem überdimensional großen, rotbespannten Ohrensessel und freute mich über den gerade ausgebrochenen Wiener Frühling sowie meine endlich erkämpfte Unempfänglichkeit gegenüber weiblichen Reizen, den Reizen von Frauen aller Art, außer der meinen. Doch warum soll ich es so umständlich ausdrücken? Dieser herrliche erste Frühlingstag, das erinnere ich noch genau, so, als wäre er erst gestern gewesen, war heute, ja *ist* heute. Den literarisierenden Imperfekt kann ich mir getrost schenken. Ich sitze *jetzt* in dem Ohrensessel, drehe den Kopf nach rechts zu dem tiefblauen Himmel, spüre die ganz ungewöhnliche Helligkeit und Wärme. Es ist noch Vormittag. Im Nebenraum sitzt meine liebe Frau an einem Bauhaus-Schreibtisch aus dem Jahre 1932 und glaubt, ich schriebe an einem Roman. Sie selbst schreibt auch irgendwas, das heißt, sie tut es wirklich. Ein Artikel für das ausländische Nachrichtenmagazin ›Der Spiegel‹. Es geht, soweit ich weiß, um eine in Österreich vollkommen neue Partei, die sich »Die Piraten« nennt. Gestern hat sie an der Gründungsversammlung teilgenommen. Ganz aufgeregt ist sie nach Hause gekommen. In der neuen Partei seien die Geschlechter abgeschafft. In den Personalausweisen, so lautete eine der Forderungen, solle nicht mehr das Geschlecht ablesbar sein. Ich verstand sofort: das uralte, jahrhundertealte, bräsige, herrenwitzartige Mann-Frau-Geplapper erhielt nun den Todesstoß. Schlagartig werden die Menschen erkennen, daß das ewige Rekurrieren auf den angeblich so wichtigen Geschlechterunterschied so ins Nichts führend war wie die alte Mär vom Rassenunterschied. Auch der Feminismus war nur die andere Seite des Sexismus, seine bessere Hälfte sozusagen. Ja, das begriff ich gestern und sagte es auch sofort, und Sissi stimmte mir zu; zum ersten Mal hatten wir zum Punkt Frauenrechte dieselbe Meinung. Auch fanden wir beide, sie solle Mitglied der »Piratenpartei« werden. Es gab noch keine einzige Frau dort. In Deutschland gab es nur eine, nämlich Marina Weißband, und die war deswegen schon total berühmt. Sie wurde zu jeder Talkshow eingeladen, galt als »das schönste Gesicht der Piratenpartei«, als »Sahra Wagenknecht der Nerd-Bewegung«, als »süße Piratenprinzessin« und »weiblicher Johnny Depp«. Das konnte Elisabeth jetzt in Österreich werden, denn schön war sie ja. Schöner als Marina Weißbrot. Nur mußte sie sich in die kryptische Nerd-Sprache einarbeiten, was sie gerade tat. Browser, Hacker, Server, Breitband, obenliegende Nokkenwelle, passives Abseits, Gigabyte, freies Netz – die ganze Bubenwelt war ihr noch nicht vertraut. Das war harte Arbeit, aber sie tat sie gern, da sie dachte, ich schriebe derweil an der neuen ›Blechtrommel‹. Ich hatte nämlich so etwas angedeutet, über Günter Grass. Also, ich hatte den Namen erwähnt. Ich sei in einem Zustand wie der junge Günter Grass. In Wirklichkeit hatte ich nur daran gedacht, daß Grass nach seinem einzigen guten Roman ein halbes Jahrhundert lang partout ohne jede Inspiration weitergemacht hatte. Eine ungeheuerliche Frechheit. Aber alle haben mitgespielt bei dieser Kaiser-ohne-Kleider-Show. Seine Frau, seine Kinder, die Kritiker, Lektoren, Medien, Verleger, Käufer. Nur die Leser nicht, denn die in altertümelndem Deutsch verfaßten Fleißarbeiten waren unlesbar. Die Rache war dann genauso furchtbar. Als man endlich den Aktenvermerk fand, der seine Zeit als pubertierender Möchtegern-SS-Mann dokumentierte, wurde er medial gelyncht, wenn ich das einmal so sagen darf. Die ganze Wut der vielen gescheiterten Leseversuche, der für nichts oder wieder nichts vertanen Zeit, entlud sich nun. Egal. Reden wir nicht über einen, der es nicht wert ist. Jedenfalls dachte ich an mein eigenes Leben, an die nächsten vierzig, fünfzig Jahre – meine Generation wurde ja angeblich über hundert Jahre alt – und an die vielen uninspirierten Machwerke, die ich noch verfertigen würde, während Elisabeth glücklich ihre Artikel schrieb oder in der Küche etwas Feines kochte.

Natürlich mußte ich bei meinen Werken auch immer ein politisch akzeptiertes Thema haben, vordergründig. Sonst fiel der Schwindel auf. Bei Grass ging es scheinbar um die Ostpolitik, das Verhältnis zu Polen, zur Vergangenheit, zum Umweltschutz und so weiter. Zum Glück besaß ich aber ja durchaus ein ernstes politisches Anliegen, das ich nun verwenden konnte und mußte, nämlich das tragische Leben und den frühen Tod der bereits erwähnten Mutter meines Vaters. Ich sage absichtlich nicht »meiner Großmutter«, da ich die arme, zarte, blondgelockte Person nicht kennenlernen konnte. Kurz und gut: Sie, die Mutter meines Vaters, mußte der rote Faden der folgenden 256 Seiten werden.

Wir wußten nicht viel über diese jüdische Großmutter in unserer Familie, und sie selbst hätte Mühe gehabt, die Fakten, die ihr eines Tages zum Verhängnis wurden, in die richtige Ordnung zu bringen. Schon ihre eigene Herkunftsfamilie war so gründlich assimiliert, seit Jahrhunderten hineingewachsen ins Bürgertum der Hamburger Elbvororte, selbstverständlich christlich getauft und dann strenggläubig lutherisch-evangelisch lebend, daß ein Zusammenhang mit irgendwelchen Rassegesetzen völlig absurd erschien. Doch dazu später. Hier im zweiten Bezirk, in dem die Wiener Juden seit dreihundertfünfzig Jahren wohnen, auch heute noch oder wieder, werde ich meiner jetzt noch unbekannten Omi gewiß näherkommen. Dieser Prozeß hat sogar schon eingesetzt. Ich habe schon viele orthodoxe und auch moderne Juden hier kennengelernt. Inzwischen sind es die meisten meiner Wiener Freunde. Doron Rabinovici wohnt nur eine Gasse weiter. Er hat schon viele Literaturpreise gewonnen, obwohl er eigentlich kein Talent hat und sich beim Schreiben mehr als quält. Er ist dennoch ein großer Geistesmensch und feuriger Redner. Ich würde sagen: Wenn es Schriftsteller ohne eigene Bücher geben könnte, wäre er meine erste Wahl! Er ist einfach wunderbar als Schriftsteller, also in der Ausübung der sozialen Seite dieses Berufes, die ja nicht unwichtig ist. Ich werde ihn gleich nachher wieder besuchen.

Aber im Moment sitze, nein, liege ich im Ohrensessel, nach wie vor. Ich denke über die letzten Tage nach, die Elisabeth und ich im Zug und im Hotel verbrachten. Wir sind nämlich nach München und Köln gefahren. Um an billige Fahrkarten der sogenannten »Sparschiene« zu kommen, mußten wir komplizierte mathematische Operationen durchführen. Sie waren so kompliziert, daß kaum ein zweiter sie geschafft hätte. Zahlreiche Tarife, Sondermodelle, Ausnahmeregelungen mußten bedacht werden. Mit mehreren Computern näherten wir uns den vertrackten Lockangeboten. Schließlich hatten wir sechs Tarife und Einzelfahrkarten so kombiniert, daß wir 249,20 Euro online bezahlten statt der knapp 800 Euro, die der Normalpreis gewesen wären. Nur Fliegen wäre noch billiger gewesen.

Das allerdings beträchtlich. Aber dann hätten wir die Landschaft nicht gesehen, die schöne deutsche. Also die sinnlosen Anhäufungen von Lagern mit Vor- und Endprodukten, die die Bahnstrecken säumen. Wahrscheinlich sind es immer rohe, klotzartige Baumaterialien. Oder eine Million Kloschüsseln, zwischengelagert, für Osteuropa. Soll ich das wirklich alles erzählen? Klar, frau hört mit, ich muß tätig sein. Ist ja nun wirklich *völlig* egal, wie ich die Zeilen fülle, Hauptsache, ich mache dabei ein wichtiges Gesicht. Als würde ich nach dem richtigen Wort suchen, *le mot juste*, dem einzigartigen, unverwechselbaren Ausdruck. So blicke ich jetzt drein. So ganz, ganz ernst, wie die Afroamerikaner im Rap-Video. Ich müßte nur noch etwas Anklagendes in meine Gesichtszüge zaubern können, aber wie macht man das? Am besten, ich fahre einfach fort, notfalls im Telegrammstil. Unsere erste Station war München. Vorher passierten wir Salzburg. Salzburg gehört formal noch zu Österreich, auch wenn es natürlich, von der Bevölkerung her, eine bayerische Stadt ist. In Salzburg stiegen Sicherheitskräfte der Anti-Terror- und Ausländerbekämpfung in den Zug, drangen bis in unser Abteil vor und verhafteten vor meinen Augen einen verdächtigen jungen Ausländer. Es hätte theoretisch auch mich treffen können, doch ich war extra gut gekleidet und hatte zudem einen teuren Mini-Computer vor mir aufgestellt, denselben, auf dem ich auch jetzt schreibe, ein feuerwehrrotes kleines Computerchen, eigentlich für Damen, besser gesagt für solche, die sich früher für Milus Cyrus interessierten. Oder hieß sie Cyrus Milus? Egal. Das Mädchen aus der letzten weltweit erfolgreichen US-Fernsehserie. In Indien mußte ich das sehen, wenn ich etwas Nichtindisches sehen wollte. Ansonsten war der westliche Kulturimperialismus unbemerkt erloschen. Wuascht. Also München. Wir stiegen am Hauptbahnhof in eine neue U-Bahn um, die uns direkt zum Klinikum Großhadern brachte. Dort, in der Nuklearmedizin im dritten unteren Kellergeschoß, lag eine Freundin von uns. Wir hatten vorher extra ›La Notte‹ von Antonioni gesehen, um uns darauf einzustimmen. In dem Film besuchen Marcello Mastroianni und Jeanne Moreau einen schwerkranken Freund im Krankenhaus. Es ist der Verleger von Mastroianni, der nämlich ein Schriftsteller ist. Monica Vitti, seine Freundin, liest Brochs ›Die Schlafwandler‹. Ein wirklich guter Film also. Elisabeth und ich gerieten dann tatsächlich und äußerst verblüffend genau in die Stimmung des Films. Alles wurde so existentialistisch. Nur daß die sterbende Besuchte wieder gesund wurde und mit uns zusammen das Krankenhaus verließ. Übrigens gegen das Votum der Ärzte. Aber sie hatte einfach Lust, wieder zu leben.

Also wieder nach draußen zu laufen. Dort war es Frühling und überaus sonnig. München zeigte sein altes Gesicht, das meiner Studentenzeit, wo ja alles nur hell, jung und sonnig war. Die ganze Stadt bestand damals nur aus jungen Leuten. Um nicht mißverstanden zu werden: Sogar heute noch ist das Leben der verbliebenen wenigen jungen Münchener ein Riesenspaß, und sie könnten, wenn sie auf Joachim Gauck hörten, glücklich sein. Damals gab es einfach nur *mehr* von ihnen. Deswegen war es vielleicht (noch) schöner. In den Vororten, durch die wir nun fuhren, sahen wir fröhliche Gesichter. Die Häuser blinkten sauber in der Sonne, als wäre Edmund Stoiber immer noch Ministerpräsident. Nur in der Innenstadt überwog das neue Elend. Viele der Gestalten schienen gerade aus Berlin gekommen zu sein. Auf Schritt und Tritt begegnete einem die Drogenkriminalität, um es vornehm auszudrücken. Robert de Niro hätte hier noch einmal den Taxi Driver geben können, wenn Sie wissen, was ich meine. Die in meiner Jugend gerade erst gebaute U-Bahn, damals hellblau und weiß und neu, versank nun im Dreck. Man mußte lange lauschen, um einmal ein paar Laute des früher üblichen bayerischen Dialekts zu hören. Die Alten verschanzten sich in teuren BMWs, die Jungen radebrechten in Misch-Idiomen. Gut möglich, daß viele Bürger mit Migrationshintergrund inzwischen das bessere Deutsch sprachen. Doch wie gesagt, nichts für ungut.

Am Abend kam noch mein Neffe Elias vorbei. Das war ein großer deutschsprachiger Autor und Filmemacher. Seit Ende des letzten Jahrhunderts ging er auf die berühmte Münchner Filmhochschule. Dort hatten alle bedeutenden Nachkriegsregisseure Dienst getan, Wenders, Herzog, Fassbinder und so weiter. Deshalb lehnte Elias es ab, die Schule mit einem Zeugnis abzuschließen. Er liebte diese Schule und verachtete den deutschen Subventionsfilm. Da war mir der junge Mann, der sich mittlerweile im siebzehnten Semester befand, sogar ähnlich. Ihn störte die Dreistigkeit, mit der gänzlich uninspirierte, unkünstlerische Machwerke von allen Beteiligten durchgewunken wurden, von den Geldgebern, dem Filmbetrieb, der Medienszene. Schauspieler, für die kein Kinobesucher jemals eine Kinokarte zu lösen bereit war, galten jahrzehntelang als Stars, etwa Veronica Ferres oder Sky du Mont. Andere, die jeder sehen wollte, bekamen keine Rollen, weil sie außerhalb des Milieus standen, etwa die unverbildete Verona Pooth oder Sylvie van der Vaart. Da blieb Elias lieber in seiner Schule, die ja pro Schuljahr jeweils einen Film von ihm tapfer finanzierte. Niemand sah sie, aber die subventionierten Filme sah ja auch keiner, und so mußte er sich wenigstens nicht verbiegen. Dadurch war er sympathisch geblieben. Übrigens mochte ich seine Filme. Für einen nebenbei verfaßten Roman hatte er einmal einen großen Literaturpreis gewonnen. Nun stand er bei uns im Hotelzimmer, hatte den Hauptdarsteller von ›Das weiße Band‹ mitgebracht und philosophierte.

Ein anregender Abend. Am nächsten Morgen sahen wir Elias erneut. Er hatte die Nacht auf einer Schwabinger Geburtstagsparty durchgemacht und schaute gleich wieder vorbei. Er wirkte weicher, lieber, schüchterner als am Vorabend – wie ein Kind. Die sonst dunklen, sprechenden Augen waren zu roten Knopfaugen geworden, und das sonst so ernste Jesus-Christus-Antlitz mit den langen Haaren und dem Taliban-Bart paßte nun mehr zu Santa Claus, dem amerikanischen Weihnachtsmann. Elias lächelte diffus, die Drogen und der reichlich eingeflößte Alkohol hatten seine Seele infantil und seinen Körper alt gemacht. Er hätte mein Sohn und zugleich mein Vater sein können. Behutsam führte ihn Sissi zum Bett, wo er leise schnarchend und sogar milde lächelnd einschlief. Ein Bild des Friedens, das wir aus München mitnahmen.

In der Bahnhofsbuchhandlung kaufte ich mir noch mal ›Stille Tage in L. A.‹, das beeindruckende Erzählwerk des Jungen, das meine Frau noch nicht kannte. So konnte sie ihn, während wir mit der Eisenbahn fuhren und er selig seinen gewiß reichhaltigen Träumen nachhing, besser kennenlernen. Er gehörte ja – formal mein Neffe – zur Familie, wie nun bald auch sie selbst.

Die nächste Station hieß Köln am Rhein. Diese Stadt war in der Geschichte einmal berühmt gewesen, gleich Nürnberg, Mainz oder Lübeck. Während Lübeck die Hanse anführte, gefühlt so gegen 1650, Mainz 1793 die

Republik ausrief, Nürnberg im Mittelalter auftrumpfte, war Köln zur Römerzeit groß. Das spürte man noch ein bißchen. Wir waren in einem kreisrunden, länglichen, somit turmartigen Hotel untergebracht, das einem Römerturm aus dem Jahre 50 n. Chr. nachempfunden war. Dieser stand, wie viele andere römische Bauwerke, unauffällig mitten in der Stadt. Bisher gab es einfach noch keinen Grund, ihn abzureißen. Die Kölner waren auch ein wenig faul, und so blieben sie gern beim bestehenden Zustand.

Ich begab mich auf ein Rheinschiff und nahm dort an einer Veranstaltung teil. Das heißt, ich mußte mitten auf dem schwankenden Schiff einen Vortrag über Literatur und Geld halten. Seit meinem Bestseller ›Der Geldkomplex‹, der wie berichtet mit dem vielbeachteten Wolfgang-Koeppen-Preis ausgestattet worden war, galt ich als Geldexperte in der Literatur. Ich erzählte also alles über Derivate, wertlose Papiere, Aktiengeschäfte und so weiter. Viele wurden seekrank. Mein Lektor Marco van Huelsen hielt sich benommen an der Reling fest. Ich selbst wurde nicht seekrank, wahrscheinlich deshalb, weil ich mich konzentrieren mußte. Die Materie der finanziellen Zusammenhänge war ja kompliziert.

»Meine Herren«, sagte ich schließlich, »dies alles werden viele von Ihnen nicht vollständig verstanden haben. Das liegt daran, daß nur der, der schon als Pubertierender mit der Politökonomie Karl Marxens konfrontiert wurde, auch als Erwachsener und fortan sein ganzes Leben lang diese Verwicklungen und Greifbewegungen des Kapitals verantwortungsvoll verfolgen und verstehen wird. Ich danke Ihnen.«

Ich hatte vorzeitig geendigt, da viele Passagiere sich

bereits erbrochen hatten und ich fürchtete, die ganze Veranstaltung würde sich auflösen. Da Presse anwesend war, wollte ich das unbedingt vermeiden. Am nächsten Tag erschien auch ein sehr wohlmeinender Langtext darüber in der ›Kölnischen Rundschau‹, der angesehensten radikalkonservativen Zeitung der Stadt und des Landkreises Köln. Es gab auch noch andere Pressevertreter, die aber vor allem Fragen zu meiner neuesten Veröffentlichung stellten, einem Bändchen in der Reihe »KiWi Werkdokument« mit dem Titel ›Mythos Arbeitsbeziehung‹, in dem laut Verlagsankündigung »das etwas andere Autor-Lektor-Verhältnis« zwischen mir und Marco van Huelsen thematisiert wurde. Van Huelsen war ein großer Mann in Köln, als Lektor bundesweit eine Kultfigur, und so lag es nahe, daß die Lokalreporter nach ihm fragten. Ich gab bereitwillig Auskunft. Es tat mir leid, daß ihm der stürmische Wellengang so zu schaffen machte und er nicht selbst Rede und Antwort stehen konnte. Mit einem Scherz löste ich die Spannung:

»Also, nicht wahr, wie manche vielleicht anhand des Klappentextes erfahren haben, bin ich, wie soll ich sagen, gebürtiger Fischkopp, ha-ha, also gebürtiger Hamburger! Ich bin see- und sturmerfahren und antworte gern für zwei... auch für Herrn van Huelsen ... selbst an einem Tag wie heute!«

Das war natürlich fein gemacht. Anerkennende Blicke. Ich hatte gezeigt, wie ein weltläufiger Autor jede Peinlichkeit meistert. In der Folge redete ich viel über die letzten fünf Romane, die van Huelsen mit mir gemacht hatte, vor allem aber über den nächsten, mit dem Arbeitstitel ›Happy End‹. Ich kündigte ihn als erstes ganz und gar reifes, von Kinderkrankheiten, Eitelkeiten und falschen

Leidenschaften gereinigtes Opus an, fast schon als mein Alterswerk. Endlich hätte ich zu mir selbst gefunden, und van Huelsen ebenfalls. Verglichen mit der epischen Klarheit und dem Langmut des neuen Romans seien meine früheren Bücher ärgerliche Ausbrüche der Unreife und der Inkompetenz gewesen. »Nun aber, meine Herren«, orgelte ich mit dunkler Stimme, »schließt sich der Kreis.«

Welcher Kreis eigentlich? Egal. Keine weiteren Fragen. Ich kümmerte mich um van Huelsen, den erst ein frisches Kölsch ins Leben zurückbrachte, und um Elisabeth, die eifersüchtig war. Sie fand, mein Lektor sei mir wichtiger als sie. Das mußte ich widerlegen, indem ich mich nur noch mit ihr unterhielt. Schade, denn ich hätte gern mit dem Lektor über Fußball, Autos, Frauen und Christian Kracht geredet. Auch wollte ich doch die Koeppen-Kandidaten mit ihm durchgehen! So blieb ich in dieser wichtigen Frage ohne Rat.

Nun, wieder zu Hause im pittoresken Wien, denke ich ohne Sentiment zurück. Hier ist es sowieso am schönsten. Es gibt auch Deutsche in der Stadt, etwa Manfred Krenz. Ihn kenne ich schon lange. Auch in meinem letzten Buch, dem letzten »echten«, tauchte er schon auf. Er war dort eine wichtige Nebenfigur, wurde aber vom Leser kaum beachtet, da der Name so schlecht gewählt war. Manfred Krenz. In Wirklichkeit hieß er natürlich anders, und die wirklichen Namen sind ja immer die, die sich einprägen, nie die erfundenen. Deshalb hatte ich in meinen früheren Büchern oft die echten Namen beibehalten, trotz des Ärgers, den man sich damit einhandelte. Das hätte ich auch bei Manfred Krenz so machen sollen, hatte ich aber nicht. Und jetzt muß ich natürlich bei dem einmal erfundenen Namen bleiben. Tja, also, diesen Tex

Rubinowitz, äh, Manfred Krenz besuchten wir nun, die Elisabeth und ich, gleich nach unserer kleinen Deutschlandreise. Das mußten wir tun, weil auch Krenz auf der Longlist für den Koeppen-Preis stand. Ich hatte ihn selbst draufgesetzt. Nun mußte ich prüfen, ob Krenz ihn womöglich tatsächlich verdient hatte.

Ich kann das ja mal kurz erzählen. Meine Frau liegt oder sitzt währenddessen in etwa sechs Metern Entfernung im Bett und liest ›Sand‹ von Wolfgang Herrndorf. Es ist sehr gemütlich bei uns. Das verdeckte Licht ist sehr schön, das viele Holz überall, die vielen Lampen, das alte Radio. Wir mögen unsere Wohnung. Und meine Frau liest halt sehr gern. Ich nicht. Ich könnte theoretisch jetzt auch lesen, dann wäre es womöglich gemütlicher als ohnehin schon. Aber ich habe noch nie gern gelesen, sondern immer nur gern geschrieben. Ist doch wuascht. So tippe ich jetzt ein bißchen, brabbel vor mich hin, wie kleine Babys es tun, wenn ihnen besonders wohl ist. Es geht um Manfred Krenz, auch recht. Der Leser will davon nichts hören, weiß ich doch. Wir trafen ihn in einem Kellerlokal, das an diesem Abend seinen letzten Tag hatte, also pleite gegangen war. Er legte Platten auf. Das hatte er schon vor zwanzig oder fünfundzwanzig Jahren getan, als ich ihn kennenlernte. Er war die alte Bundesrepublik. Ich wußte, daß er Platten auflegte, jeden Tag irgendwo, und damit zum Millionär geworden war. Aber dennoch war ich nie dabei gewesen. Ich wurde zum ersten Mal Zeuge, wie er seinen Beruf ausübte. Ungefähr fünfzig junge Leute seines Alters sowie solche, die eine Generation jünger waren als er, standen um ihn herum, hielten Bierflaschen in der Hand und hörten zu. Sie trugen alte Jeans, Ringelhemden, Bärte, Brillen, hatten krumme Rücken und waren männlichen Geschlechts. Ein Groupie gab es auch, das hieß Rosmarie. Manfred Krenz flüsterte:

»Da, sieh jetzt nicht hin, die da, die fliegt auf mich. Die folgt mir seit Odessa! Die ist der Wahnsinn, die Frau.«

Sie war angeblich von ihm besessen. Ich glaubte das gern. Ich hatte schon früher gehört, daß er Groupies hatte. Die Frau wirkte schwermütig. Vielleicht litt sie, vielleicht war ihr langweilig, oder beides. Krenz stand vor einem alten Plattenspieler, der auf einem dünnen Gartentisch stand, und legte mit seinen geschickten Fingerchen kleine alte Single-Platten auf den Plattenteller. Die Lieder stammten alle aus der Prä-Pop-Ära, also aus den fünfziger und frühen sechziger Jahren. Doris Day sang »Make Love to Me«, Roy Orbison beklagte eine »Tragedy« in Liebesdingen, eine helle weibliche Teenagerstimme intonierte »Please Mr. Postman« und tat das Jahre vor den Beatles. Die Experten für Musikgeschichte, die um den Plattenspieler herumstanden, registrierten andächtig jeden Ton. Manfred Krenz war übrigens ein Multitalent. Er schrieb ja auch Romane und war deswegen auf die Longlist gekommen. Daneben zeichnete er jeden Tag einen politischen Comic, der in der einzigen seriösen Tageszeitung des Landes abgedruckt wurde. Schließlich hatte er noch eine Band, mit der er seit zwanzig Jahren durch die ganze Welt tourte. In Japan kannten ihn Millionen, dort hatte er Top-Titel in den Charts, ebenso in Finnland, Island und Aserbeidschan. In Österreich galt er dagegen als grantiger Mann mittleren Talents. Kein Wunder, da er sich übellaunig gegen jedermann verhielt. Nicht unbedingt gegen mich. Er hatte mir in extremen Situationen geholfen. Um ehrlich zu sein, war er der einzige Mensch, der mir einmal das Leben gerettet hatte, und deswegen stand ich natürlich lebenslang in seiner Schuld. Er wußte das übrigens gar nicht, das mit der Lebensrettung, aber ich wußte es. Ich mußte etwas für ihn tun. Genaugenommen *mußte* ich ihm den Koeppen-Preis geben. Ich entdeckte nun aber, daß ausgerechnet das Talent zur erzählenden Literatur bei ihm schwach ausgebildet war. Alles andere konnte er besser. Er war ein genialer Zeichner. Selbst nach zehntausend veröffentlichten Karikaturen reizte jede weitere zum Lachen und Kopfschütteln. Sie waren absurd, widersinnig und trotzdem gut. Die Musik, die er selbst auf die Bühne brachte, war Katzenjammermusik. Nicht einzuordnen. Wie Klezmer-Gefiedel, das Yoko Ono mit Hilfe von Arnold Schönberg, Hubert von Goisern und dem Sänger von Throbbing Grizzle in eine atonale Selbsterfahrungs- und Nahtod-Erfahrung umzubiegen versucht. Weiß Gott, das war nichts für Leute, die sich entspannen oder einen guten Gig zum guten Joint haben wollten. Ob es genial war, wußte ich nicht, denn ich hatte mich vor dieser Erfahrung ein Leben lang gedrückt. Ich war schlicht nie hingegangen zu den Konzerten, die auch in Wien fast so oft stattfanden wie die Abende, an denen Krenz Platten auflegte. Woher wußte ich dann, wie seine Musik klang? Oh, ich weiß so etwas eben. Ich weiß auch, wie Filme sind, ohne sie zu sehen. Oder Bücher. Man ist schließlich alt geworden und nicht mehr blöd.

Zurück zu Krenz. Er begann nun zu tanzen. Meine liebe Frau tanzte wenige Sekunden später ebenfalls, denn das tut sie gern. Sie forderte mich übermütig auf, mitzutun. Sie findet nämlich, daß ich wahnsinnig gut tanze. Ich tue das aber nicht, im Gegenteil, ich tanze so schlecht wie niemand sonst auf der Welt. Daß Elisabeth so von mir denkt, zeigt, wie vollkommen blind vor Liebe sie sein muß. Umgekehrt könnte es ähnlich sein. Ich finde sie atemberaubend schön, wann immer mein Auge sie erfaßt. Außenstehende sagen daher immer, und taten es auch jetzt, wir würden so glücklich miteinander aussehen. Die Frau von Manfred Krenz sagte es diesmal, und ihre Freundin auch. Die Frau von Manfred Krenz sah dagegen elend aus. Früher hatte ich sie bewundert, da sie auf immer und ewig bei ihm blieb, ein Jahrzehnt nach dem anderen. Jetzt allerdings wirkte sie ärmlich, fast wie ein – wenn man das über einen Menschen sagen kann – herrenloses Tier, ein trauriger Straßenhund etwa. In der ›Bild‹-Zeitung, die ich aus Sentimentalität auch in Österreich kaufte, stand an dem Tag eine Rühr-Geschichte über einen fast verhungerten Schäferhund, den die ›Bild‹-Zeitung gefunden und aufgepäppelt hatte. Überschrift »Lumpi, was haben sie dir angetan?«. Dazu ein Foto mit dem armen Hund. Ich mußte daran denken, als ich mit der Frau sprach. Sie war genauso unvorteilhaft angezogen wie die Nerd-Freunde, die Prä-Pop-Musik studierten und Krenz verehrten. Ihre Haare waren leblos flach, selbstgeschnitten, völlig stumpf und farblos, bestenfalls braungrau. Beim Selberschneiden war einiges schiefgegangen. Oder alles. Dann trug das Mädchen eine unförmige Breitcordhose, einen welken Pullover aus ihrer Zeit als Bauernmagd und Gesundheitssandalen. Tiefe Ringe hatte sie unter den Augen. Als ich mit ihr sprach, mußte ich verärgert feststellen, daß alle geistigen Debatten der letzten fünfzehn Jahre an ihr vorbeigegangen waren. Ja, schlimmer noch, ihr Stand war der von 1988. Offenbar hatte sie Manfreds Bewußtsein vom Zeitpunkt ihrer Erstbegegnung übernommen und danach nicht mehr nachgedacht. Gab es das? Beziehungsweise waren nicht alle so? Wer veränderte sich schon? Ich wollte mir an dem Abend kein Urteil bilden und wurde nun mit aller Kraft versöhnlich. Krenz war mein Freund und seine – früher übrigens hochattraktive – Freundin gefälligst sakrosankt.

Vielleicht hatte Manfred Krenz mit seiner Freundin ja auch genau das erreicht, was ein Paar-Therapeut mir einmal als oberstes Therapieziel genannt hatte: Vertrautheit. Nein, das hatte ja eher *ich* erreicht, mit der Sissi. Mit ihr gab es endlich keinen Unterhaltungs- und Leistungszwang mehr. Das war doch das Schreckliche in früheren Ehen gewesen; wenn ich einmal zufrieden war und nichts mehr sagte, schrillten bei der Frau sofort die Alarmglocken. Man habe sich nichts mehr zu sagen, das Leben sei langweilig geworden, früher hätte man viel aufregender miteinander gestritten und geschlafen, die Beziehung sei offensichtlich an ihr natürliches Ende gekommen. Wenn ich dann nicht sofort alle Generatoren anwarf und mächtig auf die Tube drückte, hieß es: Tschüß!, und die Frau war weg. Dagegen hatte der Paar-Therapeut eine ganz andere Geschichte erzählt. Das, worauf er sich die ganze Woche über freue, seien die Stunden mit seiner Frau in ihrer gemeinsamen Ferienhütte am Stadtrand. Dort führen sie jedes Wochenende hin, nachdem sie die noch jungen Kinder bei den Schwiegereltern abgegeben und alle Handys ausgeschaltet hätten. Dann gingen sie in verschiedene Räume der Ferienhütte, also die Frau lege sich stumm aufs Bett, und er setze sich stumm in einen Liegestuhl auf dem Balkon. Von da an sagten sie zwei Tage lang nichts mehr. Sie genössen das Gefühl der totalen Vertrautheit. Sie kennten sich beide zur Genüge, da gab es nichts mehr auszudiskutieren, und kleinliche Kämpfe hatten sie auch lange hinter sich. Nun war endlich alles gut. Als ich diese Schilderung hörte, heulte ich fast vor Glück. So eine Frau hätte ich auch gern einmal gehabt! Und jetzt, nach zahllosen aufreibenden Beziehungen, hatte ich sie. Eben die Sissi. Ob meine Ehe in zwanzig Jahren wohl so aussah wie die von Manfred Krenz und seiner Lumpi-Frau? Das war bodenlose Spekulation. Aber, um ehrlich zu sein, ich weiß es nicht. Ich habe absolut keine Erfahrung mit dem echten Glück. Alles ist möglich. Ich kann nur abwarten und alles mitschreiben. Der Paar-Therapeut war übrigens ebenfalls schon älter, somit in meinem Alter, dazu noch unansehnlich und maßlos dick. Ich fragte mich, wie er als fast Fünfzigjähriger noch Vater hatte werden können. Offenbar war jedes Ziel zu erreichen, wenn man nur das echte Glück, sprich die totale Vertrautheit, erreicht hatte. Das war wohl ein Gottesgeschenk. Herbeitherapieren konnte man das nicht. Jedenfalls hatte der Paar-Therapeut bei meiner damaligen Frau und mir nichts ausrichten können. Wir blieben feindselig, verbiestert und wortreich kämpfend miteinander. Wir zerfleischten uns fünf Jahre lang. Noch heute hasse ich sie. Und das lag nicht daran, daß sie eine kurzhaarige, deutsche, feministische Medienangestellte war. Schließlich ist Elisabeth ebenfalls eine Feministin. Nein, es lag wie gesagt an der nicht vorhandenen Vertrautheit.

Oder lag es doch an Deutschland? Immerhin waren die Frauen dort nachweislich härter als anderswo. Alle meine Freunde hatten solche Frauen wie ich. Etwa der großartige Cornelius Reiber. Er war der brillanteste Kopf von uns allen. Klüger als Armin Boehm. Netter als Philipp Albers. Moderner als Sascha Lobo. Besser aussehend als ich. Und dennoch reichte es sogar bei ihm nur zu einer unfreundlichen, hasenschartigen, ungepflegten Halbfreundin Schrägstrich Fernbeziehung, eine Frau aus Lüneburg oder so, die sich stets von ihm distanzierte. Nur alle vierzehn Tage oder noch seltener bekam er sie zu Gesicht. Er war eindeutig der Depp in der Verbindung, der Hund, der Befehlsempfänger. Nie hätte er es gewagt, von ihr als »seiner« Freundin zu sprechen. Natürlich hatten sie beide »alle Freiheiten« ausgemacht, was für sie bedeutete, mindestens zehn Männer häufiger zu sehen als ihn, während er vor lauter Angst nicht einmal einen Kaffee mit einer anderen trank. So war Deutschland, das Land der starken Frauen. Da hätte ich bis zum Tod auf die Vertrautheit warten können. Oder, noch besseres Beispiel, Wolfgang Herrndorf. Der Typ, dem ich den Koeppen-Preis gegeben hätte, wäre der Mann nicht gerade jetzt weltberühmt geworden. Sein neuester Roman ›Sand‹ war phänomenal. Viel, viel besser als alles, was ich in meiner guten Phase schreiben konnte. Dazu sah er toll aus. Solch einen attraktiven Mann hatte nicht einmal der Film zu bieten, nicht der deutsche, höchstens der französische von früher. Also, dieser feine Erdenbürger wurde von der mürrischen Silke Späth-Wagenpfeil durch die Manege gezogen. Diese Dame war bekennende Sadistin, was tausendmal interessanter klingt, als es dann im Alltag war. Wer sie jemals kritisierte, wurde von ihr lebenslang schlecht behandelt. Wer sie nicht kritisierte, ebenso. Sie lief mit Leichenbittermiene durch die Gegend wie Jeanne Moreau in ›La Notte‹. Zu allen Zeiten hat so etwas intellektuelle Männer fasziniert. Wohl auch mich, in grauer Vorzeit einmal, nehme ich an. Es ist ja die alte Sehnsucht aller Menschen, sich mit einem andersgeschlechtlichen Menschen zu verstehen, und unsere bücherverschlingenden Brillenfreunde versuchen es eben immer erst mit kritischen Frauen oder dem, was sie dafür halten. In der Zweitehe greifen sie dann auf das Modell »jung und lieb« zurück, was aber auch nicht glücklich macht. Nur ich, als einziger, hatte die richtige Lösung gefunden. Ich hatte nur Angst, daß es mir keiner glaubte.

Diese Silke Späth-Wagenpfeil war schon furchtbar. Mit Grausen erinnere ich mich nun an einen Zwischenfall aus meiner Jugend. Ich hatte einen Jubelartikel über sie in der ›taz‹ geschrieben, denn sie gehörte ja zu unserem Freundeskreis, und ich schätzte sie damals durchaus. Ich mochte ja die frühen Antonioni-Filme. In dem Artikel gab es natürlich auch eine Stelle, wo ich ihr Äußeres beschrieb. Das tat man damals noch. Heute tut das ja nur noch die ›Bild‹-Zeitung, und es ist ja auch grenzwertig, so etwas zu tun. Was hat schließlich die Hose, die jemand trägt, mit dem Buch zu tun, das er geschrieben hat? Ich schrieb also, Silke hätte eine schlabberige und eher unansehnliche, weil fleckige Trainingshose angehabt. Daraufhin tobte die junge Frau und brachte alle meine Freunde und Freundinnen gegen mich auf. Faktisch war ich geächtet. Ich hatte angeblich ein Mitglied der eigenen Gruppe zur Sau gemacht. Ich war somit das Schlimmste, was sich Deutsche seit Siegfried oder seit Versailles vorstellen können, ein Verräter. Sofort rückte ich alles mit einem zweiten Artikel gerade. Umsonst. Dann erinnerte ich mich, daß wir ja in der Entschuldigungsgesellschaft lebten. Ich entschuldigte mich, theatralisch, mit künstlicher Knödelstimme wie Christian Wulff. Umsonst. Und wie Wulff ging ich durch mehrere Entschuldigungsrunden. Insgesamt dreimal binnen acht Monaten machte ich der Späth-Wagenpfeil den Canossa-Trip, immer besser, immer überzeugender. Umsonst. Blumen, Geschenke, Liebesgedichte, Drohungen, Pralinen, Graffiti an der Haustür, Stalking, Intrigen, Brüllerei – alles umsonst. Sie blieb der alte störrische Esel, als der sie auf die Welt gekommen war, in Dingolfing/Niederbayern. Nur ein Funke Streitlust oder Lust am Ungewöhnlichen hätte genügt, sie aus der Reserve zu locken. Aber da war nichts. Das Gehirn war tot.

Warum ich das alles sage? Ach, ohne Grund, ich denke doch nur laut nach, das macht man eben in Stunden der Langeweile. Meine liebe Frau liest übrigens gerade das eben erwähnte Buch ›Sand‹. Ja, wir haben es gestern gekauft. Bücherlesen ist eigentlich öde, finde ich gerade. Sobald wir diesen verdammten Preisträger gefunden haben, hören wir damit wieder auf. Meine Frau sollte lieber spazierengehen. Im Auto könnten wir Hörcassetten hören, das würde schon reichen. Bald kaufen wir uns eines.

Ein Auto. Das wird schon wieder so eine schwere Wahl! Welches Auto soll es sein? Es muß unverwechselbar zu uns gehören. Es darf kein zweites dieser Art in der Stadt Wien geben. Ja, das Auto-Thema, genau, ich erinnere mich wieder. Das war der letzte Satz vor einigen Tagen. »Welches Auto soll es sein? Es muß unverwechselbar zu uns gehören.« Das habe ich damals geschrieben, als wir noch in Wien waren. »Es darf kein zweites dieser Art in der Stadt Wien geben.« Inzwischen sind wir gar nicht mehr in Wien, haben auch kein Auto gekauft, sondern eines gemietet. Ich bin nämlich in Italien jetzt mit meiner Frau. Bei den Piraten sind wir auch noch gewesen. Das ist diese Partei, die dann so erfolgreich wurde – die erste Partei der Internet-Generation. Daran erinnere ich mich aber kaum noch. Zwischen »Es darf kein zweites dieser Art in der Stadt Wien geben« und »Ich bin nämlich in Italien jetzt« liegen viele, viele Stunden. Wie soll ich das noch zusammenkriegen? Na, es wird schon nicht so wichtig sein. Meine Frau liest auch schon lange nicht mehr ›Sand‹ von Wolfgang Herrndorf, sondern, im Titel ähnlich, ›Die lange Straße aus Sand‹ von Pier Paolo Pasolini.

Wie wir hierher gekommen sind? Hm, geflogen wahrscheinlich. Bis Rom. Danach mit dem Leihauto Richtung Süden bis Sabaudia. Dort sind wir in ein Restaurant gegangen, das weiß ich noch. Die hatten da ganz weiße Tischdecken. In dem Buch ›Die lange Straße aus Sand‹ kam das Restaurant ebenfalls vor, das heißt als Abbildung. Das muß ich erklären: Pasolini, der ein Regisseur mittleren Talents gewesen war, hatte vor seiner Filmkarriere ganz ordentlich für Zeitungen geschrieben. Im Jahre 1961 war er einmal quer durch Italien gefahren, genauer gesagt vornehmlich durch Süditalien, hatte über alle möglichen Orte berichtet und dazu Fotos gemacht. Diese Reportagen erschienen damals in einer großen italienischen Tageszeitung, später als Buch. Diese Strecke fuhren wir nun nach. Auf diese Weise hatten wir immer ein Ziel bei unserer Italienfahrt, immer den nächsten Ort, den Pasolini aufgesucht hatte. In Sabaudia, in diesem Restaurant, sah es prompt noch genauso aus wie an dem Tag, an dem Pasolini es besucht und fotografiert hatte. Diese weißen Stofftischdecken lagen auf völlig einfachen, aber neuen, sauberen Bast-Tischen. Der Fernseher lief wie eh und je, unauffällig, beruhigend, irgendwie menschlich.

Die meisten Tische waren leer, aber an einem großen, einzelnen Tisch saßen gleich zwölf Italiener zusammen und unterhielten sich bestens. Helles Deckenlicht tauchte die Szene in eine neorealistische Atmosphäre. Das war nicht touristisch, nicht kitschig, sondern ... hm, sagen wir: ehrlich. Zivilisiert. Oben drehte ein großer Ventilator, der gleiche wie in dem Film ›Casablanca‹. Also, glaube ich zumindest, so genau weiß ich es ja nicht mehr. Das alles war schon vor vier Tagen, am Montag nämlich. Inzwischen ist schon Freitag. Noch immer flüchte ich mich ins »Schreiben«, wenn ich einmal ein Stündchen für mich sein will. Ja, auch im Urlaub muß ich den »Schriftsteller« spielen, wenn ich einen stichfesten Grund für eine Zeit ohne Liebesworte und Umarmungen haben will. Jeder andere Vorwand wäre unromantisch. Und ich darf mich auch nicht von der Geliebten wegbewegen. Sie liegt gerade neben mir auf dem großen Hotelbett und sieht mir begeistert beim Schreiben zu. Damit sie nicht sieht, *was* ich schreibe, habe ich die Schrift auf acht Punkt verkleinert. Das erkenne nicht einmal ich, aber das muß ich auch nicht. Ich tippe ja nur blind vor mich hin und will keinen Proust abliefern. Also, in dem Lokal waren natürlich auch Kinder und junge Erwachsene. Wir machten Fotos, genau wie einst Pasolini. Die Tortellini alla Panna schmeckten herrlich. So ist das ja oft, wenn man sehr verliebt ist. Wir kamen schließlich gerade aus dem Hotelbett gegenüber. Dann sind wir weitergefahren, die Amalfitana entlang, so heißt die Küstenstraße am Meerbusen von Neapel. Das war dann schon am Dienstag. Jedenfalls hatte der alte Pasolini Geschmack. Die Straße führte immer so hundert Meter über dem Meer entlang, wie angeklebt an den steil aufragenden Bergen, und das Meer war kein Meer mehr, sondern eine dunkelblaue, einschüchternde Unendlichkeit.

Einmal machten wir Rast und tranken am Wegesrand einen Cappuccino. Man kam ja andauernd durch viele kleine Orte und Mini-Dörfer, da es keine Umgehungsstraße gab und auch nicht geben konnte, so mitten im Gebirge. Ein schöner Anlaß also, mal hier und da auf einen Kaffee anzuhalten. Hier nun bestaunten sechs Erwachsene ein wohl recht neues Baby. In Italien liegt die Geburtenrate noch weit unter der deutschen, und ein echtes nachgeborenes letztes Menschlein ist schon etwas kaum noch Begreifbares. Alle Erwachsenen drängten sich um den Hightech-Kinderwagen. Eine dicke durchsichtige Plastikplane umgab das Kind wie eine geschützte Ware im Supermarkt. Der Kinderwagen war mit Sicherheitsgurt, Airbag und Scheibenbremsen ausgestattet. Italien war offenbar ein Land, in dem die Leute, entgegen allen Klischees, viel Geld besaßen. Ja, sie ertranken im Wohlstand, genauso wie die Deutschen vor der Wiedervereinigung. Pasolini, der die Wildheit, Leidenschaftlichkeit und Sinnlichkeit des bettelarmen Südens in höchsten Tönen pries, wäre entsetzt gewesen.

Immerhin war vieles trotzdem noch wie früher. Zum Beispiel gab es nirgends eklige Discounter wie Lidl, Spar, Penny, Netto und Aldi, die nicht nur in Deutschland, sondern auch in allen neuen EU-Staaten das Straßenbild unrettbar verhunzten. Die Menschen hier scheinen tatsächlich noch etwas anderes im Sinn zu haben als den täglichen Einkauf unzähliger Lebensmittel. Und die Bausubstanz hat trotz aller Neuerungen immer noch ein Durchschnittsalter von zweihundertfünfzig Jahren. Das ganze Mittelalter steht noch rum, hier und da auch noch die Reste der Antike, und als wir in der faschistischen Musterstadt Sabaudia herumstiefelten, wirkte alles wie gerade erst erbaut. Natürlich sind auch noch alle Pflanzen da, neben dem Meer und den Bergen und der Sonne, und so fehlen eigentlich nur die Menschen, genauer gesagt die Menschen von damals: die Familien, oder zumindest ihre Geräusche. Inzwischen sind nur noch Solitäre und Alte unterwegs, und das Lachen der Kinder fehlt doch sehr. Italien als Land der freudlosen Singles – das war bestimmt mit das letzte, was Pasolini erwartet hatte.

Überall neue Autos. Fiat, Alfa Romeo, Lancia, jede Marke verfügte über eine komplette und daher beeindruckende Modellflotte. Allein Fiat bot über zwanzig verschiedene hochluxuriöse Modelle an. In der Vergangenheit galt die Marke fast immer als chronisch pleite, inzwischen machte sie jährlich und zuverlässig Milliardengewinne. Das war das vielgeschmähte, angeblich von Berlusconi ruinierte, angeblich durch Überschuldung ins Elend gerissene Italien: eine überalterte Wohlstandsgesellschaft ohne dunkle Flecke, ohne Armut, ja selbst ohne Migranten. Jedenfalls sah ich keine, zunächst. Ich rede nur von meinem ersten Eindruck. Später änderte sich das natürlich.

Aber viel wichtiger war sowieso die Frage, wo all die aggressiven Straßenjungs abgeblieben waren, auf die Pier Paolo Pasolini so stand. Kamen die noch, wenn wir weiter nach Süden vordrangen? Immerhin hatte der große Cineast seine Urteile explizit auf Süditalien bezogen. Für den Norden, ja selbst für die Gegend um San Benedetto del Tronto, Grottammare und die Marken, hatte er nur gehässige und ungerechte Worte übrig. Auch damals schon war ihm dieser Teil seines Vaterlandes satt, problemlos und ohne Anliegen erschienen. Ich war gespannt, ob er recht behielt. Schon in Neapel, das wir am Dienstag am frühen, noch taghell sonnendurchglitzerten Abend erreichten, besserte sich unsere ohnehin schon gute Stimmung noch einmal entscheidend auf. Wir waren, um dorthin zu gelangen, durch San Felice Circeo gefahren, ein Ort, den auch Pasolini in sein Reisetagebuch aufgenommen hatte. Ich erinnere mich aber leider nicht mehr daran. Auch Pasolinis Eindrücke sind mir nicht mehr gegenwärtig. Ich weiß nur, daß wir zwischen den einzelnen Orten und auch in ihnen Bürger mit schwarzer Hautfarbe sahen. Was mich daran erst ein bißchen und dann immer mehr verblüffte, war die Entdeckung, daß es in jener Gegend keine Bürger mit weißer Hautfarbe mehr gab. Ich begann darauf zu achten, und tatsächlich sah ich über einen Zeitraum von bestimmt zwanzig Minuten nur Schwarze am Wegesrand. Hunderte, ja Tausende. Sie standen herum, gingen die Straße entlang, warteten auf den Bus, standen in Gruppen um unglaublich schrottige alte Autos herum, blickten finster, schleppten irgend etwas, saßen auf Steinen, stöberten in Mülltonnen, machten insgesamt einen unglücklichen Eindruck. Es waren alles Männer jüngeren oder mittleren Alters, während die wenigen Frauen als Prostituierte herumstanden und kaum weniger abschreckend wirkten. Auch Elisabeth sah diese offenbar neue Bevölkerung des Südens – vielleicht hatte ich sie darauf aufmerksam gemacht – und begann sofort über das Elend afrikanischer Migranten zu dozieren, über das unvorstellbare Unrecht, das ihnen widerfuhr. Meist seien es junge Siebzehnjährige, die von ihrem Stamm nach Europa geschickt würden. Auf ihnen ruhten alle Hoffnungen ihrer hungernden Verwandten, die ihr ganzes

Geld zusammengekratzt hatten, um die Schleuser- und Schlepperbanden zu bezahlen. In Italien wartete aber nur Abschiebehaft, Gefängnis, Arbeitsverbot und Diskriminierung auf sie. Eine furchtbare Zeit müßten sie durchmachen, in der sie gebrochen und verständlicherweise depressiv würden. Sissi nannte zwei Beispiele, die sie kannte, und erzählte von ihren Recherchen zu dem Thema. Sie hatte schon einmal darüber geschrieben und kannte sich aus. Und während sie sehr lebhaft darüber berichtete, sah ich weiter nach links und nach rechts und beobachtete die vielen schwarzen Männer. Sie waren in der Tat schlecht gekleidet und wirkten verstört bis verärgert. Um nichts in der Welt hätte ich anhalten mögen. Als der endlose Strom der ausgepowerten Gestalten nicht abriß, fragte ich mich ernsthaft, ob nun auch das übrige, noch vor uns liegende Süditalien nur noch aus Schwarzen bestehen würde. Sissi redete immer weiter, war offenbar zu aufgeregt, um zu begreifen, daß das, was wir gerade sahen, eine soziologische Sensation war. In gewisser Weise referierte sie noch aus der Theorie, die ja bekanntlich grau war, während ich die grauenhafte Wirklichkeit vor Augen hatte. Die italienische Land- oder Urbevölkerung hatte dieses Gebiet offenbar fluchtartig verlassen. Aufwendige Integrationsprogramme, Schulen, Hilfsgelder, Kitaplätze, Anreize zu Sprachkursen und dergleichen, all die üblichen Lösungsansätze der Gutmenschen, die nun auch Sissi wieder in hohltönende, wenn auch leidenschaftliche Worte faßte, zerschellten an diesem Bild, das sich uns darbot. Afrikas Bevölkerungsmilliarde war im Anmarsch. Wenn die Leute wirklich kamen, gingen hier die Lichter aus. Mein Problem war nun, daß ich das nicht sagen durfte. Es wäre herzlos gewesen. Jeder einzelne der zerlumpten jungen Männer hatte ein Schicksal zugewiesen bekommen, das unsereiner nicht eine Woche ertragen hätte. Wer sich aus dieser sprachlosen, chancenlosen und tatsächlich total rechtlosen Barackenexistenz doch noch freistrampelte, mußte schon überirdische Fähigkeiten haben. Ich achtete darauf, ob nicht doch noch einmal ein weißes Gesicht zwischen den dunklen zu erkennen war. Nein, die Rassentrennung war vollzogen. Die Weißen wohnten in einem anderen Teil Italiens. Es war eine interessante Frage, wie rasch das schwarze Township vor und nach Neapel wachsen würde und wann der erste Reporter darüber berichtete. Noch verschloß die Nation die Augen vor dem gräßlichen Phänomen. Und auch ich. Ich sagte kein Wort zu Sissi, wie erschrocken ich sei, sondern:

»Ja, stimmt, die Migranten müßten viel mehr gefördert werden. Nach der Frauen- und Gleichstellungspolitik müßte es bald eine Migrationsförderpolitik geben, in der EU und anderswo. Das sind wir diesen armen Menschen schuldig.«

Ich mußte an die demente Großmutter von Jutta Winkelmann denken, die in ihren umnachteten letzten Jahren immer den stereotypen Satz leierte: »Die Neger werden uns eines Tages alle auffressen.« Wahrscheinlich hatte sie in ihrer Jugend ein bißchen zuviel ›Mein Kampf‹ gelesen. Natürlich hatte ich Angst, das Benzin könnte uns noch ausgehen, bevor wir diese spezielle Zone wieder verließen, aber dann war der Spuk so schnell vorbei, wie er gekommen war. Wir erreichten Neapel, wo wir die vielleicht schönsten Tage unseres Lebens verbrachten.

Nachts stand der Vollmond über dem Golf von Neapel. Unser Hotel, das »Hotel Britannique«, lag steilaufragend fünfundsiebzig Meter über dem Meeresspiegel – eine fürstliche, ja königliche Position. Der schmale Corso Vittorio Emanuele schlängelte sich wie vor hundert oder zweihundert Jahren den Berg entlang, am Hotel vorbei, in die Stadt hinein, zehn Kilometer lang wie der Sunset Boulevard in Los Angeles. Wir sahen das ganze Neapel vor uns und hörten es sogar, die Kinderstimmen vom nahen Schulhof, die in der Ferne hupenden Autos, die Rufe der Handwerker, die Glocken der hundert kleinen Kirchen.

Dieses Hotel, in dem wir nun so glücklich waren – warum soll ich es nicht zugeben –, stand tatsächlich in dem Reiseführer von 1926, den wir bei uns hatten. Sissi hatte mir diese Kuriosität zu Weihnachten geschenkt. Man konnte damit nicht viel anfangen, aber über Neapel stand drin, man solle im Hotel Britannique absteigen, Corso Vittorio Emanuele 133. Vor allem Engländer würden es bevorzugen und stets empfehlen; die Zimmer würden 25 bis 40 Lire kosten, die Suiten 60 bis 80 Lire. Im Speiseraum saß nicht weit von uns ein älterer Mann, der genauso gekleidet war wie ich, und ich sagte es der Sissi: »Der sieht aus wie ich in zwanzig Jahren.« Später lernten wir ihn näher kennen. Was er uns erzählte, klang wie ein wenig glaubwürdiger Film-Plot: Sein Großvater habe das Hotel 1880 gegründet, später habe es die Mutter geführt und nun er. Von der Mutter hing tatsächlich ein großes, mit Blumen geschmücktes Porträt im Raum, auf das er wies. Ihre Lebensdaten standen unter dem Namen: 1897 bis 1992.

Weiter stand in dem Reiseführer über Neapel: »Vorsicht vor Spitzbuben! Nichts hinten in den Wagenmantel legen! Auf das kleine Gepäck im Wagen achten! Keine Wertsachen in Außentaschen der Kleider tragen! Immer möglichst zugeknöpft! Der der Sprache Unkundige mache Einkäufe nur unter Vermittlung eines deutschen Fremdenführers!«

In dem Hotel gab es sogar eine verstaubte Internet-Station und für mich die Möglichkeit, alte E-Mails durchzusehen. Dabei erfuhr ich, daß ich endlich und somit sofort den neuen Träger des Wolfgang-Koeppen-Preises bekanntgeben sollte. Ich war geschockt. Seit Italien hatte ich mich damit gar nicht mehr beschäftigt. Ich wußte nur noch, daß Elisabeth eine Autorin namens Sara-Rebecka Werkmüller oder so, ein Doppelname, ganz besonders gut gefallen hatte. Ich ließ Sissi rasch aus dem Zimmer holen und fragte nach Details. Sara-Rebecka Werkmüller hieß die Autorin, ihr Roman ›Lebensschwärze‹. Ein blöder Titel, fand ich, aber egal. Jetzt erinnerte ich mich wieder an die erste Seite des Buches, die mir nicht zugesagt hatte. Lauter Stellen mit Körperflüssigkeiten, ein typisches Frauenbuch. Aber Sissi lächelte nur. Das sei ihr zuerst auch so gegangen. Später sei es so spannend geworden, daß sie nicht mehr habe aufhören können. So, so ... wirklich? O ja! Das beste Buch der letzten zwanzig Jahre, mit viel politischer Realität, Stuttgart 21, Väter ohne Rechte, starke Frauen, die sich ins Unrecht setzen, und so weiter. Sie war sich vollkommen sicher: Sara-Rebecka Werkmüller war der neue Koeppen-Preisträger.

So mailte ich das zurück. Die Entscheidung war gefallen. Wir hatten die Bücher natürlich nicht mitgenommen. Sonst hätte ich mir wenigstens noch das Autorenbildchen auf der Rückseite des Umschlags ansehen können. Ich erinnerte dunkel eine ältere Frau jenseits der Fünfundfünfzig, mit häßlicher schwarzer Brille, stechenden Augen und tiefen Falten über der Nasenwurzel. Ich sagte es, aber meine Frau korrigierte mich. Das hätte ich mit der Streeruwitz verwechselt. Die Werkmüller sei noch in den Dreißigern. Ich atmete auf. Heute weiß ich, daß ich nichts verwechselt hatte. Das Buch liegt vor mir und auch das Bildchen. Die Autorin ist in den siebziger Jahren geboren worden, sieht aber fünfundzwanzig Jahre älter aus. Ein Kunststück. Und sie schreibt auch so ...

Da bleibe ich lieber bei meinen Italien-Eindrücken! Neapel ... dieses Italien-Gefühl meiner Kindheit, wahrscheinlich unser aller Kindheit. Wer als Kind nicht in Italien die Ferien verbrachte, lebt nicht. Der weiß nichts vom Glück. Der weiß im späteren Leben nicht, worauf er sich freuen soll. Auch Elisabeth hat alle großen Schulferien an der Adria verbracht, in einem kleinen verwunschenen Ort in den Marken. Im Grunde war sie immer noch dieses ganz und gar arglose Mädchen, das selbst bei kleinen Geschenken in Tränen hilflosen Glücks ausbrach. Ein harmloses Büschel Feldblumen genügte, und sie stand da, die Blumen mit beiden Armen umgreifend wie ein Neugeborenes, fassungslos, überwältigt. Inzwischen trug sie einen sexy Look, Minirock, lange Beine, geblümtes enges Hemdchen, darüber eine schwarze Lederjacke. Es war unmöglich, sie nicht zu begehren. Als Kind war sie zum Glück anders herumgelaufen, ich kannte Bilder. Die Haare artig kurz geschnitten, der Körper immer im züchtigen Badeanzug, den frühzeitig üppigen Busen weggequetscht. Der Gesichtsausdruck war wie heute: gutmütig, fast schon verklärt. Dieser Mensch wollte immer helfen. Der kannte kein Ich und keinen eigenen Wunsch. So einen Menschen, das begriff ich schnell, mußte man gut behandeln.

Mich bedrückte nun sehr die Fehlentscheidung mit

dem Preis. Je länger ich nachdachte, desto mehr begriff ich, wen ich da herausgefischt hatte. Vor allem durfte Sissi nicht merken, wie grauenvoll ich ihr Lieblingsbuch fand. Ich mußte eine mindestens zehn- bis zwölfseitige Laudatio auf die Autorin halten und war damit überfordert, was Sissi merken mußte. Hier schrieb eine häßliche, freudlose Person, die niemals etwas Lustiges erlebt hatte, über langweilige Natur. Sie schrieb diese sogenannte Literatur-Literatur, die ich von Anfang an bekämpft hatte. Optische Sachverhalte werden in Worte übersetzt. Eine entsetzliche Fleißarbeit. Das geht so: Anstatt zu sagen »In seiner begreiflichen Verzweiflung trat er die wenig widerstandsfähige IKEA-Tür ein« heißt es beim »echten« Literaten: »Die nahezu zwei Meter hohe beidflügelige, noch aus dem frühen 20. Jahrhundert stammende Tür, die Anton mit Peters Hilfe mal liebevoll, mal gleichgültig-sorglos – vor allem was die fein geriffelten, schwer gleichmäßig auszumalenden Intarsien anging – restauriert hatte, hing trotz ihrer jahrhundertealten Schwere eher wackelig in den gußeisernen, künstlerisch gestalteten, nun aber ebenfalls und eher achtlos übermalten Scharnieren, so daß die nur schwach verhakten Türteile durch den Tritt gegen das Schloß nachgaben und quietschend aufflogen.« Das heißt, die Autorin stand mit dem Notizbüchlein vor der Tür und malte sie in Worten ab. Und übertrug das dann ins Buch, zweihundertsechsundsechzig Seiten hintereinander, also in diesem Stil. Ich selbst habe, um das zu karikieren, in meinen Romanen immer *eine* Seite so geschrieben, meistens die Seite 100, einfach um den Rezensenten zu zeigen: Kann ich auch, bitte schön, will ich aber nicht. Das wurde freilich nie aufgegriffen, wenn ich jetzt so darüber nachdenke. Eher im Gegenteil. Wenn einer einmal gut über das Buch schrieb, führte er meist diese eine Seite an (»Daß der Autor auch berückend sensibel, ja verstörend feinfühlig-literarisch zu schreiben vermag, macht ihn zu einem der...« und so weiter, folgend Zitat S. 100). Um Gottes willen, wie sollte ich bloß die Laudatio zustande bringen, noch dazu so unzynisch, daß Elisabeth nichts merkte? Ich konnte vielleicht erst einmal Zeilen schinden, indem ich ausführlich und launig erzählte, wie damals ich, aus der Hand Sibylle Bergs, den Preis erhielt und warum und wieso und unter welchen Umständen. So konnte ich eine Viertelstunde füllen. Danach würden alle denken, mir sei später einfach die Zeit davongelaufen.

Dieses Fräulein Werkmüller schrieb nun auf jeder Seite endlos über Baumkäfer, Blattläuse, vertrocknete Kastanienkerne, Hunde mit Eiterbeulen an den Hoden oder weiß der Geier was für Abscheulichkeiten der Natur, und der Stuttgart-21-Aktivist war gar nicht, wie ich dachte, politisch, sondern einer, der Bäume umarmte und somit in meinen Augen verrückt war. Auch alle anderen Figuren in dem Stück waren ausnahmslos Leute, die ich um keinen Preis der Welt kennenlernen wollte, ebensowenig wie die Autorin. Alles weinerliche, inhalts- und prinzipienlose Siebziger-Jahre-Trivialökos. Frühpensionierte Latzhosenträger, die stundenlang an ihrem graugewordenen Pferdeschwanz flochten, aber im Zweifelsfall nicht einmal Joschka Fischer buchstabieren konnten. Wahrlich: die Hölle auf Erden. Und nun mußte ich genau das tun – die Autorin kennenlernen und umarmen, sprachlich wie körperlich. Ich tat einen Schrei bei dem Gedanken, und Sissi fragte mich, was ich hätte.

»Nichts!« rief ich in Panik. Unser schönes Glück durfte

durch diese Fehlentscheidung nicht beschädigt werden. Wir waren nämlich total glücklich in Süditalien, spätestens nach den Nächten in Neapel. Wir fuhren dann die Amalfi-Küste entlang Richtung Salerno, hielten in jedem der Fischerdörfer, die auch Pasolini aufgesucht hatte. Ich achtete mit Argusaugen auf weitere Enklaven mit rein afrikanischer Bevölkerung. Die kamen aber nicht. Wir waren nun im Herzen von Süditalien, diesem gefürchteten Armutsgebiet, in dem angeblich die Mafia und die ewige Arbeitslosigkeit herrschten. Was ich aber sah, widersprach dem vollständig. Der gute Ex-Premier Berlusconi mußte einen ziemlich guten Job gemacht haben. Ja, lieber nicht vorhandener Leser, du hast dich nicht verlesen: Dein Autor hat soeben das Wort »Berlusconi« hingeschrieben und dabei die Chance zur Sottise ausgelassen. Ich sah überall denselben Wohlstand, denselben Standard der Lebensverhältnisse, den es auch im übrigen Europa gab und der selbstverständlich geworden war. Ich spreche vom Kerneuropa, dem Gründungseuropa der Europäischen Union, von jenem Europa, das niemals kommunistisch regiert wurde. Denen geht es überall gleich gut. Ich meine, es geht ihnen im Vergleich zur Zeit Pasolinis miserabel, aber nicht in dem Sinne, den Oskar Lafontaine – Gott sei seiner Seele gnädig – einst meinte. Nicht arm sind die Sizilianer, nicht materiell arm, sondern im Herzen. Das Temperament ist weg, die Kinder sind weg, die Kirche ist weg, geblieben ist eine erkaltete, zum Stillstand gekommene Gesellschaft: nett, harmlos, ruhig, nichtssagend. Ohne Anliegen, ohne Projekt. Als wir später durch Rom kamen, stolperten wir durch kilometerlange Shopping Malls, was heißt kilometerlang, sie hörten überhaupt nicht mehr auf. Das Scheußliche an diesen ins Kraut geschossenen, jedes Maß verloren habenden Fußgängerzonen war die Tatsache, daß alle Geschäfte internationalen Ketten gehörten. Die Italiener waren Konsumidioten geworden, genauso wie die Asiaten, Inder, Araber und Brasilianer. Aber dazu später.

Es waren übrigens alles Modegeschäfte. Da fragte ich mich schon, wie es sein konnte, daß sich Millionen Römer an diesen Modegeschäften vorbeiwälzten – und dennoch so schlecht gekleidet aussahen! Das taten sie nämlich. Die natürliche Eleganz dieser Bevölkerung war verschwunden. Die Männer trugen keine weißen Herrenoberhemden mehr und keine dunklen Jacketts. Die Frauen kamen ohne Röcke oder figurbetonte Kleider aus, ohne Schmuck, ohne viel Bein oder viel Haut oder viel Haar. Männlein wie Weiblein – um es altbacken zu formulieren – trugen *casual wear*, schlampige T-Shirts, Turnschuhe, Jeans oder andere unförmige Hosen. Vor allem natürlich war der Altersdurchschnitt ein anderer als 1961, als Pasolini hier war, oder 1975, als er starb. Nämlich Mitte Vierzig statt Mitte Zwanzig. Kein Wunder, daß die Leute damals sexy aussahen und jetzt nicht mehr. Aber, wie gesagt, das erzähle ich alles später, denn zunächst ging es von Neapel weiter nach Süden, die Amalfi-Küste entlang.

Nun hatte ich ja das große Glück, den Sex-Appeal in Gestalt meiner Begleiterin bereits an Bord zu haben. Ich konnte es mir leisten, durch das unsexy gewordene Land zu reisen, ohne dabei etwas zu vermissen. Auch erschien mir meine schöne Frau immer begehrenswerter, je reizloser und aufgedunsener die Italienerinnen daherkamen. Vielleicht hätte ich 1961 weniger Spaß mit meiner Ausnahmefrau gehabt und hätte statt dessen den jungen Bienen immer auf die Möpse gestarrt (man beachte, daß ich erneut die Sprache jener Zeit verwende). Daß ich von Sissis erotischer Ausstrahlung immer mehr beeindruckt wurde, erkannte ich daran, daß ich ihren Körper ununterbrochen fotografieren mußte. Ich knipste Elisabeth, wenn sie Zitronen auspreßte, in der Sonne badete, ein Buch las, ins Wasser ging, sich abtrocknete, ein Geschäft betrat, einem zudringlichen Bettler viel zuviel Geld gab, einen Espresso doppio bestellte und so weiter. Am liebsten fotografierte ich ihr braungebranntes Gesicht, passend zum schneeweißen Bademantel, ja überhaupt hatte es mir wohl – wenn ich die Bilder heute sehe – ihre herrliche, weil so gerade, fehlerlose Gesichtszeichnung angetan. Es ist doch einfach zu schön, wenn ein Mann nicht mehr suchen muß. Wenn er das gefunden hat, was er immer wollte. Das nennt man sicher Happy-End.

Irgendwann kam eine Ausfahrt mit dem Schild *Vesuvio*, und aus schierer Blödheit oder guter Laune fuhren wir hin, also zum Vesuv. Das war ein schönes Erlebnis, Leute. Erst nicht so, weil man endlos die Serpentinen hochgurken mußte, aber dann doch, weil man Hunderte Kilometer weit ins Land und auf das Meer schauen konnte. Eine tolle Vorstellung übrigens, daß das alles mit Lava bedeckt werden wird beim nächsten Ausbruch. Es gab da kein Entkommen, keine Notfallpläne. Millionen werden sterben.

Auf der Spitze des Vulkans qualmte es zwar etwas, aber dennoch war die kühlende Luft von seltener Reinheit, und die klare, helle Frühlingssonne schien auf den gesamten Golf von Neapel, ich glaube, ich erwähnte es bereits, auf diese Millionenstadt am Meer, die, anders als alle anderen Millionenstädte, so natürlich aussieht. Meer und Berge, gelber und weißer Stein, rote Ziegel, Myriaden von

Häuschen, alle durcheinandergewürfelt und in den Berg hineingebaut, viel Grün, kein Beton. Ein typisches süditalienisches Bergdorf, nur tausendmal größer. Und vom Vesuv aus wirkten selbst die Wolkenkratzer im Zentrum niedlich. Ich würde noch weiter in diesen Erinnerungsbildern schwelgen, jetzt, wenn ich dabei nicht ausgerechnet an Sara-Rebecka Werkmüller denken müßte. Die schreibt ja oft so wie ich in den letzten Minuten. Doch sogar dabei gibt es noch einen, wenn auch kleinen, Unterschied. Die Sätze sind meistens nur formal richtig bei der Werkmüller, nicht aber vom natürlichen Empfinden her. Es sind Sätze, die entstehen, wenn man sie zehnmal umschreibt und dabei die intuitive Verbindung zu ihnen verliert. Oft hält der Leser verdutzt inne, weil das Hilfsverb zu fehlen scheint, liest noch einmal und merkt dann, daß die Formulierung doch so richtig ist, im Prinzip. Nur würde niemand so sprechen. Es sind Kopfgeburtensätze, die noch nicht einmal wissen, daß sie das sind. Mit Verlaub, dies kann man bei mir niemals sagen, sogar wenn ich zu umständlichen Landschaftsbeschreibungen ansetze, was ohnehin fast nie vorkommt.

In Amalfi besuchten wir Freunde aus Wien. Es waren zwei Paare, Jugendfreunde von Sissi. Wir waren also insgesamt drei Paare. Ich kannte niemanden der Leute. Aber es war mir eine Freude, Sissi so frei und gesellig zu erleben. Sie erzählte Tausendundeine-Nacht-Geschichten aus ihrem Berufsleben. Sie war ja investigative Journalistin. Die anderen beiden Paare bogen sich vor Lachen. Sissi hatte mit jedem bekannten Politiker des Landes zutiefst Indiskretes erlebt, Dinge, die selbst der brutalste Enthüllungsjournalist für sich behalten mußte – und die erzählte sie jetzt.

Wir bekamen ein eigenes Haus, das an der Küste klebte wie ein Schwalbennest. Besser gesagt, das obere Stockwerk davon. Unten wohnte eines der anderen Paare. Ich hatte inzwischen erfahren, wie die Beziehungen zusammenhingen: Sissis Jugendfreundin hatte den Sohn eines reichen Hoteliers von Amalfi geheiratet. Ihm hatten wir das Haus zu verdanken. Das zweite Paar war ein Jugendfreund und seine gerade erst eroberte neue, also zweite Frau, blond, jung und drall. Prompt zog diese den Haß der anderen beiden Frauen auf sich. Es war wie im Vogelkäfig, wenn man ein neues, junges Vogerl zu den alten Eingesessenen dazutut und diese sofort mit dem Rupfen beginnen. Nun war der Mann auch noch ein Anhänger einer fernöstlichen Religionsgemeinschaft, was ich aber nicht sofort begriff. Sogar als mir die Sissi davon berichtete, machte ich mir noch keine Sorgen. Aber es war so. Der Mann war sozusagen verrückt. Ich werde darüber später noch berichten. Nicht jetzt, weil mir die ganze Sache doch unangenehm ist. Ich gehöre nicht zu den Leuten, die Verrücktheiten lustig finden. Seine Frau gefiel mir dagegen nicht schlecht, eben weil sie so blond und gesund aussah. Natürlich konnte sie es nicht mit Elisabeth aufnehmen, die ja *wirklich* attraktiv war. Ich hatte in Elisabeth die erste Frau gefunden, die in dieser Hinsicht keine Enttäuschung bedeutete. Mein ganzes langes Leben lang hatte ich Pech mit Frauen gehabt. Meine erste Freundin hieß Mariechen und hatte Sommersprossen. Üblicherweise werden Sommersprossen ja immer niedlich und liebenswert gefunden, und auch ich hielt mich daran. Aber ihre Sommersprossen waren groß wie Leberflecken und bedeckten den ganzen blassen, rötlichen Körper. Dieser Körper war an sich recht hübsch, weil katemossmäßig schlank, doch der Busen, o Schreck, war dann doch, zumindest in der wehmütigen Rückschau, einen Tick zu klein. Es fehlten nur Millimeter, aber sie fehlten eben. Und so ging es immer weiter mit den Frauen. Deswegen konnte ich auch niemals heiraten. Erst jetzt hatte ich mein Glück gefunden, mit Elisabeth, die wirklich perfekt war. Das schreibt sich so einfach hin, aber ich werde es noch beweisen.

Amalfi ist die Stadt, in der Giuseppe De Santis 1954 den Film ›Tage der Liebe‹ drehte. Der blutjunge Marcello Mastroianni spielte die Hauptrolle, es war sein erster Farbfilm. Da wir die Stadt im April besuchten und nicht im Juli, befand sie sich im Originalzustand und nicht überlaufen von Touristen. Der schon erwähnte Hotel-Erbe, der uns die Villa überlassen hatte, sprach von unhaltbaren Zuständen während der Hauptsaison. Sogenannte »Monsterschiffe«, also Riesen-Kreuzfahrtschiffe mit mehreren tausend Passagieren an Bord, würden vor Amalfi ankern und ihre Rentnerhorden auf den Küstenstreifen loslassen. Ich stellte es mir schlimmer vor als die Russen vor Wien 1945. Also allein die Erwartung dieser Leute. Der Hotel-Erbe hatte es deshalb abgelehnt, den Betrieb zu übernehmen. Also sein Erbe wollte er schon antreten, aber nicht als Hotelier. Er wollte sich auszahlen lassen. Dagegen protestierten seine fünf jüngeren Geschwister. Das Hotel hätte nämlich dabei verkauft werden müssen. In dieser Familie steckte wirklich der Wurm, und diese Formulierung untertreibt noch. Würde ich an das Weltbild der Psychologie glauben, müßte ich nun Vaterkomplex, Geschwisterneid, Liebesdefizit und dergleichen Blödsinn bemühen. Nein, die Nachgeborenen waren einfach faul und wollten das Geld haben. Der

Hotel-Erbe brütete den ganzen Tag haßerfüllt vor sich hin. Er haßte seinen Vater, seine Geschwister, seine deutsche Frau, und er hatte noch nie richtig gearbeitet. Seit seinen Studententagen kam am Monatsersten ein Scheck von seinem Vater.

Es war nicht leicht, mit diesem dunklen Gemüt eine Ferienvilla zu teilen. Seine Frau war ebenfalls nicht angenehm, da sie grundsätzlich herrisch auftrat. Sie redete ohne Pause in einem selbsterfundenen Idiom – angeblich der leicht variierte Grazer Dialekt – und hielt sich für die Wiedergeburt von Hans Moser. Ich verstand immer nur Bahnhof. Meistens schlug sie verbal auf ihren depressiven Mann ein, den ewigen Erben. Wenn ich selbst nichts sagte, entkam ich ihrer Aggression. Aber wenn ich nur Atem holte, um etwas vorzubringen, fuhr sie mir schon brutal über den Mund. In ihrem Herrschaftsgebiet redete nur einer, nämlich sie! Das machte sie immer wieder klar. Der gemütskranke Mann war vielleicht nur deswegen so geworden. Oder es war umgekehrt: Da er sich gegen seine Familie so arschlochhaft benahm, nahm er die Schläge seiner Frau dankbar als Ausgleich entgegen.

So konnte es nicht verwundern, daß die sechs Menschen, die nun eine Woche zusammen Ferien machten, also diese drei Paare, nicht besonders froh miteinander wurden. Natürlich kam es schon am zweiten Tag zu einem schweren Eifersuchtskonflikt. Die dralle Blondine hatte den Hotel-Erben beiseite genommen und gesagt, sie sei so froh, ihn einmal ohne seine schreckliche Frau sprechen zu können. Dummerweise war diese binnen Sekunden hinterhergewieselt und hatte es gehört. Schon stand der Super-GAU im Raum.

Mich begann der alte Vater zu interessieren, der Patriarch und Hotelgründer. Wer war dieser Kerl, über den ich von morgens bis abends soviel Schlechtes vernahm? Der Erbe vermittelte ein Treffen. Mit mir, Sissi und seiner Hans-Moser-Frau besuchte er seine Eltern, die natürlich überaus reizend und beeindruckend waren. Der Patriarch war schon über achtzig und redete nicht mehr viel, hatte aber durchdringende und sehr liebe Augen. Bald würde er sterben, das war klar.

Als wir wieder draußen waren, schlug ich dem Müßiggänger vor, endlich das Hotel zu übernehmen. Das sei eine echte Lebensaufgabe für ihn. Der ungute Sohn versank nun erst recht in nichtsnutziges, nicht mehr endendes Brüten. Zwischendurch beschimpfte und beschuldigte er seine Frau. Manchmal verwünschte er auch sich selbst. Sissi und ich machten es uns in den folgenden Tagen zur Aufgabe, diesem Paar auszuweichen. Das ging nicht immer. Zumindest Sissi wurde von unseren Gastgebern dienstverpflichtet, mit ihnen morgens das Frühstück einzunehmen.

Das dritte Paar wandte sich in seiner Not an uns. Man hatte der jungen Frau bereits nahegelegt, abzureisen. Der Mann, von dem nun feststand, daß er von dem indischen Bhagwan-Kult besessen war, hatte von Anfang an ein Auge auf Sissi geworfen. Mir war das nicht entgangen. Er war ungefähr fünfzig Jahre alt und sah exakt so aus, wie Marius Müller-Westernhagen mit fünfzig oder Ende vierzig ausgesehen hatte. Also schmal, kantig, vergeistigt, cool, pseudo-schlau. So eine Type war immer gefährlich für gutherzige Frauen. Er machte ihr andauernd Komplimente, mal offen, mal versteckt. Es konnte nicht schaden, ihn loszuwerden. So nahm ich eines Mittags Anlauf, durchbrach bei der ohnehin eifersüchtigen Gastgeberin die kommunikativen Sperren und drückte ihr folgendes rein:

»Blondie und dein Mann sind ... Blondie und dein Mann ... dein Mann ... die blonde junge Frau ...«

Sie plapperte einfach dagegen an, als gäbe sie sich selbst Feuerschutz, aber irgendwann hatte ich die Sinneinheit »Blondie« in ihrem Kopf implantiert, und es war kurz Ruhe, so daß ich sagen konnte, die Frau von dem Bhagwan-Typen sei ja sehr süß und anscheinend total in den Hotel-Erben verknallt. Das genügte. Als Elisabeth und ich von unserem Abendspaziergang zurückkamen, war das konkurrierende Paar bereits abgereist. Mir taten beide jetzt leid. Ich stellte mir die Szene vor, wie der freundlich grinsende, nun ganz unsichere Intellektuelle seine grundgute, üppige Blondine, die nun wahrscheinlich einen Nervenzusammenbruch hatte, nach draußen schob, an der anderen Hand den hastig gefüllten, aus allen Nähten platzenden Rollkoffer. War er wirklich dieser Sekte verfallen? Nein, er betrieb den ganzen Bhagwan-Schmäh doch eher als altersgemäße Wellness-Kur. Und die Blondine hatte mich auch gerührt, wenn sie manchmal im Sessel saß und ein ernstes Buch zu lesen versuchte, mit dicker Brille, ganz wie einst Marilyn Monroe im Actors Studio. Nun waren sie weg, und wir hatten keinen Puffer mehr zwischen uns und den wahnsinnigen Gastgebern.

Anfang April ist das Wetter sogar in Süditalien oft kalt und launisch. Uns machte das gar nichts aus. Wir erlebten die Meeresgegend von Amalfi tagelang im Zustand des Gewitters, des massiven Regens, des Dunstes, Nebels, der tiefliegenden Wolken, die die Berge verhüllten und sich sogar bis unter die in den Berg gebaute Villa senkten.

Von dieser Höhe aus wird das Meer ohnehin furchtbar riesig, man kann bei dem Wetter den Horizont nicht mehr sehen: Alles wird zu Wasser, das Meer, der Himmel, der überflutete Balkon, die Luft. Nachts heulte manchmal der Sturm, und viertelstundenweise übertönte er sogar das gnadenlose Gekeife des erbenden Paares. Sissi und ich gingen manchmal mitten in der Nacht auf den Balkon, ließen uns fast wegwehen, fühlten uns, fest umschlungen, wie auf einem Schiff in vormoderner Zeit und waren glücklich. Und tagsüber gingen wir manchmal mit den zwei Galgenvögeln essen, wobei ich jedesmal, wenn mein Auge die schöne Sissi erfaßte, einen Euphorieschub bekam. Ich muß nicht sagen, was ich bekam, wenn mein Auge den angejahrten Italiener erfaßte, der vor uns hockte wie ein randvoller Kübel Wut. Die Augenbrauen waren über der Nase vollständig zusammengewachsen. Seine Basedowschen Glubschaugen starrten beleidigt ins Nichts, was auch daran lag, daß er jeden Tag viele Male kiffte. In seinem Alter soll diese Droge ja nicht mehr so anregend sein.

Es war schwer, bei dem Sturmgetöse die Weiterfahrt zu wagen, aber es mußte sein. Wir wollten nicht noch Zeuge irgendeiner Bluttat werden müssen. Offenbar stachelte unser Glück den Italiener, der ja wohl ein geborener Unglückshaufen war, Sissi bezeichnete ihn so, zu noch mehr Verzweiflung an. Übrigens sprach er ganz ordentlich Deutsch, während seine Frau auch nach siebeneinhalb Jahren Ehe noch kein Wort Italienisch verstand. Leider konnte man seine Rede trotzdem kaum hören, da er so leise und verzagt sprach, daß sich nur die Lippen zu bewegen schienen. Meistens durfte er ja ohnehin nichts sagen, und das krachend-verballhornte Steiermärkisch der stets volltrunkenen Frau füllte Tisch und Raum. Ich wäre wirklich gern gefahren. Die Route Pasolinis führte im übrigen gar nicht durch Amalfi. Das war dann das entscheidende Argument, und wir stiegen in unser Auto, das ein Diener des Hotels vorfuhr. Die Villa war nur ein Teil des Grandhotels, das noch weitere Auslagerungen in der Gegend hatte.

Wir fuhren bis Agripolis, einem Fischerdorf am Golf von Salerno. Wieder nahmen wir einfach das erste Hotel, das direkt am Strand lag. Die Fahrt war gefährlich und anstrengend gewesen. Im Erdgeschoß des Gasthauses war ein Restaurant, und wir ließen es uns schmecken. Zum ersten Mal seit einer Woche konnten wir ohne das Terrorpärchen speisen. Trotzdem war mir noch schlecht von den tausend Serpentinen, die wir mitten im Unwetter hatten durchfahren müssen. Es tat mir leid, denn so war ich meiner Frau ein unlustiger Begleiter. Aber wieder sah ich, daß sie immer noch über all meine Marotten gutmütig-verliebt lachte und alles tat, damit ich wieder Oberwasser bekam. Auf die Spaghetti des Hauses legte ich vor den Augen des Kellners mitgebrachte Scheiblettenkäse-Scheiben aus Deutschland. Jede andere Frau wäre in dem Moment aufgestanden und hätte die Scheidung eingereicht. Meine Freundin Barbara zum Beispiel, die, mit langen Unterbrechungen, achtzehn Jahre an meiner Seite ausgehalten hatte. Die hätte mich dafür vielleicht sogar geohrfeigt, denn sie war in Sachen Völkerverständigung und kulturellen Respects sehr streng. Dabei sah diese Barbara, genannt Barbi, noch nicht einmal so gut aus. Auch mit ihr hatte ich letzten Endes Pech. Sie besaß zwar keine Sommersprossen, keine rötlichen Haare und keine blasse Haut, und auch ihr Busen war weder zu klein noch zu groß, sondern so stramm, daß es eine Freude war. Barbie, hochgewachsen und elegant, die Gliedmaßen schlank und verführerisch, konnte allen Männern gefallen. Und doch enttäuschte sie durch ein eher durchschnittliches Gesicht. Die Augen wirkten klein und wenig ansprechend. Die Nase war verformt wie das ganze asymmetrische Antlitz, sogar die Zähne waren so schief, daß einem die Lust zum Küssen manchmal vergehen konnte. Mit einem Wort: Was für ein Gegensatz zu Elisabeth! Ich war mächtig froh, mit der Heirat so lange gewartet zu haben, bis *sie* kam, meine Sissi. Die brachte mir am nächsten Morgen wieder ein Tablett mit Frühstück ans Bett, wie schon in Amalfi. Dort hatte sie sich das angewöhnt, da sie mit ihrer Jugendfreundin ja zu frühstücken gezwungen war, während ich diesen schrecklichen Termin lieber schwänzte. Beim nächsten Hotel in der Stadt Sapri revanchierte ich mich. An der noch schlafenden Geliebten vorbei schlich ich mich aus dem Zimmer. Ich werde nie vergessen, wie sie in dem nun endlich sonnendurchfluteten Zimmer lag, wie hingelegt für einen Maler, der die ewige Schönheitssituation einzufangen hatte. Ja, ich könnte ins Schwärmen geraten, heute noch, und mich selbst mit immer neuen Erinnerungen beglücken, wenn, ja wenn ich nicht inzwischen mit diesem Buch der Sara-Rebecka Werkmüller so beschäftigt wäre. Ich *muß* es ja lesen, sonst kann ich keine Laudatio schreiben, und ich mache gerade die Erfahrung, daß schlechte Bücher, wenn man sie erzwungenermaßen liest, stärker ins Bewußtsein eingreifen als gute. Diese Frau schreibt so oft über übelriechenden Schweiß und Nässe unter den Achselhöhlen, daß man irgendwann selbst zu schwitzen beginnt. Das Kalkül bei ihr ist, daß eklige Beschreibungen immer als besonders *kritisch* mißverstanden werden. Ebenso wenn sie über Leute schreibt, deren einziges Abenteuer darin besteht, einmal im Jahr zum Zentralfriedhof zu fahren und das Grab der Mutter zu besuchen, von der nur eines bekannt ist: Sie hat immer nur gearbeitet, Lohnbuchhaltung im Schlachthof, um ihr Kind durchzubringen. Das soll archaisch wirken, ist aber einfach nur falsch. Ich lege das Buch immer schon nach einem Satz weg, lenke mich ab, gehe in ein anderes Zimmer, versuche mein entsetztes Gesicht vor der Sissi zu verbergen, komme zurück und lese den nächsten Satz. Die Sätze gehen etwa so: »Eckenwärts verjüngte sich eine hängende Zimmerplatane mit starren Trockenstellen in den dünner werdenden Lachen ausgestreckter Zeit.« Was? Ich hatte mich wohl verlesen. Noch mal: »Eckenwärts ...« Ich ließ es lieber. Gleich woanders versuchen: »Das Windwehen, das den Schweif des ohnmächtigen Gefährten achtlos zittern ließ, war mittelwarm gewesen und hatte nach einem körpernahen Schwelbrand und weichen Gräsern, die am Rand des Platzes welkten, gerochen. Diffus ins Nichts gerichtet zog ein schwerbedeckter wolkenloser Himmel ...«

Moment, wonach genau roch das Zeug? Wie riechen zerfallende welkende, weiche Gräser? Ist wohl eher ein Buch für den Preis der Kriegsblinden. Ich war noch immer erst auf Seite 39. Die beiden Namen der Hauptdarsteller konnte ich immer noch nicht zuordnen. Der eine hieß Anton. Der andere Thomas. Wer war Anton, wer der andere? Ich mußte sie mir immer noch ins Gedächtnis rufen. Im Grunde hatte ich nicht erst 39 Seiten gelesen, sondern über 100, da ich jeden Satz – wirklich *jeden* – dreimal lesen mußte, ehe er mir etwas sagte. Unangenehm stieß mir und stößt mir auch auf, daß das Siebziger-Jahre-Bewußtsein der Autorin auch über alle anderen Zeiten gestülpt wird, etwa wenn im Krieg oder kurz danach die Mutter ebenfalls diesen Jargon spricht. Dann hört ja selbst der dokumentarische Wert auf, den das Buch mit letzter Kraft noch haben könnte, eben als Dokument des verflossenen Gutmenschentums des 20. Jahrhunderts. Dennoch: Ich darf nicht aufgeben. Ich darf es mir nicht zu leicht machen. Schließlich hatte ich einen guten Grund für meine Entscheidung gehabt, den Koeppen-Preis an diese Autorin zu geben. Ich hatte nämlich keineswegs so leichtfertig gehandelt, wie es jetzt scheint. Nicht einmal, sondern dreimal hatte ich intensiv mit Elisabeth darüber geredet, und ihre Argumente hatten mich durchaus überzeugt. So hatte sie zum Beispiel vorgebracht, daß auch ihr das Buch ›Lebensschwärze‹ zunächst gar nicht gefallen hatte, bis sie den komplizierten Aufbau begriff, ja was heißt kompliziert, es war angeblich die raffinierteste, intelligenteste Konstruktionsweise, die je in der Weltliteratur zum Einsatz gebracht wurde. Das machte mich neugierig. Auch hatte der mir bekannte große österreichische Autor Franz Schuh behauptet, ›Lebensschwärze‹ sei einer der besten deutschsprachigen Romane, nicht nur unserer Zeit, sondern überhaupt. Was für ein Urteil! Ich hatte den Mann unlängst auf einer Lesung erlebt und war begeistert. In einem langen, vollbesetzten Kirchenschiff hatte er vor knapp achthundert Zuhörern gelesen. Dieser Virtuose konnte sich nicht irren, ich schon. Und hatte mir nicht sogar ›Ulysses‹ beim ersten Versuch nicht gefallen? Deshalb nahm ich mir vor, so lange im verhaßten Buch ›Lebensschwärze‹ weiterzulesen, bis ich es mochte. Das Problem dabei: Ich bekam echte Depressionen beim Lesen.

Was also tun? Wollte ich die Laudatio schreiben, mußte ich das Werk kennen. Wen konnte ich bitten, es für mich zu lesen? Wenn ich Sissi fragte, würde sie Verdacht schöpfen. Sie würde dann ahnen, daß ich das Buch nicht mochte. Sollte ich meinen Lektor fragen, den armen van Huelsen? Ihn hatte ich in meine Entscheidung für Sara-Rebecka Werkmüller eingeweiht. Nein, ich würde van Huelsen mit solch einer Bitte nur irritieren, womöglich sogar brüskieren. Plötzlich zuckte eine radikale Idee durch mein Bewußtsein. Ich mußte meine Entscheidung einfach revidieren! So groß der Schaden auch sein mochte, es war immerhin eine Lösung des Problems. Ehrlich gesagt: die *einzig* mögliche. Sofort griff ich nach dem iPhone und schrieb eine Mail an die Koeppen-Preis-Gesellschaft. Meine Phantasie kam mir zu Hilfe, als ich formulierte:

»Sehr geehrter Herr S.! Heute am frühen Nachmittag bin ich mit meiner lieben Frau aus Sizilien zurückgekommen. Ich bin nun wieder im Internet und rund um die Uhr erreichbar. Meine erste Mail geht natürlich gleich an Sie. Wir hatten die Bücher meiner Favoriten für den Koeppen-Preis im Koffer, und inzwischen habe ich auch das restliche Werk von Sara-Rebecka Werkmüller gelesen. Das gefällt mir leider weniger gut. Haben Sie schon mit der Autorin Kontakt aufgenommen? Wenn nicht, wäre inzwischen Sibylle Lewitscharoff meine Nummer eins. Das weiß natürlich niemand. Ich kann Ihnen das ja ganz diskret unterbreiten – entre nous – und muß nicht befürchten, daß Sie mir böse sind. Das ist ja der Unterschied zur Arbeit in Verlagen oder Zeitungen. Solange man unter sich bleibt, sind alle Optionen offen, und kein Schaden entsteht. Wenn Sie aber schon aktiv waren, bleibt diese Mail eben genauso unter uns, nicht wahr? Sehr herzliche Grüße, Ihr Johannes Lohmer.«

Der Kulturfunktionär hat am nächsten Morgen geantwortet:

»Lieber Herr Lohmer! Vielen Dank für Ihre Mail. Da die Universitäts- und Hansestadt Greifswald bekannterweise sehr schnell arbeitet, hat der Oberbürgermeister Herr Dr. Keller die Preisträgerin über den Suhrkamp-Verlag bereits kontaktiert. Insofern ist eine Korrektur nicht mehr möglich. Wir im Kulturamt, die Leiterin Frau H. und ich, finden die getroffene Wahl durchaus gelungen und freuen uns auf die Preisverleihung. Wir haben Ihnen und Ihrer neuen Frau übrigens vom 22. bis 24. 6. ein Doppelzimmer in dem Ihnen bekannten Hotel Kronprinz reserviert. Bitte teilen Sie mir mit, ob Sie bereits am 22. Juni anreisen oder ich das Zimmer für den Freitag stornieren kann. Mit freundlichen Grüßen von der Ostsee an die Donau, André S.«

Da hatte mich der kleine Funktionär eiskalt abblitzen lassen. Ich hatte keinen Ausweg mehr, die rettende Idee war dahin. Was nützte es mir nun noch, daß ich verliebt war? Daß ich das Glück gepachtet hatte? Daß ich ein paar Jährchen nicht mehr schreiben mußte? Nichts – denn ich mußte mich an der ›Lebensschwärze‹ weiter abrackern, also sie lesen, also in Depressionen versinken, vor den hellblauen Augen meiner Frau! Einmal stöhnte ich laut auf beim Lesen, und sie hörte es und fragte besorgt, was mir fehle. Ich konnte es ihr nicht sagen. Sie insistierte aber, und so versuchte ich es:

»Ach, diese Lesestelle ... die verunsicherte mich wohl ein bißchen ... da ist dieser Junge, teilnahmslos, gelangweilt, weil in der Pubertät, dann aber hat er alle Fingernägel bis aufs blutige Fleisch zerfressen vor Interesse, und geweint hat er auch noch, vor lauter Mitgefühl, und der Vater hat auch geweint beim Lesen. Es geht da um ein Turgenjew-Buch, das der Alte dem Jungen vorliest.«

Ja, meinte Elisabeth, das sei eine besonders schöne Stelle. Da habe sie auch stöhnen müssen, vor Rührung. Mir fiel die Kinnlade nach unten. Vor Rührung? Aber ich meisterte die Situation sofort und nickte heftig.

Das größte Problem, das mir das Buch bescherte, entdeckte ich erst jetzt. Wenn nämlich meine Frau in dieser Welt aufging, dann war es womöglich sogar die ihre? Ich begann nachzudenken. Das in dem Machwerk versammelte Personal kam mir daraufhin bekannt vor. Waren diese grauhaarigen Gutmenschen und Alt-Achtundsechziger nicht den Leuten ähnlich, die ich auf Geburtstagsfesten von Sissis Freunden traf? Der Freundeskreis meiner Frau war zum Glück sehr groß. Viele, sehr viele berühmte Figuren aus Film, Funk und Fernsehen zählten dazu. Das hatte zur Folge, daß ich anfangs neben der negativ besetzten Einordnung »Alt-Achtundsechziger« noch die individuelle Bedeutung der Person – quasi entschuldigend – anfügen konnte. Etwa so: »Der dahinten sieht zwar aus wie ein grauenhafter Althippie, ist aber in Wirklichkeit Johano Strasser.« Nun, in dem Buch hier, gab es diese Entschuldigung nicht mehr. Die Leute sahen zwar noch aus wie Hans-Christian Ströbele und Claudia Roth, waren aber tatsächlich nur Peter Namenlos samt Lebensgefährtin Anna. Absolut unbedeutende, rasend uninteressante Schnarchnasen. Ihnen Zeile für Zeile zu folgen war reine Folter. Hinzu kam, daß ich – und das glaubt mir nun endgültig kein Kulturfunktionär mehr – eine extreme Leseschwäche habe. Ja, ich lese eigentlich gar keine Romane. Als Kind habe ich nie gelesen. Ich mochte es nicht, weil mein Bruder es tat. In meinen Augen verschleuderte er seine Kindheit damit. Aber ich *konnte* es auch gar nicht richtig. Ich konnte dagegen perfekt schreiben als Kind. Man hat mich damals herumgeführt, da ich in hundert Diktaten keinen Fehler gemacht hatte. Ich war außerstande, einen Fehler zu machen, so wie Leute mit dem absoluten Gehör nicht falsch singen können. Nur Lesen ging nicht. Weil es mich zu stark beeinflußte. Wenn ich ein Buch ganz zu Ende las, hatte ich automatisch den Schreibstil des Autors angenommen. Deshalb las ich später ausschließlich Klassiker, und immer nur einen pro Jahr. Zurück zu Sara-Rebecka Wehmüller. Wehmüller? Werkmüller ... Wenn ich ihr Buch wirklich selbst auslas, schrieb ich anschließend so wie sie. Das war natürlich ein Luxusproblem in meiner jetzigen Lage. Aber es bedrückte mich doch.

So las ich weiter, Tag für Tag, und lese noch immer.

Ich komme mit dem Stoff nicht zurecht. Die Zeit in Italien erscheint mir nun wunderschön und lange vorbei. Damals hatte ich noch keine Zweifel an meiner Frau gehabt. Ihre vielen Freunde waren alt, aber sie waren ja auch die Stützen der Gesellschaft. An der Spitze sind die Menschen nun einmal alt, überall, selbst im revolutionären Iran. Dort liegt der Bevölkerungsschnitt bei 28,7 Jahren, die Elite sieht trotzdem alt aus, uralt, älter als Heiner Geißler. Die Zeit geht schnell vorbei. Der Tag der Laudatio rückt näher. Nach wie vor schaffe ich jeden Tag nur wenige Zeilen von dem Buch. Gestern waren wir im Kino. Der Bob-Dylan-Film mit Cate Blanchett wurde noch einmal gezeigt. Für Sissi war das ein Muß. Sie hatte ihn erst zweimal gesehen. Ich natürlich noch gar nicht. Früher hätte ich gesagt: Nun, betrachten wir es als Schulunterricht! Wer war »Bob Dylan«? Was hatte er gewollt, wie hatte er gedacht, was war das Besondere an ihm? War er ein Sänger, ein Dichter, ein Politiker? Stand er der SPD nahe oder eher den Naturschützern? Und so weiter. Tja, weit gefehlt. Vorgeführt wurde dann ein Kiffer. Ja, ein pubertärer Hansel, der verwirrt durchs Zimmer stakst und kaum noch reden kann. Ununterbrochen raucht er und faselt verwirrtes, eben pubertäres Zeug. Er wisse nicht, wer er sei, morgens sei er ein anderer als abends, alles sei sinnlos, er wisse nicht, was er wolle, niemand kenne jemanden, alles sei ein Spiel, er sei eine Figur auf einem Schachbrett und so weiter. Sehr gut für Leute unter zwanzig, aber im Kino saßen nur Leute über siebzig. Das Seltsame an Dylan war für mich, daß diese Kifferfigur ständig eingebettet war in Sozialkitsch. Warum, weiß ich nicht. Schwarze Baumwollpflücker aus den Zeiten vor dem Sezessionskrieg liefen abgerissen durchs Bild, hatten den Blues, trugen alles Leid dieser Erde in den Gesichtszügen, aus dem Film hatte man die Farben Blau und Gelb herausgenommen, damit alles braun, schlammig und elend aussah. Vielleicht sollte der zugedröhnte junge Mann eine Art heutiger Jesus Christus sein, der die Finsternis und die Abgründe des Menschengeschlechts kannte oder ahnte und deshalb das weltliche Spiel der Mächtigen beziehungsweise des Teufels nicht mitmachte. Er widersetzte sich, indem er sich dem Unsinn hingab. Gut, das wäre nicht schlecht gewesen. Doch leider dauerte der Film drei Stunden, und Dylans Attitüden – Zigarette rauchen, Sonnenbrille zurechtrücken, Fragen nicht beantworten, Hippiequark lallen – wiederholten sich auf quälende Weise. Das alles kannte man ja auch schon vom Jim-Morrison-Film. Oder von einem Jimi-Hendrix-Film, sollte er gedreht worden sein. Oder natürlich vom aktuellen Bob-Marley-Film, den ich ebenfalls noch nicht gesehen hatte. Ich konnte ihn mir nun gut vorstellen. Bestimmt wurden ausgemergelte, ausgebeutete und zugleich arbeitslose Feldarbeiter der Karibik gezeigt, daneben Bob Marley, dauerversorgt mit Gras, debil lächelnd bis zur Ohnmacht, Unsinn quakend. Aus dem Off immer der dampfende Schnarch-Reggae, der ein Markenzeichen dieser Kultur ist wie die Karnevalslieder für den Standort Köln. Ich sah manchmal zur Sissi hinüber. Sie wirkte verklärt. Der Film gefiel ihr ohne Zweifel sehr gut. Also der über Bob Dylan. War es nicht möglich, daß ich ihn mit ihren Augen sah? Ein Leben lang hatte ich zu den Altlinken in Opposition gestanden – warum eigentlich? Hatte ich das je begründet? Die Theorie bei dieser Protestmusik war ja, daß sie ein Ausdruck des Kampfes gegen Unterdrückung sei. Stimmte das etwa nicht? Und ließ mich Unterdrückung kalt?

Ich mußte darüber nachdenken. Wurden ausgemergelte Feldarbeiter auf Haiti unterdrückt? Nun, das fand ich eigentlich nicht. In meinen Augen war der ausgemergelte Feldarbeiter der Urzustand der Menschheit. Den gab es mit oder ohne bösen Chef. Dort, wo der Kapitalismus einsetzte, ging es aufwärts mit den Menschen. Ich glaubte nicht, daß der aidskranke schwarzafrikanische Wanderarbeiter ein Opfer des Kapitalismus war. Sein Elend war eher, daß er genau das *nicht* war. Daher fehlte mir die Solidarität mit jenen Populationen, die offensichtlich zu undiszipliniert, lernunwillig und dauerberauscht waren, als daß Kapitalisten auch nur einen Cent Mehrwert aus ihnen herausholen konnten und sie daher links liegenließen. Nun, okay, so weit verstand ich mich. Aber war es nicht trotzdem gut, daß ich gerade ein Mädchen liebte, das ein Mitgefühl für ausgemergelte Feldarbeiter besaß? Für Menschen, denen es schlechtging? Für Kranke, Lahme, Blinde, Alte, mißbrauchte Kinder, diskriminierte Schwule, minderbezahlte Frauen? Wieder mußte ich nachdenken. Es war nämlich so, daß ich gar nicht fand, es ginge einigen gut und anderen schlecht. Dazu war das menschliche Bewußtsein viel zu dialektisch aufgebaut. Aus dem Schlechten erwuchs das Gute und umgekehrt. Am Ende hatten alle gleich viel vom Leben gehabt. Tja, war es so? Oder machte ich mir etwas vor? Und wenn ich mir etwas vormachte, mußte ich dann für die 1,4 Milliarden Afrikaner eintreten? Das war absurd, weil hoffnungslos. Tausende Milliarden Dollar Entwicklungshilfe waren dort versickert wie ein Eimer Wasser in der Wüste. Um sich für die Menschen dort einzusetzen, müßte man das verdrängen können. Wie schaffte das Elisabeth, die doch klüger und gebildeter war als jeder andere? Ich glaube, ihre Rechnung ging folgendermaßen: Wer sagte, die Afrikaner und ähnliche Bevölkerungen seien weniger ausbeutbar als wir, oder sogar überhaupt nicht ausbeutbar, behauptete im Grunde, diese Menschen seien anders als wir. Es seien also nicht alle Menschen gleich. Da aber erwiesenermaßen alle Menschen gleich seien, mußte es einen anderen Grund für den Niedergang dieser Regionen geben. Wir waren der Grund, wir, die ehemaligen Kolonialvölker. Durch unser Eingreifen in Afrika und der Dritten Welt hätten wir alles kaputtgemacht.

Tja, nun sage ich auch, daß alle Menschen gleich auf

die Welt kommen. Doch dann kracht es. Würde man etwa die befruchtete Eizelle eines weißen Ehepaares aus Utah, reich, gläubig, spießig, fleißig, einer afrikanischen Frau im Kongo implantieren, käme kein weißes, strebsames, bigottes Spießerkind zustande, sondern ein Mensch mit allen Handicaps seiner vollkommen chancenlosen und dennoch glücklichen Nachbarn. Nicht die Gene bestimmen das Schicksal, sondern die Welt, in die man hineingeboren wird. Ich kann also, ohne ein Rassist zu sein, sagen, daß die in Afrika am Hungertuch nagenden Menschen nichts auf die Reihe bringen. Oder andersherum: Würde man die afrikanische Eizelle der Mormonenfrau in Utah einsetzen, käme ein frömmelnder Superstreber mit Doktorgrad und einer Vorliebe für Sarah Palin heraus. Ich bin also kein Rassist und kann trotzdem sagen: In Afrika lohnt der Einsatz nicht. Auf dem Kontinent lasten die Erfahrungen von zehntausend Jahren Steinzeit. Nicht der Kapitalismus hat dort gewütet, sondern das Verschwinden des Kapitalismus, wodurch Afrika wieder zu sich selbst gekommen ist, eben zum Zustand der Steinzeit.

Dies könnte ich meiner Frau sagen, aber was gewönne ich dadurch? Ihr Idealismus wäre angeknackst – so sie mir überhaupt recht gäbe – und ihre idealistischen altlinken Freunde kämen ihr weniger attraktiv vor. Insgesamt würde Sissi weniger euphorisch werden und damit ... älter! Wollte ich das? Eine Frau, die so alt war, wie sie aussah? Nein, mir gefiel die Siebzehnjährige, die sie war. Auch in zwanzig, dreißig, vierzig Jahren würde sie noch siebzehn sein. Ich durfte daran nichts ändern. Also dachte ich nicht mehr an den Film, sondern an Süditalien.

Damals, vor Wochen also, haben wir immer so kleine

Filmchen mit dem iPhone gemacht, wie alle Deutschen. Die sah ich mir nun wieder an, um mein altes verliebtes Italien-Gefühl zurückzubekommen. Dabei sah ich zum ersten Mal auch mich selbst, ganz bewußt. Ein ganz und gar liebenswerter Mann, muß ich sagen. Vielleicht sollte ich einfach nur stets so handeln, wie ich aussehe, dann käme niemand zu Schaden. Warum sollte so ein liebenswerter Mann in den besten Jahren nicht ein Grüppchen altgewordener politischer Idealisten ertragen, ja mögen? Weil es eben keine Idealisten waren, sondern bloß gedankenfaule Gutmenschen? Oder gar verantwortungslose Lügner? Immerhin hatten diese Leute alle hohe Positionen im Kulturleben. Im Grunde blockierten die seit mehr als einer Generation eine reale Gegenwartskultur. Sie waren korrupte, also vom System gekaufte Funktionäre und Staatskünstler. Ihr Job war, die herrschende Ideologie unter das Volk zu bringen. Das war überall auf der Welt so und nichts, worüber man reden sollte. Und wirklich, in Deutschland hätte ich diesen Schlöndorffs, Flimms, Peymanns, Knopps, Mohrs nicht die Hand geschüttelt. Da war ich ja ein langjährig Betroffener. Aber in Österreich konnte es mir doch egal sein. Ich mußte nur ertragen, diese Filme zu sehen, diese Konzerte mit World Music abzusitzen, diese Theateraufführungen von Break Dancern, die vom Goethe-Institut gecastet wurden, zu bejubeln, und einmal am Morgen Miriam Makeba beim Frühstück mitzusingen. Mein Gott, das war Folklore für mich, linke Alltagskultur einer Zeit, die ich nicht miterlebt hatte. Nichts Schlimmes. Auch Arthur Schnitzler hatte ich nicht miterlebt und fand ihn gut. Es war alles besser, als mit einer Frau zu leben, die zynisch war und an nichts glaubte. Im Grunde hatte ich Glück gehabt.

Eines Tages saß ich wieder im Ohrensessel und schrieb. Dieser Tag ist heute. Und doch ist heute alles anders als sonst. Wochenlang habe ich geschrieben, um ein bißchen für mich zu sein. Um meiner Frau vorzuschwindeln, ich sei ein Schriftsteller. Um meiner Frau beim Lesen zuzuschauen. Denn tatsächlich legte sie sich immer auf das Bett und las ein Buch, wenn ich zu »schreiben« begann. Das fand ich nett. Wir lieben uns ja, aber um das auch erleben zu können, muß man so etwas machen. Ich habe oft nur so getan, als schriebe ich, und in Wirklichkeit habe ich die Sissi beim Lesen beobachtet. Oder ich habe meine Einträge auf Facebook kontrolliert. Da mir immer weniger Leute auf Facebook geantwortet haben, ließ ich es schließlich. Aber heute zählt das alles nicht mehr, denn es ist etwas eingetreten, das alles neu ordnen wird. Eine Freundin von mir, Rebecca Winter, hat mein Fake-Manuskript gelesen, nur so aus Mitleid und ehemaliger Verbundenheit, und hat es dann dem Verlag Kiepenheuer & Witsch gemailt, wo man total positiv reagierte. Das Manuskript soll unbedingt zu Ende geschrieben und dann zum sogenannten »KiWi Top Titel 2013« gemacht werden. Ich hätte das nicht gedacht. Diese fade Melange aus Selbstmitleid und Zeittotschlagen soll nun die moderne Sache überhaupt sein. Aber bitte sehr. Anscheinend ist ein böser Scherz ausgeschlossen. Der Verlag ist seriös bis auf die Knochen, warum sollten die einen ganz normalen Autor veräppeln? Aber so weitermachen wie bisher fällt trotzdem schwer. In dem Moment, da ich weiß, Zigtausende werden das lesen, kann ich nicht mehr ambitionslos schreiben, tut mir leid. So weit geht der Selbstbetrug nicht. Trauriges kann man verdrängen, großes Glück nie. Und so werde ich ein bißchen ausholen.

Jeder richtige Roman braucht ja ein Personaltableau. Es muß Hauptdarsteller geben, Neben- und Randfiguren, ein bestimmtes Geflecht von Beziehungen. Der Autor muß das wissen, und er muß es dem Leser mitteilen. Ich habe das leider versäumt. Aber ich kann und werde es nachholen. Das wird, so unelegant und verspätet heruntergebetet, mühsam, ja nervtötend wirken, aber man weiß ja, warum.

Also: Der Hauptdarsteller ist der bisherige Ich-Erzähler. Er heißt meistens »ich«, selten fällt sein Name, und der lautet Johannes Lohmer. Der Mann ist in den besten Jahren, ein ehemaliger Schriftsteller, und er liebt seine Frau Elisabeth, die ungefähr in seinem Alter ist, aber sensationell gut aussieht. Man muß sie sich als hübschere Version der mittleren Susan Sontag vorstellen. Sie ist natürlich linksradikal und arbeitet seit ihrem Studium der Geschichte in der einzig seriösen Zeitung des Landes. Auch ihr Mann ist linksradikal, aber auf eine andere Weise: Beide leben den klassischen Konflikt zwischen dogmatischer Linken und kritischer Linken in ihrer Beziehung aus. Während Sissi das Urbild der unerschütterlichen Dogmatikerin zu sein scheint und gegen einen imaginierten Faschismus kämpft, den es seit dem 8. Mai 1945 nicht mehr gibt, ist ihr Mann für jede neue Idee und jeden Verrat offen, wenn es denn der gemeinsamen Sache nützt. Und die heißt: Aufklärung. So sieht er das jedenfalls gern. Tja – und dann gibt es noch eine Menge weiterer Figuren. Zum Beispiel Thomas Draschan. Das ist ein Maler, der aufbrausend und jugendlich daherkommt. Seine Haare sind wirr. Sie stehen weit ab vom Kopf, als seien sie elektrisiert. Der ganze Mensch scheint unter Strom zu stehen. Er ist zwar schon vierundvierzig Jahre alt, wirkt aber eher halb so alt. Immer ist er begeistert, immer redet er, immer dreht er an den Schrauben seiner Karriere. Dabei steht er als ziemlich selten gewordene Erscheinung des Meinungsträgers in der Landschaft. Aufwendig plädiert er für mehr Radwege, kostenloses Taxifahren, Abschaffung der Atomkraftwerke und so weiter, was selbst unter seinen Freunden Ratlosigkeit hervorruft. Auch ich bin da ratlos. Denn sosehr ich das Meinung-Haben theoretisch gutheiße, so muß ich doch sagen: Für *solche* Ziele könnte ich keine fünf Minuten Energie mehr freischaufeln. Und Thomas Draschan kämpft jederzeit und in jeder Tischrunde auch für mehr Kindergartenplätze, den Mindestlohn, die Abschaffung des höheren Renteneintrittsalters und so weiter. Unheimlich. Dabei ist sein künstlerisches Werk durchaus erstklassig. Er verbindet die eskalierende Pornographisierung von Staat und Gesellschaft mit spießigen Sehnsüchten der fünfziger Jahre. Das ergibt keine behaupteten, sondern echte, nicht auflösbare Irritationen beim Publikum. Draschan ist ein großer Bub, der mit Frauen partout nicht umgehen konnte, bis er auf die bereits eingeführte Gehirnchirurgin traf. Mit ihr verstand er sich gut, so daß die Idee mit der Doppelhochzeit aufkam. Der Leser wird sich vielleicht erinnern.

Eine weitere Freundin war – und ist – die gerade erwähnte Rebecca Winter. Sie gilt als die Entdeckerin Thomas Draschans. Niemand weiß, wie sich die beiden kennenlernten, und ich werde selbst dieses Detail erst noch recherchieren, oder, aber das wäre der *worst case* in meinem Leben, mir noch umständlich ausdenken müssen. Rebecca ist eine Frau, die als Creative Director einen der früheren Achtziger-Jahre-Traumjobs in einer Werbeagentur innehat, was langweiliger klingt, als es ist. Denn diese Festanstellung bedeutet ihr nichts. All ihr Streben geht dahin, Thomas Draschan als Megakünstler des 21. Jahrhunderts zu etablieren. Dieser Megakünstler wiederum entzündet sich an einer

Verdammt, da fehlt das Ende des Satzes. Ich würde ihn gern fertigschreiben, denn ich bin in diesen Dingen – nur in diesen, leider – ein ordentlicher Mensch. Die Sätze müssen sauber dastehen. Subjekt, Prädikat, Objekt. Immer aus dem Bauch heraus, keine Kopfgeburten. Aber inzwischen sind acht Tage vergangen, und ich erinnere mich nicht mehr, was ich sagen wollte. Ach ja, die große Romaneröffnung mit dem Tableau aller auftretenden Figuren. Aber das interessiert mich schon nicht mehr. Wenn mein Verlag die bisherigen sechzig Seiten für den großen Wurf hält, sollte ich so weitermachen wie bisher. Also einfach bei der Wahrheit bleiben. Mein Lektor bezeichnete mich gestern als den Charles Bukowski des 21. Jahrhunderts. Ich habe nämlich mit ein paar Leuten deswegen telefoniert. Auch Sara-Rebecka Werkmüller habe ich angerufen. Das war ein Schock. Ich habe gelacht danach, so unfaßbar fand ich, was ich gerade erlebt hatte. Ich will es genau erzählen.

Erst mailte ich dem Suhrkamp-Verlag, bei dem sie veröffentlicht. Das ist ein ehemals bekannter, früher sehr seriöser Verlag, der inzwischen vor der Auflösung steht. Die junge Witwe des Verlagsgründers, eine exzentrische, esoterische Person, hatte das Unternehmen in wenigen Jahren bis auf den Stumpf heruntergewirtschaftet und am Ende auch noch nach Berlin umgesiedelt, die Stadt der

Penner und Verlierer. Ich bekam die Telefonnummer und rief bei der Schriftstellerin an. Eine altmodische Festnetzklingel mühte sich gut zwölfmal ab, es klang wie das Mähen einer Ziege, dann hörte ich, daß jemand abnahm.

»Hallo?«

Die Stimme klang laut, jung, trotzdem unsicher.

»Hier spricht Johannes Lohmer. Ich möchte Ihnen gratulieren. Zum Wolfgang-Koeppen-Preis.«

»Ja, natürlich, das hat mich übrigens sehr gefreut, ja, ich wollte mich da auch wirklich bedanken, ja.«

»Ja, nicht wahr? Ich dachte mir schon, daß Sie sich freuen. Ich hatte ja vorher geschaut, bei Google, daß Sie nicht schon ein Dutzend der üblichen Preise und ein Preisgeld von hunderttausend Euro eingeheimst haben. Es sollte schon jemand kriegen, dem es viel bedeutet ...«

Sie hätte jetzt etwas sagen müssen. Da sie aber schwieg, und zwar überdeutlich, mußte ich weiterreden. Ich spürte, daß es gefährlich war, nun irgendein Thema anzuschlagen oder auf Konversation zu machen, und so sagte ich rundweg:

»Ich muß ja nun eine große Rede auf Sie halten. Eine Rede, die in die Literaturgeschichte eingeht, so wie Martin Luther Kings Rede ›I have a dream‹, die in die Bürgerrechtsgeschichte einging.« Ich machte eine winzige Pause, um eine Reaktion mitzukriegen, aber da war keine. So sprach ich weiter. »Ich will natürlich, daß Ihnen die Rede gefällt, die Laudatio. Und da habe ich eine Idee, über die wir beide einmal nachdenken können, bis morgen vielleicht, Sie müssen jetzt noch nichts sagen. Also, ich bin am 15. Juni in Stuttgart, fahre morgens am 16. Weiter nach Berlin. Wir könnten uns da, wenn das bei Ihnen paßt, kurz treffen.«

»Ich habe zur Zeit viel zu tun und mach so Sachen. Bis zum 15. bin ich in Stuttgart, am 16. lese ich in Schweinfurt, ich reise im Moment viel und so. Ich glaube, das ist keine so gute Idee.«

»Wo sind Sie denn am 17., 18., 19.?«

»In Stuttgart. Aber können Sie mir die Fragen nicht einfach am Telefon stellen?«

»Ja, aber in derselben Zeit können wir uns doch auch auf einen Kaffee treffen. Ich muß sowieso nach Stuttgart.«

»Ich weiß nicht, warum Sie da so viele Mühe sich machen wolln. Wenn Sie Fragen an mich habn, können Sie die doch einfach stelln. Ich fänds sowieso besser, wenn Sie einfach nur über die Bücher was machen.«

»Ich bin kein Literaturkritiker, sondern Schriftsteller. Ich habe früher auch manchmal für Zeitungen etwas geschrieben und weiß, daß man da vorher recherchieren muß. Da ist es schon gut, wenn man die Person kennengelernt hat.«

»Ich ... ich glaub', ich versteh' einfach nich, was Sie von mir wolln. Habn Sie die Bücher denn nich? Soll ich Ihnen welche schickn?"

»Oh, doch! Die Bücher sind kein Problem, überhaupt nicht. Diese Passagen der Laudatio sind längst fertig. Ich will Sie auch gar nicht lange aufhalten. Sie lesen in Schweinfurt, sagen Sie, da könnte ich doch auch hinkommen!«

»Also ich finds seltsam, so einen Mordsaufwand da zu habn, das bringts doch nich ... was wolln Sie denn da?«

»Ich muß da sowieso durch, ist mir egal, wo ich Zwischenstation mache. Haben Sie in den Tagen, in denen Sie in Stuttgart sind, viel zu erledigen?«

Hatte sie wohl nicht. Wahrscheinlich hatte sie alle Zeit

der Welt, mich in ihr Gartenhäuschen zu bitten und Tee mit mir zu trinken, bis der Tag zu Ende war. Ich war schließlich der Mensch, der ihr ein neues Leben geschenkt hatte. Denn nichts weniger bedeutete der Koeppen-Preis für jemanden wie sie. Bisher hatte sie nur den »Roswitha«-Preis gewonnen, der ausschließlich an Frauen vergeben wird und damit gegen das Antidiskriminierungsgesetz verstößt. Statt dessen wirkte sie befremdet. Sie klang nölig und weinerlich, und schlimmer noch war, daß sie den studentoiden Jargon der späten siebziger Jahre sprach. Die Endsilben schleifte sie, und die Worte wurden beim Sprechen aneinandergeklebt, so wie das Kinder mit Down-Syndrom tun. Die Studentenvertreter sprachen damals so, weil sie dann weniger unterbrochen wurden. Es war schwer, in diesen Wortbrei einzudringen. Ich hatte den ekligen Jargon seit meiner Uni-Zeit nicht mehr gehört und war perplex, daß eine Suhrkamp-Autorin so reden konnte, noch dazu mit mir. Meine Überraschung überwog zum Glück meine Verärgerung, und so konnte ich freundlich weiterreden.

»Wie ich schon sagte, muß ich über Sie schreiben. Und ich kann nur über jemanden schreiben, den ich gesehen habe. Aber ich sagte ja ebenfalls, daß Sie das jetzt nicht entscheiden sollen. Denken Sie darüber nach, und ich werde es auch tun, und morgen telefonieren wir noch mal miteinander.«

»Sie wolln morgn noch mal anrufn? Warum denn?«

»Na, das machen wir ganz spontan. Vielleicht fällt uns ja bis dahin etwas ein!«

»Wieso? Worum solls da gehen?«

»Also bis morgen. Ich rufe an, oder Sie rufen an, bis wir uns erreichen. Am besten rufe ich an.«

Ich spürte, daß ihr noch immer unbehaglich war, daß sie dieses Ergebnis des Telefonats nicht akzeptierte, und tatsächlich fragte sie noch einmal mit quengeliger, nun auch noch deutlich schwäbelnder Stimme, warum wir uns denn treffen sollten, da es doch nur um »die Bücher« gehe. Daraufhin machte ich, wie immer in diesen Fällen, den »Skype«-Vorschlag. Man könne dann doch wenigstens »skypen«. In Wirklichkeit haßte ich dieses Verfahren, aber es war besser als nichts. Ich hatte ja nicht gelogen, wenn ich sagte, ich müsse jemanden sehen, um über ihn schreiben zu können. Bei »Skype« konnte man wenigstens den Kopf des Gegenübers erkennen, sein Gesicht erahnen. Nun schwäbelte die Frau zurück, sie habe zwar Skype, aber:

»Isch weiß net, wie dis funktioniert. Dis ko nur mei Maan.«

»Ahh! Das macht nichts! Der Mann wird das schon richten! Bei mir ist es genauso, da ist meine Frau die technikaffine Person in unserer Wohnung! Lassen Sie uns morgen skypen!«

Ich ließ keinen Widerspruch mehr zu, aber das half mir nicht viel. Ich spürte, daß das Gespräch mißglückt war.

»Bis morgen also, liebe Frau Werkel... ähm, liebe Frau Werkmüller, dann *sehen* wir uns, ha-ha! Auf Wiedersehen!«

»So? Hm... Wiedersehn.«

Ich legte auf und wurde von einem seltsamen Krampf geschüttelt, verbunden mit Lachen, wie bereits erzählt. Was hatte ich da an Land gezogen! Die Person war genauso ungenießbar wie die sogenannte Prosa, die sie schrieb. Ich ging in die Küche und löffelte auf den Schreck erst mal einen Vanille-Joghurt.

Dann brach Schweigen in mir aus. Wochenlang dachte ich überhaupt nicht mehr an den Preis. Ich dachte, die Veranstalter würden sich schon melden. Dann erschien in der ›FAZ‹ ein Artikel von mir, den ich schon vor der Italienreise verfaßt hatte und der meine Nöte bei der Suche nach dem würdigen Koeppen-Preis-Nachfolger beschrieb. Also ungefähr das, was ich auch in dieses Tagebuch eintrug, nur natürlich viel seriöser. Ich hatte für diesen Artikel viel Geld von der ›FAZ‹ bekommen sowie dann doch noch die Aufmerksamkeit von Sara-Rebecka Werkmüller. So kam es eines Tages doch noch zur intendierten Skype-Verbindung zwischen uns beiden. Auch ihr Mann war dabei sowie meine Frau, die Elisabeth.

Man spürte, daß die Spannung in der Zwischenzeit gestiegen war. Der Tag der Preisvergabe rückte näher. Durch den Artikel in der ›Frankfurter Allgemeinen Sonntagszeitung‹, immerhin eine ganze Seite im Feuilleton, noch dazu die sogenannte Marcel-Reich-Ranicki-Seite, war die Öffentlichkeit neugierig geworden. Auch dürfte der Mann der Autorin, immerhin ein Hamburger, auf sie eingeredet haben. In meiner Phantasie malte ich es mir so aus: Die Frau erzählte dem Mann, den ich mir als frühpensionierten Gesamtschullehrer vorstellte, von unserem Telefonat. Daraufhin schlug er die Hände über dem Kopf zusammen und rief klagend: »Ja, gutes Kind, bist du denn *wahnsinnig* geworden? Dieser Mann schenkt dir ein zweites Leben, macht dich zur bekannten Schriftstellerin, wir können uns endlich ein Auto kaufen – und du willst ihn noch nicht einmal *auf einen Kaffee* treffen?« Und dann überredete er sie, freundlicher zu mir zu sein. Nun gut, vielleicht war es so, vielleicht auch nicht. Wir saßen jedenfalls zu viert um unsere Computer, und Sara-

Rebecka Werkmüller sagte pflichtschuldigst und deutlich um Nettigkeit bemüht, den Artikel in der ›FAZ‹ habe sie sehr interessant gefunden, nein: *spannend* gefunden. Das Wort »spannend« war ein Jargonwort aus den späten achtziger Jahren, gesprochen von Leuten, die auch »verliebt ins Gelingen« sagten oder »ein Stück weit sehe ich da noch Luft nach oben«. Aber ich will die Autorin nicht runtermachen, da sie doch wie keine zweite an jedem Satz fleißig herumbastelte, bis er zumindest scheinbar poetisch klang und eben nicht umgangssprachlich. Sie war, ohne Zweifel, eine sogenannte gute Schriftstellerin, und nicht umsonst hatte die Kommission in Greifswald meine Wahl als überaus gelungen bezeichnet.

Nein, ich hatte kein Problem mit der Autorin, sondern nur mit meiner Preisrede. Wie sollte ich eine halbe Stunde lobende Worte über ihr Werk finden, die man mir auch noch glaubte? Nun, damit mir vielleicht doch noch welche einfielen, skypten wir ja. Und wirklich: So übel fand ich die Person gar nicht mehr. Gewiß, das Schwäbeln war jetzt noch ärger, und ausgerechnet die Sissi, die kein Wort verstand, wandte sich nach einigen Minuten enttäuscht ab. Offenbar verstehen Österreicher den schwäbischen Dialekt weitaus weniger als den Bayerischen. Auch Werkmüllers Ehemann verkrümelte sich rasch. Er hatte wahrscheinlich nicht das gesunde Selbstvertrauen eines Mannes, der gern mit einer prominenten Frau verheiratet ist. Er wirkte verhuscht und ängstlich. So war ich mit der Frau bald allein und konnte sie ungestört studieren. Sie machte nun auf mich den Eindruck einer sympathischen und problemlosen Mitbürgerin. Ich hätte mit ihr beim Bäcker stehen und Smalltalk halten können, sie die Bäckerin, ich der Kunde. Ich liebe diese kleinen Gespräche. Also beim

Bäcker. Und sie, Frau Werkmüller, liebte sie auch, wie sie nun erzählte. Ich merkte es mir und baute es später, wie vieles andere aus dem Gespräch, in meine Preisrede ein. Ich kann sie ja gleich einmal abdrucken, hier im Lauftext, um Doubletten zu vermeiden. Aber vorher muß ich auch den ›FAZ‹-Artikel abdrucken, um dem geneigten Leser ein Maximum an Transparenz zu ermöglichen. Immerhin ist die Piraten-Forderung nach mehr Transparenz der Hauptgrund für den aktuellen Siegeszug dieser Partei, und ich will dieser Forderung gern nachkommen. Beginnen wir also, chronologisch korrekt, mit dem ›FAZ‹-Essay vom April 2012, den ich kursiv setzen lassen werde, so daß jemand, der Journalismus langweilig findet, die Seiten überspringen kann. Anschließend folgt dann, nicht mehr kursiv, die Preisrede, geschrieben Ende Mai:

Im Juni 2010 wurde der Schriftsteller Johannes Lohmer auf Vorschlag von Sibylle Berg mit dem angesehenen Wolfgang-Koeppen-Literaturpreis der Stadt Greifswald ausgezeichnet. Das Besondere dieses Preises ist, daß der Preisträger seinen Nachfolger selbst bestimmt.

Die Suche nach dem Koeppen-Preis
Von Johannes Lohmer

Am liebsten hätte ich Christian Kracht als neuen Preisträger gesehen. Es wäre eine Herzensentscheidung gewesen. Ich las vorab seinen neuen Roman ›Imperium‹ – sein Verleger Helge Malchow hatte ihn überglücklich aus Kenia mitgebracht, wo der Autor wohnte – und fühlte mich mehr als wohl. Ich muß sagen: jeder Satz, jede Seite haben mir gefallen, und ich mußte nicht mehr länger suchen. Malchow sagte ernst: »Christian hat auch noch nie einen Preis bekommen, wie du. Der würde sich echt freuen.«

Wirklich? Ich streckte meine Fühler aus, bekam aber keine Signale zurück. Im Betrieb galt es als unwahrscheinlich, daß Kracht mich mochte. Er stand unter dem Druck seiner Freunde im sogenannten Goetz-Kreis, die mich regelrecht haßten. Ich wiederum stand unter dem Druck von Sibylle Berg, die mir den Preis vor zwei Jahren mit der Bitte verliehen hatte, ihn bloß nicht den Schurken um Goetz, Biller, Stuckrad-Barre und Kracht zu vermachen. Sie hatte nicht »Schurken« gesagt, sondern sich noch derber ausgedrückt. Sie haßte diese Leute und dachte, ich würde es auch tun. Durfte ich Sibylle enttäuschen? Ja, denn plötzlich wurde Kracht denunziert, aus heiterem Himmel, als faschistoid, natürlich zu Unrecht. Der Literaturkritiker des ›Spiegel‹, Georg Diez, zog über mein so geliebtes ›Imperium‹ her, und so hatte ich ein weiteres Motiv. Ich konnte dem Denunzierten beistehen. Das würde sogar Sibylle Berg verstehen.

Leider irrte ich mich. Das Buch schoß aufgrund des Skandals die Bestsellerlisten hoch, wurde ein phantastischer Verkaufserfolg. Wozu brauchte ein reichgewordener Autor dann noch das Preisgeld von 5000 Euro? Die Gefahr, daß Kracht den Preis aus meiner Hand glatt ablehnte, stieg. Von den Leuten aus dem elitären Kreis um Rainald Goetz war nur Benjamin von Stuckrad-Barre bereit, mir überhaupt die Hand zu geben. Bei Veranstaltungen und zufälligen Begegnungen trat er immer beherrscht auf mich zu, Gesicht und Körper vollkommen angespannt, gab mir kurz und bestimmt die Hand, nickte und wandte sich wieder ab. Man konnte nur ahnen, wieviel Prügel er sich damit einhandelte. Er hätte den Preis angenommen, und sein bisheriges Lebenswerk paßte zu ihm. Sogar besser als das von Kracht. Stuckrad-Barre machte sich angreifbar, ging dahin, wo es weh tut, nämlich in den Strafraum der Mediengesellschaft. Ich hatte das in diversen Publikationen schon behauptet, leider. Nun würde eine Laudatio auf den Helden der neunziger Jahre angestaubt wirken. Wir leben inzwischen nicht mehr in der Ära des Medienfaschismus, sondern in der des Internets. Zudem war Stuckrads letzte Tat ein unverzeihlicher Flop. Er hatte mit Dietl zusammen das Drehbuch zu einem ›Rossini‹-Remake geschrieben. Schon das Original war der Endpunkt eines jahrzehntelangen Sturzes, ein sexistisches Männerbesäufnis. Nein, ich prüfte lieber andere Autoren. Gut wäre eine Frau gewesen, eine Feministin. Ich hätte dauerhaft das Gerücht zerstreut, meine Texte seien frauenfeindlich. Und so studierte ich Marlene Streeruwitz, Sabine Gruber, Elfriede Jelinek, Alina Bronsky und Sara-Rebecka Werkmüller.

Die Jelinek las ich gern, aber die hatte ja schon den Nobelpreis. Alina Bronsky mochte ich als Mensch, aber ihre Bücher irritierten mich. Das neueste kam gerade auf den Markt, ist ein Jugendbuch und für fünfzehnjährige Mädchen mit Migrationshintergrund sicher die Rettung. Dafür geht es bei dem Roman davor um Speisen und Kochanleitungen aus dem Balkan. Scheußlich! Ich konnte und durfte kein Kochbuch derart ehren und belohnen.

Alina Bronsky war immerhin jung, und damit automatisch ein gerüttelt Maß feministisch. Junge Frauen konnten, wollten sie ihre Realität nicht verbiegen, gar nicht anders schreiben. Wie aber stand es mit den alten? Ein interessanter, weil mir bis dahin unbekannter Jammertonfall schlug mir bei Streeruwitz und Gruber entgegen. Diese Leute schrieben offenbar aus der Opferperspektive. Und aus einer ewigen Vergangenheit heraus. Die stöberten in Zeiten herum, die ich nie erlebt hatte, in Orten, die ich nie gesehen hatte, etwa Südtirol 1951. Alles war immer ungerecht und freudlos. Ich spürte gute Literatur, aber keine, die Wolfgang Koeppen gemocht hätte. Der schrieb, bei aller Kritik an der Gegenwart, doch immer in diese hinein und interessierte sich für sie. Alte Nazis wurden ihm nur ein Thema, wenn diese eine neue Rolle im Hier und Jetzt einnahmen. Ein wehleidiger Blick zurück wäre ihm kein Blatt Papier wert gewesen. Und ich hatte nun einmal die Vorgabe, einen Autor mit Koeppen-Affinität zu finden.

Da ich den nicht fand, suchte ich in Buchhandlungen. Wühlte die »Neuerscheinungen«-Tische durch. Und rief Kritiker aus den Zeitungen an. Wen halten Sie für preiswürdig? Wer ist Ihr Lieblingsautor? Was haben Sie zuletzt entdeckt? Ernst A. Grandits empfahl mir Karl-Markus Gauß. Das Buch hieß ›Ruhm am Nachmittag‹. Meine Frau las das und war entsetzt. Ich mußte das Lesen ja delegieren, da immer mehr Titel in die Wohnung kamen, und meine Frau, geborene Leseratte, versteht mehr von Büchern als ich. ›Ruhm am Nachmittag‹ sei unerträglich manieriert. Ein arroganter Autor sitze da am Schreibtisch und schnitze an den Sätzen herum. Ich dachte, aha, selbst meine gebildete Frau favorisiert inzwischen die Popliteratur alten Schlags, für die, fälschlicherweise, mein Name steht. Auch eine Wiener Freundin ging in diese Richtung. Ich müsse mehr Stolz zeigen für jene frische, moderne, tragikomische Art, für die mich meine Leser liebten; ich dürfe mich nicht selbst verraten. Den Preis einer alternden Feministin zu geben, sei Verrat an meinen eigenen Büchern.

Hm. Also rief ich weiter bei Kollegen an. Volker Weidermann mußte sofort passen. Er war sich augenblicklich sicher, niemanden zu wissen. Thomas Meinecke drohte sogar, mir die Freundschaft zu kündigen. Wörtlich: »Wenn du über mich schreibst, ist es vorbei.« Er wolle sich schon gleich zu Anfang aus der (Koeppen-)Affäre ziehen. Vielleicht meinte er damit sogar, den Preis für sich selbst auszuschlagen. Denn tatsächlich hatte ich inzwischen eine Longlist mit möglichen Kandidaten zusammengestellt. Die war ihm wohl zu Ohren gekommen, und auf der stand auch sein Name.

Tex Rubinowitz war da anders. Er bombardierte mich mit Manuskripten, Geschenken, Mails, Einladungen. Wir trafen uns privat, wobei er weinte und wehklagte. Er wolle den Preis, er brauche ihn, sein Leben hinge davon ab. Ich überlegte daraufhin, eine Tour durch Deutschland und die Schweiz zu machen. Um nicht von einem einzelnen Autor manipuliert zu werden, mußte ich alle persönlich treffen. Dabei konnte kostendeckend eine Reisereportage dienen. Also ein bißchen. So etwas war ja sehr teuer. Für eine Zeitung, etwa die ›taz‹, konnte ich den Essay »Wie ich den

Koeppen-Preisträger fand« schreiben. Das war der Plan. Als ich das aber dem ersten Autor erzählt hatte, nämlich Tilman Rammstedt in Berlin, ging ein – verständlicher – Aufschrei durch die innere Literaturszene. Ich würde aus dem Preis eine Casting-Show machen. Ich lief also Gefahr, die Sache zu ruinieren.

Andere Leute testen und dann beurteilen, nein, das ging nicht. Ihre Bücher testen, ja, das schon. Also ging das Wettlesen bei mir zu Hause weiter. Ich war erstaunt, wie schnell ich immer abgestoßen war von den eitlen Fleißarbeiten. Das Geplapper der schreibenden, putzigen, selbstverliebten Frauen in der Nachfolge Ildikó von Kürthys ging mir besonders auf den Wecker. Was wollten diese kleinen Frauen? Was fanden sie interessant an diesen unpolitischen Beziehungsreimereien? Warum gab es keine Bücher, die mir gefielen? Selbst Sibylle Lewitscharoff begeisterte mich nur halb. Vielleicht war ich auch nur abgestumpft. Das Leben aus der Sicht alleingelassener, frauensolidarischer, männerverachtender Schwestern, nun gut, das war klasse und herrlich geschrieben, aber dennoch eben nur halb wahr. Die ganze Wahrheit wäre mir schon lieber gewesen. Zudem spüren wir doch alle die bevorstehende Zeitenwende bei dem Thema. Die Piraten fordern schon, daß das Geschlecht nicht mehr im Personalausweis stehen darf. Im Netz gibt es ohnehin keine sexuelle Identität mehr. Es wird bald vorbei sein mit dem elenden Mann-Frau-Gerede, auch in der Literatur, so wie eines Tages das elende Rassen-Gerede aufgehört hat. Außer dem fünfundachtzigjährigen Harry Belafonte in seinem neuen Buch ›My Song‹ schreibt niemand mehr, seine Hautfarbe definiere ihn.

It's over, old man, träum weiter! Da würde man doch lieber eine Erzählung in Händen halten, die die kommende Dekade schon vorwegnimmt. Wo finden? Erst mal mußte ich mich auf eine Shortlist einigen. Sara-Rebecka Werkmüller schob sich ganz nach vorn. Wolfgang Herrndorf kam mit ›Sand‹ dazu, Leif Randt mit ›Coby County‹. Herrndorf hätte ich noch vor zwei Jahren blind ausgezeichnet, doch zwischendurch hatte der Mann drei Bestseller und sieben Literaturpreise mit einem sechsstelligen Gesamtwert aufgestellt. Der war satt.

›Coby County‹ dagegen war eine Frechheit. Da schrieb einer lupenreine Nordrhein-Westfalen-Prosa, mit all den typischen, geschichts- und bewußtlosen heutigen Deutschen, und verlegte das alles nach Amerika. Es klang so scheußlich wie Sido, der deutsche Rapper, der tut, als lebten unsere Wohlstandskids im Gangsta-Getto. Und auch Leif Randt hatte mit Mitte Zwanzig schon Preise über Preise, sechs Stück, also sechs mehr als Christian Kracht, das politisch unkorrekte Genie, mein Ausgangspunkt. Zum Glück gefiel mir dann aber Sara-Rebecka Werkmüller immer mehr, so daß sich endlich eine Preisträgerin herausschälte. Die Begründung steht dann ausführlich in der Preisrede. Also, wenn ich bei meiner Meinung bleibe und sie gewinnt. Wenn nicht, sei hier gesagt: Werkmüller schreibt präzise, unideologisch, gegenwärtig, also Stuttgart 21 kommt vor, schwache Vätermänner, die aber liebevoll zu ihren Kindern sind. Die negative Hauptfigur hat einen »Migrationshintergrund« (klingt, als hätte sie Aids). Jeder führt ein Leben, für das der Leser Verständnis hat. Man sieht alle Beschädigungen

und kann sich nicht auf eine Seite schlagen. Wundervoll. Eben echte Literatur. Einziges Manko: Ich hatte mir vorgenommen, der ersten Frau, die auf der ersten Seite nicht über Körperflüssigkeiten schreibt, den Preis zu geben. Sara-Rebecka Werkmüller tut aber genau das.

Hinzu kommt Clemens J. Setz. Ein Schriftsteller, dessen Talent und Kraft alle überragt. Sein ›Mahlstädter Kind‹ war mir frühzeitig aufgefallen, doch dann vergaß ich ihn. Erst ganz am Ende, als ich mich schon für S.-R. Werkmüller entschieden hatte, las ich seinen 713-Seiten-Ziegel ›Die Frequenzen‹. Den hatte er mit Anfang, Mitte Zwanzig ausgebrütet. Keine Frage, daß sich da noch mehr Können manifestierte als bei Werkmüller. Aber Können wozu? Ein Können für oder gegen die Arbeiterklasse? hätte man früher gefragt, in der K-Gruppe. Auf heute bezogen müßte man vielleicht fragen, ob das Buch in der Tradition der Aufklärung stand, ob es Licht brachte ins Dunkel unserer manipulierten, inhumanen, sexistischen, englischsprachigen Konsumwelt, ob es gute Laune machte und befreite. Nein, das tat es nicht. Somit hätte es Dostojewski gefallen, war aber kein Titel der Popliteratur. Na und?

Einerseits mußte ich mich entscheiden, andererseits durfte ich vor einem bestimmten Stichtag nichts verraten. Auf die Shortlist schafften es neben den gerade Genannten noch Doris Knecht, Erwin Koch, Paul Nizon, Robin Felder, Doron Rabinovici, Werner Kofler und Maxim Biller. Kofler wäre perfekt gewesen: unbequem, widerspenstig, unangepaßt, alle beleidigend, sich mit allen anlegend, eben vollständig unbe-

stechlich. Ein letzter echter Außenseiter in einem Berufsfeld, das tägliches intensivstes Networking verlangte. Doch Werner Kofler starb plötzlich!

Maxim Biller wäre ein würdiger Held der Literatur gewesen, doch sein Superbuch ›Esra‹ – mein Lieblingsroman der letzten zwölf Jahre – lag schon zu lange zurück. Erwin Koch, den Sibylle Berg so mochte, was ich verstand, war mehr ein Moritaten-Erzähler. Er suchte nach Schauergeschichten in der Wirklichkeit und verkürzte die dann noch zu Horror-Songtexten. Sein Material hatte er aus der Boulevard-Presse. Nein, das war nicht die Welt, die ich meinte. Schließlich stand Tex Rubinowitz wieder vor der Tür. Er hatte Karikaturen und Schallplatten dabei. Ja, als Karikaturist war er genial. Auch als Musiker. Seine Band Mäuse verkaufte in Japan Millionen Tonträger. Er wollte nun den Koeppen-Preis, so seine Bücher dafür nicht ausreichten, für sein Lebenswerk.

»Schaun mer mal«, sagte ich und legte die Sachen zu den übrigen Büchern, Fahnen, Ausdrucken und Briefen. Bis zum 15. Mai 2012, dem Tag der Bekanntgabe des Preisträgers durch die Pressestelle der Stadt Greifswald, heißt es lustig weiter: »Nichts ist unmöglich!«

Soweit der Artikel in der ›FAZ‹ vom 21. April 2012. Kommen wir nun wie versprochen zur – zunächst nur geschriebenen, aber am 24. Juni 2012 sehr wohl zu haltenden – Preisrede auf die frischgekürte Inhaberin des Wolfgang-Koeppen-Preises der Universitätsstadt Greifswald 2012, Sara-Rebecka Werkmüller:

Meine sehr geehrten Damen und Herren,
als ich hier vor auf den Tag genau zwei Jahren – eine Zeit, die mir unendlich lang vorkommt, eher wie fünf oder sogar zehn Jahre – im Koeppen-Haus meine Rede über mein Literaturverständnis hielt, war mir nicht bewußt, daß ich diese Rede noch ein zweites Mal würde halten müssen, nämlich heute. Die Dankesrede der diesjährigen Preisträgerin wiederum wird, soweit ich gehört habe, in weiten Teilen eine Auseinandersetzung mit Wolfgang Koeppen sein, und das ist gut so. Neu in jedem Fall wird für alle, die auch bei der letzten Preisverleihung anwesend waren, die Tatsache sein, daß es diesmal um Sara-Rebecka Werkmüller geht. Man wird von mir wissen wollen, wie ich die Autorin kennenlernte, was uns verbindet, was wir alles schon miteinander angestellt haben. Die Antwort ist verblüffend und wird von den Profis des Literaturbetriebes schlicht nicht geglaubt werden. Denn die Wahrheit ist, daß ich die Preisträgerin überhaupt nicht kenne. Ich bin ihr nie begegnet. Ich habe nie mit ihr telefoniert. Ich habe ihr keine Mail geschrieben und keine von ihr erhalten. Ich habe ihr kein Geld überwiesen und keines von ihr bekommen. Wir haben keine Geschäftsbeziehung, und ich bin ihr zu nichts verpflichtet. Sie ist auch kein Strohmann für irgendeinen anderen Zweck, ja sie ist noch nicht einmal in meinem Verlag. Warum, in drei Gottes Namen, werden Sie nun innerlich ausrufen, habe ich mich dennoch für diese mir persönlich vollkommen fremde Person als meine Nachfolgerin beim Wolfgang-Koeppen-Preis entschieden? Welcher Wahn-

sinn hatte mich geritten, einem Menschen, dem ich zu nichts verpflichtet war und der später nichts für mich tun konnte, den angesehenen und hochdotierten Preis zu geben? Lag es etwa daran, daß es keine Konkurrenz gab? Daß ich niemanden hatte, dem ich verpflichtet war, oder dankbar, oder der mir bedürftig erschien, oder den mein Verlag fördern wollte, oder mit dem oder der ich verwandt war? Schrieb denn sonst niemand in meiner Familie oder in meinem Freundeskreis? Doch, es gab diese Leute, und es gab davon mehr, als ich mir selbst je hatte träumen lassen. Mein Vater hatte Gedichte geschrieben, mein Bruder – er heißt übrigens Ekkehardt – Drehbücher. Meine Mutter schrieb Texte für die Tageszeitung ›Die Welt‹. Mein Neffe Elias hat vor nicht allzulanger Zeit einen wirklich guten und erfolgreichen Roman bei meinem eigenen Verlag Kiepenheuer & Witsch veröffentlicht. Und tatsächlich hat er, mein Neffe, mit mir darüber gesprochen, ob nicht ihm der Preis zustehe – noch vor meiner Nichte Hase, die noch kein Buch fertiggebracht habe und bisher nur in politischen Kabaretts auftrete. Ich gab meinem Neffen die entsprechende Antwort.

Spätestens seit meinem kürzlich erschienenen Essay in der ›FAZ‹ über die Nöte der Preisvergabe wissen viele, daß ich durchaus andere Schriftsteller nicht nur persönlich kenne, sondern sogar überaus schätze. Etwa Sibylle Berg, Christian Kracht, Eva Menasse, Benjamin von Stuckrad-Barre und Tex Rubinowitz, um nur eine Handvoll zu nennen. Sibylle Berg konnte den Preis nicht bekommen, weil sie ihn schon hat. Christian Kracht signalisierte, den

Preis nicht persönlich entgegennehmen zu können, da er grundsätzlich nur einmal im Jahr öffentlich auftritt, was 2012 bereits erfolgt ist. Eva Menasse wollte ich nicht bevorzugen, da sie seit zwanzig Jahren als beste Freundin meiner Frau gilt. Benjamin von Stuckrad-Barre kam nicht in Betracht, weil es dann so ausgesehen hätte, als würde ich meinen größten eigenen Fan im Literaturbetrieb protegieren. Bliebe nur noch Tex Rubinowitz. Auf ihn konzentrierten sich bis zuletzt alle Erwartungen. Ich kannte den gebürtigen Hamburger seit meiner Schulzeit. Wir hatten die Neue Deutsche Welle gemeinsam erlebt und dafür Schlagertexte geschrieben. Wir waren in dasselbe blonde Mädchen verliebt gewesen, welches dann die erste Freundin von Rubinowitz wurde. Er, der nur geringfügig Ältere, schrieb besser als ich, während ich besser zeichnen konnte. Dennoch veröffentlichte er als erster einen Bestseller, nämlich ›Wenn die blauen Ameisen Trauer tragen‹ im Verlag Kiepenheuer & Witsch, siebzigtausend verkaufte Exemplare. Ende der achtziger Jahre überholte ich für kurze Zeit meinen Freund, indem ich den angeblich ersten Roman in der Geschichte der deutschen Popliteratur schrieb, nämlich ›Mai, Juni, Juli‹. Wenig später wurde es vollkommen still um mich, und ich mußte mein hartes Brot als Cheftexter der Werbeagentur Springer & Jacobi verdienen. Niemand anders als Tex Rubinowitz holte mich um die Jahrtausendwende in den Literaturbetrieb zurück, indem er auf eigene Kosten meinen bereits 1995 entstandenen Roman ›Deutsche Einheit‹ im Haffmans Verlag herausbrachte. Mein Freund hatte damit eine titanische Leistung erbracht, ein Wunder geradezu, denn der Haffmans Verlag stand unmittelbar vor der Insolvenz und hatte praktisch keine Bewegungsfreiheit mehr. Doch Rubinowitz verschleppte den Konkurs, bis das Buch auf dem Markt und die zahlreichen Rezensionen erschienen waren. Seitdem bin ich wieder im Geschäft. KiWi übernahm begeistert alle Rechte, und weitere sechs Romane wurden bis heute plaziert. Zuletzt erschienen im Herbst gleich zwei Romane gleichzeitig, nämlich der Therapeutenroman ›Unter Ärzten‹ und der schöne kleine in Wien spielende Roman ›Hundert Tage Alkohol‹, meine bisher beste Arbeit. All dies verdanke ich letztendlich Tex Rubinowitz, mit dem es gleichwohl stetig bergab ging. Als ich auch noch den Wolfgang-Koeppen-Preis bekam, bat er mich um Hilfe. Ich solle als meinen Nachfolger ihn, Rubinowitz, ernennen. Für ihn bedeute der Preis die Rettung in höchster Not. Ich las seine 2010 und 2012 veröffentlichten Bücher und war positiv überrascht. Wahrlich, ein guter Autor, ein würdiger Preisträger! Doch ich mußte meinen Freund leider enttäuschen. Ich sagte, ihn nicht benennen zu können, da wir uns zu nahe stünden. In Wahrheit gab es noch einen anderen Grund. Ich hatte ›Lebensschwärze‹ von Sara-Rebecka Werkmüller gelesen.

Das fand ich besser. Es hatte auch mehr mit Wolfgang Koeppen zu tun, der ja ebenfalls im Strom der Gegenwart schrieb. Eine ganze Ferien-Sommerreise lang haben meine Frau und ich uns aus dem Buch von Sara-Rebecka Werkmüller gegenseitig vorgelesen. Das war in Kalabrien, an der Südspitze Italiens.

Und so wird man auch die Antwort auf die Frage verstehen, warum ich auf Sara-Rebecka Werkmüller als Koeppen-Preisträgerin verfiel, ohne sie persönlich zu kennen und ohne ihr oder ihrer Seilschaft verpflichtet zu sein: weil ich mag, wie sie schreibt. Ich gebe ja zu, daß es besser wäre, wenn sie bei meinem eigenen Verlag unter Vertrag stünde. Aber ich schätze nun einmal ihre Bücher, ich kann nicht anders, Gott – oder Helge Malchow – helfe mir.

›Lebensschwärze‹ ist ein Buch von aufrüttelnder Gegenwärtigkeit. Es geht um Stuttgart 21, die furchtbaren Auseinandersetzungen und Straßenschlachten, den ersten grünen Ministerpräsidenten Winfried Kretschmann, die bundesweit in grelles Licht gestellten Ikonen des Widerstandes Boris Palmer und Cem Özdemir. Ein Jahrhundertkonflikt wird direkt von der vordersten Kampfzone her erzählt. Baumschützer, die vor Wahnsinn trunken gefällte Stämme umfassen. Kinder, die ihre ökologisch eingestellten Eltern verachten. Lehrer, die vor ihrer Gesamtschule zusammenbrechen. Ein teuflischer Regierungschef namens Mappus, der über Leichen geht, um die Profite der Immobilienfonds zu maximieren. Gegengeschnitten dazu die Dokumente einer liquidierten Zeit: Natur, Verwesung, Stille, Vogelgezwitscher, sterbendes Getier, altgewordene Menschen. In Sara-Rebecka Werkmüllers Werk wird das Leben beim Wort genommen. Hier sucht man die künstliche Dramatik von Fernsehserien vergebens. Hier passiert, was wirklich passiert, nämlich nichts, unterbrochen von einer Revolution. Man könnte

›Lebensschwärze‹ mit Stendhals ›Rot und Schwarz‹ vergleichen, diesem unendlich epischen Langzeitbericht über die Stille vor und nach der 1830er Revolution. Dann hätte man ungefähr die Meßlatte, die diesmal an den Wolfgang-Koeppen-Preis angelegt wurde. Ich freue mich, daß Sara-Rebecka Werkmüller diese Meßlatte nicht gerissen hat. Natürlich war mir das gar nicht bewußt, als ich mit dem Lesen begann und diese ganz spezielle Autorin nach und nach entdeckte. Es war übrigens auf einen Tip von Franz Schuh zurückzuführen, daß ich überhaupt auf sie kam. Franz Schuh wiederum begeisterte mich, als er Anfang des Jahres in Wien eine Lesung abhielt, in einer vollbesetzten Kirche. Er hatte sein Publikum im Griff wie vor ihm bestenfalls noch Bob Dylan. Das war schon sehr beeindruckend, weil so sprachmächtig. Franz Schuh wiederum sagte meiner Frau, Sara-Rebecka Werkmüller sei nicht nur die beste Autorin unserer Zeit, sondern überhaupt. Die Maßlosigkeit dieses Kompliments überzeugte mich sofort.

Wenn ich vorhin sagte, nie mit Sara-Rebecka Werkmüller telefoniert zu haben, so stimmt das zwar, aber wir haben einmal geskypt. Es war das erste und einzige Mal in ihrem Leben, und auch ich habe kaum Erfahrung damit, also mit dem System »Skype«. Ihr Mann hatte es ihr extra an dem Tag eingerichtet, während ich den Computer und die technische Hilfe meiner Frau in Anspruch nahm. Aller Anfang ist schwer, aber nach einigen Sekunden konnte ich die Umrisse eines Frauenkopfes sehen, der von hinten angestrahlt wurde. Ich sah nicht Frau Werkmüller, aber ihre Frisur. Ich sah dahinter eine Wand mit sehr vielen Büchern. Auch hinter mir selbst befand sich eine Bücherwand. Ich sah nun, daß meine Bücherwand größer war, und sagte es der Ansprechpartnerin. Meine ersten Worte lauteten somit: »Bei uns sind aber mehr Bücher, Frau Werkmüller.« Die Angesprochene erwiderte augenblicklich: »Nein, das stimmt nicht, *wir* haben mehr Bücher. Im hinteren Zimmer sind noch mehr davon!« Ich lachte nur kurz und trocken und sagte: »Nein, bei uns sind auch noch Bücherwände in den anderen Zimmern, und die sind alle so voll wie diese hier!« Danach huschte Sara-Rebecka Werkmüllers Mann durchs Bild, ein netter Hamburger. Er änderte die Beleuchtung, und ich konnte das Gesicht der nun bald berühmten Autorin klar erkennen. Es sah genauso aus wie das Bild auf dem Umschlag von ›Lebensschwärze‹. Frau Werkmüller sprach diesen Gedanken aus, nur umgekehrt, indem sie meinte, ich würde genauso aussehen wie auf meinen Büchern. Wir haben uns dann über eine Stunde lang über uns beide sowie Gott und die Welt unterhalten. Frau Werkmüller hatte nie eine genuin politische Phase, schätzt Theoretiker nicht besonders, liest gern Fontane, hat zwei Kinder, kleine Buben im noch einstelligen Jahresbereich. Sie spricht viel mit den Nachbarn, dem türkischen Gemüsehändler, der alten Frau, die ihr Auto immer so schwer in die Garage bekommt, natürlich auch mit den anderen Frauen beim Elternabend. Ihr Mann hat einen tollen Posten bei »Marbach«, wie sie es nennt, also beim deutschen Zentralarchiv für Literatur im nahen

Marbach. Frau Werkmüller ist im Ländle geboren, also in Baden-Württemberg, ist mehr oder weniger in Stuttgart aufgewachsen, dann aber für zehn Jahre nach Hamburg gezogen, in meine Heimatstadt. Sie mag Hamburg gern, was ich ja auch tue. Das ist aber eine der wenigen biographischen Gemeinsamkeiten. In Stuttgart war ich nur einmal, und zwar um über die Revolution der Wutbürger rund um Stuttgart 21 für eine deutsche Zeitung zu berichten. Ich lese Fontane nicht so gern, bin beim ›Stechlin‹ vor Langeweile fast zornig geworden, und bevorzuge deutsche zeitbezogene Gegenwartsliteratur. Mein Fundament bilden die fünf Klassiker Thomas Mann, Kafka, Proust, Musil und Schnitzler, dazu kommt der Außenseiter Knut Hamsun. Ich lebe in Wien und liebe die Wiener, würde aber niemals mit dem Frisör, dem Taxifahrer oder dem Gemüsemann plaudern, weil ich dazu zu autistisch bin. Ich meide Partys, kann mich aber in seltenen ausgesuchten Fällen mit viel Spaß betrinken. Von Wolfgang Koeppen gefällt mir sein erster, schon 1932 veröffentlichter Roman ›Eine unglückliche Liebe‹ am besten, über den ich schon während meiner Dankesrede vor zwei Jahren ausführlich zu sprechen gekommen bin. Sara-Rebecka Werkmüller gefällt – so ließ sie während der »Skype«-Session durchblicken – *alles* von Wolfgang Koeppen. Ich bin gespannt, wie sie das gleich begründen wird. Während ich der Meinung bin, daß Koeppens geschichtsgetränkte Romanfiguren in den Romanen der fünfziger Jahre nur dadurch gelingen und überzeugen konnten, daß der Autor das Dritte Reich mitmachte und nicht emigrierte, glaubt Frau Werkmüller nicht an diesen Zusammenhang. Lassen wir uns also überraschen. An einem Tag wie diesem wartet jeder ohnehin nur auf die Rede des oder der Geehrten, so daß ich schon viel zuviel geredet habe. Ich beglückwünsche Sara-Rebecka Werkmüller zum Erhalt des Wolfgang-Koeppen-Preises 2012 und wünsche ihr und ihrer lieben Familie alles Gute und viel Freude und Erfolg beim Verfassen weiterer solch wunderbarer Bücher wie ›Lebensschwärze‹. Wie man hört, schreibt sie gerade ein Theaterstück, und es soll in diesen Tagen fertig werden. Ich werde bestimmt einer der ersten Besucher sein, wenn das Stück Premiere hat. Alles, alles Liebe, Sara-Rebecka Werkmüller!

Mit dieser Rede im Gepäck, die ich noch auswendig lernen mußte, fuhren Elisabeth und ich dann Ende Juni mit der Eisenbahn quer durch Österreich und Deutschland bis nach Greifswald. Die Zeit vor zwei Jahren fiel mir ein, als ich selbst mit dem großen Preis geehrt wurde, und ich machte mir Gedanken über mein Verhalten damals. Die Schriftstellerin Sibylle Berg hatte mich erwählt, und das war eine echte Überraschung für mich. Nie hatte ich gedacht, jemals einen Literaturpreis erhalten zu können. Immerhin kannte ich meine großherzige Gönnerin schon vorher, wenn auch nur flüchtig. Seit zehn Jahren hatte ich sie nicht mehr gesehen. Doch anders als im aktuellen Fall hatte Sibylle wenigstens meine Sachen gelesen und sogar gemocht. Jedenfalls teilweise. Eigentlich war es ein totales Mißverständnis, denn Sibylle Bergs Vorliebe für mich kam durch eine einzige Stelle in einem einzigen Buch zustande, die ihr vielleicht jemand am Telefon vorgelesen hatte. Es war, glaube ich, der Roman ›Der Geldkomplex‹, aus dem sie die Stelle hatte. Es war eine echte Sibylle-Berg-Stelle, übrigens die einzige in meinem Gesamtwerk. Der Ich-Erzähler verflucht darin die Menschheit und pöbelt sich alle Verzweiflung aus dem Leib. Das hat der Sibylle gut gefallen. Deswegen bekam ich den Preis. Sie hat dann immer wieder von dieser Stelle gesprochen. Auch in der Preisrede hat sie diese Stelle dann in voller Länge zitiert. Die Rede bestand eigentlich zu achtzig Prozent aus dieser Stelle. Die war ja auch sehr gut. Wer kann schon über mehrere Seiten so glaubhaft fluchen und schimpfen? Aber von da an hat die Autorin geglaubt, ich sei auch so wie sie, würde so ähnlich schreiben und denken wie sie, also die Menschen rundheraus und abgrundtief hassen. Ich finde das ja auch sehr gut, dieses Hassen, und finde es bei Sibylle Berg und Thomas Bernhard und dem frühen Handke ganz toll und würde gern auch so hassen können. Ich finde wirklich, daß ich allen Grund dazu hätte. Aber ich bin leider nicht so veranlagt. Ich bin naiv. Die Menschen gefallen mir schnell, und ich gerate immer wieder in die Haltung vollständiger Unvoreingenommenheit. Das ist mir früher von intellektuellen Freunden übelgenommen worden. Ich weiß auch nicht, ob ich das jetzt richtig dargestellt habe. Sehr viel öfter wurde mir von Freunden vorgeworfen, dem Ressentiment zu erliegen. Vielleicht bin ich auch einfach blöd. So fällt es mir sogar schwer, Thilo Sarrazin zu hassen. Für Sibylle Berg wäre das das Einfachste von der Welt. Sie würde ihn hassen, weil sie alle Menschen haßt, auch solche, mit denen sie schon zu Abend gegessen hat. Dummerweise hatte ich einmal mit Sarrazin im Koreaner gesessen, und der alte, rührende Mann hatte mich an meinen alten, rührenden Lateinlehrer erinnert. Da fällt dann Hassen schwer. Und nun hatte ich natürlich das Problem, daß ich Sibylle Berg unendlich dankbar war und das auch zeigen wollte, und daß dazu gehörte, daß sie diese Dankesbezeugungen auch annehmen mußte, was natürlich nur ging, wenn sie mich nicht haßte oder so tat, als haßte sie mich nicht. Was folgte, waren viele seltsame Kontaktversuche und Kontakte.

Erst einmal schrieben wir uns viel. In zahllosen E-Mails zählte Sibylle immer auf, welche entsetzlichen anderen Autoren sie besonders scheußlich fände. Der Reihe nach wurden grundsätzlich alle Schriftsteller, die ich kannte, in den Staub getreten. Es war nun mein Part, diese Stellungnahmen zu loben und zu übernehmen. Das fiel mir schwer, ja, ich schaffte es einfach nicht. Ich glaube sogar, nicht einen einzigen Kollegen in den Dreck gezogen zu haben. Ich rettete mich, indem ich Sibylle selbst in den allerhöchsten Tönen lobte, immer wieder und immer wieder neu und strahlend. Ich machte das wirklich gut, und indem ich Sibylle so über die Maßen lobpreiste, dachte sie wohl, ich stimmte mit ihrer Meinung über die geschmähten Kollegen überein.

Schon bald hatte Sibylle die Idee, ich könne doch zu einem besseren Verlag wechseln. Sie mochte meinen Verlag nicht, bei dem sie selbst lange gewesen und sich dann zerstritten hatte. Ich kenne mich in solchen Dingen nicht aus. Ich verfüge auch nicht über Insiderwissen, da ich niemanden habe, der mit mir Insidergespräche führt. Ich kann nur die Seite wiedergeben, die Sibylle mir erzählte, ganz gegen meinen Willen. Und davon nur einen winzigen Teil, da ich solche Informationen immer sofort wieder verdränge. Was ich also noch weiß, ist sehr wenig, aber ich glaube schon, daß diese wenigen Dinge stimmen. Grob gesagt hatte dieser Verlag nichts für die Autorin getan und statt dessen andere Autoren gefördert. Ich hatte diese Erfahrung ebenfalls gemacht, mit meinen eigenen Büchern. Ich hätte mich also mit meiner Gönnerin solidarisieren können, doch da mir dies widerstrebte, wählte ich einen anderen Weg. Ich zog in die Schweiz, wo sie lebte, und begann dort einen Roman, den ich dem neuen Verlag geben wollte.

Natürlich malte ich mir aus, mit meiner neuen schreibenden Freundin nette gemeinsame Erlebnisse in der Schweiz zu haben. Doch es kam zu keiner einzigen Begegnung. Das verstand ich durchaus. Schließlich haßte Sibylle Berg alles Menschliche und somit auch reale Dates mit lebenden Erdenbürgern. Ich war also nicht enttäuscht. Trotzdem war ich in eine selbstgestellte Falle getappt. Die Schweiz war viel teurer als erwartet. Bald ging mir das Geld aus. Ich war so pleite wie nie zuvor in meinem ohnehin kargen Leben. Ich hatte eines Tages überhaupt kein Geld mehr. Gerade da aber forderte mich Sibylle auf, sie zum Sushi-Essen einzuladen. In dem von ihr genannten Lokal zahlte man pro Person etwa hundert Franken für das Essen. Ich sagte, wie es um mich stünde, aber sie glaubte mir nicht. Das Essen fand statt, und es entwickelte sich rasch zum Desaster. Die Freundin stellte mir dauernd Fragen nach anderen Schriftstellern und erwartete, daß ich schmutzige Geschichten über sie erzählte. Ich konnte das aber nicht. Ich kannte nämlich keine, weder schmutzige noch saubere. Ich war einfach ohne jeden Kontakt zum Literaturbetrieb. Ich sollte Namen liefern und Freunde verraten, schaffte es aber nicht. Es wurde ein entsetzlicher Abend, und nun stand für immer fest, daß ich kein unterhaltsamer Kerl war. Sibylle hatte noch ihren Mananger Joe und einen weiteren Menschen mitgebracht, und auch deshalb kam niemals eine nette oder gar intime Stimmung auf.

Als ich gegangen war, hatte ich so ziemlich alles verloren. Und doch tat man so, als ginge es weiter. Tatsächlich war ich ja mitten im Schreibprozeß, und ich bin einfach so veranlagt, daß ich einen Schreibprozeß nicht stoppen kann. Ich schrieb also weiter, und eines Tages zeigte ich wie verabredet die ersten hundert Seiten meiner Mäzenin, die sie meinem neuen Verlag weiterreichen wollte. Das tat sie aber keineswegs, sondern schrieb zurück, dieses Zeug sei vollkommen mißraten und ich solle es vergessen.

Ich erinnerte mich an ihre Worte, wie sie von einem Vorschuß von 30 000 Franken gesprochen hatte. Bisher hatte mein höchster Vorschuß ungefähr ein Zehntel davon betragen. Es ging mir trotzdem nicht ums Geld, also nicht um so unmoralisch viel Geld, mir wären fünftausend Euro lieber gewesen. Dennoch, das weiß ich noch ganz genau, hatte ich ein verschmitztes Gesicht aufgesetzt und irgend etwas gesagt, das Sibylle gefallen sollte. Ja, das lag an meiner Anpassungssucht, die wiederum durch meine Dankbarkeit befeuert wurde; schließlich hatte mir der Gewinn des Koeppen-Preises gerade das Leben gerettet.

Ich sollte also mein neues Buch vergessen. Tat ich aber nicht. Ich schreibe nämlich gern, und ein Leben mit Schreiben ist für mich allemal schöner als ohne. Ich schrieb das Buch zu Ende, hatte allerdings noch Szenen beispielloser Demütigung aufgrund meines Geldmangels zu überstehen. Einmal war ich bei Sibylles Manager zu

Gast, am Abend, und hatte einen fürchterlichen Durst. Der Mann goß sich selbst literweise köstlichen naturtrüben Apfelsaft ein. Dann mußte er weg, während ich in der Wohnung blieb, um dort zu übernachten. Nachts wurde der Durst immer stärker. Gegen vier Uhr morgens – es war mitten im Sommer, sehr heiß, und die Wohnungsbesitzerin schlief bereits wieder in ihrem Zimmer – schlich ich zum Kühlschrank und goß mir ein. Es war noch viel da, mehrere Flaschen, und ich baute darauf, daß man es nicht merkte. Falsch gedacht! Die Sache kam heraus, und der Manager forderte mich am nächsten Morgen schriftlich auf, die Flasche zu ersetzen. Außerdem sollte ich das benutzte Glas säubern und anschließend in den Küchenschrank stellen. Er schrieb die Marke des Apfelsaftes auf und das Geschäft, wo ich ihn kaufen sollte. So weit war alles noch normal, eben typisch schweizerisch, nur: Ich hatte die zweieinhalb Franken nicht! Ich mußte mich unverrichteter Dinge davonstehlen. Sibylle beschneigte mir daraufhin, meine Armut sei abstoßend. Und ihr Manager Joe würde mich nicht mehr mögen.

Kein Zweifel, ich mußte die Schweiz verlassen. Das tat ich auch und schrieb den schönen Roman in Österreich fertig. Er wurde ein großer Erfolg. Und trotzdem wagte ich es nicht, die Freundschaft mit Sibylle anzutasten. Zu sehr hatte sie mir einst geholfen, mit dem Koeppen-Preis und dem vielen Geld, das damit auf mein ausgetrocknetes Konto kam. Ich glaubte wirklich, ohne diesen Menschen längst unter der Erde zu liegen. Umgekehrt dachte sie nur das Schlechteste von mir. Aus reiner Geldgier sei ich ihrem Verlag hinterhergelaufen, hätte mich als humorloser Knilch ohne jeden Unterhaltungswert entpuppt, als eine Art Schnorrer, der als solcher nicht rechtzeitig erkannt wird. Eines Tages warf sie mir vor, ihren Verlag hochmütig verschmäht zu haben. Richtig war, daß ich diesen Freund von ihr im Verlag nicht angerufen hatte. Ich war mir zu fein, mich offiziell zu bewerben. Nein, nicht zu fein, sondern ich war angeekelt von der Vorstellung, einen Funktionär anzurufen, der meinen Namen noch nie gehört hatte. Nein, das ging nicht. Dann wieder schrieb sie mir, kein Geld mehr zu haben und ob ich ihr nicht helfen könne. Sie meinte das halb im Ernst und halb im Spaß. Aber ich konnte einfach nicht darüber lachen. Diese Frau hatte das Hundertfache meiner Einkünfte gehabt, fast ein ganzes Leben lang, und so schwieg ich entsetzt.

Tja, an das alles und an noch viel mehr erinnerte ich mich nun auf der langen Eisenbahnfahrt nach Greifswald. Dazu kam, wie purer Hohn, daß wir in der ›Süddeutschen Zeitung‹, die im Zug auslag, einen Sibylle-Berg-Aufsatz über die Liebe fanden. Darin beschrieb sie die Himmelsmacht der Liebe, die angeblich als einzige die Hoffnung enthielt, einer Welt zu trotzen, die ganz und gar verrottet und zerstört Richtung Orkus rauschte. Ich mußte dabei an meinen Satz denken, den ich ihr einmal sagte, wir sollten zum Bächlein neben ihrem Haus gehen und uns dabei Geschichten erzählen. Nur so, ganz spontan. Das war ganz am Anfang gewesen, als ich gerade in ihre Stadt gezogen war. Ich hatte das natürlich im übertragenen Sinne gemeint, leicht gebrochen, wie das unsere gemeinsame ironische Art war. Es gab kein Bächlein. Aber der Satz hatte sie in Panik versetzt.

Später hörte ich nur noch einmal von ihr. Sie schrieb, ich hätte mit dem Essay in der ›FAZ‹ – siehe oben – einen Verrat begangen. Für einen Scherz in der Zeitung hätte ich unsere Freundschaft aufs Spiel gesetzt. Ich mußte sofort an Oscar Wilde denken, der für ein gutes Bonmot jeden Freund drangegeben hätte. Ich mochte das Wort »Verrat« nicht. Sowenig wie die verwandten Worte Ehre, Stolz, Treue und so weiter. Ich hatte einmal, als ich noch jünger und dümmer war, gesagt, Ehre und Stolz überließe ich Leuten mit Migrationshintergrund. Ich hätte lieber »Nazis« sagen sollen, dann verletzt man nicht die Falschen. Jedenfalls war ich einerseits beschämt, weil ich doch immer die Freundschaft mit Sibylle hochhalten wollte, und andererseits schon wieder enttäuscht, da doch dieser schwungvolle Essay einen anderen Kommentar verdient gehabt hätte als den immer gleichen, uralten, reaktionären Verwurf des Verrats. Wer, wenn nicht Sibylle Berg, hätte einmal etwas Intelligenteres dazu erwidern können? Mit hängendem Kopf entfernte ich mich. Und dachte daran, was ich alles *nicht* über sie verraten, sprich veröffentlicht hatte. Es war wieder einmal das alte Lied: Da war ein bürgerlicher Mensch, der in den eigenen vier Wänden die niederträchtigsten Dinge über andere Menschen, Kollegen, Freunde, zuweilen auch Mächte, Regierungen, Zustände äußerte, aber in der Öffentlichkeit verlogen lächelnd schwieg. Derselbe Mensch sah in mir natürlich den größtmöglichen Verräter, da ich im Privaten das Lästermaul nicht aufkriegte, im öffentlichen Raum dagegen schon, wenn auch nur ein bißchen.

Mir fiel auf diesen letzten Brief nichts mehr ein, und so werde ich mir auch noch die Schuld für den Kontaktabbruch zuschreiben lassen müssen. Immer muß ich daran denken, wie fürchterlich die hochtalentierte, brillante Frau schon seit geraumer Zeit über mich urteilen wird, im kleinen, feinen Kreis, und nun, da der Kontaktabbruch von Woche zu Woche mehr Realität bekommt, dürften alle Dämme brechen. Nein, dachte ich nun, da der Zug, ein altertümlicher Intercity, durch die Mark Brandenburg eierte, ich muß noch etwas tun, ich muß ihr wieder schreiben und den Schaden doch noch zu begrenzen versuchen.

Einmal bei dem Thema angelangt, ließ es mich nicht mehr los, und ich erlebte regelrechte Sibylle-Berg-Erinnerungsstürme, die erst endeten, als ich in Greifswald eintraf. Der große Tag der Preisübergabe war gekommen. Nun wurde es ernst. Sissi stand mir auch jetzt wieder zur Seite.

Ich näherte mich der Stadt übrigens von München aus. Da mir alle Kosten erstattet wurden, hatte ich die Bahnstrecke über die bayerische Landeshauptstadt gelegt und dort Freunde besucht. Eigentlich habe ich ja gar keine Freunde, aber der stille Frank macht da eine Ausnahme. Ebenso die Familie eines ehemaligen Studentenführers, in der ich einst aufgewachsen war. Der Großvater dieser Leute hatte früher einmal auf den Barrikaden gestanden und wurde von seinen Nachkommen immer noch verehrt. Er war erst vor kurzem gestorben, während eines Aufenthalts im sogenannten »Dschungelcamp«, wo er Geld für seine Familie verdiente. Vor laufenden RTL-Kameras hatte sich der Greis ausgezogen und gegen eine Gage von 50 000 Euro Spinnen verschluckt.

Der stille Frank freute sich unbändig, mich zu sehen. Wir gingen auf den Balkon seiner Schwabinger Wohnung und tranken eine Flasche Eierlikör leer. Seine neue Frau schlief bereits. Er hatte fast zwanzig Jahre lang mit einer deutlich älteren Frau eine Musterehe geführt, bis diese Frau einmal mitten in der Nacht aus der Wohnung, in der wir uns jetzt befanden, lief und bei ihren Eltern mit den Worten Unterschlupf fand: »Ich halte es nicht mehr aus.«

Der stille Frank, Sohn eines Vorstandes der Deutschen Bank und nach all den Jahren selbst im Vorstand dieser Bank, war erschüttert. Was hatte er falsch gemacht? Ein paar Jahre lang kämpfte er mutig gegen eine schwere Depression an, bis er die jetzige neue Frau kennenlernte, oder sie ihn, eine gutgebaute, in jeder Hinsicht attraktive junge Frau mit blonden Haaren und senfgrünen Augen. Die Depressionen des stillen Frank – der übrigens ebenfalls ein attraktiver Mann war, groß, immer gut gekleidet, höflich – nahmen daraufhin noch zu. Schließlich wechselte er den Psychiater, und die Lage wendete sich. Die Depressionen gingen, die junge Frau blieb. Fortan wurde aus dem stillen der glückliche Frank. Jedenfalls erlebte ich ihn so, dort auf dem Balkon. Aufgeregt erzählte er mir sein ganzes Leben. In dieser Nacht erzählte er mehr über sich als in den zwei Jahrzehnten zuvor, die ich ihn schon kannte.

Das war ein schöner Start in meine traumatische Reise durchs ehemalige Vaterland. Am nächsten Morgen weckte mich die glückliche Frau des glücklichen Frank. Sie war noch lebhafter als er und gefiel mir gut. Sie stellte viele Fragen und nahm mir keine meiner zynischen und verdrehten Antworten übel. Wohl wußte sie, daß ich ein seltsamer, die Mitmenschen verunsichernder Kerl bin, aber es machte ihr nichts aus. Das gefällt mir immer am meisten an schönen Frauen. Es gibt doch nichts Ärgerlicheres als Leute, die einem nach zwei, drei Wortwechseln erklären, ein Problem mit einem zu haben. Das beste sind natürlich Menschen, die einen beim allerersten Blick in die Augen schon verstehen. Oliver Maria Schmitt war so einer. Dafür habe ich ihn auch nur einmal im Leben gesehen. Oder Sarah Haase. Oder Elisabeth.

Von München aus fuhr ich nach Berlin. Am Hauptbahnhof holte mich meine Frau ab, die geflogen war. Die Wiedersehensfreude war unvorstellbar. Minutenlang sprangen wir vor Freude auf dem Bahnsteig herum, bis wir die letzten waren. Mit dem Taxi ging es zu unserem Quartier, der Wohnung von Elena Plaschg, und am nächsten Morgen weiter nach Greifswald in das Vier-Sterne-Hotel Kronprinz, das die Koeppen-Kommission für uns gebucht hatte. Die Preisträgerin Sara-Rebecka Werkmüller war ebenfalls dort untergebracht, doch wir sahen sie nicht. Es hatte den Anschein, als seien wir die einzigen Gäste, und zwar in der ganzen Stadt, die wie ausgestorben wirkte. Ich dachte noch ein paarmal an Sibylle Berg, die bei meiner Ehrung vor zwei Jahren gar nicht angereist war. Ihre Laudatio mußte ihr Manager Joe verlesen, was nicht richtig gelang. Dieser prächtige Schwule war so groß, daß er das Mikrophon weit überragte, sprach Schwiizer Dialekt, war unsicher, so daß er die Sätze falsch betonte. Eine reale Großschriftstellerin wie Sibylle Berg wäre mitreißend gewesen, aber die Rede machte trotzdem Eindruck. Sie war beschämend kurz, blieb aber hängen, also die zwei, drei Gedanken darin. Ich hatte in meiner Dankesrede wesentlich mehr zu sagen, und so ergänzten sich die beiden Reden durchaus. Auch der Oberbürgermeister der Stadt Greifswald hatte das Wort ergriffen, und ein Orchester spielte »Smells Like Teen Spirit« von Nirvana. Ich erinnerte mich gut an alles. Ich hatte mir das Lied gewünscht, aus Spaß, da ich keine E-Musik kenne. Man hatte mich nämlich vorher gefragt, was das Philharmonische Landesorchester für mich spielen solle.

Diesmal war alles anders. Um fünf Uhr nachmittags kam der Kulturdezernent der Stadt und holte uns ab. Zu Fuß gingen wir zum Koeppen-Haus. Dort warteten etwa fünfundzwanzig Leute, darunter die Preisträgerin. Die Stadt war immer noch vollkommen leer. Nicht nur ein Teil, sondern die gesamte Stadtfläche war zur Fußgängerzone erklärt worden – nur daß es keine Fußgänger gab. Wir waren durch die leeren, hallenden Straßen gegangen wie Gary Cooper in ›High Noon‹. Nun also das erste Händeschütteln mit Sara-Rebecka Werkmüller. Sie sah viel besser aus, als ich dachte. Eine Figur wie ein Fotomodell. Ein schmales Gesicht, durchdringende Eulenaugen, volle Lippen. Neben ihr ihr lieber Mann, der frühpensionierte Gesamtschullehrer, der er gar nicht war, in Jeans, mit nettem, schüchternen Lächeln, Sneakers, schwarzem Sakko. Er hatte etwas mit dem Auge – das eine war vielleicht aus Glas –, und deswegen lächelte er wohl ohne Unterlaß. Aber zweifellos war er ein Netter, ob mit oder ohne Lächeln. Wir mochten ihn sofort. Und auch die Preisträgerin war mir plötzlich lieb und teuer. Sie war nämlich sichtlich aufgeregt. Das machte sie mir sehr sympathisch.

Der Bürgermeister hob nun an mit seiner Rede. Diese Entscheidung, diese Wahl, diese Preisträgerin, alles ganz besonders gelungen! Ein glückliches Händchen! Eine große Schriftstellerin. Eine wundervolle Koeppen-Preis-Verwalterin. Ein schöner Tag für Greifswald und für Wolfgang Koeppen. Ein Hoch auf Sara-Rebecka Werkmüller und auch auf Johannes Lohmer, der diese begnadete Idee gehabt hat, bravo! Und einiges mehr. Kein Zweifel: Der Mann konnte reden.

Dann kam ich und verlas meine Rede. Vorher hatte ich

meine Frau ein letztes Mal gefragt, was an Sara-Rebecka Werkmüller gut sei, und sie hatte geantwortet:

»Sie schreibt so wie Wolfgang Koeppen. Sie hat ganz viele Details, die alle für sich genommen eher befremdlich sind, aber insgesamt, etwa nach fünfzig Seiten, ein ganz neues, anderes Bild ergeben, das Bild des *anderen* Deutschland.«

Fernsehen und Hörfunk waren da, und ich mußte kurze Statements geben. Ich variierte mehrmals den Satz, den meine Frau mir gesagt hatte. Auch in der Rede brachte ich das unter, indem ich einfach vom Manuskript abwich und von meiner Begegnung mit den Medienleuten berichtete, quasi als Anekdote. Ich wich noch mehrmals vom Manuskript ab und erzählte Anekdoten, denn das lieben die Leute ja immer.

Manchmal sah ich ins Publikum, um meine Wirkung zu überprüfen. Die Leute saßen mit starren Gesichtern da. Zum Glück war ich von der Qualität meiner geschriebenen Rede so überzeugt, daß ich nicht aus dem Takt geriet. Auch meine launigen Abweichungen waren gekonnt und treffsicher. Wenn die Leute das nicht goutierten, lag es nicht an mir. Immer wieder brachte ich meine liebe Frau ins Spiel, wie ein jovialer bürgerlicher Provinzpolitiker. Das hatte zur Folge, daß der Oberbürgermeister am Ende meiner fulminanten Laudatio auf Sissi zurannte und ihr Blumen überreichte.

Dann redete die Preisträgerin. Sie hatte tatsächlich wochenlang an einer echten, würdigen, wissenschaftlich hochkarätigen Rede gearbeitet. Alle waren sehr beeindruckt. Sie hatte sich durch alle Koeppen-Archive gewühlt und Stellen gefunden, die zu ihrer Heimatstadt Stuttgart paßten. Ich selbst war am meisten beeindruckt. Zum ersten Mal sah ich Koeppen so, wie er wirklich war. Ich verstand nun seine Romane ›Tauben im Gras‹ und ›Das Treibhaus‹ weitaus besser. Auch sein seltsames Verstummen wurde von Frau Werkmüller erstmals schlüssig erklärt. Demnach hatte er eine Angst vor der Wahrnehmung, denn sein Wahrnehmen war stets das Erblicken schmerzhafter Wahrheit. Das hat ihn fix und fertig gemacht. Daß Schriftsteller überhaupt wahrnähmen, sei ihr Fluch. Ich konnte das für mich zwar nicht sagen, ganz im Gegenteil, aber ich glaubte Frau Werkmüller, daß es so etwas geben konnte. Vielleicht nicht einmal bei Koeppen selbst, aber vielleicht bei ihr, wer weiß. Ich mochte den Gedanken gar nicht weiter verfolgen.

Diese Rede war wirklich äußerst beeindruckend, und ich bin es den Lesern und vor allem der Verfasserin schuldig, sie nun ebenfalls in diesem Buch, das ich erst nur für das unendliche Nichts, für die Luft zwischen Sissi und mir in unseren schönen großen Räumen, später auf Wunsch meines Verlages auch für andere »geschrieben« habe, abzudrucken, das heißt das, was ich von ihr erinnere. Also – die Dame begann ohne jede Anrede zu sprechen:

»Ich wandele sandalenbeschnallt und schuhunlustig dem himmelwärts vertäuten Stuttgarter Hauptbahnhof in die paradenförmig angeordneten westlichen Ausformungen des Westerwaldes entgegen, ihren schwäbischen Entsprechungen, und denke literarisch und unselig-biographisch an Wolfgang Koeppen. Egidius Bremsel hat in einer bemerkenswerten Seminararbeit darauf hingewiesen, daß Koeppen am 16. Oktober 1953 ganz hier in der städtebaulich-architektonischen Nähe in einem quasi unterirdischen Schlafplatz eine fröstelnd-kunstbeleuchtete Behausung für eine Nacht aufgesucht und sozusagen vom Guntram-Verlag, dessen Buchhaltung er damals noch vertraglich nahestand, zugewiesen bekommen hatte ...«

Ich hörte mit aller Kraft zu. Die vielen Adjektive und Adverben, die die Endlossätze mit den vielen Nebensätzen dehnten, machten es mir nicht leicht. Bisher verstand ich nur Bahnhof, also Stuttgarter Hauptbahnhof. Koeppen ging somit zum Bahnhof, hatte dort ein Hotel. Wie ging es weiter, was tat er dort? Die Preisträgerin schilderte erst einmal ausführlich und bemerkenswert literarisch die Bahnhofsgegend. »... Nachkriegsbauten mit bunten Narrengesichtern umstellen die kahle Weite in spöttischer Runde, hinter den Muschelkalkplatten des Rathauses steht die verkohlte Leiche des alten Turmes, schamhaft verborgen vor den Augen der Nachgeborenen. Über einem Seiteneingang lächelt eine grünspanbedeckte Stuttgardia jedem zu, der sie in ihrem Winkel bemerkt. Auch sie ist eine Übriggebliebene ...«

So ging es dahin. Super! Aber nach einiger Zeit, etwa nach fünf Minuten, konnte ich nicht mehr folgen, vielleicht weil Werkmüller vor allem Überbleibsel aus früheren Epochen ins Auge fasste, die mich weniger interessierten. Da war irgendwo eine Kneipe gewesen, die Koeppen 1953 noch gekannt haben konnte und die schon Hölderlin, Möricke, Hauff und Kurt Georg Kiesinger besucht hatten und, glaube ich, sogar der Großvater der Preisträgerin, der wiederum dieselbe einmal dorthin mitgenommen hatte, was dieser aber – erst sechs Jahre alt – nur bedingt gefallen haben mochte. Sehr kompliziert. Und das alles in diesen Schachtelsätzen. Ich war natürlich sehr beeindruckt, daß jemand so überaus literarisch schreiben konnte, selbst in einer ganz normalen Preisrede. Ich hätte das nicht gekonnt! Gebannt konzentrierte ich mich weiter, wenn auch vergebens, auf den Redefluss. Der Großvater hatte irgendeine Lieblingsspeise bestellt, was der kleinen schüchternen Enkelin peinlich gewesen war. Warum, verstand ich nicht sofort, da ich bereits die nächste Bandwurmformulierung für mich ins normale Deutsch übersetzen mußte.

Es ging irgendwann um einen Roman Koeppens, vielleicht spielte der in Stuttgart, nein, in München. Die Frau hatte das Zeug also wirklich gelesen, ›Tauben im Gras‹. München in den fünfziger Jahren, eine Art Sodom und Gomorrha, und die Hauptfigur bekommt den Schock des Sehens. Altbiblische Verweise gab es angeblich andauernd bei Koeppen, erfahre ich jetzt, was ich als Noch-Preisträger sicherlich hätte wissen können. Kurz fällt mir ein, daß ich als Kind selbst in der »Hure Babylon« München gelebt hatte, nur wenige Jahre später, und nichts als Frieden, Sonne und Glück erinnere. Die Nachkriegszeit war in den Erzählungen meiner Eltern eine geradezu euphorische Phase der totalen Befreiung gewesen, und die folgende Zeit des Wirtschaftswunders beglückte sie dann auch noch mit Wohlstand, Kindersegen, Reisen und Vergnügungen aller Art. Wo blieb da die Hure aus dem Zweistromland? Ich konnte nicht nachdenken, die Rede ging weiter. Der entsetzliche Schock der Wahrnehmung und all das:

»... Gerade jene entsetzliche Kunst des Sehens ist für einen Schriftsteller außerordentlich wichtig – ich behaupte sogar, sie ist die Voraussetzung für das Schreiben selbst, und wer sich ihr nicht aussetzt, auch den Schrecken nicht erträgt, der mit dem genauen Blick einhergeht, hat schon verloren, bevor er das erste Wort zu Papier gebracht hat. Am Ende ist die Niederschrift der einzige Weg, das Entsetzen zu bannen, das ausgelöst wurde durch den Schock des Sehens. Worte allein können das endlose Sperrfeuer der Wahrnehmung unterbrechen und ihm einen Schutzwall entgegenstellen ...«

Große Worte! Sie hatte sich langsam warmgeschrieben. Nun jonglierte sie recht flüssig mit den Elementen Koeppen, Schock des Sehens, Spiegel vorhalten, Aufgabe des Schriftstellers damals und heute. Die Sätze wurden kürzer. Die letzten konnte man ohne innere Übersetzung verstehen. Sie hätten von mir selbst sein können:

»... Am Schluß dieser Rede steht die schönste Aufgabe des heutigen Abends: der Dank. Ich danke Johannes Lohmer, meinem Schriftstellerkollegen, für die große Ehre, mich als neue Koeppen-Preisträgerin ausgewählt zu haben, lieber Johannes Lohmer, vielen Dank für diese Auszeichnung, die mir besonders viel bedeutet, weil sie von einem anderen Autor und nicht von einer Jury kommt, und danke für die schrägste und witzigste Laudatio, die ich je gehört habe.«

Sie hatte geendet und sah mit ihren rührenden Eulenaugen auf mich. Eigentlich hatte sich ihr Gesichtsausdruck nicht verändert. Die Spannung hatte sich nicht gelegt. Ich merkte nun, in den folgenden Stunden, daß sich ihr Gesichtsausdruck niemals besonders veränderte. Das Orchester setzte ein, nach einem Beifall von etwa einer Minute, was viel war, aber nicht an den Beifall heranreichte, den ich zwei Jahre zuvor erhalten hatte, der zehn Minuten lang gedauert hatte, was aber auch daran lag, daß damals dreimal mehr Leute im Saal gewesen waren, und dieses Landessymphonieorchester spielte auf

Wunsch der Geehrten Philip Glass. Das war ein Musiker, der in den achtziger Jahren des vorigen Jahrhunderts einmal etwas bedeutet hatte, wie ich mich nun erinnerte. Als das Lied vorbei war, kam wieder der Oberbürgermeister nach vorn, mit einer riesigen Urkunde, und nun übergab er endgültig und mit salbungsvollen Worten den großen »Wolfgang-Koeppen-Preis der Universitäts- und Hansestadt Greifswald«. Ein weiteres Mal betonte er, wie dankbar er gerade mir, Johannes Lohmer, sei, daß ich so eine glückliche Wahl getroffen hätte. Und auch sei meine Laudatio ganz wundervoll gewesen. Dann sagte Sara-Rebecka Werkmüller, ebenfalls gerührt bis zum Stimmversagen, daß sie mir so extrem dankbar sei und daß sie in ihrem ganzen Leben noch nie eine so herrliche und witzige Laudatio gehört habe. Ich winkte gerührt zur Bühne hin, die sich endlich leerte. Doch im Zuschauerraum blieben alle auf ihren Stühlen sitzen. Was sollte noch kommen? Ach ja, die Lesung! Viele Greifswalder Bürger kamen nur, um umsonst eine echte Lesung mitkriegen zu können.

Die Autorin ging wieder zum Pult, schlug ›Lebensschwärze‹ auf und las daraus vor. Das war leider der entscheidende Fehler des Abends. Hatte ich eben noch die edelsten Gedanken und Gefühle für die Autorin gehabt, erschrak ich nun über das, was ich da hörte. Ich hatte wirklich fest geglaubt, die erhellende Rede der S.-R. Werkmüller hätte mir einen völlig neuen Zugang zu ihrem Werk und sogar zu dem Koeppens verschafft, doch nun folgte die Enttäuschung. Der Roman war nicht sehr viel genießbarer geworden. Gern würde ich erneut einfach abdrucken, was sie las, doch ich weiß die Stelle nicht mehr. Schon nach einer Seite konnte ich nicht mehr zuhören, und meine Ohren schalteten sich wie automatisch ab. Ich weiß nur noch, daß es um die Schorf- und Eiterbeulen des katatonisch gewordenen Helden ging, der debil und apathisch an sich herumkratzte, angeblich weil das Leben ihm so zugesetzt hatte, was objektiv gar nicht stimmte. Eher hätte ich analysiert, daß er vor Langeweile wahnsinnig geworden sein mußte, also vor der Langweiligkeit eines Lebens, das die Autorin sich gerade aufregend, weil ökologisch vorgestellt hatte. Es kam mir noch immer fast so schlimm vor wie beim ersten Lesen. Sagen wir: noch immer halb so schlimm. Und »halb so schlimm« heißt ja im Volksmund etwas anderes, nämlich: Damit kann man leben, da muß man sich nicht aufregen. Vielleicht kann ich ja fürderhin meine vielen hysterischen Reaktionen auf den ungeliebten Stil der Autorin *halb so schlimm* finden. Und andere Leser, die nicht in meiner Haut stecken, können und sollen den ganzen Käse bitte schön *gar nicht* schlimm finden, sondern wunderbar literarisch verstörend herrlich und so weiter. Nur zu! Es ist mir recht, ich befördere das, ausdrücklich! Kauft alle ›Lebensschwärze‹ und straft mich Lügen, ich habe es verdient...

In der Folgezeit tat sich nun nicht mehr viel. Ich beobachtete das Publikum während der Lesung und erkannte erheitert, daß lediglich der lächelnde Ehemann von dem Text angetan war. Also ausgerechnet jener Mensch, der ihn schon zwanzigmal gehört hatte! Wie sehr mußte er seine Frau lieben! Aber vielleicht war es auch nur das Dauerlächeln, das ich gesehen hatte, das ja unabhängig von Ort, Zeit und Situation stets auf seinem Gesicht lag. Die Menschen standen danach noch unschlüssig im Koeppen-Haus herum. Nach und nach verkrümelten sie sich nach draußen, erst in den Garten, dann zum Public

Viewing eines Fußballspiels in der Innenstadt. Es war nämlich gerade wieder so eine Welt- oder Europa-Meisterschaft. Die Menschen harrten im Schnitt über eine Stunde nach Veranstaltungsende aus, was darauf schließen ließ, daß ihnen das Ganze gefallen hatte. Mit Frau Werkmüller und ihrem Mann standen wir noch zweimal jeweils ein Viertelstündchen zusammen, und jedesmal war es überaus nett und fast vertraulich. Diese schlanke Frau im Minirock und langen Locken rief bei mir am Ende doch tatsächlich väterliche Gefühle hervor. Wenn sie je erführe, wie erschrocken ich einst auf ihren Roman ›Lebensschwärze‹ reagiert hatte, fiele sie in Ohnmacht. Ich mußte mir etwas überlegen, damit es nicht dazu kam. Aber was?

Meine Frau und ich fuhren ins Hotel Kronprinz und sahen zu zweit das Fußballspiel. In der Halbzeit gingen wir in die Vier-Sterne-Hotel-Sauna, dann in den Ruheraum, und schließlich sahen wir im Zimmer wieder das Fußballspiel, nun in der Verlängerung befindlich. Nach dem Elfmeterschießen schlief ich ein, meine Frau bereits früher. Tags darauf brachte uns ein Eurocity zum Ostseebad Binz, das auf der Insel Rügen lag. Das Wetter wurde von Tag zu Tag und nun sogar von Stunde zu Stunde schlechter.

Ich hatte mit der Aufbauleistung in den neuen Bundesländern nie etwas anfangen können, sah überall nur Zerstörung, oder besser gesagt: Ich sah nicht die Zerstörung, sondern das Neue, und das war überall von atemberaubender Häßlichkeit. Oder Normalität. In den ersten Jahren nach dem Mauerfall war ich oft rübergefahren, um das schöne Alte ein letztes Mal zu sehen, mich zu verabschieden. Schon nach fünf Jahren war alles weg. Und jetzt, nach dreiundzwanzig Jahren, war nicht nur das Alte weg und durch das neue Häßlichnormale ersetzt, sondern darüber hinaus war alles noch mit zusätzlichen Häßlichkeiten zugebaut, die gar nicht nötig und von niemandem für möglich gehalten wurden. Hinzu kam, daß die dort lebenden Menschen noch widerwärtiger geworden waren als vor der Wende. Vielleicht hatte Sibylle Berg, die nahe Greifswald aufgewachsen war, von dort ihren Menschenhaß her. Wie sehr ich sie verstehen würde! Die Leute starrten einen verbiestert, mißtrauisch, humorlos und vorwurfsvoll an. Im Gesicht hatten sie eine Blödigkeit, für die mir die Worte fehlen. Und im Schnitt war diese Population gefühlte siebenundsechzig Jahre alt.

Einmal saßen wir in einem Strandrestaurant, und die Strandspaziergänger kamen an uns vorbei. Ich konnte ihre Gesichter sehen, während Elisabeth hinter einem Paravent saß und nur mich sah. Ich machte nun für sie den jeweiligen Gesichtsausdruck jedes vorbeikommenden Spaziergängers nach. Es war gar nicht schwer. Sie lachte sich sofort schlapp. Ich erwartete, daß die Rentner es merkten und mit ihren Windjacken und Lederimitatblousons auf mich losgingen, aber sie merkten es nicht.

Das Hotel war ziemlich luxuriös. Es gab nicht nur eine Sauna, sondern drei, dazu unzählige Wellness- und so weiter -Bäder, die wir alle benutzten, ehe wir fluchtartig nach Berlin zurückfuhren. Der Zug war leer, das Zugpersonal in Ordnung, der IC-Chef alias Zugführer eine Frau, die Hochdeutsch sprach. In Berlin erlebten wir das übliche Elendsbild. Seitdem ich von diesem kaputten Riesenhaufen weggezogen war, hatte der Verfall um weitere zwanzig Prozent zugenommen. In den U-Bahnen existierten nun noch mehr Penner, Tätowierte, schräge Vögel, altgewordene Studenten und Blödmänner aller Art. Es war nicht das Elend, das mir so gegen den Strich ging, sondern der gemeinsame Ausdruck des Dünkels. Diese Leute dachten unentwegt, daß sie etwas Besseres seien als ihr großes eingebildetes Feindbild, »der Spießer«. Außerdem hatte keine Wirtschaftskrise sie ins Nichtstun getrieben. Deutschland war seit Jahren die Wachstumslokomotive Europas und der Arbeitsmarkt leergefegt. Allein während des letzten, noch andauernden Booms waren weitere 250 000 Idioten aus der Provinz nach Berlin gezogen und dort zu selbstverliebten, dünkelhaften Aussteigern mutiert: junge Jugendkultur-Junkies, die sich begeistert den schon vorhandenen alten, zerstörten, gehirnentkernten Jugendkultur-Wracks anschlossen. Ich sah fürchterliche Szenen, wohin ich auch blickte. Der alte Obdachlose, dessen Hund Erbrochenes von der Parkbank schleckte, während Herrchen mit dem Kinn rollte wie ein Geistesgestörter und hilflos ohne Korkenzieher eine Flasche Rotwein zu öffnen versuchte, sitzend neben einer Gruppe »Grufties«, die zu beschreiben mir nun die Kraft fehlt, da ich das alles schon in früheren Büchern beschrieben habe. Nur soviel: Es war wie immer, nur ärger und zahlreicher.

Ich sehnte mich von Minute zu Minute mehr nach Wien. Ich hatte es schon im Ohr, sprach es schon leise vor mich hin, dieses »Jawohl, Herr Professor, schön, daß Sie wieder da sind, Herr Professor, was darf ich Ihnen bringen, wieder wie letztes Mal, lieber Professor?«. Und dann verbrachten wir die Nacht erneut bei Elena Plaschg.

Auch sie war im Laufe des letzten Jahres abgestiegen,

wie alle in Berlin. In ihrer Wohnung stapelte sich knie-hoch der Haus- und Unrat. Im Bad lagen nasse Hand-tücher auf dem noch nasseren Boden, die braun und grau waren vor Schmutz, als wären sie seit Jahren nicht gewa-schen worden. Dafür stand neben dem zerwühlten Lot-terbett ein neuer Laptop, der säuberlich hergerichtet und freigeschaltet war. Hier sah man sie, die Kultur gehobener Gastfreundschaft à la Berlin-Mitte: Dem Gast wurde sofort ermöglicht, online zu gehen. Darum ging es. Damit er chatten, googeln, surfen, skypen und daten konnte. Auch ein anonymer Bettpartner für die Nacht ließ sich auf diese Weise umgehend organisieren. Was zählten dagegen frische Bettlaken und hygienische Zahnputz-becher?

Unangenehmer war schon das Radio, das sich im Bad befand. Ein Jugendsender spielte vierundzwanzig Stun-den am Tag rebellische, gitarrenintensive, aufmüpfige Jugendmusik aus den neunziger Jahren. Auch die Spre-cher waren rebellisch, aufgekratzt, gut drauf und aus der Altersgruppe »Die Toten Hosen«. Um ehrlich zu sein, hatte Elena Plaschg noch vor wenigen Jahren bessere Musik gehört, nämlich aktuellen Trash. Damals hatte sie auch ein Mode-Label, einen Verkaufsladen, ein kreatives, schwules Mode-Genie als Geschäftspartner, eine Total-depression pro Quartal und einen Aufenthalt in der Psych-iatrie nach erfolgreichem Nervenzusammenbruch jähr-lich. Jetzt, nur zwölf Monate später, spielte sie Iggy Pop statt Amy Winehouse, hatte den Verkaufsladen geschlos-sen, den kreativen Kopf in die Wüste geschickt, sich mit einem achtundvierzigjährigen Gastronomen aus Ame-rika liiert und war in ein Loft nahe dem Hauptbahnhof gezogen. In ein Loft!

Schon bei dem Wort mußte ich mir auf die Lippen beißen und schmerzverzerrt die Augen schließen. Wer dachte bei dem Wort »Loft« nicht an Jim Jarmusch, schlechte New-York-Filme, Graffiti an verfallenen Fabrikwänden und verlassenen Klinkerbauten, sinnloses Saxophon-Gesäusel in U-Bahn-Schächten oder Hinterhöfen, blöde Kriminal- und Drogen-Zusammenhänge, an Fotografen, die man einmal gekannt hatte und nun lieber nie wiedertreffen möchte, nicht für zwei Minuten? Nun lebte Elena also in einem »Loft«, und der amerikanische Freund fand das total »spannend«. Er hatte gerade ein Baby bekommen, äh, eine Frau hatte es für ihn bekommen, und er war mit fast fünfzig erstmals Vater geworden. Da die Frau gleich wieder woanders engagiert war, eben eine richtige Berlin-Mitte-Frau, wollte er nun Elena Plaschg dazu bringen, ebenfalls ein Baby für ihn auszutragen und anschließend beide Babys zu versorgen. Elisabeth, die das alles mitbekam, erzählte mir das. Sie war sehr besorgt. Alle Zeichen deuteten darauf hin, daß dieser Plan realisiert wurde. Das wäre das Aus gewesen für Elena Plaschg.

Mit aller Macht drängten wir darauf, zurück nach Wien zu kommen. Hätte ich Wien nicht gekannt, wäre ich ins Grübeln gekommen. Was war denn nun besser, hätte ich mich gefragt: die todesbedrohlich langweilige Öko-Welt der Sara-Rebecka Werkmüller, dieses spaßlose Martyrium zwischen faulenden Apfelbutzen und quälenden Lesungen in Provinzbuchhandlungen – oder das ewige Beziehungsgequake in einer promisken, von der Welt abgekoppelten Szene, die vereinsmeiernd nur sich selber wahrnimmt und dabei verblödet? Ich hätte mich nicht entscheiden können und mich für einen ungerechten Misanthropen gehalten, einen Rentner, einen Querulanten. »Nun sieh doch nur, wie schön die Autorin die Sätze gedrechselt hat, mit höchster Kunstfertigkeit!« hätte ich mir vielleicht selbst zugerufen. Und Elena hätte ich – wie früher schon – für eine Frau mit einem aufregenden Leben gehalten. Doch nun gibt es Wien. Es gibt ein Happy-End in meinem Leben. Ich weiß, daß die Welt schön sein kann: die Häuser, die Gegenstände, die Verhaltensweisen, der Umgang untereinander, die Liebe, der Beruf, der Alltag. Kein zynischer Gott hat uns dazu verurteilt, in der Häßlichkeit zu leben, der inneren wie äußeren. Wir müssen nicht häßlich, untreu, unverbindlich, promisk sein. Wir müssen nicht auf der Baustelle vor dem Hauptbahnhof »wohnen«. Wir müssen auch nicht Bücher über Komposthaufen und Senkgruben lesen. Oder gar *schreiben*. Ja, ich sage es noch einmal, unser Leben kann schön sein, und ein Happy-End ist möglich, nicht nur für mich, sondern tatsächlich für alle.

Nun gut. Wollen wir nicht weiter schwadronieren. Nichts ist ohne sein Gegenteil wahr, sagte Martin Walser, und ein Spiel dauert neunzig Minuten. Wie ging es also weiter? Ich kann es ja ruhig zugeben: Ich bin längst wieder zurück in Wien, und die letzten Zeilen, die ich da gerade lese, kommen mir doch peinlich unironisch vor. Darf man nach Auschwitz noch so unbedarft über Liebe schreiben? Ich will lieber nachtragen, ganz sachlich und pathosfrei, wie die Reise zu Ende ging. Die liebe Sissi flog von Berlin nach Wien, während ich mit der Eisenbahn von Berlin nach München fuhr. Dort, in München, traf ich auf meinen Neffen Elias, der in Hochzeitsvorbereitungen steckte. Ja, der Kleine hatte eine Frau gefunden! Nun konnte er so glücklich werden wie ich, endlich. Die Frau hatte er im Internet kennengelernt, eine junge Inderin. Ich war nun sehr gespannt, wie sich alles entwickelt hatte. Als Elias noch auf das Gymnasium ging, hatte er bei mir gewohnt und regelmäßig jede Nacht mit dieser jungen Inderin gechattet, jedesmal bis zum Morgengrauen. Schon damals wollte er sie heiraten. Aber sie hatte das dafür notwendige Alter noch nicht erreicht. Dann gab ich ihm dreitausend Euro, damit er seine zukünftige Braut endlich besuchen konnte. Das war damals nicht viel Geld, denn die Medienbranche boomte. Leute, die schreiben konnten, bekamen noch viel Geld dafür.

Der Kleine fuhr also nach Indien, traf die Braut sogar, war aber ein bißchen enttäuscht. Er durfte nicht mit ihr sprechen, sondern sie nur ansehen und mit ihr beten. Sie wurde in einem riesigen vergoldeten Holzkasten von vier Familienangehörigen herbeigeschafft. Mein Neffe durfte nur mit ihrem Vater reden. Dann, nach einer Woche, durfte er mit dem Kind im Beisein der Familie zu Abend essen. In der dritten Woche durfte er sie ohne Verwandte treffen, und die beiden gingen in eine Eisdiele. Da sie ja schon soviel gechattet hatten, fiel die Verständigung nicht schwer. Aber etwas anderes machte Probleme: Elias entdeckte etwas Zellulitis an der Innenseite des Oberschenkels der Frau, wie er mir später gestand. Vielleicht übertrieb er, oder aber er untertrieb, um nicht vulgär zu erscheinen. Wollte er in Wirklichkeit sagen, daß ihm die Frau zu fett war? Oder hielt er den Babyspeck des jungen Mädchens für ein böses Omen? Er sagte mir, er wolle nun einmal die perfekte Frau. Deswegen sei er ja bis nach Indien gegangen. Das sei für ihn wichtiger als alles andere, und das würde ich nicht verstehen, da ich einer anderen

Generation angehörte. Viele junge Männer würden so denken wie er, Schönheit sei der neue Wert.

Das überzeugte mich. Elias machte sein Abitur, im Rekordalter von zweiundzwanzig Jahren. Danach ging er auf die Filmhochschule, wo er sich nun, fünfzehn Semester später, also mit neunundzwanzig Jahren, noch immer befand. Sein Lebensziel war es wahrscheinlich, für immer auf dieser Schule zu bleiben und jedes Jahr einen von der Schule finanzierten Film zu drehen. Niemals wollte er ein Teil des verhaßten Marktes werden. Doch dann geschah eine schwere Panne in seiner biographischen Planung. Die Mutter, bei der er wohnte, verheiratete sich nach Neuseeland und trat einer Sekte bei. Ihr neuer Mann war der Sektenführer. Für Elias hieß das, daß er Heim, Mutter und Wohlwollen verlor. Daher der Gedanke, selbst rasch zu heiraten. Er erinnerte sich an die indische Verlobte, nahm den Kontakt wieder auf. Eine andere Freundin hatte er in all den Jahren nicht gehabt. Das andere Geschlecht mochte den guten Elias nämlich nicht, das war mir immer wieder aufgefallen. Sobald er ein Mädchen attraktiv fand, benahm er sich so kindisch, daß die Sache verloren war. Nun also wieder die Inderin.

Und was geschah? Das gute Kind war nicht fett geworden, sondern schlank. Plötzlich genügte sie seinen Anforderungen. Jetzt hatte er sie doch noch gekriegt, die perfekte Frau. In der Großfamilie, in der er lebte und der auch ich angehöre, brach Jubel aus. Das wird jeder verstehen können. Jahrzehntelang hatte man miterlebt, wie der Junge partout kein Mädel abbekam, und nun das! Nun die perfekte Frau! Es war kaum zu fassen. Alle – bis auf die verschwundene Mutter – packten nun mit an, die Hochzeit zu stemmen. Auch ich.

Man hatte ihm eine kleine Wohnung in Schwabing gemietet. In wenigen Tagen hatte er sie dermaßen zugemüllt, daß eine Generalüberholung fällig wurde. Ohne die tägliche Putzhand der Mutter hatte die Wohnung keine Chance. Also legten alle zusammen und spendierten ihm eine weitere Indienreise, und währenddessen richtete man die Wohnung neu her. Diesmal sollte er die Braut mit nach Deutschland bringen. Als ich in München eintraf, standen die Dinge besser als erwartet. Er hatte die inzwischen erwachsene junge Frau getroffen und für gut befunden. Sie war ihm nicht mehr zu füllig, ganz im Gegenteil. Auch war sie immer noch frei. Ihre anderen, jüngeren drei Schwestern waren inzwischen verheiratet, doch sie war übriggeblieben. Und sie liebte ihn offenbar. Das damalige Gelübde war ihr im Kopf geblieben.

Ich traf Elias am Flughafen Munich International »Franz Josef Strauß«. Die Frau hatte er zwar nicht mit, aber alle erforderlichen Schritte zur baldigen Verheiratung hatte er getan. Er wirkte auch verändert. Reifer, ruhiger, männlicher. Er trug lange Haare und einen Taliban-Bart.

Seine Tante, eine reiche Frau, war ebenfalls am Flughafen. Mit dem großen Mercedes fuhren wir zu dritt zur luxussanierten Wohnung. Elias besah sich das Erreichte, brummte nachlässig. Es interessierte ihn nicht. Die Wohnung sah nun aus wie ein indischer Tempel. Die arme neue Frau sollte sich wohlfühlen. Da sie nicht sofort mitgekommen war, drohte nun die vollständige Verwahrlosung des schönen Tempels binnen Stunden. Man würde osteuropäische Putzfrauen engagieren müssen, die mehrmals täglich kamen. Bei den Behördengängen bezüglich der Heirat und der anschließenden sogenannten Familienzusammenführung hatte es Probleme gegeben. Die

Frau mußte umständlich einen Deutschkurs im Goethe-Insitut in Indien belegen, ehe sie ein Visum erhielt. Bis dahin wartete Elias auf sie, allerdings anders als früher. Nicht untätig und mürrisch. Er war nun fleißig und verantwortungsbewußt, besuchte sogar die Seminare der Filmhochschule. Den Taliban-Bart stutzte er regelmäßig. Ein neues Leben hatte begonnen.

Einmal besuchte ich ihn in der Schule. Er war soviel älter als die anderen Schüler, daß viele ihn für eine Lehrkraft hielten. Wieder andere sahen in ihm ganz zu Recht eine Legende. Es war auch wirklich eine psychologisch-strategische Meisterleistung, die Professoren der angesehenen Münchener Filmhochschule so lange gnädig gestimmt zu halten, so daß sie ihn, Elias, in all den Jahren nicht hinauswarfen. Wir gingen also die langen Flure auf und ab. Elias zeigte mir die Filmbibliothek. Wir sahen mehrere Antonioni-Filme, die es sonst nirgends gab. Dann mußte er in ein Seminar, und ich blieb müde von der langen Reise zurück. Ich hatte fünf Tage mit Sissi verbracht, dann mit Elias, war keine Sekunde allein gewesen. Ich wollte mir ein Hotelzimmer nehmen, hatte aber keine Lust, hundertfünfzig Euro zu verlieren. So ging ich in eine Herberge, die ich aus meiner Jugend kannte, das »Haus International«. Ich wunderte mich, daß so viele Jugendliche in kurzen Hosen dort herumliefen. Nachdem ich eingecheckt hatte, merkte ich, daß diese preiswerte Pension inzwischen eine ganz normale Jugendherberge geworden war. Ich mußte die Nacht mit ungefähr fünfhundert Pubertierenden verbringen, die einen unbändigen Willen zum Lärm hatten. Sie waren wohl zum ersten Mal von zu Hause weg und konnten sich austoben, natürlich mit Ziel auf das andere Geschlecht.

Doch obwohl es so laut war und die Racker bis tief in die Nacht keine Ruhe gaben, kam ein seltener, seltsamer Frieden über mich. Ich spürte, daß ich zum ersten Mal seit über einem Jahr nicht gezwungen war, *mich zu verhalten*. Ich konnte einfach sein. Es war ein Gefühl elementarer Freiheit. Wie gut ging es einem doch, wenn man *nichts mußte*. Konnte es etwas Angenehmeres geben? Und war nicht auch der Tod so ein Gefühl? Also die kurze Phase vor dem Tod. Wovor sollte man sich fürchten? Man konnte daliegen, vielleicht die Geräusche des Lebens hören, und innehalten. Sollte es Schmerzen geben, bekam man sogar noch Opium dazu. Herrlich!

Mit Elias fuhr ich ein paarmal von Wohnung zu Wohnung, von Café zu Café. Man traf die Homies – also die Mitglieder der Langhans-Familie; Rainer Langhans war der Gründervater dieser seltsamen, wissenschaftlich niemals erfaßten Polit-Sekte, oder eben nur Großfamilie, gewesen. Er hatte fünf Frauen und zahllose Kinder und Enkel hinterlassen. Es machte Spaß, in den *flow* dieser Leute und ihrer Lebensweise zu geraten. Nach wenigen Tagen mochte man gar nicht mehr weggehen. Auch der indischen Braut würde es so gehen. Alle würden sich um sie kümmern, würden *Verantwortung übernehmen*, für sie, aber eigentlich für Elias, oder ganz genau: Sie würden *seine* Verantwortung übernehmen. Einmal zeigte mir Elias ein Foto von ihr, so wie sie angeblich jetzt aussah. Sie sah aber gar nicht wie jetzt aus, eher wie ein Kind. Oder wie das Gemälde eines Kindes, gemalt in Indien im 19. Jahrhundert. Also wie eine Ikone. Und das war natürlich auch die Absicht dabei. Das Foto hatte Elias mit Photoshop so weit verändert, daß es wie eine Ikone aussah, wie naive Malerei. Denn natürlich wollte er seine zukünftige Frau ebenso verehren wie sie ihn. Wie eine Heilige. Und dann sagte er doch Sätze, die mich rührten. Dieses Mädchen sei durch und durch positiv, flüsterte er. Nichts könne ihr etwas anhaben, und nie würde sie die Zuversicht verlieren.

»Dann paßt ihr ja gut zusammen, denn du bist ja auch so positiv«, sagte ich.

»O ja, und sie ist sogar noch positiver als ich.«

»Das ist gut, denn man kann niemals zu positiv sein.«

»Das ist wahr!«

Es waren fast schon unsere Abschiedsworte, denn am Ende eines Veganer-Frühstücks in einer neuen, sündhaft teuren veganischen Teestube in Schwabing im Beisein diverser Homies mußte ich zum Bahnhof. Der schnelle ÖBB »Railjet 67« brachte mich im Laufe des Nachmittags dahin, wo ich mich seitdem erinnernd aufhalte, in Wien.

Heute ist der 13. Juli, ein Freitag. Also, eine Ewigkeit trennt mich von dem eben Erzählten. Wochen sind vergangen. Ich bin noch reicher geworden, und das, obwohl wir uns inzwischen ein Auto gekauft haben. Manchmal denke ich trotzdem noch an die preisgekrönte Schriftstellerin aus Stuttgart, und das liegt daran, daß ich mich dazu zwinge. Ich habe mir Buße verordnet. Denn ich habe ihr zwar etwas Gutes getan, werde aber früher oder später mit der Wahrheit konfrontiert werden; irgendein Insider wird den Schwindel aufdecken, und dann steht die arme Frau blamiert da, und zwar wirklich. Zum Glück bin ich keine Größe im Literaturbetrieb, und die Aufdeckung wird kaum Beachtung finden. Aber sie, Sara-Rebecka Werkmüller, wird um so schmerzlicher begreifen, was passiert ist. Vielleicht wird ihr die Lust am Schreiben vergehen? Bestimmt wird sie traurig werden. Einen Menschen traurig zu machen, war schlecht für das Karma, das eigene. Meine »Buße« sah so aus, daß ich mich zwang, jeden Tag morgens eine Seite aus ihrem Buch zu lesen, nämlich jede zehnte, immer die mit der fünf am Ende. Am 13. Juli war ich auf der Seite 85 angelangt. Ich holte tief Luft und las:

»... *und langfristig habe er den Raum mit einer wahrnehmungsverändernden Haltung eingenommen. Die Scharniere, der Bildrahmen hätten dem Ambiente etwas Metaphysisches verliehen. Die Buben und er hätten sich im Wald armwärts umfaßt und zärtlich mit dem Ansichdrücken des haushohen Baumes begonnen. Aber ihr Versuch sei am Ende fehlgeschlagen. Eine bejahrte Rentnerin mit weisen Zügen sei in ihr Gesichtsfeld getreten, und plötzlich habe sich der Kreis geschlossen. Seitdem lasse ihn das Geschehene nicht mehr ruhen. Oft ginge es auch den Jungen, die das Erlebnis wunderbar-abenteuerhaft dünkte, ebenso.*«

Schluck! Was für ein blödes Gebaren da in Germaniens muffigen Wäldern! Ich las das Buch immer, um doch noch ein bißchen Bestätigung für meine unsinnige Tat zu bekommen. Ich war auf der Suche nach der ersten guten Stelle. Die konnte ich dann sofort ins Internet stellen, auf meine vielgelesene Kommentarseite auf ›taz online‹. Die Leute würden dann denken: Aha, gar nicht so übel! Der Lohmer hat sich etwas gedacht bei seiner Entscheidung! Ich las die Seite mit zusammengepreßten Gesichtsmuskeln zu Ende und klappte das Buch zu. Wieder nichts.

Im Grunde mochte ich ja Sara-Rebecka Werkmüller inzwischen. Die sollte ruhig weiter ihr Leben führen und vor sich hin schreiben. Die wurde ja sogar von bestimmten Menschen gern gelesen, offenbar. Von meiner eigenen Frau zum Beispiel! Daran wollte ich immer denken.

Um mein Gewissen zu beruhigen, begann ich nun, freundliche E-Mails an die Autorin zu schicken. Sie schrieb nett zurück. Vielleicht wurde doch noch alles gut? War ich am Ende nur neidisch gewesen? Immerhin war sie bei Suhrkamp und somit viel erfolgreicher als ich. Jeden Abend las sie für viele hundert Euro in irgendeiner Provinzbuchhandlung. Sie war reich. Ich las niemals. Ich besaß nur ein Auto.

Immerhin! Darauf war ich stolz. So ein kleiner japanischer Flitzer, bereits mit Katalysator ausgestattet, schwarzer glänzender Lack, Baujahr 1991. Ein Daihatsu Cuore, im dritten Lebensjahrzehnt und doch wie neu. Es gab lediglich einen Vorbesitzer, nämlich eine neunzigjährige Uroma, die das Auto nur einmal die Woche bis zum Penny-Markt bewegt hatte. Da ich selbst so langsam wie ein Uropa fuhr, würde das Fahrzeug noch weitere zwanzig bis dreißig Jahre halten. Oder ewig!

Das war die Natur, die ich schützen wollte. Nicht die Bäume, sondern den schönen Daihatsu Cuore. Ich würde das der Werkmüller einmal vorsichtig auseinandersetzen. Abends sahen die Sissi und ich jetzt immer Filme im Freilichtkino. Ich achtete darauf, daß ich stets schneller war beim Zahlen als meine Frau. Ich hatte so viel Geld, das wollte ich loswerden. Zwei Wiener Tageszeitungen druckten täglich Kolumnen von mir ab, und jede brachte 400 Euro. Da war man in kurzer Zeit Millionär. Selbst durch mühsames Vorlesen in Hinterzimmern von Gaststätten, Apotheken und leeren Dorfkirchen in der Provinz hätte ich nicht viel mehr Kohle heranscheffeln können. Ich weiß, daß mir das keiner glaubt. Lesereisen gelten unter meinen Kollegen als die ultimative Bereicherung. Zusammen mit den üppigen Preisgeldern der über tausend Literaturpreise brachten sie ihr Konto zum Platzen wie sonst nur herumtingelnde, halbwegs medienpräsente Vertreter der Volksmusik. Die ausgestellten Produkte waren ja auch ähnlich realitätsfremd und deppert. Also, ich hatte, nach fast einem Jahr Kolumnenschreiberei, einfach zuviel Geld. Manchmal schrieb ich ja auch noch für die seriöse ›Frankfurter Allgemeine Zeitung‹, das gab monatlich einen weiteren Tausender. Zudem bot mir mein Verlag auch noch einen Vorschuß für ›Happy End‹ an, ja, für dieses Manuskript hier. Lustig, was? Ich mußte mir etwas überlegen. Schließlich hieß es, der Euro würde bald sterben. Dann hatte ich, der ich zum ersten Mal Geld auf der Bank hatte, nichts mehr davon. Ich meine, wir wollen nicht übertreiben: Im Vergleich zu Sara-Rebecka Werkmüller und allen anderen Kollegen, die seit Jahrzehnten die Kulturlandschaft abweideten, war ich immer noch bettelarm. Trotzdem hätte es mich gefuchst, den fünfstelligen Betrag auf dem Konto wieder zu verlieren. Auch die Sissi war betroffen. Sie hatte immer schon viel Geld gehabt. Man mußte sich etwas überlegen. Die Wohnung im zweiten Bezirk, in der wir lebten, also in der Zirkusgasse, war die schönste der Welt. Nie wollte ich hier wieder weg und in eine gekaufte neue Immobilie übersiedeln. Somit fiel der Anreiz weg, nach Häusern und Wohnungen zu suchen, in die man sein Geld stecken konnte.

Der Freitag, der 13. Juli, war trotzdem ein guter Tag. Eine wochenlange unerträgliche Hitze war endlich einer Art Herbstwetter gewichen. In Wien war der Sommer ganz anders als in Deutschland. Hier war man praktisch in Italien. Die ersten Junitage warteten mit dieser mediterranen Hitze auf, und die blieb dann den ganzen Sommer. Natürlich konnte ich eine Air-Condition-Anlage einbauen lassen – aber draußen blieb ja alles so extrem. Wenn wir im neuen Auto durch Wien rasten, kurbelten wir alle vier Fenster herunter. Das war schon recht angenehm. Oder die neuen italienischen Anzüge, hell, leicht, luftig. Und das viele Eisessen. In Wien gab es im Sommer so viele Eisdielen wie Kaffeehäuser, in jeder Straße mehrere. Ich bestellte meist einen Fruchtbecher und gleich danach noch einen. Die Sissi begnügte sich mit Eis-Sorbet oder einem Glas Sekt. Aber wenn der Sommer nun endlich vorbei war, sollte es mir auch recht sein. Doch ausgerechnet jetzt bekam ich von der ›FAZ‹ den Auftrag, ganz schnell einen Essay über »Schriftsteller in den Ferien« zu schreiben. Ich hatte nur einen Tag, um mir darüber Gedanken zu machen, und einen weiteren, das Ding zu schreiben. Da ich aber mit Elisabeth in diesem Jahr bereits Neapel und Süditalien bereist hatte, war es nicht schwer. Natürlich mußte ich der Erwartungshaltung entgegenkommen, Schriftsteller seien unglückliche Zeitgenossen. Ich rief niemanden an, um Ideen zu sammeln, sondern setzte mich hin und schrieb binnen vier Stunden folgenden Text, der auch sofort gedruckt wurde:

Schriftsteller in den Ferien
Von Johannes Lohmer

Bekanntlich fühlen sich Schriftsteller – so dachte man lange Zeit – in den Ferien zutiefst *unbehaglich*. Das Hemd kratzt, die Luft ist ja doch nie, wie sie sein sollte, sondern schwül, dazu kommt die viele Sonne, der Sand in den Schuhen, die Ehefrau, die ewige Hitze, die falsche Sprache, die vielen fremden

Menschen überall. Scheußlich. Andererseits müssen gerade Schriftsteller viel reisen. Sie müssen ihre Familie entschädigen, die das ganze Jahr so wenig von ihnen hat. Sie müssen gewissermaßen ihre Rechnung bezahlen. Wer im Alltag so übersensibel tut, nicht gestört werden darf, lieber mit Kollegen und anderen Geistesgrößen kommuniziert als mit Frau und Kindern, muß dann um so radikaler abschalten. Also am besten keine Bücher mitnehmen, keine Abo-Zeitungen nachschicken lassen, keinen Laptop, kein Handy in Funktion lassen. Für den klassischen Autor war es ja schon die Hölle, die Schreibmaschine nicht mitnehmen zu dürfen. Heute ist es noch viel schlimmer. Andererseits wachsen mit der Not auch die vermeintlich rettenden Ideen. Nicht jeder schafft es, aus seinem Jahresurlaub ein hübsches kleines Drama zu machen, aber das ist natürlich ein Weg, beispielsweise. Dazu braucht man diverse zusätzliche Spielfiguren, etwa eine Nichte und mehrere weibliche Fans wie im Roman ›Bonjour Tristesse‹ ...

Aber bevor es nun kompliziert wird, erst mal die normalen Fälle. Unhöflicherweise beginne ich mit mir selbst, damit es hinter mir liegt. Ich bin glücklich verheiratet. Tagsüber »schreibe« ich, während meine Frau zur Arbeit geht. Sie macht viele Überstunden, als wichtige Redakteurin des größten Nachrichtenmagazins hierzulande. Dadurch kann ich ganz besonders viel »schreiben«, und das bekommt mir in jeder Hinsicht. Denn »schreiben« heißt lesen, recherchieren, an die Wand starren, telefonieren, Farbfilme aus den fünfziger Jahren sehen oder noch unentdeckte italienische Neorealisten, ins Kaffeehaus gehen, Leute beobachten und auf jeden Fall ganz, ganz viel *nachdenken*. Ein Leben wie im Paradies! Um so furchtbarer dann die Vertreibung daraus mittels Urlaub. Alle Angestellten, also auch meine Frau, freuen sich ja das ganze Jahr nur darauf. Der Urlaub, der Urlaub! Und jetzt sind wir nach Süditalien und Sizilien gefahren.

Keine Angst, es folgt jetzt kein Klamaukbericht über Pannen und Pleiten des deutschen Touristen. Das Leben ist immer anders. Um vier Uhr aufzustehen, weil nur die erste Morgenmaschine so billig war bei Air Berlin – geschenkt. Das ist normal, jeder kennt das. Für einen Schriftsteller bedeutet das allerdings sofort: Migräne! Aber egal. Migränealarm ist sowieso jeden zweiten Tag. Also weiter mit dem Mietauto von Rom nach Neapel. Hoch oben dann, hundert Meter steil über der Küste, mit herrlichem Blick bis fast nach Afrika, in dem uralten Hotel, von dem schon der Reiseführer von 1910 schwärmt: Das war garantiertes Glück. Wunderbare Stunden ohne Pannen und Pleiten. Der alte Hotelboß freundete sich mit meiner Frau an, und wir erfuhren die ganze Geschichte des Hauses, seit 1888 in Familienbesitz. Auch Goethe gefiel es ja in Neapel am besten. Also alles prima am ersten Tag – doch was sollte an den restlichen zweiundzwanzig geschehen? Ich hatte heimlich ein Sicherheitsnetz gespannt. Wir besuchten reiche Freunde in Amalfi, spendable Mäzene, die ein extremes Eheproblem hatten. Da lag dicke Luft im Raum, die ganze Zeit. Bei jeder Mahlzeit wurde ›Wer hat Angst vor Virginia Woolf?‹ aufgeführt, und dazwischen herrschte Kriegsrecht. So war dauernd etwas los. Meine Frau und ich konnten uns immer an den Händen halten und froh sein, daß wir uns so mögen. Anfangs wichen wir den Hassenden aus, indem wir schwimmen gingen. Aber Amalfi hat praktisch keinen Strand, nur zerklüftete Küste, und außerdem schlug das Wetter um. Es folgten wochenlange Regengüsse, kalt und dunkel. Das Haus, in dem wir untergebracht waren, glich einem Krähennest im Alpengewitter. Wir sahen vor lauter Wasser kaum noch die eigene Hand. Für die Liebe war das gut, und es fühlte sich für mich als Schriftsteller auch leidlich dramatisch an. Zudem bekamen wir weiteres Personal geliefert: Noch ein anderes gestörtes Paar loggte bei uns ein. Ein achtundvierzigjähriger gutaussehender Künstler und seine neue junge Frau, blond und redselig. Die war auch schon ganz ausgehungert und wollte unbedingt Gesellschaft haben, da ihr der neue Gatte, ein Sanyassin der Baghwan-Sekte, unheimlich geworden war. Die wäre sofort mit jedem durchgebrannt, mit mir, mit meiner Frau, mit dem Gastgeber. Dem vertraute sie sich auch an, was einen geradezu tödlichen Eifersuchtsausbruch der Gastgeberin auslöste. Das neue Paar wurde mit Schimpf und Schande in den Regen zurückgeprügelt. So weit, so gut. Trotzdem hatte sich meine Frau in ihren monatelangen Urlaubsphantasien eine Situation mit Sonne, Strand, Meeresrauschen und gegenseitigem Einölen vorgestellt, und sie spekulierte auf besseres Wetter weiter südlich in Italien. Wir fuhren wieder los.

Wir sahen plötzlich viel Afrika am Wegesrand.

Einmal fuhren wir einen ganzen Nachmittag lang an ausschließlich schwarzen Menschen vorbei. Aber immerhin wurde das Wetter wieder gut. In Syracusa bekam ich einen Sonnenstich, in Reggio eine Sommergrippe, und die ganze letzte Woche litt ich unter einer chronisch gewordenen Migräne. Nicht schön für meine Frau. Aber auch nicht für mich. Ich war am Ende so entkräftet, daß ich ernstlich glaubte, es nicht mehr zurück zu schaffen. Ich befand mich in Todesangst. Vierzehn Tage ohne Zeitungen, Nachrichten, Günther Jauch, »Fragen Sie Reich-Ranicki«, den ›Spiegel‹, Flirts im Kaffeehaus, Plaudereien mit dem Lektor, Kino, Theater, Oper und so weiter hatten mich aufs Totenbett geworfen. Meine Frau fuhr uns dann in einer einzigen verzweifelten Nachtfahrt nach Rom, wo es mir besserging. Wir übernachteten in einer offiziellen Herberge für Pilger des Vatikans. Intellektuell konnten wir uns ein bißchen an dieser obskuren Welt abarbeiten, und die Lebensgeister kehrten zurück. Nach der Rückkehr zu Hause war ich noch eine Woche krank, dann hatte ich es wieder geschafft: den Jahresurlaub abgeleistet bis zum Sommer 2013! Die schöne Zeit setzte wieder ein, die urlaubslose.

So bin ich nun guter Dinge. Ich. Aber wie geht es den anderen Schriftstellern? Benjamin von Stuckrad-Barre hat erst vor Wochen geheiratet, er muß besonders lange wegfahren. Seine Frau, nicht naiv, sondern eine Berliner Society Lady, wird ihm ein Wegducken mit Verlagsausreden (»Die Fahnen sind schon da...«) nicht durchgehen lassen. Michael Kumpfmüller und Eva Menasse, die zusammen drei

Kinder haben, erleben das Problem gleich doppelt, da *beide* schreiben. Sie haben sich ein Ferienanwesen in den neuen entvölkerten Bundesländern zugelegt. Es soll dort sehr viel sogenannte Natur geben, was erfahrungsgemäß für Kinder stinklangweilig und für Ehen ein Scheidungsgrund ist. Andererseits entgehen meine Freunde durch diesen festen Feriensitz anderen Entfremdungen der Urlaubshölle, etwa dem Autoklau, der Urlaubsbekanntschaft, dem Fehlen von Kommunikationsmitteln. Wahrscheinlich sind alle fünf Tag und Nacht online. Das Jüngste ist sechs Jahre alt und lernt gerade auf dem iPad.

Noch einen Schritt weiter ist ein anderes schillerndes Schriftstellerpaar gegangen, nämlich Sven Lager und Elke Naters. Sie verlegten den Wohnsitz gleich ganz in ein Ferienparadies. Mitsamt ihren kleinen Kindern zogen sie erst nach Südostasien, wo sie mit Christian Kracht und anderen deutschen Paradiesvögeln und Autoren eine Art Künstlergemeinschaft gründeten, *worpswede reloaded* sozusagen. Naters war einst ›Spiegel‹-Covergirl als angebliches deutsches Fräuleinwunder im Literaturbetrieb (›Königinnen‹) gewesen, und Lager hatte den für manche wirkmächtigsten Jugendroman seit ›Huckleberry Finn‹ verfaßt (›Phosphor‹). Ein paar Jahre lang schien es gutzugehen. Als ich die beiden in Bangkok besuchte, fand ich wenig Erfreuliches vor. Freund Kracht war in autistische Raserei verfallen, seine robuste Frau am Ende ihrer Kräfte. Beide sah man kaum. Ersatzweise schaute Michel Houellebecq einmal vorbei, um sein Lieblingsbordell zu besuchen. Elke Naters *was not amused*, als sie davon erfuhr. Die Kinder wirkten erstaunlich gesund und unerschrocken. Denn einen Grund zum Glück konnte ich nicht erkennen: Sie lebten in einer seelenlosen, kulturlosen Achtmillionenstadt, ästhetisch ohne jeden Reiz, bevölkert von kleinwüchsigen Kindermenschen, die keineswegs lächelten und noch nicht einmal Englisch sprachen. Die unvermeidlichen Ausflüge zum Strand von Phuket waren wie Einübungen in die Sinnlosigkeit. Vier Stunden hinfahren, vier Stunden stumpfsinnig auf der Plastikmatte unter einem Plastiksonnenschirm sitzen, vier Stunden zurückfahren. Sie sind schließlich nach Südafrika umgezogen und leben heute am Strand von Kapstadt. Christian Kracht lebt inzwischen in Kenia, ebenfalls am Strand. Lager hat seine Kreativität im Laufe der ewigen Ferien fast vollständig verloren, auch Naters ist nicht mehr die alte. Kracht hat mit ›Imperium‹ gerade sein bestes Buch geschrieben.

Maxim Biller verbringt seine Ferien natürlich am Strand von Tel Aviv. Das habe ich auch einmal getan, ohne dabei engeren Kontakt mit dem großen Autor zu haben. Wir kennen uns zwar gut, und ich würde nicht zögern, ihn meinen Freund zu nennen – wenn er mir das nicht verboten hätte –, doch mutmaße ich, daß er in seinen Ferien auf ein ganz eigenes Programm Wert legt. In Tel Aviv kann man wenigstens abends ausgehen. Es gibt weitaus bessere Clubs als in Berlin, die Menschen sehen besser aus, und die politische Lage kann einen wachhalten. Wer eine Antenne dafür hat, sieht die Probleme, die Ideen, die Geschichte des Landes und des Abendlandes. Das hilft, wenn einen die Tristesse der Feriensituation wieder befällt. Maxim Biller hat ja auch noch den – in diesem Falle – Vorteil, kein Glück bei den Frauen zu haben. Er ist nicht verheiratet und selten in einer stabilen Beziehung. So kann er in den Ferien alles versuchen und immer neue Illusionen aufbauen. Einmal erzählte er aller Welt freudestrahlend, er habe mir eine ganz besonders attraktive Frau ausgespannt. Er schrieb sogar spontan eine Kurzgeschichte darüber und veröffentlichte sie in der ›Zeit‹. Das Mädchen las sie und fiel aus allen Wolken. Biller hatte wieder einmal in der Phantasie gelebt. Aber, wie gesagt, für einen Autor ist das besser als Sandburgen bauen.

Kommen wir also zu Daniel Kehlmann. Dieser Titan der erfolgreichen Gegenwartsliteratur (siebenstellige Auflage für ›Die Vermessung der Welt‹) verbringt die Ferienzeit offenbar am liebsten in der Steinwüste, in Berlin-Mitte! Dort lebt seine Familie, da leben Menschen mit ebenfalls kleinen Kindern, dort ist die Kita, und überhaupt: Hier kann man mit den Kids wie in der beschützenden Großfamilie leben. Wozu noch viel herumfahren? Natürlich hat auch die Frau einen kreativen Beruf und fährt ohnehin schon viel herum, wie Kehlmann selbst. Der hochsympathische Großautor ist vielleicht der einzige, der das jahrhundertealte Ferienproblem gelöst hat. Urlaub ist das ganze Jahr über, und in den Ferien wird gearbeitet. Er bildet mit den Seinen gewissermaßen den absoluten Gegenpol zu Angelika Hager, die noch immer unter dem Sommer ächzt wie Jesus unter dem Kreuz. Sie besitzt eine Kabane im Sommerbad von Bad Vöslau. Eine Kabane ist ein kleines

Häuschen mitten in der schönen, großzügigen Anlage von Bad Vöslau. Bad Vöslau wiederum ist eine alte Heilquelle, deren extrem mineralhaltiges Wasser auch in Flaschen abgefüllt und weltweit verkauft wird. Besonders die Wiener Bourgeoisie liebt seit Kaisers Zeiten dieses stadtnahe Heil- und Sommerbad. Jede mächtige Familie, die auf sich hält, besitzt eine Kabane in diesem Bad. Viele tausend Namen stehen auf der Liste für einen Nachrücker-Platz, doch nur alle fünfzehn Jahre wird einmal eine frei. Angelika Hager, in Österreich fast so erfolgreich wie Daniel Kehlmann, hat eine. Weil sie einen berühmten Roman über das Bad geschrieben hat (›Wer jung bleiben will, muß früh damit anfangen‹). Jahrelang hat sie daran gesessen. Nun muß sie die Kabane auch ausnutzen. Doch was sieht sie, wenn sie rausschaut? Berge von nackten Menschenleibern, eine zusammengeschobene, hochgradig irritierte, aus dem Ruder gelaufene Ansammlung von Verängstigten, die ohne Sinn und Verstand herumhocken wie die englischen Soldaten vor Dünkirchen. Nur daß niemand kommt und sie befreit. Sie müssen selbst bei Einbruch der Dunkelheit den Weg zurück in die menschenwürdige Demokratie finden. Angelika Hager hat schon viele ihrer Schriftstellerkollegen eingeladen, mit in die begehrte Kabane zu kommen. In der Regel haben sie begeistert und ahnungslos zugesagt. Bis auf Viktor Darabos. Der hat nämlich den Stein der Weisen in der derzeitigen Ferienlage gefunden. Er hat das absolute Abenteuer gebucht, mit seiner Freundin: Er fliegt nach Mykonos, Griechenland. Mit einer aufklappbaren deutschen Fahne und zwei Merkel-T-Shirts im dürftigen Gepäck.

Soweit mein kleiner Essay. Der zuständige Redakteur schrieb sofort zurück, und er wurde gedruckt. Mein Konto machte einen Sprung nach oben, wie so oft in dieser Zeit. Ja, es ging mir gut. Meine Frau gefiel mir auch immer besser. Sie war noch schlanker und damit gefühlt noch größer geworden. Als ich ein junger Mann war, hatte ich einen Lieblingsfilm, der ›Und täglich grüßt das Murmeltier‹ hieß. In diesem Film erlebte der Hauptdarsteller jeden Tag dasselbe, und das machte ihn glücklich. So ging es mir jetzt. Und so geht es mir noch immer, denn natürlich hat sich seit dem letzten Eintrag nichts verändert. Nur weitere zwei, drei oder mehr Wochen sind verstrichen. Und ich sitze im großen Ohrensessel, blicke wohlwollend auf Sissi, die wohlwollend zu mir zurückschaut und denkt, ich sei ein großer Schriftsteller. Ich errate ihre Gedanken und nicke zustimmend. Ja, ich bin es, ein großer Autor deutscher Zunge, wie Reich-Ranicki gesagt hätte. Und deshalb muß ich jetzt die Zeilen füllen. Am besten natürlich mit Erinnerungen.

Wenn ich mich bloß besser erinnern würde! Gut, wir haben ein Auto gekauft. Es ist schwarz und über zwanzig Jahre alt. In Österreich wurde das Modell am 1. November 1985 mit der technischen Betriebserlaubnis versehen. In den Jahren danach wurde es nur äußerlich und unmaßgeblich verändert, so daß 1991, als unser Auto schließlich gebaut wurde, derselbe technische Zustand vorlag wie 1985. Es war und ist ein modernes Auto, mit Sicherheitsgurten und einer automatischen Scheibenwaschanlage. Im Innern pumpt ein kräftig ausgelegter Kassettenrecorder samt Radio und zwei in die Türen eingelassenen Lautsprechern. Mit einem Wort: Wir können uns sehen lassen mit unserem Daihatsu Cuore. Unsere erste Fahrt führte uns an einen Badesee außerhalb Wiens. Unsere zweite Fahrt nach Grafenegg, wo wir ein Mitternachtskonzert im Freien besuchten. Als meine Frau das Autochen einer Freundin leihen wollte, stellte ich mich quer. Niemals! Wer, wenn nicht ich als Schriftsteller, konnte ein Auto pilotieren, das bereits im dritten Lebensjahrzehnt stand? Die Freundin wäre unsensibel aufs Gas gestiegen und hätte den Motor ruiniert.

Ja, die Sensibilität. Ich schrieb auch darüber in einer meiner wöchentlichen Kolumnen, nämlich in der Kolumne ›Die Gegenwelt‹. Das Thema Sensibilität beschäftigte mich ja immer mehr, seitdem ich der Sissi den großen deutschen, zartbesaiteten Dichter gab. Das war eine große Aufgabe, und bekanntlich wuchsen Männer mit ihrer Aufgabe, wie schon der ehemalige Bundeskanzler Gerhard Schröder feststellte. Ich setzte also folgende Anekdote in die Zeitung:

Ich sage es nicht gern, aber ich bin als Schriftsteller ja besonders sensibel. Mit Ach und Krach genesen von einer Sommergrippe, schleppte ich mich gestern mit letzter Kraft in das Eiscafé Bortolotti in der Mariahilfer Straße und bestellte einen Fruchtbecher. Fast fiel mein Kopf erschöpft in die vor mir liegende Zeitung. Ich las wie betäubt. Als ich wieder aufblicke, sitzt vor mir ein fremder Mann! »Darf ich mich zu Ihnen setzen?« fragt er auch noch. Ich nicke, bin aber empört. Prompt sucht er das Gespräch! Ich will aber allein sein. Ich bin *Schriftsteller*, verdammt noch mal. Er: ein Österreicher.

»Ja, ja, das Eiscafé Bortolotti, ein klingender Name…«, sagt er gedehnt. Ich schweige, starre in die Zeitung. Als die Bedienung kommt, die Anni heißt, so steht es auf der Rechnung, krächze ich: »Anni, zahlen!« Der Mann sagt nun, seine Tochter würde auch Anna heißen. Nicht Anni, sondern Anna, mit a. Ich presse weiter die Lippen aufeinander, sage nichts. Dann zahle ich, den Becher lasse ich stehen, ebenso die Zeitung, die ich ihm schenke. Es ist die ›Bild‹-Zeitung. Er kennt sie offenbar nicht. Ich murmele, im Stehen: »Rechtpopulistisches Massenblatt, aus Deutschland, elf Millionen Leser.« Er reißt die Augen auf. Nein, davon habe er noch nicht gehört. Ich gehe ein paar Meter, erleide wieder einen Schwächeanfall, noch wegen der Grippe, und lasse mich gleich im nächsten Straßencafé erneut in einen Stuhl fallen. Ich fühle mich betrogen und weine fast vor Erschöpfung.

Ein paar Tische weiter sitzen zwei kolossale junge Mädchen, kräftig im Körperbau, aber mit Engelsgesichtern. Naturblond, lange Beine, viel Haut. Nicht daß mich das interessieren würde, ich bin glücklich verheiratet. Aber nach *dem* Schock gerade? Ich gehe also zu ihnen und deute auf den freien Stuhl: »Darf ich?« Sie nicken erschrocken. Ich setze mich. Die Abendsonne senkt sich über den strahlend blauen Himmel. »Viel Publikumsverkehr heute, nicht wahr?« beginne ich die Unterhaltung. Ich sage es nicht gern, aber plötzlich weicht alle Sensibilität von mir. Rache ist eben süß, und auch Schriftsteller können einmal einen robusten Tag erwischen!

Ein schöner Text, zweifelsohne. Damit die Elisabeth nicht eifersüchtig wurde, schrieb ich noch eine zweite Fassung und mailte sie ihr. Darin waren die knackigen Super-Models nun alte Frauen mit Ofenrohrbeinen und einem abstoßenden Proleten-Outfit. Ich sagte der Sissi, die Redaktion habe die Stelle geändert, da ich mit den Proll-Tussen exakt ihre Leserinnen beschrieben und somit verhöhnt hätte. Das sei ganz normal, sagte ich ihr, daß Boulevard-Redakteure eine Story »sexier« machten, das sei schließlich ihr Beruf.

Doch nun genug der Anekdoten, werden wir wieder ernst. Kommen wir zur Bußestunde. Greifen wir wieder, alle inneren Widerstände heldenhaft niederringend, zu dem Buch ›Lebensschwärze‹ von der persönlich ja durchaus sympathischen Autorin Werkelmüller. Und tatsächlich war meine Rechnung schon etwas aufgegangen. Die letzten Leseproben hatten mir schon fast gefallen, und auch diese – ich war inzwischen auf Seite 135 – war von einer gewissen prickelnden Brisanz, die mich zunehmend fesselte:

»*... Es war wie eine Hitze, die niemand abgeholt hatte. Sie stand im Zimmer wie auch die namenlose Dunkelheit. Ihr Riechorgan wurde zunehmend unangenehm in Anspruch versetzt. Staubkörner krochen im Schneckentempo in die Nase. Sie knöpfte sich die Tür vor, die trennend zwischen dem halbarmschmalen Flur und der Toilette angebracht war, und machte sie so vorsichtig wie kurzentschlossen-sachte auf. Mülldetails traten vor ihr Auge. Eine kleine Sonne durchbrach mit rührenden Strahlen die sauberen Striche der noch tadellosen Jalousie. Sie watete unbemerkt durch langgezogene Urinpfützen. In der beschmutzten, ewig ungesäuberten Badewanne fand sich Erbrochenes in seiner gelblich-verfestigten Form. Behutsam durchmaß Anna die vier kleinen Zimmer. Eine abgeknickte*

Tintenblattzeichnung mit den ausgemalten Aufmunterungsworten ›Just do it‹ klebte noch, an einem fast unsichtbaren zehnzentimeterlangen Streifen Tesafilm befestigt, an einem ehemals hellen Holzschreibtisch. Zerfledderte alte Zeitungen lugten unter einem Bettbeistelltischchen hervor, meist das in der Region angesehene Qualitätsblatt ›Nördlinger Städtische Zeitung‹. Ja, dies war seine Welt gewesen, und Anna gewahrte sie nicht ohne emotionale und subjektiv erinnerte Anteilnahme. Es schien ihr, als würden die verwesenden Gegenstände etwas zu ihr sagen können, ihr eine Bedeutung abgeben im Sinne von ihr zuteilen: die vielen achtlos zu Boden geworfenen Tempo-Taschentücher, zerbrochenen Gläser, alten Buntstifte, Radiergummis, Gutscheine aus Supermärkten, leere Tablettenpackungen, rotweinbefleckte Werbeprospekte und leergelesene, zerknitterte, durch Getränke- und Soßenflecken ranzig gewordene Bücher von Karl May bis Johannes Mario Simmel. Von nahezu allen Gegenständen blätterte die Farbe, platzte der Lack ab, und die feuchtmuffige Bettstadt, in deren jetzt fauligen Innereien Anton sie einst befriedigt und glücklich gemacht hatte, verströmte nun den Pesthauch von schimmelnden Müslischalen und talgiger Verwesung...«

Und Schluß. Ende der Seite 135. Schweißnaß vor Aufregung legte ich den Schmöker beiseite. Was für ein Stoff. Da ging ja echt die Luzie ab. Schon gewaltig, was die Werkmüller da alles aufstellte, *respect*! Eine Hitze, die niemand abgeholt hatte – auf so ein tolles Bild mußte erst mal einer kommen ...

Soweit die Bußestunde. Was jetzt? Wie weiter? Wie kann ich überhaupt nach so einer aufwühlenden Kostprobe von Hochliteratur weiterschreiben, mit meinen bescheidenen Mitteln? Nun, es muß sein, ich stehe unter

Beobachtung. Ich *muß* etwas schreiben, egal was. Zum Beispiel über unsere Reisen. Wir waren inzwischen nicht nur in Süditalien, sondern auch an der Ostsee. Dazu fällt mir aber nur ein, daß ich nicht einmal mehr weiß, ob ich das nicht schon erzählt habe – ein schlechtes Zeichen. Bitte unterbrechen Sie mich. Oder hören Sie sich alles ein zweites Mal an, warum nicht? Die zerfledderten Zeitungen und zerbrochenen Gläser kommen bei der Werkmüller ja auch mehrfach vor. Und die Dame ist immerhin Koeppen-Preisträgerin. Wie ich schon sagte. Also erst mal Italien, die zweite. Ich werde natürlich versuchen, endlich das vorgelegte Niveau zu erreichen und mich auch im Stil der Werkmüller anzupassen:

In Agripolis, südlich von Neapel, bezogen wir ein in jeder Hinsicht kleines Hotel, wie für kleinwüchsige Menschen gemacht. Sissi trug ein neues Pünktchenkleid. Wir pflückten Zitronen in den Hängen, sehr große, groß wie Männerfäuste. An den Enden waren sie unterschiedlich zerknittert, nämlich am Stielende um eine Spur faltenreicher als am anderen, freien Ende, das freilich anders als erwartet nicht orangenrund war wie ein kleiner Ball, sondern ebenfalls eine spitz zulaufende Ausbuchtung aufwies, als hätte auch dort eine astartige Baumverbindung bestanden. Waren die gelben sauren Früchte bereits reifer oder überreif, ohne daß sie von selbst zur Erde gefallen waren, verfärbte sich an einigen wenigen Stellen die pflanzliche Haut fast unmerklich in einen weißlich gelben oder gar, im fortgeschrittenen Stadium, weißlich blauen Ton. Nicht daß mich das interessiert hätte, aber ich habe ja ebenfalls einmal den Wolfgang-Koeppen-Preis gewonnen, und das verpflichtet.

Am frühen Abend kochten wir Nudeln, und sie

schmeckten so wunderbar wie jene, die früher mein Vater immer kochte, der passionierte Italienfreund. Papi war hellblond, blauäugig und deutsch, aber gerade deswegen mochte er die Italiener, oder umgekehrt: Sie mochten ihn. Nudeln, genauer gesagt Makkaroni, waren das einzige Gericht, das er zubereiten konnte, was er immer tat, wenn Mami nicht zu Hause war, aber es wurde Eckart und mir nie langweilig.

Nach dem Essen wanderten meine Frau und ich zur Villa Cimbrone hoch, in der Greta Garbo gewohnt hatte. Pasolini, der wie erwähnt die Reise vor uns gemacht hatte, also dessen Route wir folgten, hatte in ›Die lange Straße aus Sand‹ dargelegt, in dieser Villa Cimbrone die zwei schönsten Stunden seines Lebens verbracht zu haben. Uns ging es ähnlich. Elisabeth trug die vollen, langen goldglänzenden Haare offen, so daß sie ihr schönes, symmetrisches, perfektes, ich finde keine Worte, weißes Gesicht umrahmten. Dazu trug sie einen meterlangen Yves-Klein-farbenen Schal, denn es war hier oben windig und fast kalt. Wir gingen langsam zur moosbewachsenen Balustrade. Seit achthundert Jahren war sie an dieser Stelle, und man ließ absichtlich alles in diesem alten, unsanierten, unrenovierten Zustand. Direkt über unseren Köpfen hatte sich ein dunkelgrauer, furchteinflößender Gewitterhimmel breitgemacht, und unter uns erstreckte sich auf Hunderten von Kilometern ein sturmdurchtostes, ebenfalls dunkelgraues und furchteinflößendes Meer. Zwischen diesen beiden Urgewalten befand sich nun dieser Steg in den Himmel hinein, ein Ziergarten mit Statuen links und rechts. Wir hatten das Gefühl, der Steg schwebe in der Luft und habe keine Verbindung zur Erde, die wir, wenn wir uns angstschlotternd über die bröckelnde Balustrade beugten, hundert Meter unter uns erblickten: Häuser, schwarze Bäume, Straßen, Autos, eine Eisenbahn, Felsen, ein Leuchtturm. Das Meer schien unterschiedliche Flächen zu haben, groß wie Felder, abgegrenzt von den anderen Feldern, was vielleicht am Sturm lag, also den unterschiedlichen Winden, die wehten, und den unterschiedlichen Regenmengen, die aufs Wasser fielen. Die Statuen waren sehr beschädigt. Wahrscheinlich stellten die Büsten keine benennbaren Individuen dar, sondern sollten nur schön sein. Da sie wohl kaum aus der Antike stammten, maß man ihnen keinen Museumswert zu und ließ sie nun schon seit dem Mittelalter verkommen. Ich weiß immer noch nicht, ob ich die Szene nicht schon erzählt habe. Aber ich bin einfach zu faul, all die Seiten zurückzublättern, bis ich sie finde. Alle vier Meter stand eine Statue. Sissi ging an ihnen vorbei, bis eine Brüstung kam, mit einem gußeisernen, niedrigen Geländer. Die Menschen waren ja früher kleiner. Sie legte ihre Klavierhände darauf, wobei sie die Arme durchstreckte. Dann sah sie in die Unendlichkeit, wobei ihre Haare in meine Richtung flatterten, der ich hinter ihr stand. Ich umfaßte sie, damit sie keine Angst hatte. Sie sollte ebenfalls einen Blick nach unten riskieren. Omnibusse waren so klein wie längliche Streichhölzer, Menschen schon gar nicht zu erkennen. Eigentlich hätte dies hier der Geheimtip für Selbstmörder sein können, aber wahrscheinlich hatte keiner mehr Lust darauf, wenn er erst mal diese Schönheit der Welt sah. Elisabeth machte sich ihre Gedanken. Sie fragte mich, ob ich ihr nicht etwas sagen wolle, und da machte ich ihr plötzlich eine Liebeserklärung. Es überraschte mich selbst. Ich trug einen beigen Trenchcoat der Firma Werther und einen dünnen dunkelblauen Seidenschal. Die blonden Haare fielen mir zum Teil in die Stirn, was nicht unflott aussah, wie überhaupt der Kopf und die gesamte Erscheinung durch das Wetter etwas Wildes bekam. Sonst sitzt meine Frisur stets wie ein Toupet, und alle vierzehn Tage werden die Spitzen akkurat gekürzt und säuberlich auf Linie gebracht. Dazu gehe ich zu einem kleinen Herrenfrisör im ersten Bezirk, einem Kellerladen, den seit 1848 nur Männer betreten dürfen. Doch jetzt lag das weit zurück. Der Sturm türmte die Haare auf, der Schal flatterte, und ich machte, meine Frau von hinten packend, eine Liebeserklärung.

Meine Umhängetasche mit dem Aufdruck DDR rutschte dabei etwas nach vorn. Sie war aus Kunstleder, braun, und das Emblem mit Hammer und Sichel war echt. Ich sagte immer, wenn Leute sich bemüßigt fühlten, Witze darüber zu machen, ich sei Mitglied der Olympiamannschaft der »DDR« gewesen. 1988, Dressurreiten. Ich konnte dann stundenlang über Pferde reden. Doch weiter im Thema. Es gab dort, am Ende des Ziergartens, auch ein verstecktes, gleichwohl extrem nobles Restaurant, mit nur drei Tischen, einer Bar und einem Klavier, und man brachte uns die Teekarte. Aus ungefähr hundertdreißig Sorten wählten wir die teuerste, für zehn Euro die Tasse. Mit abgespreiztem kleinen Flinger nippte ich affektiert an dem Schälchen und hörte erst dem Klavier und dann Elisabethen zu. Wir sprachen über unsere Spaziergänge durch die alte Treppenstadt Amalfi und den ebenfalls dort gemeinsam erlebten Sonnenaufgang. Ich prägte mir die Situation genau ein, das gedämpfte Licht, die gelben Tapeten und gebeizten Eichenmöbel, denn Glück hat mit Erinnerung zu tun, wie der Weise weiß oder wissen sollte. Nur der dumme Tor wähnt das Glück in der Gegenwart.

Nur der Seelenfänger-Guru befiehlt den Jüngern, ihre Vergangenheit zu löschen, und nur Hermann Hesse will von der Zukunft nichts wissen.

Bei der Weiterfahrt hielten wir vor einem offenen Garagentor, in dem Keramikfiguren verkauft wurden. Wir kauften ein Eselchen und eine Giraffe. Der Wagen des Eselchens konnte als Eierbecher dienen, aber auch anderen Zwecken. Schließlich bezogen wir in Agripolis unser nächstes Hotel. Wir waren immer noch froh, der Gesellschaft der hassenden Amalfi-Gastgeber und ihren verrückten anderen Gästen entkommen zu sein. Sissi, die beim endlosen Treppensteigen in Amalfi zwei Paar Schuhe zertreten hatte, brauchte neue. Die alten, rührenden Oma-Duck-Schuhe aus den Vierziger-Jahre-Carl-Barks-Comics, warf sie weg, leider. Unser neuer Gastgeber war ein netter Mann mit vier Kindern, dem die Frau fehlte. Davongelaufen? Gestorben? Das älteste Mädchen, zwölf Jahre, sprach akzentfrei Englisch. Wir hatten einen Balkon am Meer und altmodische Leuchtreklamen, die quer am Haus entlangliefen. Im Erdgeschoß befand sich eine Pizzeria, und wir setzten uns an einen Tisch. Wir sahen in vertrauensvolle Gesichter, wie von nun an überall in Süditalien. Die Leute vertrauten einander einfach. Wer falsch handelte, dem wurde eben ein Finger abgehackt. Es herrschte eine archaische, gerechte Ordnung, exekutiert von der Mafia, die ja nicht überall so schlecht angesehen wurde wie in Deutschland. Auch in Agripolis blieb uns das schlechte Wetter treu. Da wir erneut am Meer übernachteten, heulte der Wind in Zimmerlautstärke. Das Krachen der Wellen war kaum leiser. Dafür kam es praktisch bis zum Hellwerden zu nicht unterdrückbaren Zärtlichkeiten, so daß wir am nächsten

Tag todmüde zum Auto krochen. Aber das Fahren machte Spaß, das lustvolle Ausfahren der tausend Kurven in dieser Gegend. Küstenregionen mit steil aufsteigenden Bergen haben stets viele Kurven, und manchmal nervt das Lenkradgekurbel. Für uns war es nun wie lustvolles Scooterfahren im Prater. Wir fuhren an diesem Tag eine viel längere Strecke als sonst und erreichten irgendwann ein seltsames Bergdorf, das von der Gegenwart völlig abgeschottet zu sein schien. Es erinnerte mich an Indien, das ich zwei Jahre zuvor intensiv bereist hatte. Dort hatte ich Dörfer gesehen, die keinen elektrischen Strom besaßen und somit nachts kaum beleuchtet waren. Man konnte nur ahnen, mit wem man gerade sprach. Hier nun gab es zwar Licht, aber nur spärlich: Ab und zu sah man eine nackte Glühbirne in einem Laden baumeln. Die männlichen Dorfbewohner spielten mitten auf der Durchgangsstraße Fußball. Die Läden waren unvorstellbar schmucklos und ähnelten eher provisorischen Lagern. Schaufensterscheiben kannte man hier noch nicht. Die Mängelwirtschaft der »DDR« war dagegen eine Konsumorgie gewesen. Die Häuser waren unbeholfen in den Berg hineingebaut worden: Haus schachtelte sich auf Haus, ohne Plan, ohne Architektur, ohne Infrastruktur, wahrscheinlich von der eigenen Großfamilie mit nackten Händen zusammengemörtelt. Wir sahen einen einzigen Ausschank, wieder nur so ein Raum ohne Möbel, aber mit einer Glühbirne, gezählten dreiunddreißig Männern über vierzig und einem Mädchen, das ausschenkte. Was wohl passierte, wenn meine physisch attraktive Frau diesen Raum der einsamen Gangstermänner betrat? Das wollten wir eigentlich lieber nicht ausprobieren. Obwohl – auch das Mädchen da am Ausschank kam damit zurecht, und sie war vollbusig, frisch und achtzehn, hatte rote Lippen und ein loses Mundwerk. Ich weiß das, weil ich schon einmal vorausging, um die Lage zu erkunden. Ich wollte unbedingt auch einmal Single-Gangster sein. Die Minuten in der Spelunke waren aufregend, viele zahnlose, offene Münder, aber ich wollte Sissi nicht im Auto warten lassen. So ging nur ich hinein, fragte mich zum Klo durch und entdeckte dort, direkt beleuchtet von der einzigen Lichtquelle, einer rostigen Zehn-Watt-Glühbirne, einen alten Papstkalender von 2011. Er war also schon abgelaufen. Pasolini hatte ja gesagt, Jesus sei bis Eboli gekommen, und Eboli lag ganz in der Nähe. Nun hatte ich natürlich Lust bekommen, in diesem Dorf zu übernachten. Wenn Jesus schon hier gewesen war, konnte uns wohl nichts passieren. Aber es gab kein Hotel dort, und so mußten wir weiterfahren, bis nach Reggio. Ich hatte übrigens mein Geldbörsel in der Papstkalender-Toilette verloren, aber – das Glück blieb uns treu – es waren nur fünf Euro darin gewesen. So näherten wir uns Sizilien.

Stopp! Den Rest erzähle ich vielleicht in fünfzig Seiten einmal. Die große Industrie- und Hafenstadt Reggio, das Übersetzen mit dem Schiff nach Catania, dann Siracusa ... das hält der Leser ja nicht aus, alles in einem Stück. Dann die Krankheiten, die überhastete Rückreise, der verzweifelte Versuch, sich nach Rom durchzuschlagen, und so weiter. Bleiben wir im Hier und Jetzt. Wien, zweiter Bezirk. Die liebe Frau, der häusliche Frieden, das Paradies des Schriftstellers. Der Sommer hat meteorologisch seinen Höhepunkt erreicht. Wir haben Ende Juli und 37 Grad. Wien ist ja viel heißer im Sommer als Italien. Es hat auch mehr und bessere Eisdielen, und überhaupt hat es alle Vorteile, die Italien hat, und darüber hinaus noch alle eigenen Vorzüge. Elisabeth hat Kaiserschmarrn gemacht und mir auf den Schreibtisch gestellt. Jetzt werkelt sie in der Küche. Ich kann, wenn ich die Ohren spitze, die Geräusche hören. Ist es also das echte Glück, in dem ich lebe? Befinde ich mich tatsächlich und für alle Zeiten im *never ending* Happy-End? Was könnte noch schiefgehen? Krankheiten? Der Zusammenbruch der Weltwirtschaft? Könnten uns die Themen ausgehen? Könnte die Potenz nachlassen? Könnte der Erfolg eines Buches uns einander entfremden? Könnte Sissi alt und häßlich werden? Also ihre Namensgeberin, die Sissi aus den ›Sissi‹-Filmen alias Kaiserin Elisabeth, war immer noch schön, als sie im Alter von sechzig Jahren von einem Anarchisten erdolcht wurde. Könnte das der meinigen auch passieren? Gerade habe ich das Sissi-Museum besucht und sogleich darüber in einer Zeitung berichtet. Die Parallelen waren durchaus erschreckend. Lest kurz meinen Bericht:

> *Die meisten Wiener kennen das Sissi-Museum gar nicht. Aber ich bin jetzt reingegangen. Der Eintritt kostet über zehn Euro. Man lernt eine Person kennen, die (noch) viel schöner war als Romy Schneider. Und die von ihrem lieben Mann noch weitaus mehr vergöttert wurde, als es die ›Sissi‹-Filme schon nahelegten. Das geht bis hin zur Besessenheit. Auf Schritt und Tritt blickte der Kaiser auf lebensgroße Sissi-Porträts. Die ganze Hofburg ist voll davon. Selbst wenn er am Schreibtisch saß, hatte er direkt vor seiner Nase – noch am Möbel befestigt – ein herrliches Gemälde der wahrscheinlich schönsten Frau ihrer Zeit. Blickte er nach links, sah er nur den toten Innenhof der Resi-*

denz. Klar, wohin er lieber sah. Als Besucher wandert man gefühlte hundert Meter von einem Raum zum anderen. Gleich im ersten ist die Totenmaske, und das ist gut so. Nun kann man alle gewollt schönenden, gewollt verfälschenden Bilder innerlich geraderücken. Denn Ssisis Gesicht entspricht exakt unseren heutigen Schönheitsidealen, nicht dem pausbäckigen Gesundheitslook von damals. Im vierten Raum raunt mir ein Diener zu, ich solle mich beeilen, es gebe noch zwanzig weitere. Per Kopfhörer wird einem alles erklärt. Sissis Herz schlug für die freiheitsliebenden und temperamentvollen Ungarn. Sie hatte maßgeblichen Anteil am Ausgleich mit dem stolzen Volk. Auch ihr Mann, der Weltkrieg-I-Kaiser Franz Joseph, wollte nur das Gute. Sissi verachtete seine intriganten Berater, die ihm vieles nicht sagten. Kriegsgreuel, Terror gegen die Zivilbevölkerung, Standesdünkel und Klassenjustiz – von vielem hat der gute Kaiser nichts gewußt. Sissi dürfte es jedoch geahnt haben. Immer mehr floh die grundehrliche und emotionale junge Frau die Gesellschaft, die böswilligen Einflüsterer, und vereinsamte auf allerhöchstem Niveau, zwischen Tausenden von Kleidern, Geschenken, einem Fitneß-Studio und unbegrenztem Bargeld. Ein eigener Salonwagen fuhr sie durch ganz Europa. Noch immer wunderschön, wurde sie von einem geisteskranken Anarchisten getötet. Das Volk war erschüttert und weinte, gerade die einfachen Menschen, mit Franz Joseph. Aber er konnte seine Frau nun endgültig zum charismatischen Engel stilisieren. Und den riesigen Trakt der Hofburg zum Sissi-Museum ausbauen lassen. Wovon ich heute profitiere!

So, das war nun wirklich langweilig, ich gebe es zu. Bleiben wir bei dem viel interessanteren Gedanken, ob mein Glück real ist und ob es bleiben wird. Übrigens hat Sara-Rebecka Werkmüller inzwischen ihre Dankesrede zum Wolfgang-Koeppen-Preis in der ›Süddeutschen Zeitung‹ veröffentlicht. Das hat ihr wohl einen weiteren Tausender eingetragen. Ich werde darin mit keinem Wort erwähnt. Sie hat einfach alle Stellen, die sich auf mich bezogen, herausredigiert. Das schmerzt schon ein wenig. Die Vorgabe, auf das Werk des Vorgängers und Preisgebers einzugehen, hat sie schon damals ignoriert, sicher ohne böse Absicht. Vermutlich kann ihr zu mir einfach nichts einfallen. Das verstehe ich ja. Wahrscheinlich war ihr, nachdem sie die ersten Absätze meines ersten Buches probeweise gelesen hatte, nur nach besinnungslosem Losschreien zumute. Wollen wir bei der Gelegenheit die nächste Stichprobe von ›Lebensschwärze‹ machen? Die Seite 145? Nein? Wieso nicht?

Na, dann eben nicht, der Leser ist König. Zurück zum Glück. Ich halte Krankheiten für unwichtig. Gerade wenn der geliebte Mensch krank wird, erneuert sich die Liebe. Außerdem gibt es Krankheiten ja gar nicht, also nicht bei echten Künstlern. Die machen ja alles mit der Kunst aus. Es gibt Krebs, was aber nur ein Synonym für Tod ist. Man hat nicht Krebs, sondern man stirbt, und das ist nicht zu umgehen. Nein, aber was ist mit der Eurokrise? Wenn dieses Manuskript fertig ist, gibt es den Euro vielleicht gar nicht mehr, und damit auch keinen Buchmarkt. Die schönen sinnlosen Zeilen kommen als E-Book im Eigenverlag daher. Wäre das das Ende des Glücks? Mitnichten. Nein, viel schlimmer ist diese »Die Themen gehen uns aus«-Variante. Das ist ja das schleichende Ende aller glücklichen Beziehungen, die sich nicht auf Kinder stützen. Ich will dem so ernst wie möglich nachgehen.

Also, bekanntlich besitzt meine liebe Frau einen großen Freundeskreis aus Alt-Achtundsechzigern. Diese Leute muß ich nicht weiter beschreiben, tue es aber gern trotzdem. Vielleicht wissen jüngere Leser ja nicht, was oder wer gemeint ist. Selbst ich würde es nicht wissen ohne die Erfahrung mit diesem Freundeskreis. Alt-Achtundsechziger sind Menschen, die in den Jahren 1968 bis 1975 geprägt wurden und diese Prägung auf wundersame Weise noch immer in sich tragen, ja die seit dem Stichtag 31. 12. 1975 keine weiteren und hinzuzufügenden Erfahrungen mit der Welt gemacht haben. Sie denken das, was sie schon damals gedacht haben, noch heute. Sie hören die Musik von damals und lesen die Bücher von damals. Bei dem Wort »Avantgarde« denken sie nicht an die heutige Avantgarde, sondern an die von damals. Sie wissen nicht, daß es nach der Stilrichtung, die 1975 vorherrschte, eine gab, die diese überwand und ablöste. Daß zum Beispiel in der populären Musik auf die Bob-Dylan- und so weiter -Generation Hardrock folgte, auf Hardrock Punk folgte, auf Punk New Wave, auf New Wave House Music, auf House Music Techno, auf Techno Hiphop, auf Hiphop Rave und so weiter. Die Alt-Achtundsechziger sind immer noch bei Bob Dylan. Manchmal sagen sie konziliant, daß sie eigentlich gern einmal auch in »neue« Musik reinhören würden, und meinen dabei so etwas wie Jazzfusion (1978) oder Bob Geldof (1981). Den Unterschied zwischen Bob Marley (1977) und Snoop Dogg (1990) würden sie nicht erkennen können, da doch beide in ihren Augen »farbige« Musik machen. Ebenso ergeht es ihnen mit Filmen, die nach ›In der Hitze der Nacht‹ (1967)

gedreht wurden, Büchern, die nicht von Carlos Castaneda geschrieben wurden, und so weiter. Ja, so ist das mit diesen Leuten, die sich nach dem Untergang des Kommunismus stillschweigend darauf geeinigt haben, von nun an und für immer »Gutmenschen« zu sein. Politisch im engeren Sinne vertreten sie gar nichts mehr, aber wer tut das schon. Viel schlimmer ist, daß sie sich auch nicht mehr für Politik *interessieren*. Fragt man nach den Aussichten des amerikanischen Präsidentschaftsbewerbers Mitt Romney, erntet man hysterisches Lachen. Eher würden sie über Richard Nixon reden als darüber. Um es zusammenzufassen, würde ich sagen: Mich und die Meinen hielt immer die Maxime zusammen, daß die Welt interessant sei und sich ständig ändere. Das Erkennen, Beschreiben und Einordnen der neuesten Veränderungen war und wird immer sein der Hauptspaß im Leben. Nebenbei wurde man dadurch auch klüger, ruhiger und am Ende glücklich, weil weise. Dagegen war die Maxime der Alt-Achtundsechziger stets, daß die Welt schlecht sei, korrupt, unterdrückerisch und sich darin nie ändere. Alle Menschen würden zu allen Zeiten und in allen Systemen belogen, mißbraucht, ausgebeutet und zu Tode geschunden werden. Die KZ waren furchtbar, die faschistischen Angriffskriege auch, die anderen Angriffskriege aber auch, die NPD aber auch, die Unterdrückung der Frau, die Umweltskandale, die Atomkraft, der gescheiterte Mindestlohn, die Geiselerschießungen im Ersten Weltkrieg, der zunehmende Hautkrebs, die Greuel des Dreißigjährigen Krieges, die Jahrtausendkatastrophe von Tschernobyl, die gefälschte Doktorarbeit des von und zu Guttenberg, alles furchtbar, alles gleichermaßen schlimm. Von Adam und Eva bis Merkel und den Pleitegriechen war und ist die Welt eine einzige Verarsche. Die Zeche zahlt immer der kleine Mann. So funktioniert das Bewußtsein des Alt-Achtundsechzigers. Und warum erzähle ich das jetzt? Weil hier das einzige Problem meines Glücks mit Sissi lauert. Ihre Freunde sind Alt-Achtundsechziger, und meine sind Popliteraten. Wenn ich mich mit meiner Frau in ihren Freundeskreis begebe, bekomme ich nichts zu tun. Die Leute unterhalten sich ja nicht wirklich. Themen, die man so nennen könnte, kommen nicht auf. Man plaudert über das Essen, die letzte Urlaubsreise, und nur am Rande bestärkt man sich gegenseitig in altlinken Positionen. Da geht es dann vielleicht darum, daß ein vorgesetzter »Chauvi« mit den Frauen im Betrieb unhöflich umgeht. Ein bißchen wird geschimpft, und dann ist man wieder beim letzten Miriam-Makeba-Konzert oder bei einem verstaubten feministischen Buch. Wenn ich das Wort ergreife und meinetwegen über eine Kundgebung von H. C. Strache berichte, dem Neofaschistenführer, sehen mich die Leute nicht einmal an. Sie halten meinen Beitrag für peinlich und glauben, mir zu helfen, indem sie nicht darauf reagieren.

Natürlich gibt es zwei, drei Ausnahmen. Die einzigen, die so sind wie Sissi selbst, tapfer, klug und liebevoll. Margot, die Bücher über Afrika schreibt und darüber auch *redet*. Monika, die ihr Geld Flüchtlingen gibt. Hermi, die an der Basis kämpft wie eine Löwin. Ja, Brigitte und Günter, die sogar einen Salon unterhalten. Aber Sissis sonstige Freunde kennen nur den Blick auf die sogenannten Ränder der Gesellschaft. Sie sehen grundsätzlich alles von den Minderheiten aus. Auch wenn sie es selbst nicht wissen, das Bewußtsein dieser Gutmenschen lautet: Jeder Mensch gehört irgendeiner unterdrückten Minderheit an, und wenn er das erkannt hat und dagegen kämpft, ist ein Leben sinnvoll. Es stellen sich dann keine weiteren Fragen mehr. Jeder, der einer Minderheit angehört, ist wertvoll. Um den muß man sich kümmern. Die übrigen Mitglieder einer Gesellschaft, sozusagen die stets geschmähte »Mehrheit«, verdient weder Beachtung noch Unterstützung. So. Lassen wir es damit bewenden. Und nun keine einzige weitere Zeile Politdiskussion mehr in diesem Buch! Schließlich wollte ich ja nur aufzeigen, daß Sissi einen anderen Freundeskreis hat als ich. Wechseln wir das Thema. Worüber könnte ich nun schreiben, um auf andere Gedanken zu kommen? Das Politisieren wühlt einen ja immer so auf. Nebenbei gesagt zerstört es auch viele Beziehungen und Freundschaften. Wie etwa die, die ich mit Sibylle Berg hatte. Bleiben wir einfach dabei, bei Sibylle! Das interessiert doch jeden Leser, weil sie so berühmt ist. Das ist dann ganz einfach für mich.

Also, eines Tages hatte sie, Sibylle Berg, den wirklich netten und charmanten Einfall, mich in die Eisenbahn zu setzen und dabei viel Geld verdienen zu lassen. Das kam so: Sie meinte, ich solle mit der legendären Schweizer Bundesbahn wochenlang kreuz und quer durch die schöne Schweizer Bergwelt fahren und eine Reportage darüber schreiben. Und anschließend würde Sibylle dafür sorgen, daß der Text in der ›Neuen Zürcher Zeitung‹ abgedruckt wurde und ich viele tausend Schweizer Franken dafür bekäme. Ich war natürlich begeistert. Jeder fährt doch gern mit der Eisenbahn, jedenfalls wenn sie so solide und altertümlich daherkommt wie in der Schweiz. Da kriegt man Kindheitserinnerungen, die man eigentlich gar nicht hatte.

Es war wirklich der beste Plan, von dem ich je gehört hatte. Und er kam von der Person, die mir bereits durch die Übergabe des hochdotierten Wolfgang-Koeppen-Preises de facto das Leben gerettet hatte. An dieser Stelle muß ich vielleicht einmal etwas Grundsätzliches sagen. Ich wurde ja oft in meinem Werk als ironisch mißverstanden. Das war unumgänglich, denn ich liebe die Übertreibung so sehr, daß viele einfach denken müssen, ich meinte es ironisch. Und eine Formulierung wie »sie rettete mir das Leben« kann vom Leser schwerlich eins zu eins verstanden werden. Und dennoch war es so. Wer mein Buch ›Der Geldkomplex‹ kennt, ahnt, wie arm ich war, als ich von Sibylle aufgelesen und mit Geld versorgt wurde. Trotzdem hat sogar sie meine Lage nicht begriffen. Sie dachte, ›Der Geldkomplex‹ sei ausgedacht und in Wirklichkeit hätte ich die Einkünfte eines ganz normalen, vom Steuerzahler subventionierten deutschen Autors. Ich müßte nur ad hoc in drei Kreissparkassen lesen und hätte tausend Euro im Portemonnaie. Wahrscheinlich wird sie es nie glauben, daß es nicht so war. Jetzt, ja, jetzt habe ich Geld, viel sogar. Ich habe tausend Euro zuviel im Monat, die ich beim besten Willen nicht ausgeben kann und sparen muß. Doch damals im heruntergekommenen Berlin... es war das Ende. Ich sage das nur, um verständlich zu machen, wie sehr ich mich auf meine Auftragsarbeit mit der Schweizer Eisenbahn freute. Sibylle versprach mir fette dreitausend Schweizer Franken, inflationssicher auf einem Nummernkonto, geschützt vor deutschen Steuerfahndern, ein Wohlstandsversprechen für die nahe wie ferne Zukunft! Da ich ja das Geld vom Koeppen-Preis schon hatte, konnte ich die Fahrkarten selber bezahlen und erst einmal nach Zürich reisen.

Damals hatte ich wirklich viel Kontakt mit Sibylle Berg, muß ich sagen. Wir schrieben uns täglich. Auch ihr Manager Joe wurde mir eine Art Freund, er schrieb noch häufiger als Sibylle, und wir begannen sogar zu skypen. Das war gar nicht so einfach, da ich keinen eigenen Internetzugang besaß, aus Kostengründen. Selbstverständlich war ich bis in die Haarspitzen und Fingerkuppen motiviert, die beste Reportage aller Zeiten zu schreiben. Ich wurde in Zürich von dem Manager abgeholt. Ich merkte nun, daß ich ganz offensichtlich ein bißchen oder sogar deutlich zu lange allein gewesen war vorher und daß ich mit normalen Menschen gar nicht mehr reden konnte. Jedenfalls störte mich jedes Wort, das der Manager sagte. Es war kaum auszuhalten. Er machte wahrscheinlich ganz normale Konversation, ich weiß es nicht mehr. Sollte er tatsächlich superbanale oder völlig falsche Aussagen gemacht haben, erinnere ich es nicht mehr. Ich hatte den nicht zu unterdrückenden Drang, ihm nach jeder Aussage zu widersprechen. Vielleicht hätte er sagen können, die Südschweizer seien lustigere Partyleute als die aus dem Norden, und dann hätte ich zwanghaft gesagt, das Gegenteil sei der Fall: Gerade die verklemmten Menschen hätten unendlich viel mehr Spaß auf Partys, wenn sie nämlich ihre Grenzen überwänden, und ganz besonders die Nordschweizer, denn die südlichen Völker seien ohnehin oberflächlich, und gerade das Spaßhaben sei eine verdammt ernste Sache, die man gar nicht ernst genug nehmen könne. Das ist jetzt ein ausgedachtes Beispiel. Aber so ging es die ganze Strecke bis zu seiner Wohnung. Dort ging die schreckliche Konversation weiter, natürlich, denn ich konnte ja nicht einfach ins Bett fallen. Aus Höflichkeitsgründen hatte ich weiterzureden. Meine geistigen, sprich kreativen Kräfte, die ich für die große Reportage angespart und aufgebaut hatte, schwanden dahin. Am nächsten Tag nahm er mich tatsächlich zu einer Party mit, zu Nordschweizern, und am dritten Tag führte er mich mit Sibylle zusammen. Dazwischen recherchierte ich bereits eifrig für meine Geschichte. Ich wollte alles über die Schweizer Eisenbahnen erfahren, bevor ich losfuhr.

Natürlich hatte ich bereits beim ersten Aufwachen im Gästezimmer des Managers die furchtbarsten Kopfschmerzen. Die nervenzerfetzende Dauerkonversation am Vorabend hatte mich übel zugerichtet. Auch seelisch ging es mir nicht gut, da ich doch genau spürte, wie befremdet der Manager, ein ganz und gar argloser Sohn eines Landkinderarztes, über mich war. Übrigens habe ich schon wieder das Gefühl, die Geschichte bereits im ersten Drittel des Manuskripts erzählt zu haben. Na, warum auch nicht? Erzählt man seine Geschichten nicht sowieso immer wieder, etwa seiner lieben Frau? Auch der Elisabeth dürfte ich die gesamte Sibylle-Berg-Story schon des öfteren nahegebracht haben, schon deshalb, weil sie eine feministische Autorin ist und es mir schmeichelt, mit ihr bekannt zu sein. Es ist also nur ehrlich, wenn ich alles mehrmals aufschreibe. Also die Kopfschmerzen. Ich war wirklich lädiert. Aber tagsüber mußte ich mich zusammenreißen und mit dem Manager zusammen recherchieren. Die Party am Abend – es war eher eine Art Essen mit Auslauf im Garten – erschöpfte mich noch weiter. Diesmal schämte ich mich dafür. Warum konnte ich nicht einmal mit netten, gebildeten Nordschweizern normal kommunizieren? Nun, der Grund lag in meiner Erschöpfung, meiner Migräne. Den ersten fünf Konversationen hielt ich mental noch stand, dann wurde ich im Garten ohnmächtig. Nur dreieinhalb Stunden hatte ich durchgehalten, fürwahr ein schwacher Wert. Ich zog mich in die Wohnung von Manager Joe zurück, doch die Migräne blieb und war chronisch geworden.

So ging ich den ganzen Tag nicht aus der Wohnung, um Kraft für das große, alles entscheidende Treffen mit Sibylle zu tanken. Es wurde ein ungleicher Kampf. Der Manager begann mich nun zu hassen, da ich seine Wohnung blockierte. Das Gerede mit Sibylle und den anderen Anwesenden war schlicht furchtbar. Es gab keinen persönlichen Moment. Es sollte das übliche verschwörerische Höhnen und Tratschen über Kollegen werden, doch ich kannte ja niemanden. Ich kannte nur Sibylle und Matthias Matussek. Seltsamerweise empfand ich Ekel davor, über ihn, Matthias Matussek, zu höhnen und zu tratschen, und so sagte ich, als die Rede auf ihn kam, ich würde ihn nicht kennen. Würgend, keuchend, Messer und Gabel umklammernd, hörte ich den Haßreden gegen Matussek zu. Es war niederträchtig. Ich erfuhr, daß er sich einmal mitsamt seiner kleinen Familie bei Sibylle »eingenistet« haben sollte, das »elende Arschloch«. Nun wußte ich, daß Matthias der gastfreundlichste Deutsche unter der Sonne war. Ohne ihn zu kennen, einfach auf Anfrage, hatte ich einmal mit meiner Nichte Hase drei Wochen in seinem Haus in Rio de Janeiro gewohnt. Matthias und seine Frau taten alles, um uns eine gute Zeit zu organisieren, fuhren mit uns überallhin, wo wir uns wohl fühlen konnten. Und so einer »nistete sich ein«? Wie ein schädliches Insekt? Ich war froh, als das Thema wechselte. Sicher ahnte Matthias nichts von dem Haß, denn das Wesen solcher Einstellungen ist ja, daß sie immer im intimen Kreis geäußert werden, während öffentlich kein Mucks davon geäußert wird. Wer es doch tut, ist ein »Verräter« und wird von allen Seilschaften im Kulturbetrieb gemieden. Na, ich wiederhole mich ja schon wieder. Also, erneut, die Migräne. Ich konnte und durfte nicht schon wieder ohnmächtig werden. Ich hielt also durch, und der Preis, den ich dafür zahlte, war, daß ich immer hilfloser und langweiliger wurde. Mir fiel partout nichts Originelles mehr ein. Sibylle wunderte sich. Das sollte der lustige, hochtalentierte Autor sein, den sie mit einem der renommiertesten Literaturpreise des deutschsprachigen Raumes geadelt hatte? In ihren Augen handelte es sich bei diesem Abendessen um mein offizielles Dankeschön für alles. Und nun kam nichts. Keine launigen Reden, keine Sottisen auf Kollegen und andere Feindbilder, kein antibürgerliches, quasidramatisches, scheinbar unangepaßtes Sich-Danebenbenehmen, keine grenzüberschreitenden Reden, stehend und schwankend auf dem Restauranttisch mit Hosenrunterlassen und anderen Standards, kein Schmäh, nichts. Der Autor fiel in sich zusammen, mit einem Winseln, nicht mit einem Knall. *Das* sollte ein großer Künstler sein? Das war wohl ein Fehlgriff. Und dann kam die Rechnung, die ich *nicht* bezahlte. Unfaßbar. Jeder mußte sein Sushi-Zeug selbst bezahlen. Ich fünfzig Franken für das billigste Kindergericht und vier Coca-Cola, die anderen Hunderte von Franken jeder einzelne. Ein Eklat!

Ich konnte einfach nicht anders, ich hatte zu lange mit fünf Euro am Tag gelebt. Tja, irgendwie muß ich wohl trotzdem noch ein letztes Mal in die Wohnung von Manager Joe gelangt sein (»Joe« nach Joe Dallessandro übrigens, wie ich erst später erfuhr). Und am nächsten

Morgen konnte ich endlich losfahren, natürlich immer noch mit der chronischen Migräne. Ich war inzwischen so geschwächt – die Nächte bei Joe brachten keinen echten Schlaf, nur verzweifeltes Sich-im-Schlaf-Wälzen –, daß ich fürchtete, nicht mehr die Reportage hinzukriegen. Zum Schreiben braucht man ja Kraft, und dazu noch Reserven. Ich durfte ja nicht so herumtippen wie hier in diesem *Manuskript des freien Schreibens*, sondern mußte streng auf die Form der Reportage achten, natürlich auch auf den Inhalt. Ich machte mir nun Notizen, so viele wie möglich.

Alles wäre noch gutgegangen, wenn ich ein Journalist und kein Schriftsteller gewesen wäre. Ich hätte einfach die reale Reise, so wie sie war, schildern sollen. Es wäre interessant genug gewesen. Aber ich ertrug es nicht, daß dieser Text keinen Bogen hatte, keine Geschichte. Ich dachte, wenigstens auf einer kleinen unteren Ebene noch eine Mini-Story einbauen zu dürfen. Der Anlaß dazu lag nämlich vor, und zwar die Suche nach der minderjährigen Tochter einer alten Freundin von mir. Es war nicht so arg, wie ich es in dem Text darstellte, aber es war auch keine blöde ausgedachte Sache. Natürlich war das Monate früher passiert. Egal, für meinen Auftrag war es, wie sich zeigen sollte, kontraproduktiv. Wollen wir also einmal lesen, was ich da mit letzter Kraft noch hingeklopft habe, und dann überlegen, ob ich dadurch die Freundschaft mit Sibylle endgültig verlor oder nicht. Wer es überspringen mag, lese einfach neun Seiten später weiter, wenn die *kursive* Schrift endet:

Durch die Schweiz mit der Eisenbahn
Von Johannes Lohmer

Diese vielen Blumen überall! Die Schweiz ist ein reines Blumenland, ein Natur-Staat. Auf den Balkonen, vor den Türen, in den Gärten: Blumen, Kühe, Vogelschwärme, Sturzbäche – alles zieht vorbei, in 3-D, so unfaßbar räumlich, wenn man im Zug sitzt, wie ich jetzt. Seit zwei Tagen geht das so. Von Zürich nach Genf und zurück, dann nach Lausanne, nach St. Gallen, nach Luzern, nach Basel. Jetzt nach Schaffhausen. Dort soll sich Pola aufhalten, die Tochter meiner Freundin, wir haben ihr Handy dort geortet! Das geht ja heute ganz leicht; das sind die Vorteile der neuen Technik, von denen niemand spricht. Alle lästern über Google Street View, aber daß man per Mausklick sein verlorenes Kind wiederfinden kann, geht in der Debatte unter. Meine Freundin ist übrigens Carole Beart, die Schriftstellerin. Sie dramatisiert manchmal, wie ich, das ist normal in dem Beruf. Wir sind noch nicht lange zusammen. Durch sie lerne ich die Schweiz kennen, vor allem deren schöne Eisenbahnen ...

Es ist ein Vorortzug der Schweizer Bundesbahn (SBB). Die Leute fahren schlaftrunken zur Arbeit. Jeder hat seinen Platz, seit Jahren. Daß ich nun auch mitfahre und in diese Platzordnung einbreche, löst Unruhe aus. Der arme Arbeiter oder Angestellte, dem ich seinen Stammplatz weggenommen habe, tappt orientierungslos herum, ist fassungslos. Die Leute können ihm nicht helfen. Alle scheinen noch zu schlafen, gucken vor sich hin, lesen Zeitung. Die Zeitung heißt hier ›Der Blick‹. Dort stehen Berichte über

DJ Bobo oder über die neue Furka-Bahn, deren Dampflokomotiven überholt wurden. DJ Bobo ist angeblich ein Sänger. Auch diese Furka-Bahn soll es wirklich geben.

Der Schaffner hat einen dünnen goldenen Ring im Nasenflügel, ist ungefähr 42 Jahre alt, blond, gutaussehend. So einen Ring dürfte er sich in Deutschland bestimmt nicht durch die Nase ziehen. Dort hat es noch echte Beamte, mit entsprechender Dienstauffassung. In der Schweiz eigentlich erst recht, denkt man doch? So ein Ring gilt hier vielleicht noch als modern. So wie Männer mit langen, zum Pferdeschwanz gebundenen Haaren durchaus noch zum Straßenbild gehören, wie in den 70er Jahren des letzten Jahrhunderts in der Bundesrepublik. Oder die vielen Schweizer Fahnen überall, obwohl doch die Fußball-WM seit Monaten vorbei ist. Dies Land ist eben sehr speziell. Und sehr höflich. Niemand würde mich in ein Gespräch ziehen, einfach so, und nach meinem Reisegrund fragen. Es wäre mir natürlich peinlich, über Polas pubertären Fehltritt zu reden.

Der InterRegio, um 6.10 Uhr gestartet, hält in Eglisau und Winterthur. Dort wird umgestiegen in einen schnelleren Zug. Ich will bereits in Schaffhausen sein, wenn Pola aufwacht. Sie ist nicht die leibliche Tochter meiner Freundin, sondern adoptiert, was die Sache nur komplizierter macht. Auf dem Papier ist sie eine fremde Person, der man nicht einfach nachstellen darf. Sie ist mit einem arabischen Taxifahrer durchgebrannt. Dieser Mann, ein Algerier, fährt immer weite Strecken, als eine Art Privat-Chauffeur. In Genf hatte ich Pola schon fast gestellt – oder soll ich sagen: befreit?

Nach Angaben der Mutter wartete die Tochter nur darauf. Es soll nicht das erste Mal gewesen sein, mit arabischen Männern. Pola sei auf der Suche nach dem ultimativen Orgasmus, sage sie. Als ich das hörte, konnte ich mir die Sachlage ganz gut vorstellen. Hier wollte sich ein verzogenes Kind wichtig machen. Ultimativer Orgasmus, mit 17, da lachten ja die Hühner, wie meine Oma gesagt hätte. Wahrscheinlich hielten sie nicht einmal Händchen. Trotzdem mußte ich einschreiten. Zumal sie auch noch Caroles Mini Cooper S genommen hatten. Mein eigenes Auto stand in Berlin, ein Käfer Cabrio, sowieso nicht schweiztauglich. Also die »SBB«. Ich hatte nichts dagegen.

Auch im Zug ab Winterthur das gleiche Bild. Keiner spricht, keiner lacht, jeder hat seinen Platz. Dann kommt einer, der offenbar längere Zeit gefehlt hatte, zumindest bei der letzten Fahrt, am Tag zuvor. Die Fremden gucken ihn an, lassen den ›Blick‹ sinken, öffnen die verschlafenen Augen.

»Ah, ich habe Sie gestern nicht gesehen. Waren Sie im Urlaub?«

Ein anderer sagt es ebenfalls:

»Ich habe mich auch schon gewundert, ob etwas passiert ist?«

(Die Zitate bitte mit halber Geschwindigkeit lesen). Der brave Bürger hebt zu einer Erklärung an. Ich achte nicht mehr darauf, denn nun sehe ich Soldaten im Zug. Schwerbewaffnete Volksmilizen der Schweizer Armee, mit Rollkoffer und umgehängtem Maschinengewehr. Die Schweiz hat ja so eine besondere Form der nationalen Verteidigung, vergleichbar nur mit Systemen des Vietcong oder der Taliban-Krieger, was

keine ideologischen Gründe hat, sondern geologische. Es gibt kein Berufsheer, sondern ganz normale Bürger, die mitten im Jahr für zwei Wochen Krieg spielen müssen, in den Bergen. Ein halbes Dutzend Soldaten steigen beim nächsten Halt aus, rufen ohrenbetäubend laut ihren Kameraden im Zug etwas zu. Es ist dialektgefärbt, ich kann es nur raten, ungefähr:

»Paßt auf, daß ihr vor der Grenze wieder aufwacht!«

Die Burschen brüllen zurück:

»Sauft nicht soviel, damit ihr beim nächsten Zug nicht das Einrücken verpaßt!«

Es ist nett gemeint. Auch wenn in München gerade ein Behinderter von Schweizer Jugendlichen auf Klassenfahrt fast totgeprügelt wurde – und sich auch sonst negative Meldungen in letzter Zeit häufen: Ein Freund von mir, ein armer Hipster aus dem Berliner Armenviertel Friedrichshain, wurde ausgerechnet im reichen Zürich überfallen und ausgeraubt –, so muß die Schweiz doch weiterhin als eher friedlich gelten. Ich lächle die waffenstarrenden Mitreisenden an. Einer von ihnen versteht das falsch und entsichert schon mal die Kalaschnikow. Ein anderer hilft einem fünfjährigen Jungen, den kleinen Rucksack vom Buckel zu kriegen und zu verstauen.

Immer mehr junge Leute steigen ein. Die Jugend fährt Bahn, das scheint wohl so zu sein. Für mich als Deutschen ist die Schweiz zunächst einmal Absurdistan. Alle reden so langsam und bedächtig – warum nur, ist jemand gestorben? Aber wenn man auf die Jugend schaut, verflüchtigt sich das. So etwas wie Lebendigkeit kommt auf! Die Sprachenvielfalt vitalisiert die Gespräche, auf jeden Fall im Zug, wo man stets mehrere Sprachen gleichzeitig mitverfolgen kann. Französisch, Englisch, Schwiizerdütsch, Türkisch, Russisch. Wir fahren durch diese phantastische dreidimensionale Landschaft. In die Berge hineingebaute weiße Städte ziehen vorbei, alles ist so bunt, üppig und von den ersten Sonnenstrahlen angestrahlt wie von einer Halogenlampe.

Das Ticket wird erneut entwertet, und ich muß an eine Geschichte in Deutschland denken. Es war in diesem Sommer, als in der Hälfte der ICE-Züge die Klima-Anlagen ausfielen. Ich hatte ein Spezialticket gekauft, und die Schaffnerin entwertete es. Sie war sehr unfreundlich, wegen der hohen Innenraumtemperatur von fast 50 Grad. Sie sagte, das Ticket sei an allen Tagen gültig, nur nicht am Freitag. Das stehe im Kleingedruckten. Es sei gerade Freitag. Sie müsse mich wegen Fahrgelderschleichung melden. Wegen der hohen Innenraumtemperatur ließ ich es geschehen. Von meinem Konto wurde ein Betrag von 360 Euro abgebucht: Ersatzfahrkarte plus Gebühr. Die normale Fahrkarte hätte 108 Euro gekostet. Für mein Spezialticket hatte ich einst gutgläubig 29 Euro an die Deutsche Bahn gezahlt.

Das klingt jetzt alles sehr ungerecht, ist es aber nicht. Denn ich lebe noch, während die faschistoide Schaffnerin wahrscheinlich am Hitzschlag gestorben ist. Auf jeden Fall hätte nichts davon bei der SBB passieren können. Die Klima-Anlagen funktionieren, und zwar unauffällig. Denn wenn die deutschen Züge doch einmal kühlen, dann gleich so stark, daß man sich eine Erkältung holt. In der Schweiz bemerkt man nichts davon. Eine normale Temperatur herrscht vor.

Und die Ticketpreise sind moderat und transparent. In Deutschland denkt sich eine Hundertschaft von durchgeknallten PR-Strategen jeden Tag fünf neue Billigtarife aus – mit Hintertüren, Fallstricken, Kleingedrucktem und Strafgebühren. Ach, Deutschland ist einfach viel kaputter als die gute Schweiz.

Die Einheimischen haben zu ihrer Eisenbahn auch ein besonderes Verhältnis, wie die Deutschen es einst zu ihrer Bahn hatten im Kaiserreich. Sie sprechen schon dieses Wort »SBB« so seltsam aus. Sie sagen nicht »Ich nehme den Zug«, sondern »Ich fahre mit der SBB«, wobei sie SBB wie »Éß-Bebe« aussprechen, ein bißchen wie eine Mutter, die zu ihrem Kind sagt »Eß, Baby!« Viele Schweizer sind zudem »Bahner«, und das heißt, daß sie sich an ihrem Arbeitsplatz wie in einer Familie fühlen. Wer bei der Bahn arbeitet, tut das ein Leben lang. Er liest spezielle Hobbybahner-Zeitschriften, feiert grundsätzlich nur mit anderen Bahnern, arrangiert Ehen unter Bahnern und so weiter...

Meine Aufmerksamkeit wurde plötzlich auf eine kleine Katastrophe gelenkt. Polas Handy bewegte sich auf dem Schirm meines Navis wieder weg von Schaffhausen! Der verdammte Zuhälter hatte wohl Lunte gerochen und war mit der Kleinen in aller Herrgottsfrühe ausgebüxt, in Richtung... hm... schwer zu sagen... Bern vielleicht. Und ich war noch nicht einmal in Schaffhausen angekommen! Nun reichte es mir. Ich beschloß, das Flittchen anzurufen. Die Gefahr dabei war, daß sie womöglich merken konnte, daß wir ihr Handy orteten. Egal. Wahrscheinlich wußte sie es und wollte es so.

Ich wählte die Nummer.

»Pola Beart, hallo?«

»Hallo, hier spricht Johannes Lohmer!«

»Ja?«

Es klang wie »Na und?«, also mißmutig. Sie wußte theoretisch, wer ich war. Ihre Mutter hatte so viel von ihr gesprochen, daß sie umgekehrt wahrscheinlich auch ein bißchen von mir berichtet haben dürfte. Aber so genau konnte man das nicht wissen. Ich merkte auf einmal, daß diese ihre Mutter, Carole, eigentlich ein bißchen zuviel von Pola erzählt hatte, in jeder Hinsicht. Ihre sexuellen Eskapaden, Selbstmordversuche, literarischen Talente, ihr Äußeres, ihre Sexiness – mußte ich das alles wissen? Redete man so über eine Tochter? Sie hatte mir auch Fotos gezeigt. Eigentlich sah sie darauf gar nicht wie 17 aus. Trotzdem sagte ich:

»Ich ... bin in deiner Nähe, und, weißt du, ich würde dich gern treffen.«

»Ah, ja, hm ... so ist das. Da müssen wir schauen, ob das geht.«

Es klang desinteressiert. Diese Person hatte anderes im Kopf. Ich fühlte mich wie ein Anrufer einer Mobil-Telefongesellschaft, der Kunden mit neuen Tarifangeboten nervt. Ich sagte irgendwas. Ihre Mutter mache sich Sorgen oder so.

»Meine Mutter?« fragte sie zurück. Es war überhaupt nicht die Stimme eines Mädchens.

»Äh, Carole.«

»Was willst du denn ... wissen von mir?«

Ich überlegte fieberhaft. Was sie mit dem arabischen Taxifahrer machte, schoß es mir durch den

Kopf. Ich hatte keine Zeit zum Nachdenken, und so sagte ich es:

»Wie findest du ... Araber?«

Ich dachte, sie würde jetzt auflegen, doch sie wurde freundlich, fast fröhlich:

»Araber?«

»Ja!«

»Sie sind lustig. Weil sie so anders sind. Also wenn sie so reden ... Und sie können guten Tee machen. Der arabische Tee ist echt geil ... und ich find's cool, wie sie Backgammon spielen, den ganzen Tag, so lauter Männer, die kleinen Gebetskettchen noch in der Hand ...«

Sie war wohl wirklich unkonventionell, genau wie Carole es gesagt hatte, sehr offen und – jung. Ich ging einen Schritt weiter:

»Und wie findest du Taxifahrer?«

»Ich liebe Taxifahren. Weil es so angenehm ist. Immer warm. U-Bahn-Fahren nervt mich total. Ich finde es cool, wenn Taxifahrer ein Gespräch anfangen ... ich versuche auch, möglichst viel Trinkgeld zu geben ...«

Wir sprachen noch eine Weile. Taxifahrer konnten junge Frauen in schlechten Gegenden retten, Araber kümmerten sich auch um Alte und Gebrechliche, arabische Taxifahrer nahmen kostenlos Menschen mit, die schmerzende Füße hatten ... Ich verlor etwas den Faden und fragte sie, wo sie sei und wo sie hinfuhr. Wir verabredeten uns für den Abend in Bern.

»Wie erkenne ich dich?« fragte ich noch, eher aus Höflichkeit. Ich wollte nicht zugeben, daß ich schon zig Fotos von ihr gesehen hatte.

»1,68 groß, dunkle Haare, helle Augen, zierlich.

Großer Mund. Ringel-T-Shirt, eher der dynamische Typ.«

Ich sollte vorher noch mal anrufen. Sie könne jetzt noch nicht absehen, ob es auch wirklich passen würde. Ich glaubte, die aggressive Stimme des Freundes im Hintergrund zu hören ...

Tja! Das war ja ganz ordentlich gelaufen. Gut, daß ich nicht nach dem ultimativen Orgasmus gefragt hatte. Obwohl das verrückte Kind vielleicht gerade das honoriert hätte. Jedenfalls konnte ich sie mit etwas Glück heute noch einsammeln. Ich stieg in Schaffhausen gleich in den nächsten Zug der SBB nach Bern. Den Ort Schaffhausen wollte ich nicht sehen.

Der neue Zug war ein sogenannter Intercity mit Restaurantwagen. Das Wort »Intercity« bedeutete etwas ganz anderes als in Deutschland. Hier war es der neueste, dort der älteste Zug im Programm. Der alte deutsche IC wurde noch mit Kohle beheizt, und in den einzelnen, abschließbaren, verdunkelbaren Abteilen hingen schwere Vorhänge an der Tür. Willy Brandt war IC gefahren, im triumphalen Wahlkampf 1972. Die weißen, rundlichen Züge waren im Windkanal geformt worden, wie einst auch der VW Käfer. Der IC in der Schweiz sieht grünlich, eckig, massiv und traurig aus. In der 1. Klasse gibt es nur drei Sitze pro Reihe. Der lange Großraumwagen ist so gut wie leer.

Schnell zurück in die 2. Klasse. Da habe ich wieder den ganzen Kosmos der Eidgenossen: Sprachengewirr, Kinder, Gesundheit, Reichtum, Schönheit. Der nächste Halt heißt prompt »Schutzengel«. Die Sonne steht nun noch höher, die Berge sind noch schöner. Hier ist nun die Welt endgültig so, wie sie sein sollte. Das dürfte man einem Flutopfer aus Pakistan gar nicht zeigen. Das würde vor Neid tot umfallen.

Ein seltsamer Getränkekastenfahrer kocht, direkt vor einem stehend, einen exzellenten Kaffee, natürlich mit der allerneuesten Nespresso-Technik. So ist das ja immer in diesem Staat: Alles schmeckt lecker, alles! Wahrscheinlich schmeckt sogar der Royal Cheeseburger Deluxe bei McDonald's Zürich weniger scheußlich als anderswo... Mein iPhone klingelte. Pola!

»Äh, ja? Johannes hier!«

Ihre Stimme klang abgehetzt:

»Ich wollte noch sagen, daß Araber sich weigern, ihr Weltbild an irgendwelche neumodischen technischen Entwicklungen anzupassen, also irgendwelche blöden Pixel-Kurse in Digitaltechnik zu besuchen und, also... also anstatt Backgammon zu spielen den ganzen Tag, sagte ich ja schon, und vor allem: Burka tragen sie nur im Garten, die Frauen. Das ist wichtig. Ciao.«

Ich bedankte mich für diese Info, aber ich glaube, sie hatte das Gespräch schon unterbrochen, oder ihr »Freund« hatte es getan. Der hatte sie sowieso zu dieser bedeutsamen Durchsage gezwungen. Ich mußte sie retten, die Kleine. Aber war sie wirklich das sexuelle Objekt dieses Arabers? Oder das Caroles? War sie 17, 20, 23 Jahre alt?

Die Stunden vergehen. Die Landschaft draußen ist nun so langweilig wie zwischen Regensburg und Passau. Wald, Wald, Wald und Gestrüpp. Ich möchte mein Geld zurück, von der Éß-Bebe. Keine weißen Häuser mit Blumenbalkonen mehr. Keine Felsquellbäche, keine feschen Förster, die junge Rehe vor cha-

rakterlich verkommenen, ältlich-buckligen Wilderern schützen und dafür herzhaft in die rosigen Milchbrüste der Albschönheit greifen dürfen. Alles weg! Ich bin im falschen Film. Ich träume das nur! Nein, es ist Realität. Ich muß durchalten bis Luzern.

Ich besteige einen größeren, ruhigeren Zug, einen sogenannten Eurocity. Wie die Züge wohl früher hießen? Die Bahner hätten darauf bestehen sollen, die alten Bezeichnungen beizubehalten. In Deutschland haben die Züge immer noch richtige Namen, zum Beispiel »Intercity Graf Luckner«, und der Zug-Teamchef erklärt einem dann gern, wer Graf Luckner war.

Diese EC-Züge sind immer ruhig, sehen sehr konventionell aus, ohne jeden Futurismus, sind immer zeitlos und absolut sicher. Sie sind ja auch immer pünktlich, und das Personal hat niemals Grund durchzudrehen. Leute, die Handygespräche führen, schämen sich dafür und reden gepreßt in das umklammerte Kleingerät hinein.

Die Schweiz fährt Bahn. Offenbar haben sie keine Straßen. Nur einmal sehe ich auf einer parallel geführten Straße einen Porsche Cayenne mit einem Schweizer am Steuer und zwei Kleinkindern auf der Rückbank. In diesem reichen Land ist der Cayenne das übliche Auto für junge Familien, wie bei uns der Polo.

Die Bahnhöfe sind alle riesig, immer so groß wie der einer großen europäischen Hauptstadt. Vor die Güterzüge werden einfach drei dieser zeitlosen eleganten roten oder grünen Elektroloks gespannt, dann ziehen sie fünfzig Waggons mühelos...

Bern kommt. Die Stadt der häßlichen Menschen. Der Bürokraten eben. Bern ist wie früher Bonn. Die

Kommune der Sesselfurzer, wie Franz-Josef Wagner, das ›Bild‹-Idol, sagen würde. Ich bin fast froh, als ich nichts von Pola höre. Ich will sie hier nicht sehen. Als ich sie schließlich anrufe, ist der Dauer-Chauffeur nach Brig unterwegs. Das ist ein Dorf in der Südschweiz. Ich fahre weiter nach Thun, übernachte in Interlaken. Dort hat es wieder die schönsten Berge, und einen grandiosen Bergsee gleich vor dem Fenster. Von Interlaken fährt ein Zug direkt nach Berlin. Ich könnte sofort verschwinden.

Ich fahre weiter. Carole hat mich schließlich mit einem Swiss-Travel-Paß ausgestattet, das muß ich ausnutzen. Unlimitierte freie Fahrt im ganzen Land. Die Bahnsteige sind endlos lang. Trotzdem fällt auf, daß praktisch keine älteren Menschen unterwegs sind. Für die gehört es sich wohl nicht, Haus, Hof und Alb zu verlassen und wie die Jugend in der Stadt das Glück nochmals herauszufordern.

Beliebt sind diese Doppeldecker-Züge, die viel häufiger eingesetzt werden als in Deutschland. Die Bahnhöfe sind oftmals nicht nach meinem Geschmack. In den großen Städten sind es diese immer gleichen postmodernen Riesenkonstrukte mit zwei, drei, vier unterirdischen Etagen. Mit häßlichem Kunstlicht und diesen stinkenden Parfümerien, Dutzende in Reihe, und den blöden Handtaschengeschäften – alles genauso unnatürlich wie in den ebenso postmodernen, nichtssagenden Flughäfen weltweit. Glas, Stahl, Waschbeton, basta. In wenigen Jahren werden diese Bahnhöfe so aussehen wie unsere Trabantenstädte: Nur noch Kriminelle und Obdachlose werden sie bevölkern. Doch die kleinen Bahnhöfe sind auch nicht bes-

ser. Auch hier, so sie Neubauten sind, diese »modernen« Materialien. Kein Stein, kein Holz, keine Natur. Und das in der Schweiz! Diese Bauwerke sind von deprimierender Schmucklosigkeit. Undenkbar, daß ein Pfeiler, ein Gitter, ein Geländer Farbe bekäme, einen ordentlichen Anstrich. Alles sieht aus wie Rohbau, soll aber modern wirken, wie der neueste postmoderne Schrei. So steht dieser Stumpfsinn in den schönsten Landschaften Europas. Warum werden solche Architekten nicht öffentlich geächtet, die verantwortlichen Bürgermeister abgewählt, in der basisdemokratischen Schweiz?

Vielleicht, weil die Natur in jedem Falle und sowieso stärker ist. Von Interlaken aus kommt man am besten mit diversen Berg-, Panorama-, Dampf-, oder Touristenbahnen bis Brig. Je südlicher man in der Schweiz ist, desto waghalsiger werden die Bergstrecken. Selbst die Cayenne-Familie weicht hier lieber auf die Zahnradbahn aus. Andererseits hat es Pola mit ihrem Beglücker auch geschafft, mutmaßlich, im Auto! Wahrscheinlich fährt der Herr den US-Geländewagen Hummer, wie alle guten Pimps.

Eine Wolke, nur dreißig Meter groß, liegt direkt auf einem Abhang, weiß, deutlich, klar konturiert, wie bestellt und nicht abgeholt. In Domodossela steige ich in einen Panoramazug um. Man hangelt sich über 200 Meter hohe Schluchten und bekommt trotzdem keine Angst. Denn die Haltegriffe sind immer noch aus rostfreiem Stahl und so massiv, als wären sie in einem der alten »DDR«-Hochofen-Kombinate hergestellt worden. Die Schweiz ist kein Land für halbe Sachen. Um so unbegreiflicher wird mir das Schicksal dieser Pola, dieser flatterhaften Ausreißerin. Ich werde dem Spuk nun ein Ende machen. Das Mädel kommt nach Hause, die alte Ordnung wird endlich in ihr Recht gesetzt! Der Mann kann in Anatolien weiter Taxi fahren, ausgestattet mit einem noch festzulegenden Betrag. Ich rufe sie vom »Hotel de Londres« aus, wo ich in Brig Quartier genommen habe, an, um die Übergabe zu regeln.

Sie nimmt nicht ab. Laut Navigator ist sie auf dem Weg nach Lugano. Das bedeutet, daß sie sich ins befreundete Ausland absetzen will, nämlich nach Italien. Hätte man sich gleich denken können, daß die Mafia dahintersteckt. Ich rufe immer wieder an. In Brig ist schlechtes Wetter. Es regnet stark, die Wolken hängen so tief, daß man die Berge nicht sehen kann.

Aber das Hotel ist gut. Alle behandeln mich so rücksichtsvoll und freundlich, daß ich mich gar nicht schlecht fühle. Ich achte nun erst recht darauf, wie sie sind, die Schweizer, und komme zu dem Urteil: Das sind große Kinder. Die sind reinen Herzens. Also in dem Sinne fast, wie es in der Bibel heißt: Die, die reinen Herzens sind, werden das Himmelreich schauen. Wie sonst könnten sie bei diesem Sauwetter so nett zu mir sein? Ich führe kleine Testreihen durch, lasse mir Geld wechseln, die Zeit nennen, Feuer geben, spiele einen Blinden, der über die Straße geführt werden will, einen Touristen, der keinen Schirm hat, einen Hotelgast, der von Kopfweh geplagt wird, einen Privatdetektiv, der einen islamistischen Frauenschänder sucht. Die Hilfsbereitschaft ist überwältigend.

Am nächsten Morgen um 11.20 Uhr fahre ich nach Lugano. Das saubere Pärchen hat sich nach Mailand *abgesetzt. Von Lugano ist es mit dem EC nur eine Station. Die Züge werden von den Schweizern abfällig »die italienischen Züge« genannt. Sie sind niedrig, immer überfüllt, das Essen schmeckt nicht, die Klos funktionieren nicht. Man warnt mich von allen Seiten. Aber die knappe Stunde halte ich schon durch, und der Swiss-Travel-Paß gilt selbst hier.*

In Mailand treffe ich Pola – auf dem Flughafen! Sie will nach Zürich zu ihrer Mutter fliegen. Nur so. Es ist ihr Plan. Ich bin natürlich einverstanden. Leider habe ich überhaupt keine Rolle bei dem Vorgang, und so beschränke ich mich darauf, sie bis zum Gate zu bringen. Sie fliegt wirklich ab.

Immerhin habe ich sie nun gesehen. Ein nettes Mädchen. Den Freund habe ich natürlich auch kennengelernt. Ein sommerfrischer, in die Jahre gekommener Football-Spieler mit einer Knieverletzung und einem Kleinkriminellenhaarschnitt. Ein Geschichtenerzähler, im Grunde ziemlich unsicher, aber in seinem Element, sobald er eine Anekdote erzählt. Zu alt für sie, würde ich sagen. Aber immerhin nicht so alt wie Carole...

Jetzt fällt es mir wieder ein:

»Wie ist das eigentlich mit dem ultimativen weiblichen Orgasmus... sollte das für eine Frau wichtig sein?«

Sie knibbelte nervös an ihren Fingernägeln. Um irgend etwas zu sagen, murmelte sie, wobei sie in die andere Richtung schaute:

»Wo hast du das denn her, aus dem ›Blick‹?«

Dann fingierte sie einen überraschenden Handy-Anruf und wandte mir den Rücken zu.

Carole nahm sie eine Stunde später am Flughafen Zürich in Empfang. »Mission accomplished«, hätte George W. Bush gesagt, Mission erfüllt, für mich. Der Typ fuhr weiter nach Süden, sonst hätte er mich mitgenommen. Ich hätte nun mit Ryan Air für 24,99 Euro direkt nach Berlin fliegen können, aber mir gefiel ja das Bahnfahren. Ich nahm einen bequemen EC der SBB.

Der Speisewagen bot all den Prunk, den es in meiner Kindheit auch in deutschen Zügen gegeben hatte. Breiteste Stoffsessel, stabile Tische mit dicken Tischplatten und richtig schönen weißen Tischdecken aus Damast, mit diesen schillernden, kaum wahrnehmbaren, fast silbrigen Mustern. Ein Kellner mit Uniform und grauen Schläfen kümmerte sich sofort um mich. Sicher ein lebenslanger SSB-Mann aus einer jahrhundertealten Bahner-Familie. Er sagte:

»Entschuldigen Sie auch, ich bin in einem Augenblick wieder bei Ihnen.«

Mit einer Akribie sondergleichen schichtete er nun vorgefertigte kleine Sandwichpakete mit Schweizer Käse auf einen rollenden Kasten. In der Zeit hätte er auch schon durch den ganzen Zug laufen und jedem Reisenden so ein Brötchen verkaufen können. Aber er machte es eben ordentlich. Dann nahm er formvollendet meine Bestellung auf.

Später saß ich erstmals in einem »ICN«, da ich eine Schlafkabine buchen wollte. Die letzten Stunden bis zur Heimat wollte ich nur noch schlafen, in herrlichen Schweizer Bauernbetten, das hatte ich mir verdient. Doch ICN heißt hier nicht »Intercity Night« oder »Intercity-Nachtexpreß«, sondern »Intercity mit Nei-

getechnik«. Was das bedeutete, merkte ich rasch: Mir wurde speiübel. Der Zug fuhr in Schieflage und viel zu schnell durch die Kurven. In den Bahnhöfen hielt er dann immer unnötig lange an, um die gesparte Zeit wieder zu vergeuden. Denn der Fahrplan, vor Jahren festgelegt, ist wohl sakrosankt.

Im deutschen ICE sitzen nur noch Anzugmänner mit aufgeklappten Laptops. Viele telefonieren gleichzeitig. Alle scheinen sich furchtbar wichtig zu nehmen, Stichwort »Wir sind modern, wir sind die digitale Avantgarde«. Sie reden Denglish und haben ständig neue »Geschäftsideen« im Kopf. Als ich nachts um 1.24 Uhr völlig gerädert im neuen postmodernen Berliner Hauptbahnhof aussteige, der so aussieht wie der in Luzern und so wie der in Stuttgart 2021, sehne ich mich schon wieder nach der Schweiz, und natürlich nach Carole...

Bald reise ich wieder hin. Aber diesmal mit der Lufthansa.

Soweit meine Reportage. Ich schickte sie Sibylle. Nachdem ich einige Zeit nichts von ihr gehört hatte, ahnte ich, daß etwas schiefgelaufen war. Wochenlang herrschte Schweigen. Ich schrieb ab und zu eine nette Mail, wie man das eben so macht, wenn man eigentlich deprimiert ist, aber seine Interessen vertreten muß.

Monate später nahm Sibylle den Kontakt wieder auf, aber nur sporadisch und ein bißchen. Meinen Text erwähnte sie nie. Bis heute hat sie ihn nicht erwähnt. Sie muß ihn entsetzlich gefunden haben. Wir einigten uns stillschweigend darauf, nie mehr davon anzufangen. Statt dessen befaßten wir uns mit dem nächsten, noch viel größeren Projekt. Ich sollte in die Schweiz ziehen, dort meinen neuen Roman schreiben und den in einem neuen Verlag herausbringen. Ich liebte zwar meinen alten Verlag, aber offenbar hatte Sibylle andere, bessere, gloriosere Pläne mit mir, und ich war bereit, mich überraschen zu lassen. Wie dieses tolle Superprojekt ausgegangen ist, wissen wir ja schon. Ich darf also eine Pause machen und mich wieder meinem Wiener Alltag zuwenden, meinem Leben im Glück. Bei all den Erzählungen über die Zeit davor muß man sich vor Augen halten, daß ich nicht nur bettelarm war, ohne Gas, Strom, Wasser und Kühlschrank lebte, sondern niemanden hatte, der mich liebte. Ich existierte ohne Freundin, war nicht einmal Single, denn für die Frauensuche fehlten mir die Ressourcen. Um zu begreifen, wie glücklich ich inzwischen bin, muß man das wissen. Ich war ja noch nicht einmal Alkoholiker, weil ich mir niemals ein Bier hätte leisten können. Jetzt dagegen ist alles wie im Himmel. Ich hoffe, der imaginierte Leser hatte wenigstens einmal im Leben so eine Durststrecke, weil er mich ja sonst gar nicht verstehen kann. Oder nur schwer. Natürlich muß man nicht alles kennen, um zu begreifen, sonst dürfte man ja weder Dostojewski noch Joseph Conrad lesen. Der Autor muß eben das Geschilderte besonders anschaulich aufbereiten, etwa durch den Sara-Rebecka-Werkmüller-Stil. Ich will mich nun darum ernsthaft bemühen. Habe ich zum Beispiel schon das Ende unserer glücklichen Italienreise erzählt? Ja? Nein? Was denn? Wie wir nach einer spektakulären Nachtfahrt Rom erreichten? Also, das will ich jetzt einmal total literarisch darbieten.

Rom, die ewige Stadt. Der Regierungssitz des Heiligen Vaters. Wir parkten das Auto neben dem Eiscafé Giolitti, unweit des berühmten Pantheons, und wandelten zu Fuß die wenigen Schritte dorthin, also zum Platz, wo das Pantheon stand und wahrscheinlich immer noch steht. Es ist ja alles schon wieder lange her, viele Monate, und ich erinnere mich kaum noch. Es war zu Beginn des Sommers, der nun schon fast zu Ende ist. Wir waren so froh, dem Süden des Landes doch noch entkommen zu sein. Ich weiß ja nicht, was ich über unsere Abenteuer im Mafiagebiet alles geschrieben habe oder eben (noch) nicht. Der in Jahrtausenden fest eingetretene und längst unzerstörbare Pflasterboden zeichnete die natürliche ursprüngliche Unebenheit des Platzes nach, nichts wurde da je begradigt, die Römer der Antike mochten es so und hatten auch keine Schaufelbagger und Dampfwalzen gehabt. Wir setzten uns mit Blick auf den Brunnen. Wie viele seiner Art in Rom hatte er zahllose absurde Steinfiguren, alle möglichen Götter, die in ärgerlich übertriebenen Verrenkungen und immer nackt dargestellt wurden, und auf ihnen thronte dann auch noch ein langer Obelisk. Auf dem Brunnenrand saßen verliebte Pärchen, übrigens nicht nur ganz junge, sondern auch Eltern mit kleinen Kindern, und auch diese verliebten Eltern glänzten geradezu vor Glück. Zu unserer Überraschung entdeckten wir überall Italiener und somit kaum Touristen und Schwule. Ich weiß, das klingt jetzt affig, denn auch Italiener sind manchmal schwul, und wenn sie es sind, dann oftmals ganz besonders arg. Aber das Rom-Klischee wie auch das von Florenz und Venedig bezieht sich ja auf die Heerscharen von amerikanischen, kunstverliebten, homosexuellen Paaren, die in der ihnen eigenen affektiven Sprache von den Kunstschätzen der Antike schwärmen, was nicht schwer ist, sondern billig, aber im kalifornischen Idiom besonders scheußlich klingt. Man muß von Kunst nichts verstehen, um einen Apollon des dritten Jahrhunderts vor Christus zu mögen, aber man sollte es nicht auch noch lautstark kundtun. Hier nun hörten wir aber nur italienische Stimmen, vor allem die von Kindern. Hatten die Römer ihre Stadt zurückerobert?

Mir fiel bald die starke Polizeipräsenz auf. Die jungen Beamten steckten in herrlichen Uniformen, hatten nichts zu tun und fühlten sich großartig. Wir sahen es gern. Solche farbenprächtigen Ordnungskräfte beruhigten mich stets im Ausland. So hatten die Spitzbuben keine Chance. Vor den Augen der gutgelaunten Bullen zog ich aus dem EC-Automaten einen hohen Eurobetrag, ohne daß ich überfallen und ausgeraubt werden konnte.

Die Nacht leuchtete, und das tat sie nicht zufällig. Es war vielmehr ein Arrangement der Farben und gesetzten Lichter, und dabei kannten sich die Italiener wohl bestens aus. Alles war so hell und dunkel zugleich, die Lichter stets gelb- und rötlich, nie halogenweiß wie die in Deutschland angestrahlten vergleichbaren Denkmäler. Die Bausubstanz war grundsätzlich alt bis uralt, frei von den modernen Elementen Stahl, Beton und Glas. Da haben sie konsequent keinen Pfusch zugelassen, keine depperte Mischung aus damals und heute. Die Sissi bestellte einen Campari Soda, und ich sagte:

»Sieh nur, die Farben sind alle warm. Gelb, Gelbgrün, Braun, Braungrau, Rot. Und der Himmel dazu blauschwarz, also fast komplementär. Deshalb kommt farblich diese Wohlfühlstimmung auf.«

»Es liegt auch an den Menschen. Sie wirken so glücklich...«

Glücklich? Sie waren vor allem jung. Die gefürchteten Weißhaarigen waren wohl auf ihren Monsterschiffen geblieben, diesen idiotisch großen, aufgeblähten Kreuzfahrt-Linern. Richtig häßliche Menschen sahen wir nicht, es waren wohl doch keine Deutschen hier. Wir waren ja auch keine, sondern Österreicher. Durch meine Hochzeit mit Elisabeth war ich Österreicher geworden und hatte die Schmach des Deutschseins verloren. Vielleicht war dieser Platz auch ganz besonders. Weil die Menschen nicht hindurchgingen, sondern blieben, einfach nur so. Sich auf die vielen, zum Sitzen förmlich einladenden Steinstufen setzten, um dann gar nichts anderes zu tun, als sich wohl zu fühlen. Der abgedroschene Begriff vom Dolcefarniente fiel mir ein, dem süßen Nichtstun. Stundenlang saßen sie so da, wie wir nun auch.

Irgendwann konnte ich nicht mehr anders, trotz meiner Verliebtheit, als auch auf die langen Beine der Römerinnen zu achten. Es waren unfaßbar viele Mädchen auf dem Platz, etwa im Verhältnis drei zu eins gegenüber den Jungen, und kein einziges trug lange Hosen. Übergangslos folgte ein Jahrgang auf den anderen, das Modell war dasselbe: lange gebräunte Beine, Hot pants, ein übergeworfenes loses Hemdchen, lange wilde Haare. Ab und zu auch ein Kleidchen statt der kurzen Hose, und zumindest diese Kleidchen dürften sich seit den Zeiten der alten Römer nicht geändert haben. Diese jungen Frauen waren so schön, daß es mir einen Stich gab. Ich wollte nicht mehr hinsehen und verstand jene Araber, die ihren Frauen eine Burka überwarfen, um nicht länger geblendet zu werden. Und ich verstand sogar noch nachträglich

Silvio Berlusconi. Der hatte im hohen Alter nicht mehr die Kraft gehabt, seiner durch diese Schönheiten brutal entfachten Gier länger zu widerstehen. Der hatte sich gedacht: »Verdammt, ich bin siebzig oder so, kratze vielleicht morgen ab, da will ich sie haben, alle, oder so viele, wie ich nur irgend kriegen kann! Her mit den kleinen Römerinnen!« Und dann kamen Ruby und Co. zu Hunderten zu den Bunga-Bunga-Partys. Ganz Europa hatte damals den Kopf geschüttelt, ich auch. Jetzt ging mir endlich ein Licht auf. Und noch etwas verstand ich nun, nämlich, warum der Mann nicht abgewählt wurde. Den Italienern ging es einfach blendend. Ihre Lebensqualität war besser als überall sonst in der Welt. Das schönste Land, die schönsten Menschen, und trotzdem behauptete der Rest Europas, Italien sei total heruntergewirtschaftet, ein Platz des Elends? In der direkten Abwägung zwischen diesem tiefumflorten Pessimismus und der Euphorie Berlusconis hatte letzterer einfach mehr recht, ganz objektiv. Da wählten sie ihn zwanzig Jahre lang immer wieder, damit es so gut weiterging wie vorher. Und das tat es dann auch. Kluge Leute, die Italiener! Ich betrachtete den Kellner, der weitab von den Tischen, fast vor dem Brunnen, auf und ab stolzierte. Er war vom Aussehen her ein seriöser älterer Herr in tadelloser Kleidung – weißes Hemd, Fliege, schwarze Hose, Lackschuhe –, der ehrfurchtsvoll über all dem Treiben vor seinem Lokal wachte und der sich dennoch ab und zu als peinlich plumper Animierer und »Koberer« betätigte, indem er fremde Menschen am Arm packte und sie wortreich zu einer Einkehr in sein Ristorante zu überreden versuchte. Sicher hatte er eine gute, lebenslang geschulte Menschenkenntnis, denn es gelang ihm fast immer. Kaum hatte er reüssiert, verwandelte er sich wieder in den gravitätisch seinen Bauch hin und her schiebenden Maresciallo, der das Areal bis hin zum Pantheon kontrollierte. Manchmal steckte er sich eine Zigarette an, die er zwischen Daumen und Zeigefinger hielt. Den Mann zu beobachten war für mich günstiger, als weiter auf die Endlosbeine der Damen zu starren. Am besten aber war ein Blick in die nachtblauen Augen Elisabeths. Ich sagte:

»Eigentlich geht es den Leuten gar nicht so schlecht, oder?«

»Oh, wie kannst du das sagen. Die Jugendarbeitslosigkeit beträgt sechsunddreißig Prozent, und die jungen Leute müssen noch mit dreißig bei den Eltern wohnen...«

Mit dreißig, manche auch mit fünfunddreißig, aber warum auch nicht? Italiener lieben Kinder, und die Generation derjenigen, die in den Siebzigern Kinder kriegten, erst recht. Das waren andere Eltern als früher. Das waren die Achtundsechziger-Eltern. Die waren nie streng, sondern taten alles für die Kleinen und ihre grenzenlose Freiheit. Sie waren verständnisvoll und gutherzig, dazu gebildet und voller Mitteilungsdrang. Warum sollte ein junger Mensch, bloß weil er dreißig oder fünfunddreißig Jahre alt geworden ist, bei solchen wundervollen Menschen ausziehen? Und warum zum Teufel sollte er auch noch wie der letzte Trottel arbeiten gehen? Nein, denen ging es total gut, den jungen Italienern. Ich wollte aber keinen Streit mit der Sissi und blickte lieber wieder versonnen auf den Platz vor dem Pantheon. Die Kellner brachten inzwischen die anderen weiblichen Gäste dazu, sich in Lachkrämpfen zu winden, und sie ließen sich auch noch fotografieren und machten so viele Faxen dazu, daß ich mich wunderte. Die schienen tatsächlich noch Spaß daran zu haben, nach zweitausend Jahren Tourismus an dieser Stelle. Schon der Apostel Paulus sollte ja hier seinen Grappa getrunken haben.

Überall sah man diese ungefragt hinterlassenen lateinischen Angaben, diese historische Selbsteinordnung der jeweiligen Bauwerke, und hier las ich nun, es ging gar nicht anders, in riesigen Buchstaben: M*AGRIPPA*L*F* COS*TERCIUM*FECIT, und fühlte mich sofort angemessen informiert. Aber wo waren eigentlich die Penner, wie man sie aus anderen Städten kannte? Berlin war voll davon, ich berichtete darüber. Hier jedoch nicht ein einziger, keine Ahnung, wie die Polizei das schaffte. Auch keine nervenden Blumenverkäufer aus Pakistan, Obdachlosenzeitungsverkäufer aus der Ukraine, Bettelkinder aus Rumänien. Was war geschehen? Auch keine Rucksack-Touristen aus Montreal, Trolli-Fahrer aus Wuppertal, Rastafari-Gymnasiasten mit Dreadlocks und selbstangebauten Drogen aus dem Berner Oberland ...

Wir standen auf und schlenderten durch die handtuchschmalen Gassen rund um das Pantheon, stöberten in den vielen kleinen Geschäften, in denen man Waschmittel, Tomaten, Kugelschreiber oder warme Unterhosen kaufen konnte. Am meisten fehlte uns Coca-Cola. Auch das hatten sie.

Es wurde wirklich ein schöner Abend. Sissi gefiel mir in ihrem hautengen roten Kleid und der roten Lederjacke darüber. Das war eine passende und dennoch seltsame Kombination. Das Kleid lud zum Zupacken ein, die feste Lederjacke hielt davon ab. Sissis mädchenhafter Charme zog einen an, ihr beispiellos starker Intellekt flößte wiederum Respekt ein und ließ einen Distanz wahren. Wie auch immer – ihr erstaunliches Temperament ließ jede Situation zu einem Erlebnis flirrender Endlosaktivität und Lebensfreude werden, jedenfalls für mich, jedenfalls an diesem Abend, an dem ich mich ordentlich betrank. Strenggenommen waren wir die einzigen echten Betrunkenen in einer Ansammlung Unschuldiger, denn es gab keine Alkoholisierten hier, jedenfalls nicht solche Besoffenen wie in der Düsseldorfer Altstadt oder in München. Alles blieb ruhig, zivilisiert und familiär. Die Kinderstimmen, ihr Lachen und fernes Quieken blieben bis zuletzt Teil der gleichmäßigen, unaggressiven, eben gänzlich humanen Hintergrundakustik, die Elisabeth und mich beflügelte, uns nette Dinge zu sagen. Aber wir hatten noch einiges durchzustehen, denn wir fanden lange kein Hotel. Sogar im Vatikan versuchten wir es, da dort Tausende von Betten für Pilger bereitstanden. Es wäre bestimmt lustig geworden in solch einer kirchlichen Pilger-Pension. Die einen nahmen nur Männer auf, wohl vorwiegend Mönche, die anderen nur herumpilgernde Nonnen. Elisabeth mußte immer fragen, da sie weniger betrunken war, und man begegnete ihr eisig. Offenbar sah man ihr an, daß sie ihr Leben nicht Jesus gewidmet hatte. Bei mir wäre es schwerer geworden, denn ich bin ein guter Schauspieler. Es wurde tiefe Nacht, bis wir in dem abgelegenen kleinen Hotel Cisterna in Trastevere ein Zimmer bekamen. Es lag völlig ruhig und unscheinbar in einer uralten, den Taxifahrern unbekannten Seitenstraße.

Ich suchte sogleich nach der historischen Selbsteinordnung, also nach den großen lateinischen Buchstaben, fand sie in der Dunkelheit aber nicht. Das Gebäude hatte so niedrige Decken, daß es mindestens aus dem Mittelalter stammen mußte. Sara-Rebecka Werkmüller würde nun die feine Maserung der Wand beschreiben, teils durch den Zahn der Zeit entstanden, teils mit feinem Pinselstrich künstlich hergestellt, und auch ich werde mir alle Mühe bei der nun folgenden Beschreibung geben. Unsere Kammer war kaum größer als das Bett in der Mitte, und dennoch fehlte ein Schreibtisch nicht, ein feiner Sekretär mit vielen Geheimfächern, für den extra eine paßgenaue Nische in der entsprechenden Wand freigemauert worden war. Vor ihm stand ein Sessel, wohl hundert Jahre alt, mit einer Stoffbespannung mit altrömischen Motiven. An den Wänden befanden sich geschmackvolle Farbfotografien aus den sechziger Jahren, die das Colosseum, den Trevi-Brunnen und die Spanische Treppe abbildeten. Der alte Hoteldiener zeigte mit zittriger Hand auf das winzige Badezimmer mit der Röhrendusche. Die ging so: Man umschloß bei angehaltener Luft den Körper mit zwei runden Röhrentüren und stellte die Dusche an, die senkrecht auf den Kopf gerichtet war. Auf diese Weise nahm die ganze Duscheinrichtung kaum mehr Platz ein als der Umfang eines normalen Menschenkörpers ...

Weiter mit der werkmüllernden Beschreibung, lieber Leser, auch wenn es schwerfällt, da müssen wir durch, du und ich, Literatur voran! Der Boden bestand aus Laminat, erwähnte ich es bereits? Nein? Aber das willst du doch wissen, nicht wahr? Also Laminat, definitiv, ich habe das sichergestellt. Das Zimmer mußte einmal renoviert worden sein, vor fünfzig Jahren oder vor dreißig, mit wenig Geld und viel Behutsamkeit. Rechts hinten in der Kammer sehen wir nun eine eisgekühlte kleine Mini-Bar, sehr modern, erst fünfundzwanzig Jahre alt, gerade in Betrieb genommen, aber noch ohne Inhalt. Darüber ein

Spiegel von etwa einem Quadratmeter Fläche, schon etwas stumpf geworden. Das Personal, wie schon erwähnt, wirkte ziemlich kurios. Wir lernten neben dem Nachtportier noch zwei weitere Angestellte kennen, die man allesamt aus dem Ruhestand geholt hatte, für geringen Lohn. Der eine, ein hageres Männlein jenseits der Siebzig, ohne Zähne, mit Kaiser-Wilhelm-Zwirbelbart, sehr gebeugt und schief, dabei aber überfreundlich. Er hörte nicht mehr, machte das aber mit vielen gekonnten Höflichkeitsgesten wett. Dann ein uraltes Zimmermädchen, das dreimal die Fernbedienung erklärte, weil sie die selber nicht verstand. Auch in diesem Hotel begegneten wir keinen Touristen, aber auch keinen Italienern mit ihren Kindern. Es war still hier. Die Handtücher waren weiß, sauber und zahlreich. Alles schien auf etwas zu warten. Die Gegenstände warteten schon ziemlich lange. Etwa die vier strammen weißen Kissen. Der reißfeste, stabile, keine Falten werfende Leinenstoff auf dem leeren, vor Erwartung angespannten Doppelbett. Tagsüber lugte durch die teilweise abgebrochenen Scheite der Fensterläden die Glut des Südens, somit die Glut der Lust. Die Atmosphäre hatte etwas Stehendes, den Atem Nehmendes; wie die endlose Sekunde vor Beginn der Liebeshandlungen. Ja, dieses Hotel und dieses Zimmer waren anscheinend dafür geschaffen, daß zwei Reisende wortlos die Türe hinter sich abschlossen und das taten, was sie unausgesprochen schon immer vorgehabt hatten, etwa ein Chef und seine Sekretärin, oder ein ehrenwerter Bürger und die beste Freundin seiner Frau. Oder, als Steigerung all dessen, Sissi und ich. Auch die Mienen der Angestellten schienen mit diesen Einbildungen zu korrespondieren. Sie erwarteten nur das eine. Die Stille, die Vereinigung, die körperliche Liebe. Wir hielten uns daran und achteten darauf, es ohne Geräusche zu tun.

Schon beim Einchecken hatte der Taube ganz aufgeregt von einem sogenannten »*giardino*« gesprochen. Das Wort sagte er immer wieder, und dabei riß sein Greisengesicht auf. »*Il giardino! Il giardino bello!*« Offenbar pflegten die nicht vorhandenen Gäste das inkludierte Frühstück in einem hoteleigenen Gärtchen einzunehmen. Am nächsten Morgen lernten wir es kennen, das Gärtchen. Es war von derselben stillen, menschenleeren, verwunschenen Art wie das Zimmer. Die krummgewordenen Gartenmöbel sahen uns verlassen und traurig an, fast ein bißchen beleidigt. Weit oben im Himmel zog ein Düsenflugzeug unhörbar seine vorbestimmte Bahn. Die Tischtücher waren vollkommen ausgebleicht von der jahrzehntelangen Sonne. Ein Kleinstschmetterling flatterte lautlos von Stuhl zu Stuhl. Überall standen unscheinbare, offenbar hitzebeständige Gewächse in Terrakottakästen und schmucklosen Steinvasen herum. Frau Werkmüller hätte an dieser Stelle sicher noch mehr Worte gefunden, also verbleiben wir ein wenig bei diesen Gewächsen. Diese Steinvasen, überdimensioniert und manchmal im nachgemachten, freilich darin mißglückten, Stil antiker Amphoren, befanden sich an den Rändern des viereckigen Terrassenbodens, der wiederum ... äh, jetzt fällt mir nichts mehr ein dazu, gehen wir zu den Korbsesseln über. Diese waren nur *Korbimitat*sessel, wobei die Plastikschnüre genauso akribisch und gewissenhaft-aufwendig geknüpft waren wie *echte* Korbschnüre, wohl von Hand, so daß der Kostenvorteil von Korbimitat wohl wieder verlorengegangen sein mochte. Ein kleiner Vogel, eine Art Spatz, piepste genau viermal, dann schwieg er wieder. Über dem *giardino* wölbte sich ein Himmel so klar, daß er selbst im hellsten Morgenlicht blau wirkte, tiefblau. Das recht verwinkelte ockerfarbene Haus hatten sie wohl erst vor kurzem neu angemalt, so daß es neuer wirkte, als es war. Es war ja im Grunde kein Haus, sondern eine Ansammlung von in- und aufeinandergemörtelten Elementen. Im Laufe der Jahrhunderte hatte jeder einmal mitgebaut und mitgestaltet. Überall gab es Spuren dieser Gestaltungswut, kleine Säulen, eine Pergola, Stufen einer Freitreppe, sinnlose Dachvorsprünge, einen Seitengang... und sogar einen Brunnen: Eine Art Gipsbecken in Form eines großen, vierblättrigen Kleeblatts mit mächtigen, allerdings schon abgebrochenen Löwenfüßen, wurde mit Hunderten quadratischer Porzellan-Plättchen von innen verklebt, und ein profaner Eisenwasserhahn, freilich als Windhundkopf gegossen, ließ rostiges Trinkwasser darin hineintropfen. Ach, ich merke richtig, wie so manches Jurymitglied des mit 20 000 Euro dotierten Anton-Wildgans-Preises jetzt die Augenbraue hochzieht und zum ersten Mal erwägt, mir den Preis zuzusprechen. Diese Stelle gerade ist einfach zu gut. Windhundkopf, Gipsbecken, Löwentatze... super! Die ganz feine Art. Die Zwischentöne. Hier malt ein Meister des Wortes mit feinziseliertem Strich, oder so ähnlich. Gleich weiter! Auf dem Tisch mit der ausgebleichten Decke befand sich also unser angebliches Frühstück. Da eines der vier Tischbeine abgebrochen war, nein, ich muß es ganz präzise ausdrücken, da eines der mit kleinen Rollen versehenen Tischbeine diese seine Rolle verloren hatte und dadurch fünf Zentimeter kürzer war als die anderen drei, wackelte der Tisch, der übrigens aus einem künstlichen, plastiziden Material gepreßt worden war und somit ohnehin keine ausreichende Standfestigkeit besaß. Er wackelte so sehr, daß der Kaffee aus der Kaffeekanne nicht nur herausschwappte, sondern die Kanne selbst zum Umfallen brachte. Ich hatte dies vorausgesehen und fing sie auf. Es gab weder Brötchen noch Butter und Marmelade, aber Kuchen, und der schmeckte frisch und gut. Neben Elisabeths Teller lag eine englische Zeitschrift als unterhaltsame Frühstückslektüre. Die Hotelleitung hatte wirklich an alles gedacht. Es gab sogar Zucker zum Kaffee. Die Zeitschrift war allerdings eine der typischen Billig-Klatschblätter aus UK, wie sie in unserem Kulturkreis unbekannt sind, und das zu Recht. Es ging ausschließlich um den Liebeskummer der allerblödesten Schlagerstars und gehypten Mediennullen. Leute, die nur »bekannt« waren, weil sie nach eigener Aussage einmal mit einem angeblichen *Promi* geschlafen hatten, oder besser einem Semi-Prominenten. Nun lernten wir auch den Tagesportier kennen, der Claudio hieß. Er servierte nämlich in Zeitlupe das vermeintliche Frühstück, wobei er unentwegt in überzeugender Weise lächelte. Er war wohl wirklich glücklich, uns bedienen zu dürfen. Er lächelte auch, als Sissi die Geschichte über den Ex von Rihanna vorlas, der nun eine Neue hatte, die in dem Blatt aussagte, er würde sie ebenfalls schlagen.

Claudios Lächeln entsprang auch einer grundsätzlichen Verlegenheit, denn er konnte kein einziges Wort einer Fremdsprache und konnte sich mit den meisten Gästen, gäbe es welche, nicht verständigen. Er war wohl fünfundsechzig Jahre alt, glatzköpfig und damit die Italienausgabe des ganz späten, uns leider noch bevorstehenden Bruce Willis. Ich überlegte, ob auch so eine Kreatur wie dieser Claudio ein insgesamt dramatisches, somit nacherzählbares Leben gehabt haben konnte. Meiner bescheidenen Literaturauffassung zufolge war ja das Leben eines jeden Menschen ein äußerst intensiver, todernster Kampf und somit objektiv spannender als jede blöde, weil ausgedachte Story im engen literarischen Sinn. Natürlich war Madame Bovary nur deshalb so gut, weil alles wahr war. Und alle meine eigenen Bücher sind schon deshalb ein Gewinn für jeden Leser, weil selbst die unbedeutendste Stelle etwas beschreibt, das es wirklich gibt. Es gibt nämlich mich. Wie jeder Mensch habe ich schon unzählbar viele Male vor dem Selbstmord gestanden, was nur beweist, daß es auch im Alltag um viel geht, manchmal um alles. In einem fiktionalen Text geht es um nichts, denn alles ist nur ausgedacht. Würde Frau Werkmüller über ihr wirkliches Leben schreiben, ihre Kinder, ihre Depressionen, Minderwertigkeitskomplexe, den gutwilligen, kraftlosen, vielleicht impotenten Mann, die Sinnlosigkeit der Lesereisen, die Tristesse des heutigen gutwilligen, kraftlosen, bestimmt geisttötenden Lebens in der deutschen Provinz, so hätte sie einen Roman in petto, der ›Madame Bovary‹ noch überträfe. Aber ich will ihr nicht unrecht tun. Summa summarum gibt gerade ihre ›Lebensschwärze‹ diese Stimmung gut wieder.

Teufel auch, jetzt bin ich doch tatsächlich abgeschweift! Das kommt davon, wenn man sich stundenlang in Schönschreiben übt. Wo war ich gerade? Der Wackeltisch? Springbrunnen? Ich komme nicht mehr drauf. Lassen wir die Szene, wie sie ist, und gehen einfach zur nächsten über. Elisabeth und ich sind nämlich am nächsten Tag zum Vatikan gefahren und von da aus zur Sommerresidenz des Papstes am Stadtrand von Rom, wo wir ihn auch getroffen haben.

Tja, ist das nun der Hammer? Soll ich das erzählen, oder wäre das nur Journalismus? Den Papst zu treffen wäre ja sowenig Literatur wie eine Begegnung Mario Montis mit Angela Merkel. Da schreiben dann viele Leute darüber, aber es ist und wird nie etwas anderes sein als Journalismus. Selbst wenn sich einer extrem viel Mühe gäbe und ganze Absätze nur über Merkels Kleid schriebe – er käme aus der thematischen Falle nicht heraus. Und sogar wenn S.-R. Werkmüller einen detailtriefenden Text darüber für die ›Süddeutsche‹ schriebe: Es wäre Journalismus. Daher täte ich gut daran, im Sinne des Wildgans-Preises, hier den Mund zu halten.

Aber – der Papst ist nun einmal der größte lebende Popstar unserer Zeit. Wie sollte ich mich da zurückhalten können? Wir waren tatsächlich in Castel Gandolfo, und ich will, als Autor und bekennender Christ, Zeugnis ablegen, Gott helfe mir. Beginnen wir bei der Schweizer Garde. Das sind blutjunge sympathische Burschen, die wirklich aus der Schweiz kommen. Ich weiß nicht, wie die rekrutiert werden, denn in den Bergen dort gibt es doch gar keine Katholiken. Sie sind freundlich, tragen farbenfrohe, luftige, sich im Wind blähende Kostüme und eine schwere Waffe, nämlich eine Hellebarde. Das ist ein Riesenbeil an einem zwei Meter langen Stecken, und damit können sie heranstürmenden Papst-Attentätern mit einem Hieb den Kopf abschlagen. Daß das manchmal nötig werden kann, zeigt das Schicksal des Vorgängers unseres jetzigen Papstes, der beinahe einem böswilligen Attentat zum Opfer fiel. Die Schweizer Gardisten schwitzen nicht in ihren sehenswerten mittelalterlichen Gewändern, aber der Eisenhelm ist die Hölle. Die Sonne brennt darauf, und sie dürfen ihn nicht abnehmen. Dafür ist die Luft hier viel frischer als in Rom. Auch das Licht ist anders und heller, das hat man sonst nicht, das liegt an der Höhenlage von Castel Gandolfo und dem großen See, der den Berg fast einschließt. Wirklich ein schönes Plätzchen, das der Heilige Vater dort hat. Mit dem Zug hatten wir nicht bis ganz nach oben fahren dürfen. Die letzten hundert Höhenmeter gingen wir zu Fuß, was wir nicht als beschwerlich empfanden, sondern als gesund, da die Luft so besonders war, so frisch, sauerstoffreich, luzid. Benedikt XVI. kommt natürlich immer mit dem päpstlichen Hubschrauber und winkt den Pilgern am Berg wohlmeinend zu. Während wir hochkraxelten, überholten uns immer wieder Gruppen von angehenden Nonnen, die topfit nach oben strebten und dabei noch Lieder sangen. Das waren so Fangesänge, wie man sie auch aus Fußballstadien kennt, wir hörten sie später immer wieder, sobald der Papst sich am Fenster blicken ließ. »Be-nedet-to ...« – dreimal Klatschen – »Be-nedet-to ...«, und immer weiter. Der war wirklich beliebt, der Mann.

Oben am Castello flatterte die Papstfahne stramm und waagerecht zum starken Wind. Sehr beeindruckend. Überall patrouillierten Schweizer Gardisten, nirgends war normale Polizei zu sehen. Gehörte dieser Flecken Erde politisch noch zum Vatikanstaat? Auch eine ganz normale Jugendgruppe aus Deutschland, die in Ostia ihr Ferienlager aufgeschlagen hatte, war gekommen. Das waren vor allem junge Mädchen, die sich bald erschöpft auf das Pflaster setzten und ratlos wirkten, weil der Papst nicht zu sehen war. Der kümmerte sich nämlich erst um hochrangige Pilger im abgesperrten Innenhof der Residenz. Wir kamen hinein, als ich meinen längst abgelaufenen ›Spiegel‹-Presseausweis von 2006 vorzeigte.

Eine Großleinwand übertrug jede Miene des Papstes für jeden, der nicht nah genug bei ihm stehen konnte. Der Pontifex war, um es vorwegzunehmen, in Topform. Nie hatte ich ihn so gutgelaunt, lebendig und fit erlebt. Das Wetter war ja auch wundervoll, die Stimmung der Menschen mehr als euphorisch, wie konnte der Heilige Vater da anders sein als bester Dinge? Die Nonnen kreischen schon seit geraumer Zeit, es ist wie bei den ganz frühen Beatles. Der Papst kennt das schon und läßt sich Zeit. Er will seine dramaturgischen Mittel nicht zu schnell verbrauchen. So dauert es ziemlich lange, bis er auf den Balkon tritt, theatralisch langsam die Arme nach oben ausfährt und schließlich den Mund zu einem breiten Lächeln verzieht. Die angehenden Nonnen drehen schier durch, und auch die übrigen Menschen beginnen laut zu klatschen und zu rufen, sogar ich. Nur die Sissi bleibt stumm, da sie Päpsten grundsätzlich kritisch gegenüberstehen will und das nun zeigen muß. Zum Glück sieht es der Heilige Vater nicht. Ich aber bin echt begeistert. Der Mann versteht was von seinem Job. Der rockt hier die Halle!

Endlich bequemt er sich dazu, eine Rede zu halten. Das macht er erstaunlich gut. Er nuschelt zwar, doch man versteht jedes Wort. Er beginnt auf italienisch, geht nach etwa zehn Minuten übergangslos zum Latein über. Die Fahne flattert, die schneeweiße Soutane glänzt ebenso überirdisch hell in der Vormittagssonne wie das volle weiße Haupthaar des Papstes, der heruntergelassene papstrote Teppich gibt dem Balkonauftritt noch mehr Größe, und die Farben Weiß, Gold und das Blau des Himmels dominieren die solchermaßen durch und durch ästhetische Szene, daß man getrost sagen darf: *A big act*, Benedetto!

Irgendwann erzählt er in einfachen Worten und seltsamerweise auf deutsch, warum man zu Gott »Vater« sagen darf, warum wir seine Kinder sein können, warum Jesus einer von uns ist und daß wir so werden können wie er. Er spricht von einem Leben, das nie endet und das wir erlangen können. Er wendet sich nun ausdrücklich an die deutsche Jugendgruppe, die, obwohl atheistisch wie eine Portion Pommes frites, vor dem Palazzo auf dem Fußboden kauert, rasch erschöpft und illusionslos. Seine Rede wird durch Lautsprecher dorthin übertragen, auch da gibt es einen modernen Großmonitor, wie man ihn aus Pop-Mega-Events kennt. Er sagt es erstaunlich eindringlich, wobei seine Stimme plötzlich zum ersten Mal wirklich väterlich, gütig und fast warmherzig wird:

»Auch für euch, meine lieben Teilnehmer der deutschen Jugendgruppe in Ostia, kann das gelten. Ich grüße euch ganz besonders herzlich!«

Auf einmal reißt es die Kids vom Boden. Jetzt kreischen auch sie los. Bei ihnen klingt das sogar noch unmittelbarer und lauter als bei den Profi-Pilgern. Die Freude ist echt, denn sie sind von dieser Zuwendung überrascht. Nun hören sie konzentriert zu, was der Papst ihnen zu sagen hat.

»Ich wünsche euch schöne Tage und einen schönen, angenehmen Aufenthalt in eurem Ferienlager in Ostia und in Rom, so daß ihr euch gut erholen könnt und dann mit einem guten Gefühl und reich an geistigen und *seelischen* Erfahrungen in eure schöne Heimat in Deutschland zurückkehrt. Gott schütze euch, meine lieben Kinder.«

Wieder reißen sie Körper und Arme hoch und jubeln frenetisch. Der Papst lächelt. Der alte Menschenfischer hat wieder einmal Erfolg gehabt. Die jungen Leute bleiben nun alle zackig stehen, keiner sackt in die alte Abhänghaltung zurück, und nun ist die Rede auch zu Ende, und ein Gebet beginnt, auf Latein. Die Jungen bewegen stumm und sichtlich bewegt die Lippen, brabbeln Unsinniges. Kurz darauf beginnen alle Glocken zu läuten. Aus allen Richtungen bimmelt es. Benedikt XVI. segnet die Menge und geht zurück in seine Gemächer. Die Großleinwand zeigt weiter den nun leeren Balkon.

Kein Zweifel, der Papst hat es gut hier in Italien. Der lebt nun viel besser als vor seiner Wahl zum Oberhaupt der katholischen Kirche. Und der lebt auch noch lange, unter diesen optimalen Bedingungen, da kann er locker hundert Jahre alt werden. Mir kann keiner mehr erzählen, dieses Amt sei eine große Bürde, die Gott einem einfachen Sterblichen auferlegt habe. Ganz im Gegenteil, Benedikt dürfte eine Last von den Schultern genommen sein, und die hieß Deutschland. Dort haben Kirchenmänner weiß Gott nichts mehr zu lachen. Elisabeth und ich spazierten gedankenverloren nach draußen. Die jungen Nonnen skandierten wieder. In einer nahen Eisdiele setzten wir uns und aßen ein gemischtes Eis. Auf den Eiswaffeln war das Papstsymbol eingestanzt. Ich traute mich kaum, die fast heilige Waffel aufzuessen. Es war eine Art Hostie, aber auch Hostien durfte man ja zu sich nehmen. Einen Tisch weiter entdeckten wir den schreibenden Kollegen Benjamin von Stuckrad-Barre. Der hatte wohl in seiner allgemein bekannten Ausweglosigkeit den Papstweg gewählt, oder hatte das ausprobieren wollen, und war nun draufgeblieben. Nun, es gab Schicksale zwischen Himmel und Erde, die sich unsere Schulweisheit gar nicht ausmalen konnte. Wir sind dann von Ortskundigen auf einen schmalen Trampelpfad aufmerksam gemacht worden, der steil bergab zu einer einspurigen Eisenbahnstation führte. Es war die kleinste ihrer Art, die ich je sah. Bald kam ein unfaßbar grindiger – der Österreicher würde es so ausdrücken – Vorortzug, mit einer asthmatisch pfeifenden, dieselgetriebenen Lokomotive, der uns zusammen mit vielen Nonnen, Fliegen und anderem Getier nach Rom zurücktransportierte. Die Nonnen sangen die meiste Zeit oder lächelten. Sie waren immer noch so übertrieben freundlich wie oben in der Residenz.

Zurück im Zentrum der heiligen Stadt, bewunderte ich wieder die bemerkenswerte Bausubstanz. Auf den großen Plätzen sah ich kein einziges neues Haus, kein neues Material, kein Glas, Stahl, Beton, Kunststoffe und so weiter, und die alten Kästen waren keinesfalls auf Hochglanz poliert, luxussaniert für die Touristen oder reichen Investoren aus Fernost, sondern überall mit Ruinenelementen durchsetzt, wobei die Übergänge fließend waren. Nichts war perfekt und somit im theoretischen Neuzustand, nein, selbst die schönsten Bauten waren immer noch ein bißchen kaputt und damit ganz besonders natürlich und strahlten Wohlfühlatmosphäre aus, weswegen die Menschen ja auch so gern dort verweilten, wie ich schon darlegte. Aber lassen Sie mich nun, bevor ich hier weiter aushole, noch ein bißchen das Hotel Cisterna beschreiben, dem wir uns nun mit einiger Hast näherten. Was, das interessiert Sie nicht? Nein?

Nee, natürlich interessiert das keine Sau. Ich weiß schon, was Sie als Kritiker schon seit geraumer Zeit denken, nämlich: Der detailversessene Stil à la Werkmüller ist zwar hochliterarisch, aber es muß halt doch etwas passieren, das mit Blut, Mord oder Totschlag zu tun hat. Es muß um etwas gehen. Jedenfalls wäre das ideal. Artifiziell und spannend zugleich. Dann gäbe es Literaturpreise *und* auch noch hohe Verkaufszahlen! Ich sollte doch einfach das Gefährlichste, das mir je zugestoßen ist, zum Stoff nehmen. Also, wo ich mir doch angeblich nichts ausdenken kann oder mag. Irgendein kriminelles Ereignis gibt es doch in jedem Leben. Jeder wird doch einmal wirklich betrogen, hereingelegt, oder betrügt selbst, oder bricht das Gesetz, da muß es doch auch bei mir etwas geben! Eine Schlägerei, eine Beinahe-Tötung, eine kolossale Schweinerei, eine Konfrontation mit Gangstern, Dealern, Zuhältern, vielleicht in der Jugend? Und, lieber Mitleser, selbstverständlich ist das so. Ja, es gab eine Situation in meinem Leben, in der Blut floß und mein Leben auf dem Spiel stand. Und wenn Sie meinen, daß nun diese eine Ausnahmesituation dieses wahnsinnig langweilige Endlosmanuskript retten würde, will ich sie von mir aus erzählen. Nicht gern!, das sage ich gleich, denn diese Sache war für mich ja mehr als unangenehm, und wer erinnert sich schon mit Lust an schreckliche Momente? Aber ich tue es, ich erzähle es, hören Sie zu. Und ich verspreche Ihnen, gleich danach kommen zur Strafe wieder dreißig Seiten über die Bausubstanz unserer nächsten Pension in Italien, damit ich mich wieder beruhige. Ich habe es schon vor Augen. Eine fast vergessene Klitsche, in der schon Pasolini übernachtete ...

Also, es ist noch gar nicht lange her, kaum ein Jahr, als mir das passierte, also als spektakulär Blut floß, mein eigenes wohlgemerkt, in meinem bis dahin geruhsamen Schriftsteller- und Schreibtisch-Leben. Und ich mache jetzt keine Witze. Dies wird keine Münchhausengeschichte. Alles war auf Heller und Cent genau so, wie ich es jetzt berichte. Ich lege Sie nicht herein. Sollten Sie glauben, ich täte es, können Sie gern nachher zu mir kommen, nach Wien, und der Sissi und mir den Text um die Ohren hauen.

Hoffentlich kriege ich es hin. Es war alles so kompliziert. Wie hatte es angefangen? Ach ja, natürlich mit dem Internet. Alles Elend dieser Welt hängt ja heutzutage mit diesen Partnerbörsen im Internet zusammen. Selbstverständlich habe ich das auch früher schon gewußt und mich daran gehalten. Aber gerade als Künstler hat man den Anspruch, alles wenigstens einmal selbst probiert zu haben, bevor man darüber öffentlich urteilt. Außerdem lebte ich in Berlin, die Stadt mit den – direkt nach New York – einsamsten Menschen weltweit. Über Berlin wußten die klugen Leute in meinem Freundeskreis durchaus Bescheid, auch ich. Dort durfte man nur eine Zweitwohnung haben. Wer ganz hinzog, kam herunter, nicht sofort, aber nach einem Jahr, wenn die Fernbeziehung zerbrach und die Einsamkeit zum Dauerzustand wurde. Ich hatte auch nur eine Zweitwohnung dort, und fünf Jahre lang ging alles gut. Dann verlor ich meine Freundin und damit meinen Erstwohnsitz. Ich saß plötzlich, abgedrängt nach Berlin, in dieser kleinen Zweitwohnung, die bis dahin nur eine Art Hotelzimmer gewesen war. Damit kam die große Berliner Single-Einsamkeit über mich, auf die ich aber gefaßt war und mit der ich zunächst gut fertig wurde. Ich machte augenblicklich aus der Not eine Tugend und nutzte die neue Situation, um das zu tun, was man zu zweit nicht tun kann, nämlich täglich auszugehen. Ich lernte das berühmte Nachtleben von Berlin-Mitte bis zum Abwinken kennen. Noch hatte ich ungewöhnlich viel Geld, denn ich war bis dahin, da in stabilen Verhältnissen lebend, beruflich optimal erfolgreich gewesen. Als Mitglied der Kulturredaktion des größten deutschen Nachrichtenmagazins ›Der Spiegel‹ verdiente ich – noch – ein Vermögen. Erst ein halbes Jahr später wurde ich gefeuert. In diesem halben Jahr lernte ich nun viele neue Leute im Nachtleben kennen, und im Grunde wurden alle meine Freunde. Einer davon war ein vierunddreißigjähriger Student, der mit einer ungefähr halb so alten Studentin zusammenlebte. Vielleicht war der Altersunterschied geringer, und er war erst zweiunddreißig und sie einundzwanzig, schwer zu sagen im nachhinein. Jedenfalls sah sie keinen Tag älter als achtzehn aus, und er hatte erkennbar schon viel hinter sich. Sie war im zweiten Semester, er im ungefähr zweiundzwanzigsten. Dummerweise gefiel mir das Mädchen in ganz besonderer Weise und Intensität. Schon beim ersten Hingucken hatte mein Herz einen Sprung gemacht. Sie war unglaublich dünn, geschmeidig und sexy, dazu trug sie reinsten Pop-Stil der sechziger Jahre. Vor allem war sie so irrsinnig kokett, daß es fast zum Lachen reizte. Es war aber eben nicht zum Lachen, sondern eine Gabe, die sich unbewußt entfaltete und direkt vom lieben Gott zu kommen schien. Schon toll, die Kleine, und es war tausendfach zu entschuldigen, daß der Studentenfreund eifersüchtig war und sich auch so verhielt. Das heißt, er zeigte seine Eifersucht nicht übertrieben deutlich, aber schüchterte die Nebenbuhler ein. Ich persönlich machte mir nie Hoffnungen. Ich hätte mich niemals mit einem so jungen Menschen eingelassen. Aber ich registrierte, daß ich wunderbar leicht schreiben konnte, wenn ich Luna, so wollen wir das Mädchen hier nennen, getroffen hatte.

Die größte linke überregionale Tageszeitung in Deutschland, die ›taz‹, machte mir eines Tages das Angebot, täglich für sie zu schreiben, und obwohl ich dafür schon zu heruntergekommen war, erinnerte ich mich an Lunas Inspirationskräfte und sagte zu. Ich traf sie nun immer öfter und schaffte den Job. Über kurz oder lang mußte das zu einem schrecklichen Konflikt mit dem wehrhaften Altstudenten führen, und um das zu verhindern, beschloß ich, eine feste Partnerin über das Internet zu rekrutieren. Das gelang auch, und ich hatte nun endlich das Glück, Luna ganz legitim im Viererkreis zu treffen. Der Student, nennen wir ihn Jens Tittel, verfolgte gewiß ebenfalls eigene geheimgehaltene Strategien. Er war ein ambivalenter Charakter und alles andere als dumm. Wann immer er mit mir sprach, fragte er nach dem ›Spiegel‹. Damit reduzierte er mich auf meine berufliche Funktion. Er zeigte damit, daß ich für ihn keinen weiteren Wert besaß. Wäre ich nicht bei diesem Kult-Magazin angestellt, so wäre ich nur ein uninteressanter, häßlicher, ganz und gar irrelevanter alter Mann gewesen, ein Nichts, ein Spießer oder Gesamtschullehrer, der in keinen Club hineingelassen wurde. Das war natürlich gar nicht der Fall, aber er tat so. Zudem machte er sich an meine neue Freundin heran. Ich hatte sie gut ausgewählt, nein, die Internet-Kuppelfirma hatte das getan, denn sie war zehn Jahre jünger als ich, aber, da aus der »DDR« kommend, im Geiste noch in den fünfziger Jahren steckend. Der Achtundsechziger-Bruch hatte in ihrem Nachkriegsbewußtsein noch nicht stattgefunden. In gewisser Weise fühlte sich das so an, als träfe ich auf meine Mutter, oder Großmutter, denn meine Mutter war ja eine Frühfeministin gewesen, also sagen wir: Ich fühlte mich nicht zu alt für diese durchaus nette und teilweise liebenswerte Person. Da sie aber in diesem kritischen Alter jenseits der Dreißig, fast der Vierzig war, in dem manche Frauen, jedenfalls früher war das so, die körperliche Liebe erst entdeckten, sozusagen in Torschlußpanik, wurde sie ein Opfer der offen ausgestellten Männlichkeit Jens Tittels. Bei unseren Vierertreffen, die stets in der Studentenwohnung, die Jens und Luna bewohnten, stattfanden, trat Jens grundsätzlich im Muskelshirt auf. Er trainierte jeden Tag stundenlang seine Muskeln und zeigte das bei jeder passenden und vor allem unpassenden Gelegenheit. Na ja, in seinem Sinne paßte das immer sehr, denn meine Freundin, wir müssen für sie keinen Namen erfinden, denn sie ist bereits verstorben und hat keine prozeßwütigen Nachkommen, also sie hieß Elfriede Scheel, bleiben wir dabei, sie verliebte sich in diesen Menschen, der andauernd Marlon Brando in ›Endstation Sehnsucht‹ spielte. Brando war damals auf dem Höhepunkt seines frühen Ruhms und ungefähr so alt wie nunmehr Jens Tittel. Jeder, der diesen alten Schwarzweißfilm einmal gesehen hat, wird sich erinnern, wie eingebildet Brando damals war, wie grauenvoll körperbetont, was an diesem *method acting* lag, das im Strasberg-Studio gelehrt wurde. All das war nun Jens Tittel. Er machte meine Elfriede Scheel völlig verrückt. Ich hatte viel Geld an die Kuppelfirma (ich glaube, sie hieß »Elite – die Partnerbörse für Akademiker«) überwiesen und konnte nicht zurück. Unter uns, um nicht wie der Zyniker schlechthin zu erscheinen: Diese Frau hätte ein bißchen Glück verdient gehabt. Wäre die »DDR« nicht kollabiert, wäre das alles nicht passiert – sie hatte in der Zone verbindliche, lebenslange Freunde gehabt, echte Kumpels, auf die sie sich hätte verlassen können. Statt dessen rutschte ihr immer mehr der sozialistische Boden unter den Füßen weg. Über Elfriede Scheel zu schreiben wäre ein Buch für sich, ein trauriges, vielleicht sogar entsetzliches. Das müßte jemand schreiben, der voller Anteilnahme gegenüber den Opfern unseres Systems fühlt, denkt und agiert, ein zweihundertprozentiger Gutmensch. Ich schaffe das nicht. Es fehlt mir die Gabe des Verzeihenkönnens. Ich glaube, ich hätte gerade bei ihr einiges zu verzeihen. Also, tun wir einfach so, als wüßte ich über die arme Elfriede Scheel nur wenig, so daß sie so schemenhaft und unbegreiflich in dieser Blutgeschichte auftaucht und wieder verschwindet, ohne Spuren oder ein Bild von sich zu hinterlassen. Elfriede war bald nur noch mit mir zusammen, weil sie die Nähe zu Jens suchte. Nach unseren Vierertreffen war sie erotisch so aufgeladen, daß sie unbedingt mit mir schlafen mußte, wogegen ich nichts einzuwenden hatte. So gesehen war mir das Balzverhalten von Jens also recht. Aber während der Treffen selbst keineswegs. Jens redete nur in sexuellen Anspielungen. Keine Zote war ihm derb genug. Breitbeinig saß er am Tisch und ließ seine behaarte Männerhand auf dem dünnen Arm Elfriedes liegen, die am ganzen Körper zitterte. Luna saß dabei und kicherte. Wahrscheinlich machte er das alles für sie. Es gab keinen Zweifel, daß Luna ihn für sein Verhalten bewunderte. Er war für sie der Held, der die anderen wie Marionetten aussehen ließ.

Aber Schriftsteller sind niemals Marionetten. Die Lage ist in solch einer Konstellation keineswegs monokausal. Indem sich Luna weiter mit mir traf, verriet sie ihren Freund. Ich wiederum verriet dadurch Elfriede. Und diese benahm sich am fragwürdigsten, da sie in Tittel offensichtlich rettungslos verliebt war. Tittel verkehrte mit ihr auch ohne mein Wissen, schlief aber nicht mit ihr, da sie ihm nicht gefiel. Tittel und ich wiederum hatten untereinander ein seltsames Verhältnis. Ich mochte ihn, aber nur, weil alle meine neuen und sogar die alten Freunde über ihn überaus positiv urteilten. Er sei ein wirklich interessanter Mensch und über die Maßen sympathisch. Das fand ich auch. Ich konnte mit ihm nicht umgehen, aber eigentlich hatte er ein gutes Gesicht. Es war nicht klar, warum er es nötig hatte, lächerliche Spielchen zu spielen, was er nämlich auch im Alltag tat und nicht nur mir gegenüber. Manchmal verabredete er sich mit Leuten und ließ sie dann nicht in die Wohnung. Niemand konnte ihn anrufen, da er grundsätzlich nicht das Telefon abnahm, sondern selbst anrief, und dann nur über sein Püppchen. Er nahm selten eine Arbeit an und demütigte dann seine Vorgesetzten auf hanebüchene Weise, nur um Luna seine Unerschrockenheit zu zeigen: Er ließ sich von niemandem etwas sagen und pfiff auf die Kündigung. Ob er ein intelligenter Gesprächspartner war, konnte ich nicht sagen, aber es ist anzunehmen, da man es mir berichtete. Mit mir sprach er nur über den ›Spiegel‹, und da stellte er nur Fragen, der Rest war übelster Stammtisch-Sexismus, mit dem er Elfriede in die Schamröte trieb.

Tja, aber ich war insgesamt nicht unzufrieden. Wenn er oder irgend jemand sonst dachte, er mache aus mir eine Marionette, war mir das egal, denn ich wußte es besser. Ich hatte nämlich heimlich angefangen, über ihn zu schreiben. Trotz aller Heruntergekommenheit war ich noch in der Lage, einen Roman zu beginnen. Das ist ja das Tolle an der Schriftstellerexistenz, daß man selbst seinen eigenen Sturz noch schriftlich festhalten kann. Dank meiner Muse Luna schrieb ich munter weiter für die sogenannte ›taz‹, und auch mein Roman schöpfte noch aus Resten dieser Energie. Da der Abgrund, in den ich stürzte, Berlin hieß, hatte ich eine gute Kulisse für meine Geschichte, denn über Berlin wollen alle Medienleute etwas lesen. Lange Zeit ging das gut, ungefähr ein Jahr lang. Dann kam das Buch auf den Markt und wurde ein großer Erfolg. Mit dem Geld, das ich damit verdiente, setzte ich mich nach Österreich ab.

Der Roman hatte im Laufe des Schreibens eine Eigendynamik entwickelt, die nichts mehr mit Luna und Jens Tittel zu tun hatte. Ich vergaß die beiden nach dem ersten Drittel. Ich stellte auch die Arbeit für die linke Tageszeitung ein. Die Vierertreffen fanden nicht mehr statt, nachdem ich mich von Elfriede getrennt hatte. Die Nächte mit ihr waren mir zu unheimlich geworden, denn sie war, gewiß als Folge ihres Lebensbruches, manisch depressiv geworden. Vielleicht war sie es immer schon, auch schon in der »DDR«, was ich als Marxist aber nicht glauben kann. Die manische Phase kam mir absurd vor, mit verstellter Kinderstimme machte sie dann Faxen, und die depressive Phase war einfach nur anstrengend. Da redete man auf sie ein wie auf ein totes Pferd und erreichte nichts. Am unangenehmsten waren die unrichtigen, realitätsfeindlichen Einschätzungen, die sie wie alle Depressiven dann vornahm. Fünf plus fünf war dann nicht mehr zehn, sondern minus 200. Meiner Ansicht nach sind auch solche Leute Menschen und somit normal, das Krankheitsbild löst sich irgendwann auf – aber sie müssen Glück haben bei der Partnerwahl. Die Kupplerfirma hatte mit mir dann doch den Falschen gezogen, denn als Wessi konnte ich ihr nicht das durch die Wiedervereinigung, also den Anschluß der Ostgebiete, gestohlene Urvertrauen zurückgeben. Wie auch immer, die ungute Liaison endete lautlos, und ich dachte nicht mehr daran. Nicht an Elfriede, an Luna, an Jens Tittel.

Als das Buch in Frankfurt der Öffentlichkeit präsentiert wurde, lebte ich bereits in Wien, hatte aber Elisabeth noch nicht kennengelernt. In Berlin wurde eine Lesung arrangiert, die ich absagte, da ich partout keine Lust auf die Stadt hatte; ein Freund von mir sprang für mich ein. Als aber meine Nichte Hase ihren achtzehnten Geburtstag feierte, ließ ich mich erweichen, doch noch einmal nach Deutschland zu kommen und wenigstens von einigen Freunden Abschied zu nehmen. Auf dieser Veranstaltung erschienen dann die beiden, Luna und Jens. Nichte Hase hatte es mir vorher mitgeteilt, und ich freute mich. Ich hatte noch gefragt, ob mir Tittel auch nichts nachtrage, und Hase schüttelte lachend den Kopf. Jens hätte ihr versichert, daß alles in Ordnung sei und er sonst gar nicht kommen würde.

Im Laufe des Abends traf ich erst auf Luna, dann auf ihren Freund, der sichtlich noch mehr Zeit im Fitneß-Studio verbracht hatte und vor Kraft kaum laufen konnte. Zudem war sein Bart noch dichter und dunkler geworden. Ich erkundigte mich bei Luna, ob sie mir vielleicht böse sei, weil sie sich oder Jens in dem Roman womöglich wiedergefunden hatte? Nein, nein, beschwichtigte sie mich sofort und glaubhaft, aber sie frage sich, warum ich über ihren Vater so böse geschrieben hätte. Über ihren Vater? Kannte ich den überhaupt? Ja, richtig, ich hatte ihn einmal kennengelernt. Aber hatte ich über ihn geschrieben? Ich dachte angestrengt nach. Und tatsächlich fiel mir eine Szene zu Beginn des Buches ein, in dem ein angeblicher Vater einer der beiden weiblichen Figuren erschien. Da es der Vater der Figur war, die Ähnlichkeit mit Luna hatte, schien diese nun zu meinen, es handele sich um ihren echten, realen Vater. Ich sagte ihr, daß dem nicht so sei. Das führte ich auch aus, um jeden Zweifel auszuräumen, doch wurde das Gespräch leider durch eine andere Frau unterbrochen, die plötzlich angetrunken auf mich einredete. Luna verzog sich wieder. Das tat mir leid. Ich fand sie nicht mehr so kokett wie früher und hätte mich gern gut mit ihr gestellt.

Ich trank ziemlich viel an diesem Abend, und irgendwann saß der muskelbepackte Jens Tittel neben mir. Er war in meinem Buch verdammt schlecht weggekommen, was mir nun wieder einfiel. Ich war froh, einen für meine Verhältnisse hohen Grad an Trunkenheit erreicht zu haben, denn dadurch würde es mir leichtfallen, mich mit ihm, Jens, zu arrangieren und sozusagen zu versöhnen. Seltsamerweise saß er nicht nur einfach neben mir, sondern rückte dicht an mich heran, so daß ich seinen ganzen Körper spürte. Irgendwann packte er mit seiner Muskelhand langsam meinen Nacken. Ich registrierte das, war aber dank meiner Trunkenheit frei von jeglicher Angst. Ich wehrte mich nicht, sondern kicherte ein wenig und aß ruhig das Schnitzel weiter, das ich bestellt hatte. Nun hörte ich seine Stimme, die recht künstlich und lächerlich klang. Er sagte, ich könne mich nicht mehr verstecken. Ich könne nicht mehr weglaufen. Das wiederholte er einige Male. Die Stimme klang wie in diesen Psycho- oder Actionfilmen, wenn »der Böse« etwas Zynisches sagt. ›Cape Fear‹, zu deutsch ›Kap der Angst‹, wäre so ein Beispiel. Da Tittel sicherlich einmal Cineast gewesen war, irgendwann einmal, dachte er vielleicht sogar an diesen Film. Wahrscheinlich aber eher nicht. Er wußte wohl kaum, daß seine Stimme gerade so lächerlich, weil wie eine Kinokopie, klang. Später erklärte ich mir seine Behauptung, ich könne mich nun nicht mehr verstecken, damit, daß er meinen Umzug nach Wien für eine Flucht vor ihm hielt. Er griff nun langsam mein Ohr und wollte es nach unten ziehen. Selbst jetzt schützte mich meine Volltrunkenheit, und ich verspürte keinen Schmerz. Ganz sachte, wie eine Tigerkatze, entwand ich mich seinem Griff und setzte mich unbeeindruckt neben meine Freundin Elena Plaschg. Die war eine enorm kräftige Person und jedem Mann an verbaler Schlagkraft überlegen. Was wollte der Robert-de-Niro-Nachäffer gegen sie machen? Nun, er setzte sich wieder genauso neben mich, begann wieder, mir das Ohr auszureißen, und quäkte oder flüsterte weiter diese Sätze, die er sich wohl seit Monaten zurechtgelegt hatte. Der ganze Auftritt war geplant und eingeübt, sonst hätte Jens ja flexibel reagieren und etwas ändern können. Er hätte merken können, daß alles wie schlechtes Kino wirkt. Aber ganz offenbar konnte er nun von seinem Plan nicht mehr abweichen. Ich drehte mich lächelnd zu Elena Plaschg und setzte sie ins Bild, ruhig und sachlich. Dabei hing die Schlägerpranke von Jens immer noch an meinem Ohr. Ich informierte Elena, daß sie die Lage beobachten solle und gegebenenfalls die Polizei rufen müsse. Sie hielt die Sache für noch nicht reif. Noch immer sah es eher nach einem Scherz aus. Jens keuchte weiter Drohungen. Er würde mich fertigmachen, es gebe kein Entkommen. Wieder entwand ich mich und setzte mich neben das Geburtstagskind. Ich dachte, er würde nicht vor den Augen der süßen, naiven Nichte Rabatz machen und deren Feier der Volljährigkeit zerstören.

Das tat er aber. Erneut robbte er heran. Jetzt keuchte er, ich hätte den Vater seiner Freundin beleidigt und würde das büßen. Es schien mir sinnlos oder unter meiner Würde, darauf einzugehen. Dabei hätte mir hier ein Licht aufgehen können. Schon Luna hatte von ihrem Vater gesprochen. Es mußte also irgendwie mit ihm zu tun haben, das Ganze. War der Vater nicht die Erklärung für Lunas einzigartig kokettes Wesen? Waren nicht alle koketten kleinen Mädchen diese übertriebenen Vaterkinder? Daddy ist ihnen ein und alles, Daddy ist ein Gott und Schmusebär, Daddy ist die, wenn auch falschverstandene, Vorlage für alle späteren viel zu alten Freunde. Und den hatte ich angeblich beleidigt. Ich bin heute sicher, daß es komplizierter war. In Wirklichkeit fühlte Luna sich selbst beleidigt, konnte aber grenzenlose Wut- und Rachegefühle nur über den Umweg »Vaterbeschmutzung« aktivieren. So belog sie sich kurzerhand selber, was ja alle kleinen Mädchen ganz gut können. In dem Moment war mir das nicht klar. Ich merkte nur, daß dieses Riesenbaby von Preisboxer ein Problem darstellte, das ich zu lösen hatte und das ich nun auch gerne lösen wollte, da ich mir das zutraute. Ich kannte mich ganz gut und wußte, daß mir im Zustand der Trunkenheit nichts passieren konnte. Jedenfalls war das bis dahin immer so gewesen. Der ziemlich fette Typ umklammerte schon wieder meine Taille und sagte diese Schurkensätze. Er wisse, daß ich Angst hätte, wahnsinnige Angst, aber das nütze mir nun nichts mehr, der Augenblick der Abrechnung sei gekommen. Ich hatte aber gar keine Angst.

Wieder ging ich zu Elena Plaschg und sagte, sie solle nun die Polizei anrufen. Dann ging ich zu Hase zurück und nahm mir vor, noch ein paar Minuten zu warten, bis die Polizei kam. Der Typ hatte mir schon beide Ohren halb abgerissen, also so fühlte es sich an. Er spielte weiter seine Platte ab. Vielleicht hätte ich mit ihm reden sollen? Dazu war der Auftritt eigentlich zu absurd. Trotzdem versuchte ich es, bestritt den Vorwurf, aber Tittel ließ sich von seinem Attentat, von dem er offenbar so viele Nächte geträumt hatte, jetzt nicht mehr abbringen, im Gegenteil: Jammernde Unschuldsbeteuerungen des Opfers gehörten unverzichtbar zum Skript. Ich hätte seine Freundin beleidigt, und zwar gerade eben, und nun werde ich erleben, was es hieße, seine Freundin zu beleidigen. Gerade eben? Hatte Luna ihn etwa jetzt erst aufgehetzt? Hatte sie ihn angestochen wie einen Stier, kaltblütig, wohldurchdacht, an diesem Abend? Was hatte sie ihm denn erzählt? Konnte sie überhaupt mit ihm gesprochen haben in der letzten Viertelstunde, da er doch meistens an mir drangeklebt hatte? Da nun Nichte Hase wirklich begann, verstört zu wirken, und da ich ja wirklich keine Angst vor dem Idioten hatte, gab ich Elena ein Zeichen und ging langsam hinaus. Jens Tittel folgte mir dichtauf, weiter seine ›Cape of Fear‹-Platte abspielend. Immer wieder war er mit seinem Raufboldgesicht ganz nahe an mich herangekommen, auf wenige Zentimeter, um zu beweisen, daß ich Angst vor ihm hätte. Ich sollte erschrocken zurückweichen, was ich aber partout nicht tat. Und wenn er sich auf den Kopf stellte oder Feuer spie wie ein Drache – die Angst wollte sich einfach nicht einstellen in meinem wattigen Kopf. Nun kam er wieder an, noch während wir in der großen offenen Flügeltür standen. Diesmal hielt er aber nicht inne, sondern raste mit seinem Schädel ungebremst in meinen hinein, mit vollstmöglicher Wucht. Ich sah es nicht. Trotzdem glaube ich nicht, daß die Sache, dieser erste Schlag, so schlimm war, wie er von außen betrachtet wirken mußte – und hätte sein müssen, wäre ich nüchtern gewesen. Mein Kopf blieb nämlich am Körper, die Halsmuskeln müssen sich in der letzten Hundertstelsekunde ganz stark angespannt haben, so daß Kopf und Körper gemeinsam wegflogen, auf einen wandgroßen Spiegel zu, der getroffen wurde und in tausend Scherben zersprang. Ich stand immer noch auf beiden Beinen, war aber völlig benommen und sah, wie Tittel zum nächsten Schlag ausholte. Seine austrainierte Faust landete krachend punktgenau an meinem Kinn, und ich ging zu Boden. Auf dem Weg nach unten verlor ich kurz das Bewußtsein, das weiß ich noch genau, aber schon beim Aufprall war es in Rest- und Notbeständen wieder da, so daß ich die Art und den Winkel des Ankommens mitkontrollieren konnte. Der Kopf schlug nicht auf dem Kachelboden auf, sondern auf meinem Unterarm. Ich lag da wie ein notgelandetes Flugzeug, also irgendwie groß und lang und schief. Jens Tittel stand in der Sekunde wahrscheinlich mit gespreizten Beinen vor mir und folgte weiter seinem inneren Skript. Wahrscheinlich schrie er nun Sätze, die er vom legendären Knockout Muhammad Alis gegen Foreman abgeguckt hatte, oder er rief nur wieder so etwas wie »So ergeht es allen, die meine Freundin beleidigen«. Das weiß ich nicht. Ich kümmerte mich ganz um mich selbst. Alles noch da? Etwas kaputtgegangen, Zähne, Knochen, Gesicht? Ich fühlte mit der rechten Hand meine Lippen und Zähne und hatte Blut an den Fingern. Ja servus, hätte der Österreicher hier gesagt.

Ich stand auf und sah in eine heterogene Gesellschaft. Ungeordnet standen Gruppen herum, und nichts schien zusammenzupassen. Nichte Hase, die alles mitangesehen hatte, weinte. Einige Menschen sahen erschrocken aus, andere so gleichgültig, daß sie wohl wirklich nichts gesehen hatten, zufällig. Das Geräusch des zerberstenden Riesenspiegels hatten sie wohl für ein Geschirr-Fallenlassen in der Küche gehalten. Einige Gesichter, auch das werde ich nicht vergessen, sahen mich voller Verachtung an. Das waren Leute, Freunde darunter, die dachten, *ich* hätte die Schlägerei begonnen, an Hases Geburtstag! Na ja, und natürlich stand Jens Tittel da, breitbeinig, mit künstlich überdrehter Stimme. Und natürlich preßte er die erwarteten Sätze hervor. Ich ging genervt auf ihn zu. Wieder schraubte er seinen Kopf bis zur Fastberührung an meinen heran und machte plötzlich: »Buh!« Ich sollte vor aller Augen, alle Angst der Welt in den Knochen, zusammenzucken, und die anderen sollten dann lachen. Es war dieses »Buh!«, mit dem Kinder andere Kinder von hinten erschrecken. Ich erschrak mich aber nach wie vor nicht, sondern sagte ruhig, jetzt fühle er sich wohl wie ein Held, aber er bleibe ein Arschloch.

Jens Tittel ging zwei Schritte zurück und erklärte, mich erneut schlagen zu werden. Ich sagte, das sei ja nicht schwer, bei dreimal stärkeren Muskeln und gegen einen weitaus älteren Gegner. Nun machte er den Mund auf. Ich setzte nach:

»Einen alten Mann verprügeln, was für eine Heldentat!«

Das hatte er noch nie so gesehen. Ich war ja viel älter als er! Er selbst war Anfang dreißig, aber wie alt war ich? Fünfundvierzig? Fünfzig? Auf jeden Fall peinlich viel älter, peinlich für ihn, den Preisboxer Jens Tittel! Er hatte sich vollkommen vergriffen. Bei all seinen Tagträumereien hatte er nicht bedacht, daß sein Gegner als solcher gar nicht in Frage kam. Es war, als hätte er einer Oma beim Zebrastreifen ein Bein gestellt und das als Zeichen großen Mannesmutes verkaufen wollen. Und ich wiederum erkannte an seinem Erstaunen, daß er mich die ganzen Jahre über für körperlich – und damit sexuell – gleichwertig gehalten hatte. Er hatte tatsächlich geglaubt, ich hätte ihm sein Mädchen wegnehmen können! Das schmeichelte mir. Schon in diesem Moment überkam mich Freude deswegen.

Jens wurde mit einem Male stumm. Er wich zurück, schien die Balance zu verlieren. Orientierungslos ging er mal hierhin, mal dahin, verschwand schließlich mit seinem Mantel, ohne Luna. Die schlich dann auch bald weg. Wahrscheinlich sind sie unten wieder zusammengekommen und dann wortlos und bedröppelt im Taxi in die Studentenwohnung gefahren.

Ich blieb noch etwa eine Stunde. Die geplatzte Lippe beruhigte sich wieder. Meine Zahnärztin meinte später, einige Zähne hätten Haarrisse bekommen. Es war mein letzter Abend in Berlin, am nächsten Tag fuhr ich zurück nach Wien. Elena Plaschg hatte die Polizei *nicht* gerufen, Gott sei Dank. So mußte ich keine Anzeige erstatten. Auch der Spiegel mußte nicht bezahlt werden, soweit ich weiß. Die Angestellten des Restaurants, in dem der Geburtstag stattfand, sagten zu mir nur vorwurfsvoll, das nächste Mal solle ich mich draußen prügeln. Auch sie trauten mir also noch das Gebaren eines jungen Draufgängers zu. Sah ich denn so viril aus? Dann mußte ich mich vor der Zukunft nicht fürchten. Und ich habe dann ja auch kurz darauf die attraktivste Frau für mich gewinnen können, der ich je nahegekommen bin. Ja, und was wurde aus Luna und Jens Tittel? Die beiden haben vor kurzem geheiratet, was ungewöhnlicher ist, als es sich anhört. In Berlin heiratet kein Mensch, und schon gar nicht tun dies junge Szenehopper. Luna heißt nun also Luna Tittel. Jens hat sich bei mir nie entschuldigt. Ich habe die beiden nie wiedergesehen. Aber er hat auch die Facebook-Freundschaft nicht gekündigt. Nach seiner kruden Actionfilm-Message (»Das Lachen wird dir vergehen, ich mache dich fertig«) hätte er ja eigentlich gar nicht mein Facebook-Freund sein dürfen. Via Facebook erfuhr ich dann von der Hochzeit sowie, erst gestern übrigens, von Lunas Schwangerschaft. Ich habe ihr, die ebenfalls meine Facebook-Freundin geblieben ist, zum bevorstehenden Baby herzlich gratuliert, mit zwei Ausrufezeichen. Es war der erste echte Kontakt seit der Schlägerei damals. Neues Leben, da werden die Karten neu gemischt, habe ich mir gedacht und es auch so gemeint. Was immer Jens damals vorgehabt haben mag und wie er dazu kam – er war mit seinem Schmierentheater durchgekommen, also bei Luna. Die hat ihm den Rambo – heute würde man vielleicht sagen »den Putin« – abgekauft. Womöglich hat sie auch nur seine Version geglaubt, die er ihr später präsentierte und die sicher edler klang als das reale Bubengequake, das in mein langgezogenes Ohr gedrungen war. Für sie war er durch seinen Auftritt zum leidenschaftlichen Ritter aufgestiegen, und sie dankte es ihm als Gattin und junge Mutter seines Kindes. Für alle anderen, die etwas davon mitkriegten oder davon erzählt bekamen, war und blieb es die peinlichste Sache, die im Berliner Nachtleben je passiert ist. Ich hatte übrigens gar nicht gewußt, daß selbsterlebte Gewaltstories diesen peinlichen Aspekt – ich glaube, der korrekte Ausdruck ist »fremdschämen« – haben können. Aber egal.

Ich habe nun diese Geschichte niedergeschrieben – vor einigen Wochen, noch im August, glaube ich, und warum genau? Weil ich an dem Tag von der Schwangerschaft erfuhr, über Facebook, wie ich wohl schon sagte. Inzwischen ist es September geworden, nein, falsch, es ist der 31. August, morgen erst wird es September und damit Herbst. Dann beginnt die dunkle Jahreshälfte, und die nächsten hundert Seiten werden in Angriff genommen. Heute in einem Jahr will ich aufhören damit, bei Seite 405, das klingt so schön, diese Zahl, wie ein richtig dickes Buch, als würde mächtig viel drinstehen. Na, weit gefehlt! Es wurde nur gefüllt.

Womit jetzt? Was ist das Langweiligste, worüber ich berichten könnte? Na, der Alltag. Der Wasserschaden, der Besuch des neuen Woody-Allen-Films, die Vorbereitung einer Dienstfahrt nach Hamburg, Berlin, München und Istanbul. Die Aufnahme meines Studio-Albums ›Abdancen mit Johannes Lohmer feat. Christopher Just Vol. III‹. Die Hochzeit meines Neffen Elias mit seiner pausbäckigen, großäugigen, sechzehnjährigen Katalogbraut aus Indien. Das Wiedersehen mit Jens Tittel und seiner zwielichtigen Elfe. Die nachgestellte Papstmesse mit meinem Jugendfreund Matthias Matussek. Und so weiter. All das? Äh, was hätte das mit dem Buchtitel zu tun, ›Happy End‹? Wenig. Ich müßte mehr über mein Glück mit Elisabeth schreiben. Das Glück ist natürlich immer komplett unspektakulär. Und somit schwer aufzuschreiben, und für den Leser ohnehin eine Qual. Er kann bestenfalls ahnen, wieviel Erleichterung und seelisches Aufatmen gerade in den unscheinbaren Stunden der alltäglichen Zweisamkeit liegt. Das kann er um so besser, wenn man vom Kontrast berichtet, nämlich der Hölle, die vorher bestand, vor dem Eintreten des Glückszustands. Gut, soweit sind wir uns einig. Und nun mache ich einfach weiter mit dem Alltag, am besten natürlich mit der Heirat meines Neffen.

Ich fuhr dazu extra nach München. Doch ausgerechnet da, in dieser Happy-go-lucky-Stadt, wo ich es am wenigsten erwartet hatte, auch biographisch nicht, wurde ich mit dem Tod konfrontiert. Eigentlich das erste Mal in meinem langen Leben. Bisher waren die Einschläge stets an der vormarkierten Stelle geschehen. Leute starben, die alt genug dafür waren. Und wenn es anders gewesen war, hatte ich es nicht mitgekriegt, da ich in jungen Jahren kein Verhältnis zum Thema Tod gehabt hatte. Mein Jugendfreund Stephan T. Ohrt war 1989 gestorben, und alles, was ich dachte, war: »Zu blöd, jetzt verpaßt er ja komplett die deutsche Wiedervereinigung.« Danach ist eigentlich keiner mehr gestorben von meinen Freunden, höchstens die Eltern und Großeltern der Leute. Und nun das. Es gab schon seit Jahren das Gerücht, die Mutter von Elias habe die Krankheit, vor der sich alle über fünfzig so fürchten, also Krebs. Tja. Aber auch andere behaupteten das von sich und wurden wieder gesund, zum Beispiel Elke Heidenreich. Zu ihr hatte ich sogar ungerührt gleich zu Anfang gesagt: »Heute stirbt man nicht mehr an Krebs, liebe Elke.« Und recht behalten. Und nun das.

Mein Neffe Elias hatte sich verändert. Er interessierte sich nicht mehr für mich. Ebenso seine Mutter. Ich bin extra nach München gefahren, wie gesagt. Ich irre mich hoffentlich, und sie wird wieder ganz gesund. Sie selbst glaubt es, und auch unser gemeinsamer Freund Rainer Langhans hat es ihr versprochen. Dafür mußte sie seine speziellen Ernährungsgesetze übernehmen, was wie immer zu einem raschen körperlichen Verfall führte. Als ich sie noch im Krankenhaus besuchte, im März war das, sah sie blendend aus und war ganz die Alte, also die Junge, zeitlos siebzehn im Geiste und auch so. Jetzt dagegen ein echter Schock. Und unser Freund Rainer sitzt ständig am Krankenbett wie früher die falschen Pfarrer, die nicht ruhten, bis der Moribunde sein gesamtes Erbe der Kirche überschrieben hatte.

Jetzt auf der Hochzeit sah sie schrecklich aus. Wahrscheinlich war es unsere letzte Begegnung. Ich konnte, nein, durfte nicht ehrlich sein, sie wollte das nicht. Vor allem wollte sie gar nichts mehr von mir wissen, war gleichgültig bis zur Unhöflichkeit. Welches Thema ich auch anschlug, mal euphorisch, mal dezent, sie hörte nicht zu. Statt dessen telefonierte sie mittendrin mit anderen Leuten, mit ihrer Schwester oder mit dem schon erwähnten Seelenverführer Rainer. Mein Geschenk beachtete sie nicht. Aber – vielleicht kennt der Leser Jutta Winkelmann gar nicht so gut, daß ich davon berichten sollte.

Ich bin schon nach einer Stunde wieder weggegangen und habe dann die Zeit bis zur Abfahrt meines unbequemen Zuges in einem grindigen unterirdischen »Starbucks« zugebracht, viele Stunden. Schlimm. Das war alles diese Woche.

Wie man sieht, kann ich gar nicht distanziert davon berichten. Es ist wirklich nichts für den armen Leser, glaube ich. Der fühlt sich doch peinlich berührt, wenn der Autor plötzlich ins Präsenz rutscht. Wenn er die Kontrolle über seine Gefühle verliert. Wenn er auf einmal einen Klarnamen schreibt statt einen ausgedachten, also Jutta Winkelmann, nicht Cynthia Sieger, wobei Jutta

Winkelmann um so viel besser klingt als letzteres Wortgetüm, daß man sich schwertut, ins Ausgedachte zurückzufinden. Nein, das sollte ein verantwortungsvoller Schriftsteller vermeiden, so wie gute Eltern, die lieber nicht vor ihren Kindern weinen. Ein tumber Mensch könnte naiv einwenden: Warum eigentlich nicht? Aber ich bin mir sicher, man versteht das schon. Die Hochzeit des Kleinen war mir nun gleichgültig geworden, zumal sie erneut verschoben wurde, auf November. Um nicht sinnlos zurückzufahren, machte ich einen Abstecher nach Hamburg. Dort lebte ja mein einziger echter Freund, den ich besaß, ein geistesverwandter Autor namens Matthias Matussek. Ihn konnte ich immer besuchen, und es tat mir meistens gut.

Tatsächlich – wer macht so etwas heute noch – holte er mich in seinem neuen schneeweißen Riesenjeep, einer extralangen Ausführung des Audi Q7, vom Bahnhof ab. Mit diesem Auto hatte er sofort mein Herz gewonnen. Doppelt so groß wie der Porsche Cayenne, verbrauchte er weniger Benzin als früher der Fiat 500, also in bestimmten Segmenten. Das nannte ich umweltbewußt! Während die letzten Fiat-500-Fahrer, oftmals uralte Frauen in Süditalien – ich hatte sie selbst mit der Sissi beobachtet – den Planeten ruinierten, setzte Matthias Matussek ein Zeichen zur ökologischen Umkehr, zur Energiewende. Mit Macht drängten wir die kleineren Kraftfahrzeuge von der Straße, hier die Kennedybrücke. Vom Hauptbahnhof bis zu seinem prächtigen Stadthaus an der Außenalster waren es nur wenige Meter.

»Wie geht es Jutta?« fragte er besorgt, ganz der gute alte Freund.

Ich konnte nicht antworten, schüttelte nur traurig den

Kopf. Dann setzten wir uns vor seine Fernsehleinwand und sahen Spiele der Ersten deutschen Fußball-Bundesliga. Das taten wir immer, wenn wir uns trafen. Währenddessen kochte seine Frau etwas Feines.

Dann gab er mir die Fahnen seines neuen Buches und bat mich, es in einer großen Zeitung vorab zu besprechen. Im Gegenzug wollte er meinen angeblichen neuen Roman irgendwo rezensieren. Er wußte noch nicht, daß ich nur noch für mich, nein, nur noch für das Nichts schrieb, für die entspannten Stunden mit Elisabeth am Wochenende, in denen sie las und ich so tat, als schriebe ich. Ich traute mich natürlich nicht, ihm die dabei entstandenen Seiten zu zeigen, versprach es aber.

Nun hatte ich ein Problem. Denn ich konnte gar nicht rezensieren. Ich konnte noch nicht einmal richtig lesen. Wenn ich früher ein Buch besprechen mußte, verfaßte ich immer eine Art Paralleltext, in dem es um alles rund ums Buch ging, nur nicht um das Buch selbst. Ich las nur eine Seite, immer die Seite 100, und ansonsten schrieb ich über meine Begegnung mit dem Autor. Hätte ich das Buch gelesen, wäre mein Gehirn unrettbar verstopft worden, und ich hätte keinen einzigen Satz mehr herausgebracht.

Das konnte ich bei Matussek nicht machen, da er doch mein Freund war. Außerdem interessierte es mich, was er schrieb. Seine Beiträge im ›Spiegel‹ hatte ich seit zweiundzwanzig Jahren mit größtem Gewinn verschlungen, immerhin schrieb er aus demselben Impuls heraus wie ich. Er konnte Wiederholungen nicht ertragen. Also Denk- und Schreibgewohnheiten. Auf der langen Zugfahrt zurück nach Wien zur Sissi las ich die ersten zweiundvierzig Seiten, was sehr viel für mich war. Es reichte, um mein Gehirn bereits halb lahmzulegen. Ich kann nicht sagen, daß mich alle Szenen gleichermaßen begeisterten, aber zunächst einmal fühlte ich mich in dem Buch wohl, fast wie in den geliebten ›Spiegel‹-Beiträgen. Auf Seite 30 geriet ich auf schweres Gelände, tat mich gar nicht mehr leicht, quälte mich durch die Seiten. In Wien brachte mich Elisabeth dazu, das ganze Buch mit ihr zusammen in einer Nacht zu lesen. Die Zeit drängte, ich mußte meine Besprechung abliefern. Es wurde zu einer Tortur.

Auch Sissi litt. Sie, die jeden Tag viel las, verabscheute diese von mir mitgebrachte Lektüre. Darin sah ich für mich eine Chance. Ich konnte nichts mehr über das Buch schreiben, das stand nun fest, aber ich konnte Sissi ausfragen und dann das Gegenteil davon schreiben. Ich konnte Sissis Haltung, die der meinen widersprach, in Grund und Boden schreiben. Hier konnte sich mein Widerstand entzünden, meine Inspiration. Ich verteidigte Matussek gegen seine Gegner, denn Sissi war ideologisch exakt auf der Seite dieser Leute. Man muß wissen, daß er der meistgehaßte Journalist des Landes war. Das müßte ich wahrscheinlich erklären, habe aber keine Lust dazu. Ich habe überhaupt keinerlei Motivation – vor hundert Jahren hätte man gesagt: *null Bock* –, diese Sache überhaupt zu Ende zu erzählen, und wissen Sie was: Ich muß es auch nicht. Ich bin frei. Der erste Schriftsteller, der sich von seinem Stoff befreit hat. Vielleicht greife ich in hundert Seiten die Sache noch einmal auf, ebenso die Sache mit Jutta, wer weiß? Das hat den Vorteil, daß wir dann schon wissen, wie all diese Dinge ausgegangen sind, der Bestseller von Matussek, die scheinbar unheilbare Krankheit der Freundin und so weiter.

Also gut. Ich halte mich einfach an das, was *heute* los ist. Welchen Monat haben wir? Ah, schon Oktober. Da habe ich ja lange nicht mehr geschrieben, was? Ich sitze in dem roten Ohrensessel und langweile mich geradezu ohrenbetäubend. Das Schreiben muß mich aus dieser Langeweile herausreißen. Neben mir stehen zwei Dosen Billig-Red-Bull. Das ist schon blöd, daß man so etwas trinken muß, um überhaupt wach zu werden. Mein Verlag hat mich letzte Woche angerufen und nach dem Manuskript verlangt. Genauer gesagt wollen die mit dem Lektorieren beginnen. Die finden immer noch, daß ich ein gutes Buch schreibe. Das erste gute Buch, das ohne Leidensdruck geschrieben ist. Ein einmaliger Vorgang in der Weltliteratur. Da ist ein Schriftsteller, der hat das Glück gefunden, lebt mit seiner Frau im Paradies – und schreibt trotzdem so großartig wie Hemingway zwischen Bürgerkrieg und Alkoholismus. Also, für heutige Verhältnisse. So richtig gut schreiben kann ja ohnehin keiner mehr. Ich schreibe so gut wie Stuckrad-Barre im Kokain-Rausch, das wäre doch was.

Nur leider stimmt es nicht. Ich hatte mich gleich zu Beginn geirrt. Auch ich bin nicht gut im Glück. Anfangs fiel es mir nicht so auf, weil das eingelernte sogenannte Erzähltalent noch ein bißchen weiterlief. So ein paar Monate. Ich glaube, es braucht ein bis anderthalb Jahre, bis das Talent versiegt ist ohne Schmerz-Nachschub. Man kann sich mit ein paar Tricks noch am Schreiben halten. Doch irgendwann ist Schluß. Jedenfalls mit dem lustvollen, inspirierten Schreiben. Danach beginnt das sture Handwerk, die Schinderei. Danach ist es nicht mehr Schreiben, sondern Arbeit. Deshalb sprechen unsere dekorierten Berufsschriftsteller auch so gern vom »Arbeiten«, wenn sie von ihrer Schreiberei erzählen. Auch für mich ist dieser Punkt gekommen, oder er steht unmittelbar bevor. Mein einziger Vorzug gegenüber meinen Kollegen, nämlich daß ich unbeschwert losplaudern kann, ist dann dahin. Und die Leser werden sich fragen: Warum noch einen Lohmer kaufen, wenn ich für dasselbe Geld einen Muschg, einen Härtling, einen Handke bekomme? Die sind auch langweilig, haben aber einen großen Namen. Mein Verlag wird es natürlich als erster merken. Das Buch vielleicht zurückziehen. Und so zog ich vor einigen Wochen die Notbremse. Ich beschloß, wieder etwas Leiden in meinem Alltag zuzulassen, was gar nicht so einfach war; ich mußte es regelrecht implantieren.

Mein Gedanke war: Wie verlasse ich wenigstens stundenweise – zum Schreiben – mein Zweisamkeitsparadies, ohne dasselbe zu beschädigen? Wie konnte ich mich einmal am Tag scheiße, verlassen, verkannt und verzweifelt fühlen, ohne daß die Sissi etwas davon wußte? Die Antwort war klar: Ich mußte mir eine zweite Wohnung mieten, eine häßliche, traurige, in einem heruntergekommenen Viertel, eine Geheimwohnung. In unserer schönen Hauptwohnung konnte ich mich nicht anders als wohl fühlen. Die Sissi sorgte schon dafür, daß alles gemütlich blieb, voller Sonnenschein und Glück. Die Bücherwände ragten bis an die Decke, das helle Parkett glänzte, die hohen Fenster im obersten Stock ließen das ganze Licht des Wiener Himmels herein, eine blutjunge Putzfrau namens Bozena ließ alle Gegenstände blitzen und funkeln, in der Küche wurden ständig die leckersten Speisen zubereitet, auch dies von fachkundigem Personal. So lebte ein Fürst, und so zufrieden fühlte er sich auch. Das Schreiben überließ er anderen.

Ich mußte also eine schäbige Wohnung suchen. Aber wie macht man das, wenn man keine Freunde fragen darf? Es mußte ja geheim bleiben. Na, man geht ins Internet. Ich hatte mich zwar erkundigt, ob es auch noch Inserate in ganz normalen Zeitungen gab, merkte aber schnell, daß die vielen Fotos im Internet ein unschlagbarer Vorteil bei der Suche waren. Auch gab es dort zehnmal mehr Informationen pro Wohnungsangebot. Dafür war fast immer ein Makler dazwischengeschaltet. Man mußte bis zu zehn Monatsmieten an Provision und Courtage hinblättern. Arme Leute schreckte das ab – mich aber nicht. Im Gegenteil, ich wußte, daß das meine Chance war, Geld. So konnte ich alle armen Suchenden ausstechen. Es gab auch noch eine Netzseite, die sich brüstete, nur private Anbieter zuzulassen. Dort wurde man durchgehend geduzt. Die Angebote bezogen sich meist auf Wohngemeinschaften. Wahrscheinlich hätten die Typen große Augen gemacht, wenn ich dort mit Stock und Hut statt mit einem Joint in der Hand aufgekreuzt wäre. So hielt ich mich an die Makler.

Wichtig war, daß ich keine frustrierenden Erlebnisse hatte. Es mußte sofort klappen. Hatte ich Glück, war es gut. Hatte ich Pech, konnte ich um so stärker leiden, später, im Schreibprozeß. Ich fand gleich als erstes eine winzige Wohnung in einem hundertvierzehn Jahre alten Haus, dem sie den Putz abgeschlagen hatten und das somit haarsträubend baufällig aussah. Die »Wohnung« hatte nur vierundzwanzig Quadratmeter und sollte 299 Euro im Monat kosten. Die zehnfache Summe sollte als Kaution hinterlegt werden, dazu kamen viele Sonderposten, wie eben Provision, Gebühren und so weiter. Ich nahm Kontakt mit dem Makler auf und bekam eine Frau an den Apparat, die weder Deutsch noch Englisch sprach. Ich hatte mir das Haus bereits angesehen, hatte die Adresse in das Navigationsgerät eingegeben und war mit dem Auto hingefahren. Es sah zwar grauenhaft aus, lag aber im zweiten Bezirk, dem ehemals jüdischen Viertel. Dort wollte ich hin. Und so sagte ich der Frau auf allen mir bekannten Sprachen die Worte Geld, Bargeld, viel Geld, Geld sofort, Geld bar auf die Hand, Geld super, Geld alles okay. Endlich riß ihr jemand den Hörer aus der Hand, eine Männerstimme übernahm die Verhandlungen. Der konnte Deutsch, wollte aber seinen Namen nicht sagen. Die Frau hieß übrigens Vera Kautiäenliö.

Es war schon abends, als ich beide vor der Wohnung traf. Der Mann war äußerst klein, füllig, ungepflegt, aber umtriebig und sympathisch. Die Frau wirkte jung und unglücklich. Sie war seit sechs Jahren seine Geliebte, wie er mir bald mitteilte, und er wolle ihr ein bißchen helfen. In einem weiteren Jahr wolle er sie verlassen, um endlich eine Zeitlang ein Leben ohne Frauen führen zu können. Bevor er sie zur Geliebten nahm, ein bißchen aus Mitleid, war er Familienvater gewesen – auch sehr anstrengend. Ich mochte diesen liebenswerten Schlawiner auf Anhieb. Er trug sein Herz auf der Zunge und hatte den Zwang, ununterbrochen angeben zu müssen. Ich erfuhr, daß er die meisten der angesagten achtzehnjährigen russischen Fotomodelle schon im Bett gehabt hatte. Super, toll – ich konnte nicht anders, als ihn dafür zu bewundern. So klein, so dick, so eine riesige Elefantennase, und trotzdem wurden die internationalen Supermodels unter seinen Händen zu Nymphomaninnen: Das war eine Leistung, die einfach großartig war! Ich unterschrieb unbesehen alle Verträge.

Wir haben uns gleich angefreundet. Ein paar Tage später gingen wir zur Hausverwaltung und zum Notar. Ich legte viele tausend Euro auf den Tisch. Dafür sollte ich bereits in den nächsten Tagen die Schlüssel bekommen, obwohl der Vertrag erst einen Monat später in Kraft trat. Ich konnte also jederzeit in diese neue eigene und geheime Wohnung gehen, dort leiden und verzweifelt ein paar Seiten schreiben. Die Wohnung selbst war wie eine Insel der Moderne in dem alten Haus. Während sich sonst alles im vernachlässigten Originalzustand des vorvergangenen Jahrhunderts befand, war meine kleine Geheimwohnung unmittelbar vor meinem Einzug vollständig renoviert und luxussaniert worden. Der Boden war echtes und dazu nagelneues Parkett, im Bad und in der Küche sogar aus hellem Marmor. Obwohl im ersten Stock, also niedrig, gelegen, wirkte sie wohltuend hell. Ja, alles war sauber, hell und frisch. Aber um dort schreiben zu können, brauchte ich einen Stuhl und einen Tisch.

Auch dafür gab es ja eine landesübliche, traditionell-folkloristische Lösung, nämlich das sogenannte etwas andere Möbelhaus mit dem Namen »Ikea«. Strenggenommen hätte ich mich dorthin begeben müssen. Aber konnte ich das? Hielt ich das aus? Machten da meine Schriftstellernerven mit? Es ging nur mit eisernem Willen und strategischer Planung. Ich ging Schritt für Schritt vor. Mein Endplan war, daß ich die gesamte Wohnungseinrichtung komplett bestellte, liefern und zusammenbauen ließ. Alles sollten andere tun. Ich wollte mich völlig heraushalten. Bloß nicht schleppen, diskutieren, schrauben, klopfen und fluchen! Ich sah mir zunächst den Internet-Auftritt der Firma an. Der war irritierend und unbrauchbar. Dann ließ ich mir den schon legendären

»Ikea«-Katalog zuschicken. Auch das fand ich frustrierend, also das Blättern in dem Katalog. Ich fand nichts, was mir gefiel. Die Produkte machten insgesamt einen kryptospießigen Eindruck. Man sah vor lauter Krimskrams keine Linie mehr, jedenfalls keine ästhetische. So nahm ich unser Auto – es heißt übrigens *Joseph* – und gab die »Ikea«-Adresse ins Navi ein.

Der Weg war verflucht lang. So lang, daß das Benzin nicht reichte. Mitten auf der Autobahn mußte ich aus dem Reservekanister nachfüllen. Ich kam durch Gegenden, die ich in meinem bisherigen Leben strikt gemieden hatte. Hier wohnten sie also, dachte ich, die sozialen Schichten, für die es noch nicht einmal Bezeichnungen gab. Hätte ich das Navigationsgerät nicht gehabt, wäre ich hier vielleicht verlorengegangen und am Ende jämmerlich umgekommen. Oder ich hätte Sissi anrufen und ihr alles erklären müssen. Furchtbar! Sie hätte auf der Stelle mit mir Schluß gemacht. Sie hätte es nicht verkraftet, daß ich unser Paradies so zu verraten imstande war. Aber ich erreichte die Zieladresse, parkte das Auto, tappte vorsichtig in das endlose Gebäude, eine Riesenhalle. Es sollte, hatte ich mir vorgenommen, ein erster Erkundungsgang werden. Ich wollte noch nichts kaufen, aber mir Notizen machen. Dazu hatte ich ein Blöckchen und einen Füllfederhalter dabei. Und tatsächlich ging es gar nicht schlecht. Anhand von dicken Pfeilen auf dem Fußboden durchlief ich das ganze Areal genau einmal. Dabei ignorierte ich alle Abteilungen mit Krimskrams und konzentrierte mich auf die Sparte Wohnzimmermöbel. Dort gefielen mir ein gutes Dutzend Angebote, die ich ausführlich notierte und kommentierte. Am Ende der Halle fragte ich den Kundendienst, wie ich weiter vorzugehen habe. Man sagte es mir, und ich fuhr wieder nach Hause, zum Glück störungsfrei. Ich würde einfach zu Hause auswählen und bequem bestellen, was jetzt in die engere Auswahl gekommen war, und konnte mich in den nächsten Tagen auf eine komplett mit fabrikneuen Möbeln meiner Wahl und meiner Ästhetik ausgestattete renovierte kleine Luxuswohnung freuen, die nur mir gehörte. Ich konnte mich dort einsam fühlen und allein, von allen guten und schlechten Geistern verlassen. Aber – noch ist es ja nicht soweit. Das war ja gestern. Inzwischen sitze ich mit meiner lieben Frau in der gemütlichen Wohnung und spiele Schriftsteller. Sie telefoniert mit ihrer besten Freundin. Also ihrer sogenannten a. b. f. d. l., das ist die Abkürzung für »allerbeste Freundin des Lebens«. Nein, das wäre ja ich, ich muß das erklären. Im letzten ›Spiegel‹ stand ein Bericht über den grundlegenden Kulturwandel bei weiblichen Teenagern, die nämlich allesamt ins eigene Geschlecht verliebt seien. Homosexualisierung von Staat und Gesellschaft hatte ich dieses Phänomen schon immer genannt, die Folge des Verschwindens der Männer aus der Erziehung, ja aus der Familie. Sie sind nur noch Randfiguren, die Jungs werden rückgratlose Spinner und die Mädels alle lesbisch – so in der Grobfassung meine natürlich nie ganz ernstgemeinte, im Kern aber richtige Analyse. Nun also der Ritterschlag dafür: ein großer Artikel im besten Nachrichtenmagazin der Welt. Sissi und ich lasen ihn uns vor, in der gemütlichen gemeinsamen Wohnung. Bald werden solche Momente seltener werden. Ich werde meiner Frau theatralisch erklären müssen, daß ich ein Schriftsteller der alten Schule sei, der nur in der zerklüfteten Einsamkeit – allein mit sich und einem abwesenden Gott – zu großen Werken fähig sei und nun ausziehen werde. Das heißt, Moment mal, nein, lieber nicht. Ich sollte auf Teilzeit gehen und alles heimlich machen. Tagsüber ein, zwei Stunden bei Wasser und Brot in der Junggesellenabsteige »schreiben«, abends wieder gute Filme und feines Essen in der alten Wohnung. Sissi würde gar nichts merken.

Nun traf ich aber mitten am hellen Tage diesen lustigen halbseidenen Makler wieder. Er stand auf der gegenüberliegenden Seite der breiten Taborstraße, höchstens fünfzig Meter von Sissi und mir entfernt, und rief laut meinen Namen. Man muß schon sagen, er brüllte ihn. Es war sehr auffällig. Die Menschen drehten sich nach ihm um. Flog nun alles auf? Sissi war zu überrascht, um auch nur ein Wort herauszubringen. Bis wir die fünfzig Meter bis zu ihm überwunden hatten, konnte ich mir eine Erklärung ausdenken für das Phänomen, eine Ausrede. Ich verfiel auf eine, die ich schon früher verwendet hatte: der Herrenabend. Dort passierten ja angeblich stets die sonderbarsten Dinge, nachts weit nach zwölf Uhr. Und so sagte ich, dieser Kerl sei ein verrückter Mensch, den mir die Kumpels beim Herrenabend aufgenötigt hätten. Er sei Spielervermittler und handele mit abgestürzten Bundesligaprofis. Das fiel mir so schnell ein, weil ich genau so einen Fußballerdealer dort einmal kennengelernt hatte. Der kleine, dicke Makler winkte lebhaft. Er schien sich sehr zu freuen. Ich raunte zur Sissi, sie könne schon einmal zum Spar-Supermarkt gehen, ich käme gleich nach, würde den Freak kurz abwimmeln. Leider hatte sie ein Faible für irgendwie heruntergekommene Menschen, für Landstreicher, politisch Verfolgte, illegale Migranten und so weiter. Aber ich sah sie streng an, mit diesem »Kind, das ist diese Herrenabendwelt, die *willst du gar nicht kennenlernen*«-Blick, und so ging sie zum Supermarkt. Sie hörte nicht mehr, wie der Makler mich hocherfreut auf die Wohnung ansprach.

»Na, wie ist es in der neuen Wohnung? Ach, ich weiß schon, du warst noch gar nicht drinnen, nicht wahr?«

»O doch, schon zweimal. Einmal habe ich ein Türschild angebracht und einmal ein Briefkastenschild!«

Mein neuer Freund stammte übrigens aus Georgien und nannte sich Raphael. Also mit Nachnamen. Aber in Wirklichkeit hieß er Tuchkanashvili. Wer hätte einem Makler vertraut, der so hieß? Also arbeitete er unter falschem Namen. Er hatte graue Haare, die er mit viel Gel nach hinten bürstete. Eigentlich konnte man unseriöser gar nicht aussehen, nahm man die Bartstoppeln dazu. Aber ich mochte ihn, und damit ist klar, daß er auch mich mochte. Er konnte mir keine Quittungen für meine Zahlungen ausstellen, aber ich ließ es mir gern gefallen. Er hatte eine gigantische Summe Bargeld von mir bekommen, und trotzdem mußte ich ihn nun zum Essen einladen; er hatte vergessen, sich etwas einzustecken. Egal, er würde trotzdem alles für mich tun, wenn ich einmal in Not war. Sicher konnte er auch im fernen Berlin Jens Tittel die Reifen aufstechen lassen, zum Beispiel.

Wir gingen in ein italienisches Restaurant in der Taborstraße. Er sprach von seiner jüdischen Kindheit in Georgien während der sowjetischen Herrschaft sowie der Zeit danach. Er nannte sich selbst einen Hebräer und fragte, ob nicht auch in mir jüdisches Blut fließe. Ich war verdutzt. Das hatte mich noch keiner gefragt. Ich mußte an die Mutter meines Vaters denken und daß man erst in den siebziger Jahren entdeckt hatte, daß sie eigentlich

Jüdin sei. Ich sagte es Raphael, der sofort traurig nickte. Das habe man oft so gemacht damals.

Wir saßen im Freien und achteten nicht auf Elisabeth, die, vom Supermarkt zurück und schwer bepackt, uns vielleicht sehen konnte. Wenn ja, konnte ich sagen, ich hätte mich von der seltsamen Herrenabend-Figur zum Glaserl Wein nötigen lassen; ich könne bekanntlich nicht nein sagen, da ich schüchtern und höflich zugleich sei. Alles Quatsch, denn ich bin nicht schüchtern, und höflich wäre es ja gerade gewesen, die Einladung abzuschlagen. So saß ich also mit meinem angeblichen Herrenabendfreund in einem italienischen Restaurant mit dem verkrampft witzigen Namen »Eataly« und ließ es mir schmecken. Doch bevor ich das erzähle, mache ich einen weiteren Zeitsprung. Es ist nun Anfang November, und der Winter hat eingesetzt. Weitere Herrenabende haben stattgefunden, wobei mir auffällt, daß ich noch gar nicht erklärt habe, was Herrenabende sind. Nun, eines Tages berieten zwei Freundinnen und ich, was man nur tun könne, um sich wieder so oft und unbeschwert treffen zu können wie früher. Meine Frau war ja leider sehr eifersüchtig. So erfanden wir den Herrenabend. Im Grunde waren es Abende mit mir und Frauen, wobei naturgemäß bald weitere Freunde von mir angelockt wurden. Bis zuletzt bildeten Frauen die Mehrheit, doch wurden die dazugekommenen Männer immer wichtiger. Sie hatten in der Stadt Wien einfach mehr zu sagen, diese Künstler, Schriftsteller und Publizisten. Einer von ihnen war ein äußerst auflagenstarker Autor, der mir gleich als erstes das Versprechen abnahm, nie über ihn zu schreiben. So kann ich auch hier nichts über ihn verraten, nicht einmal, daß er Lamborghini fuhr und eine Art Jagd auf Frauen betrieb, die in Deutschland schon seit Beginn der Frauenbewegung ausgestorben war. Ein anderer war der sogenannte »schöne Kurti«. Er kleidete sich formvollendet, das muß man sagen. Ich hatte das bei Männern noch nicht erlebt und kannte das nur aus Büchern von Oscar Wilde. Gestern zum Beispiel fand er eine meiner Bemerkungen besonders interessant, und er zückte ein Blöckchen, in das er diese hineinschrieb. Das Blöckchen steckte in einem Lederetui, das er extra hatte anfertigen lassen. Auch das Blöckchen hatte er machen lassen. Es hatte nur zwölf Seiten. Blöckchen und Etui waren kleiner als ein Handteller. Als Schreibgerät verwendete er einen schlanken Füllfederhalter von Montblanc, also nicht von Pelikan, mit Goldfeder. Pelikan, das ich lebenslang bevorzugte, war ihm nicht elegant genug. Der schöne Kurti war Professor für alte Philosophie. Er wurde früher manchmal mit David Lynch verwechselt, der ihm verblüffend ähnlich sah, also in jungen Jahren. Inzwischen sah Lynch nur noch alt aus, wohingegen Kurti, Dorian Grey nacheifernd, wie frisch aus dem Ei gepellt wirkte. Ein interessanter Zeitgenosse, der mir schönere Komplimente machte als jede Frau. Er hatte übrigens auch eine, und diese war, wie oft bei schönen Männern, eher rauh und herzlich, und gar nicht schön. Ihre Schönheit kam aus dem Herzen. Sie war es, die dem Herrenabend von Beginn an angehört und ihn belebt hatte.

Um der Performance des bestens gekleideten Kurti etwas entgegenzusetzen, trug ich meine goldene Rolex nun immer offen. Ich schlug die Hemdmanschette zurück und ließ den Arm lässig auf der Tischplatte liegen. Da viele meiner Freunde trotzdem nicht auf den Rolex-Schriftzug achteten, schrieb ich in meiner wöchentlichen

Kolumne darüber. Ich schrieb, meine Frau und ich hätten während unserer letzten Auslandsreise eine echte Rolex aus purem Gold gekauft. Daraufhin kam bei manchen – den nicht ganz so nahen Freunden – das Gerücht auf, man könne möglicherweise nicht ausschließen, daß die wertvolle Uhr gefälscht sei, da die Auslandsreise in die Türkei geführt habe. Auch darauf wußte ich eine Antwort. In meiner nächsten Kolumne berichtete ich, wie ich die türkische Uhr gegen eine aus Schweizer Produktion ausgetauscht hätte: in der Wiener Rolex-Filiale. Ich kann ja spaßeshalber beide Kolumnen – sie sind wirklich sehr kurz, zusammen weniger als eine Seite – hier abdrucken. Der spätere Leser, es soll ja welche geben, wenn ich dem Verlag glauben darf, wird mir diese kleine Abschweifung schon noch durchgehen lassen. Er wird das verstehen: Man will ja Masse machen, die 405 Seiten müssen irgendwie gefüllt werden. Also:

> *Letzten Freitag bis Montag – verlängertes Wochenende – war ich in Istanbul. Ja, das ist heute ganz einfach. So ein Flug kostet hundert Euro, und dann kauft man so billige Sachen dort ein, daß man sogar den Flugpreis wieder reinholt. Der Hammer war eine Rolex, die für 3000 türkische Lira im Grand Basar gegenüber der Hagia Sophia angeboten wurde. In Wien zahlt man für so eine reine Gold Rolex ein Vielfaches, nämlich zwischen 3000 und 30 000 Euro. Ein Euro entspricht etwa zwei Lira. Die Sissi war erst dagegen, daß ich sie kaufe. So viel Geld, für eine Armbanduhr? Ich hatte doch schon eine! Wir streiften weiter durch den labyrinthischen, kellerartigen Basar, wurden pausenlos von Händlern angesprochen (ange-*

quatscht wäre das bessere Wort). Dabei entdeckte ich dieselbe Rolex noch einmal. Von den vielen tausend Händlern hatten sich viele auf Markenuhren spezialisiert. Dieser Händler bot die Rolex für unfaßbare 300 Lira an. Ich zeigte Interesse, woraufhin wir nach innen gebeten wurden und man die Uhr auspackte und vorführte. Beim Rausgehen rief uns der Mann Preiskorrekturen hinterher. »Two hundred seventy! ... Two hundred fifty! ... «

Wir nahmen einen türkischen Kaffee. Der Kellner fragte uns, wonach wir suchten, und ich nannte spaßeshalber die Uhr. Zum Glück war sein Bruder im Uhrengewerbe. Wir wurden zu ihm geführt. In einem Hinterzimmer öffnete dieser einen geheimnisvollen Koffer. Inhalt: meine Gold-Rolex, 50 Exemplare, das Stück 150 Lira. Ich ging als erster, die Sissi blieb bei dem Mann. Nach zehn Minuten kam sie nach, ganz aufgeregt: »Stell dir vor, ich habe ihn auf sechzig Lira heruntergehandelt!« Sie schrie fast.

Nachts trafen wir unter der Bosporusbrücke Migranten aus Afrika, die Feuer machten, Tee anboten und alles mögliche verkauften, Nüsse, gebratene Maroni, angestaubte Handtaschen, Rolex-Uhren. Ich sah sie wieder, meine Uhr, an jedem zweiten Stand, für zehn Lira.

Ich habe sie nicht gekauft. Ich bin doch nicht blöd.

Ich habe sie natürlich *doch* gekauft, durfte es aber in der Zeitung nicht schreiben. Und in Wien bin ich dann zum besten Juwelier der Stadt gegangen, zur Rolex-Hauptfiliale in der Kärntner Straße, neben dem Stephansdom. Auch darüber schrieb ich:

Kürzlich war ich ja in Istanbul und hätte fast eine sogenannte echte Rolex gekauft. Wieder in Wien, ging ich in die Kärntner Straße zum feinsten Uhrengeschäft der Stadt. Ich wollte nachsehen, ob meine Uhr auch wirklich echt gewesen wäre, für so wenig Geld, zehn türkische Lira, sprich fünf Euro. Ich sah sie schon im Schaufenster, hinter zentimeterdickem Panzerglas, mit einem schmalen Preisschild, 29 980,– Euro, quasi als Name. Dann ging ich in den Laden, wollte sie anfassen. War es wirklich dieselbe? Ungefähr sieben Verkäufer umringten mich schlagartig. Alle hatten die gleiche Aura von Seriosität und absoluter Humorlosigkeit. Sie trugen dunkle Anzüge und schienen aus einer Vorstandssitzung zu kommen. Ich fragte gequält lustig in die Runde: »An wen soll ich mich wenden? Sie sehen alle so gleich aus!« Keiner lachte, dafür sah mich ein Herr mit brennenden Augen scharf an. Er wolle mir zu Diensten sein. Er holte die bezeichnete Uhr und führte sie vor. Ich sah genau hin. War sie wirklich wie meine? Übrigens – hatte ich sie vielleicht doch gekauft? Oder meine liebe Frau, die Sissi? Ich hatte ja gerade Geburtstag, während wir in Istanbul waren. Einen runden, fünfzig Jahre, da schenkt man nicht irgendwas. *Auch unsere türkischen Gastgeber hätten mir die Freude machen können. Ich hatte ihnen meine Rolex-Odyssee ja erzählt. Womöglich hatte ich die Uhr jetzt dabei und konnte sie unbemerkt austauschen? Die anderen sechs Verkäufer verkrümelten sich bereits, sahen hochnäsig weg. Ich starrte auf die Uhr. Aha, so wurde sie aufgezogen ... und so wurde sie gestellt ... interessant. Und welches Material war es? Gold, Gold, so, so. Sehr schön. Danke sehr. Und so legt man sie also an? Der Mann wandte sich ab, wollte mir Zeit zur Entscheidung geben ... Aber am Ende habe ich sie ihm zurückgegeben und nicht gekauft. Welche von beiden, darf ich hier nicht preisgeben.*

Nun wußte endgültig jeder meiner »Herrenfreunde«, also die Damenwelt, daß meine Rolex echt war. Das trug mir viele neue Optionen ein. Ein lässiger Arm, bepackt mit 29 000 Euro, wird gern schon einmal gestreichelt. Es kamen sogar fremde Frauen in das Lokal »Anzengruber«, in dem wir uns regelmäßig trafen, um die Uhr genau und prüfend anzusehen.

Also, der Herrenabend. Wo war ich stehengeblieben? Gerade habe ich mir ein Red Bull aus dem Kühlschrank geholt. Die Sissi ist in die Redaktion gefahren, ich müßte also gar nicht schreiben. Das macht mich eigentlich noch freier. Ich habe mich von meinem Stoff befreit und jetzt auch noch aus dieser Zwangslage. Ich werde nicht mehr beobachtet. Ich kann tun, was ich will (tiefer Schluck aus der Red-Bull-Dose). Ich könnte mir ein Maisbrot mit Scheiblettenkäse machen. Das Maisbrot hat keine Kalorien, der Scheiblettenkäse »light« kein Fett. Zusammen schmeckt beides lecker. Soll ich noch mal von Italien erzählen? Nein? Noch mal aus der ›Leidensschwärze‹ von Sara-Rebecka Werkmüller vorlesen, äh, aus der ›Lebensschwärze‹? Suchen wir uns einfach einmal eine erotische Stelle, dann wird es schon erträglich sein, oder? Also, Seite 91: »*Der menschliche Körper Antons stand ihr, Anna, noch, obwohl bar jeder vitalen Erinnerung, vor dem geistigen Auge, mehr imaginiert als wahrhaftig, durchaus lebendig und doch sehr verschwommen. In jener Zeit vor der ersten Mallorcareise des im Grunde Unbekannten hatten sie sich mehrmals im Ibis-Hotel in Nürtingen an der Aller getroffen. Es war dann von Anfang an eine Art gemeinsamer Affäre geworden, aus ihnen und ihren versüßten Träumen. Und als das logistische Zentrum ihrer in die Tat umgesetzten Phantasien hatte wohl die Kantine der Baden-Württembergischen Bildergalerie zu gelten, ein Monument der großen Stuttgarter Kultursphäre, die sie anzog. Anna war die Umgebung nicht unvertraut, da sie ihren nahegelegenen Arbeitsplatz zu gelegentlicher Einnahme der Mittagspause nutzte, wobei sie sonnenblumkernbesprenkelte Handsemmeln mit schlecht gekochten Eiern, rötlichgelben Apfelsinensaft in hohen, zylindrischen Rumgläsern und bräunlich-kleinbergige Marmeladenhaufen verspeist hatte. Schon damals waren eine inwärts verankerte Melancholie und jene Kargheit der Worte für ihr Wesen stilbildend, die sie dann in Thomas wiedertraf wie ein furchtbares und schmerzverliebtes Echo...«*

Uhh, ich höre auf. Wer ist Anton? Und Thomas? Und die Cafeteria der Württembergischen Landesbibliothek, oh my god! Geht es noch abtörnender? Und die Mallorcareise, was das wohl war, ich ahne Langweiliges bis zum Würgen. Ich stelle mir vor, diese »Anna« würde mir davon erzählen. Ich würde NICHT EIN WORT darüber hören wollen, von der immer gleichen Beschwörung der urtümlichen Schönheit der Insel, von der der Ballermanntourist ja keine Ahnung habe, von George Sand und so weiter... bäh! Also, man soll ein Buch ja immer ein zweites Mal lesen, aber in diesem Fall ist es einfach Tatsache, daß ich die handelnden Personen nicht mag. Die will ich nicht kennenlernen, diese trostlosen, lichtlosen, sensationslosen Loser.

Buch zu, und weiter. Mir geht es gut. Ich habe keine Probleme. Ich bin glücklich, und mein Leben ist aufregend. Meine Frau ist in der Redaktion. Unten fährt ein Auto vorbei. Im Oktober waren wir in Istanbul. Draußen in der Welt gibt es angeblich gerade eine große Wirtschaftskrise. Alle Freunde, die als Journalisten arbeiten, fürchten jetzt um ihren Arbeitsplatz. Schriftsteller haben es leichter, was schwer zu verstehen ist. Denn die Verlage werden vom Internet zurückgedrängt, haben immer weniger Umsatz. Aber Schriftsteller kennen die Situation. Sie haben alle schon einmal Einbußen gehabt oder mußten sogar hungern. Für festangestellte Journalisten ist es dagegen die Katastrophe ihres Lebens, wenn sie gekündigt werden. Sie haben dann große Abfindungen, dazu Geld und Anlagen überall, haben also mehr Geld als nahezu jeder Schriftsteller, aber sie ängstigen sich zu Tode. Danach nehmen sie viele kleine Jobs an, um wieder das gleiche zu verdienen. Das alles mache ich anders. Ich habe sogar vor einer Woche meine Haupteinnahmequelle verloren. Genau letzten Montag war das, und heute ist wieder Montag. Aber habe ich deswegen irgend etwas verändert, bin ich in Panik ausgebrochen? Nun, mein Leben ist schon etwas anders geworden in der letzten Woche. Vielleicht sollte ich einmal alles penibel chronologisch aufschreiben, alles der Reihe nach, wie ein Tagebuch. Damit man einmal einen Blick auf meinen Alltag bekommt. Ich weiß natürlich, wie langweilig Tagebücher sind. Aber in diesem Fall will ich es versuchen.

Beginnen wir mit dem Samstag vor diesem Montag, also zwei Tage vor der Kündigung. Ich ging mit meiner Frau Elisabeth im Prater spazieren. Der Prater ist nur zu einem geringen Teil der gleichnamige Rummelplatz, für den er berühmt ist, sondern vor allem ein schier unendlich großer Park. Man kann ihn gar nicht bis zum Ende gehen. Sissi und ich sprachen über den neuen Film von Michael Haneke, den wir gesehen hatten und der mir buchstäblich in die Knochen gefahren war. Mir schmerzten nämlich die Füße beim Gehen. In dem Film, der ›Liebe‹ hieß, hatten sich zwei über neunzigjährige Menschen auch in ihrem betagten Zustand noch furchtbar lieb. Der Mann, »gespielt« von Jean-Louis Trintignant, konnte kaum noch gehen, so wie ich jetzt. Er zog das Bein immer nach, schlurfte gottserbärmlich. Er war übrigens vor fast sechzig Jahren der erste Liebhaber von Brigitte Bardot gewesen, in dem schönen Farbfilm ›Et Dieu crée la femme‹ (›Und immer lockt das Weib‹) und auch im wirklichen Leben. Der junge Curd Jürgens, der auch auf sie scharf war, hatte das Nachsehen. Nun also, in dem Haneke-Film, bekommt die Frau einen Schlaganfall und wird vom Mann liebevoll bis in den Tod gepflegt. Sissi mochte das sehr, denn sie mag Filme über Alte, und Alte an sich sowieso. Ihr ganzer Freundeskreis bestand praktisch ausschließlich aus Leuten ihrer Elterngeneration. Diese älteren Mitbürger waren ja auch wirklich interessanter als die Nachgeborenen, da sie Krieg, Faschismus, Befreiung, Inflation und Währungsreform, ja die ganze Nachkriegszeit noch als Kind miterlebt hatten. Sie erinnerten sich an die fünfziger Jahre, den kalten Krieg, den Auschwitz- und den Eichmannprozeß, die Kubakrise und schließlich an den Höhepunkt ihres Lebens: die Achtundsechziger-Studentenrevolte samt anschließender Frauenbewegung. Da standen sie noch voll im Saft und liefen zur Bestform auf. Es war wohl um das Jahr 1973 herum, als sie aufhörten, das jeweils Neue wahrzunehmen. Alles, was ab 1974 geschah, haben sie nicht mehr wirklich mitbekommen, aber das macht nichts, denn genau da setzt meine eigene Erinnerung ein. Mit der Machtergreifung Helmut Schmidts in Deutschland. Übrigens lebt Helmut Schmidt noch und könnte mit seiner großen Liebe Giscard d'Estaing durchaus so ein Paar bilden wie das in dem Film von Michael Haneke.

Also, Sissi liebt solche Filme, und deshalb sahen wir kurz zuvor schon den Senioren-Porno ›Wie beim ersten Mal‹ mit Meryl Streep und Tommy Lee Jones. Da geht es um eine ältere Frau, eben Meryl Streep, die seit fünfunddreißig Jahren verheiratet ist und endlich wieder mit ihrem vergreisten Mann schlafen will. Seit Ewigkeiten haben sie es nicht mehr getan. Sie schlafen in getrennten Zimmern. Eines Nachts steht sie im Negligé, parfümiert und zugeschminkt wie ein Transvestit, vor seinem Bett, und er erschrickt sich natürlich total. Er hat keine Lust, und da das als Problem betrachtet wird, muß er mit ihr eine Paartherapie beginnen. Am Ende läuft es dann wieder wunderbar mit dem Sex. Die Sissi vergoß Tränen der Rührung. Ich weniger. Die Sex-Stellen hatten mich geradezu traumatisiert. Welcher gesunde Mitteleuropäer kann schon Tommy Lee Jones mit nacktem Oberkörper sehen, ohne dabei Schaden zu erleiden? Aber ich ließ mir nichts anmerken. Das rächte sich vielleicht, also unterbewußt, indem ich mich nun selbst ganz alt fühlte. Am Sonntag sind wir dann in den Film ›Late Bloomers‹ gegangen, auf deutsch etwa »Die Verblühten«, mit Isabella Rossellini und William Hurt. Das war dann also der dritte Altenfilm in einer Woche. Darin taten die beiden Senioren die Sache von Anfang an mit Schmackes und unverbrauchter Energie. Das war mehr als scheußlich, da man die ungeheuer fette Rossellini in voller Pracht vorgesetzt bekam. Die Orgasmus-Momente verlegte die Regisseurin immer unter die Bettdecke, was nur bedingt besser war, denn nun stellte man sich immer die füllige alte Frau in Aktion vor. Sie trat dann auch einem Schwimmverein bei, machte Wellness und Gymnastik, und es war nur schockierend, da Isabella Rossellini doch einmal so hübsch gewesen war. Noch in den achtziger Jahren hatte sie mit ihrem schönen Gesicht Werbung für L'Oréal gemacht. Und nun, nur dreißig Jahre später, lauter Falten der Verbitterung und des Niedergangs. Die Rolle, die sie zu spielen hatte, war auch denkbar unsympathisch: Überall mußte sie erkennen, wie unangenehm das Leben alter Menschen angeblich war. In der U-Bahn machten ihr junge Leute Platz – was für eine Erniedrigung! Im Sportclub sahen die jungen, karriieregeilen Hühner besser aus – wie ungerecht! Außerdem hatte sie Gedächtnisverlust und Alzheimer – wie beschissen! Im ganzen Film lachte sie nicht, denn sie hatte ja auch nichts zu lachen. Sie kauft ein altersgerechtes Handy mit Riesentasten. Sie läßt das Klo behindertengerecht umbauen. Sie legt Stützbalken in der Badewanne an und so weiter. Ihr Mann, William Hurt, ist zunehmend genervt davon und brüllt schließlich: »Durch dich und dein Getue werde ich alt!« Er nimmt sich dann eine Studentin, die in seiner Firma jobbt, zur Geliebten. Die ist idealistisch und liebevoll. Die Rossellini fuhrwerkt inzwischen auf dem Friedhof herum und sucht den passenden Platz für das gemeinsame Grab aus. Dann stirbt der Bruder vom Protagonisten, und auf der Beerdigung kommt es zur Versöhnung. Rossellini und Ehemann fallen in die ausgehobene Grube und treiben dort Sex wieder bis zum Äußersten. Keiner weiß, warum. Vielleicht, weil den Film eine Frau gemacht hat, sicher keine ganz junge. Auch aus diesem Zeitgeiststreifen kam ich lädiert heraus. Wieder ging er furchtbar auf die Knochen. Die Beine taten weh, die Fußgelenke besonders. Bei jedem Schritt fühlte ich einen stechenden Schmerz. Wie viele dieser Filme würde mein Körper noch aushalten? Immerhin war das Essen mit einer betagten Sissi-Freundin abgesagt worden. Die Gespräche über die neuesten Krebserkrankungen und Sterbefälle im Freundeskreis hätten mich nur weiter destabilisiert. Und so kam der Montag, an dem ich, wie erwähnt, eine Kündigung unter meinen E-Mails fand.

Ich will nicht drum herumreden. Es war tatsächlich wie ein Schlag, also ein echter, physischer. Eine meiner beiden Kolumnen war weg, und zwar die lukrativere. Nun blieb mir nur noch die für das Massenblatt. Das wurde zwar von 800 000 Wienern gelesen, aber leider waren es Spießer und Kleinbürger. Die andere, nun verlorene Kolumne stand in einem Edeljournal, das ungeheuer gut bezahlte. Immerhin, ich durfte nun große Reportagen dafür schreiben. Das aber bedeutete Arbeit, und Arbeit ist das Gegenteil von Glück. Zu dem Zeitpunkt wußte ich aber noch nichts davon, von den Reportagen. Ich war nur erschüttert. Als Sissi das merkte, nahm sie mich zu einer Veranstaltung am Abend mit. Ein Überlebender des Konzentrationslagers Auschwitz stellte sich der Wiener Bevölkerung und Presse vor. Erst wurde eine Rede gehalten, dann noch eine, dann wurde ein zweistündiger Dokumentationsfilm gezeigt, und schließlich gab es eine Podiumsdiskussion. Ich war entsetzt über die Greuel und Menschenrechtsverletzungen, die im deutschen Namen durch das nationalsozialistische Unrechtsregime verübt worden waren. Die Moderation der Diskussion hatte meine Frau, und ich war sehr stolz auf sie. Die Meinungen wogten hin und her, und ich, der ich mich mein Leben lang gegen Hitler ausgesprochen hatte, beteiligte mich lebhaft. Am Ende waren wohl alle im Saal zu überzeugten Hitlergegnern geworden. Das war ein schöner Erfolg und relativierte meinen Kummer über die Kündigung.

Doch weiter im improvisierten Tagebuch. Es kam der Dienstag. Ich mußte zu meinem ehemaligen Vorgesetzten fahren, um die Kündigung auch formell entgegenzunehmen. Das ging nicht ohne unangenehme Gefühle ab. Der Mann zog einen Brief einer bekannten Universitätsprofessorin hervor, die mich wegen Seniorendiskriminierung angezeigt hatte. Der Chef war außer sich. Wie ich denn dazu käme? Achtzig Prozent der Zeitungskäufer und siebenundachtzig Prozent der Abonnenten seien über sechzig! Da könne man doch nicht schreiben, Frank Stronach verkörpere das poltische Coming-out des autoritären Charakters und der stets aggressiv gebliebenen Kriegsgeneration! Für deutsche Mitleser muß ich hier erklären: Frank Stronach, ein rüstiger alter Knacker im neunten Lebensjahrzehnt, hatte gerade eine Partei gegründet und war prompt ins Parlament eingezogen.

Ich zeigte große Reue, entschuldigte mich und bekam so den Posten einer sogenannten Edelfeder. Von nun an würde ich hart arbeiten müssen für mein Geld. Die kleine Kolumne hatte sich ja von selbst geschrieben. Um mich seelisch von den Tiraden des Chefredakteurs – auch er ein Mann über sechzig – zu erholen, rief ich zu Hause meinen Lektor van Huelsen an. Ich wollte hören, ob man immer noch an mich glaube.

»Das ist ganz, ganz große Oper, dein ›Happy End‹ ...«, hörte ich den gebürtigen Belgier mit seiner etwas holprigen Aussprache schwärmen, »und eine große Schlak gegen die kulturelle Establishment in diese Lande! Das ... ist Wallraff! Ich, wir, wir alle, auch der Verleger, und seine Frau auch, wir alle sehen ›Happy End‹ in unsere Verlag als zentrales Werk! Der Höhepunkt und die logische Weiterentwicklung eines Werk, das seit fünfundzwanzig Jahren voranschreitet und auf ganz natürliche Weise nun einfließt in den Heimathafen Kiepenheuer & Witsch. Das ist wie Helge Schneider auf Wikileaks! Die ganze dekonstruierende Mechanik eines Autors, der wirklich das Zeug zum Stuckrad-Barre des 21. Jahrhundert hat und der dennoch seiner ganz eigenen, unverwechselbaren Marke treu bleibt und diese zu jener Eskalation zuschärft, die als der zwingende nächste Schritt im Kunstsinne angesehen und respektiert werden muß und auch werden wird ...«

Der Klappentextkönig hatte sich in Schwung geredet, und dabei wurde sein Deutsch sofort immer besser. Ein wunderbarer Mann. Alle im Verlag schätzten ihn und sahen auch über sein kleines, minimales Alkoholproblem mutig hinweg. »Ich habe keinen Abstinenzler eingestellt, sondern einen Lektor«, soll der Verleger mit fester Stimme in der Betriebsversammlung gesagt haben.

Das gab mir neuen Lebensmut. Irgendwie rettete ich mich in den Mittwoch. Da aber, im Laufe dieses langen Tages, wurde mir bang ums Herz. Ich hatte ab sofort 1350 Euro netto weniger im Monat für den Konsum zur Verfügung, einfach so. Es war wie Krankwerden ohne Krankenversicherung. Auf einmal mußte man eine fünfstellige Summe für etwas bezahlen, das man weder geplant noch gewollt hatte. Zu blöd, ja grauenvoll. Nannte man das Schicksalsschlag? Oder einfach Arbeitslosigkeit? Zum ersten Mal konnte ich mir darunter etwas vorstellen, unter diesem Wort, also ich konnte es nachfühlen, obwohl es strenggenommen gar nicht auf mich zutraf. Ich fühlte mich so schlecht, daß ich mich nicht zurückhalten konnte, dem Chefredakteur einen Brief zu schreiben. Jeder weiß, daß man das nie tun sollte. Mit dem Briefeschreiben fängt jede echte Katastrophe an. Vorher ist alles immer noch im Fluß, kann in jede Richtung agiert werden, danach nicht mehr. Danach ist eine Front entstanden. Ein Stellungskrieg. Ich versuchte daher, so überfreundlich und schleimig wie möglich zu formulieren, und schrieb folgendes:

Lieber Herr Fastenhuber,
Sie können sich gar nicht vorstellen, wie sehr ich mich über Ihre lieben Zeilen heute gefreut habe. Inzwischen habe ich den Flug nach Berlin für den 7.11. fest gebucht. Ich werde dann fast eine Woche für den Berlin-Check zur Verfügung haben (ich will ja nicht aus der Erinnerung schreiben). Zu unserem geplanten Kolumnen-Buch fällt mir ein, daß es zu jeder Kolumne zwei Versionen gibt, und wir haben somit eine zusätzliche Option. Das muß ich näher erklären. Eigentlich hätte ich das schon gestern im Hummel mit Ihnen besprechen sollen, oder noch besser vor einem Jahr! Ich will etwas ausholen:
Als ich die Kolumne übernahm, dachte ich selbstverständlich, uns beiden schwebe ein bißchen Egon Erwin Kisch vor. Und wir beide wüßten, daß ich ein sogenannter Zeitgeist-Autor bin. Der Begriff Zeit-

geist wird meist negativ verwendet, heißt bei mir aber nur, daß ich dem jeweils herrschenden allgemeinen Bewußtsein hinterherschnüffele. Ich bin damit das Gegenteil des ideologischen oder weltanschaulich festgelegten Schreibers oder Journalisten. Wenn ein Journalist heute diskriminiert, was übrigens extrem selten vorkommt, dann stößt uns das so auf, weil er es in aller Regel aus einer bestimmten ideologischen Fixierung heraus tut. Er stülpt seine Weltsicht der Wirklichkeit über. Wie gesagt, bei mir ist es umgekehrt. Ich fand bei dem Beschwerdebrief, den Sie mir gestern zeigten, bemerkenswert, daß die Frau sagte, ich könne ebensogut Frauen, Schwule, Polen oder Bäcker diskriminieren. Genau, das stimmt. Ich fordere das Recht auf Diskriminierung aller. Je nachdem, was mir vor die Flinte läuft. Das müssen Sie sich so vorstellen: Wenn ich morgens auf die Zirkusgasse trete und eine schwarze Katze kreuzt meinen Weg, schreibe ich über die. Ist es ein unrasierter dicker kleiner Banker, schreibe ich über den. Ist es ein Pensionist, der über Stronach wettert, kommt der dran. Heißt: Wenn die Politik in den Alltag – in *meinen* – einsickert, darf ich sie nicht rauskürzen. Stellen Sie sich Kisch mit herausgekürzter Politik vor: heraus käme der ›Kurier‹-Lohmer! Denn das ist von Anfang an geschehen. Die liebe Annemarie Josef ließ mich fast jede Kolumne umschreiben, sozusagen kastrieren. Damit wurde das einzig Wertvolle, nämlich einen Kisch im Haus zu beschäftigen, geopfert, und ich habe eigentlich jede Woche mit der Kündigung gerechnet. Denn einen Autor ohne den Atem des Zeitgeistes, ohne das Gespür für den Kulturwandel, hätte man sicher für weniger Geld bekommen. Das war bis zuletzt so. Die letzte Kolumne war eine harmlose Geschichte, wie jemand bei Bucherer darauf spekuliert, seine Türken-Rolex gegen eine echte einzutauschen. Andreas hatte den Text bereits abgenickt und fertig gesetzt. Das Wochenende begann. Dann rief ich den überraschten Andreas noch einmal an, ob es auch keinen Konflikt mit Inserenten geben könne. Man zeigte die Kolumne Ihnen, Sie lehnten ab, ich schrieb binnen einer Stunde zwei neue. Eine über junge Leute, eine über alte. In beiden ging es darum, sich über die Betroffenen – jeweils ganz bestimmte wenige, aber typische – lustig zu machen, sie sozusagen zu diskriminieren. Dann entschieden Sie sich für die Version mit den »Neuen Alten« im Kino – und feuerten mich. Ein Mißverständnis? Hatte man Ihnen die Version mit den jungen Theatergroupies nicht gezeigt? Viel wichtiger: Hätten Sie die Zeitgeist-Versionen meiner Kolumnen von Anfang an eigentlich gemocht, nur die anderen Leute mit Einfluß taten dies nicht? *Dann* könnte man im geplanten Kolumnen-Band die ursprünglichen Texte versammeln. Die mit der Kisch-Perspektive. Jedenfalls könnte man jedesmal prüfen, ob die erste Fassung vielleicht besser war (ich besitze noch alle). Im Verlag Ihrer Frau kann uns ja keiner reinreden.

Noch ein Wort zu den Leserbriefen. Der eine, den Sie mir vorlegten und der schließlich meine Kündigung auslöste, bezieht sich auf eine Kolumne, die ich über die mutmaßlichen Stronach-Wähler geschrieben hatte. Auf Ihre Anweisung hin mußten dann alle Hinweise auf Stronach und alle womöglich als politisch zu verstehenden Elemente gestrichen werden. Übrig blieb ein Text, der sich wie ein seniorenfeindlicher lesen ließ. Aber bestimmt wissen Sie auch, daß auf einen querulantischen Leserbrief zehn Leser kommen, die mit derselben Intensität den Artikel begeisternd fanden. Viele Leserbriefe sind immer ein Zeichen dafür, daß der Text sehr viel mehr Leuten besonders gefallen hat als normalerweise. Es kann aber sein, daß Sie über den konkreten Fall so unendlich viel mehr wissen als ich – vierundzwanzig Jahre Unterhaltungsredaktion gegen siebzehn Monate –, daß ich diesen Gedanken nicht schriftlich vortragen, sondern einem Gespräch in trauter Runde dereinst überlassen sollte. Das haben wir ja seit gefühlt mehreren Jahren vor, und darauf freue ich mich (und meine hinreißende Frau natürlich auch ... ich habe mich über Ihre verstehenden Worte über das Foto schon sehr gefreut). Also, alles Gute, herzliche Grüße,

Ihr Johannes Lohmer

Die Stelle mit dem Kolumnenbuch bezog sich auf das Angebot des Mannes, meine bisherigen Texte in einem Buch herauszubringen. Diese Idee war insofern nicht schlecht, als dadurch noch ein paar weitere Tausender *ohne Arbeit* hereinkommen konnten. Aber würde der Chefredakteur dies nach meinem Brief noch wollen? Solche Leute vertragen nicht die Spur von Kritik, auch keine konstruktive oder versteckte oder wohlmeinende. Das war tragisch, denn dieser hier hatte in seinen jungen Jahren sogar einmal ein Buch über Kisch geschrieben.

Ich mailte den Brief und fühlte mich schlechter. Es war November, das Wetter war entsprechend, der Volkstrauertag hätte dunkler nicht sein können. Meine Frau schrieb eine Reportage über die Wörthersee-Gesellschaft, Titel ›Die Hautevolee/Am Wörthersee‹. Darin ging es um einen erstaunlichen Austausch der sozialen Schichten an diesem schönen Flecken Erde. Erst waren die jüdischen Künstler, Geschäftsleute und Intellektuelle dort, dann die Nazis, dann die Wirtschaftswunder-Millionäre, dann wieder der internationale Jetset aus angesagten Schauspielern, Malern, Künstlern, Popmusikern, und schließlich die braune Seilschaft der Jörg-Haider-Partei. Immer tauschten die zahllosen herrlichen Villen den Besitzer, immer waren erst die besten Vertreter ihres Volkes da, die Kreativen, Inspirierten und die engagierten Demokraten, danach dann die schlechtesten: die dumpfen Bodenständigen, die Korrupten, die Braunen. Und wie das passierte, weiß keiner. Das wurde nie recherchiert. Meine liebe Frau war die erste, die das tat.

Ich rief meinen Maklerfreund Raphael an und verabredete mich mit ihm. Aber wie schon öfter versetzte er mich. So nahm ich mein Fahrrad und fuhr sinnlos im Viertel umher. Ich fuhr zu dem Verlagshochhaus, in dem Sissi arbeitete, im siebzehnten Stock. Es war das höchste Gebäude der Innenstadt, eigentlich das einzige echte Hochhaus. Vor ihm führte die Aspernbrücke über den Donaukanal. Ich fuhr bis zur Mitte der Brücke. Sollte ich hineinspringen? Nein, weit gefehlt! Ich rief Elisabeth an, die dicht an das Fenster trat und mich nun sehen konnte. Ich winkte mit dem Arm, sie auch. Es war ein schöner Moment, den wir lange dehnten.

Ich war eben doch sehr verliebt, das merkte ich jeden

Tag aufs neue. Nun fuhr ich zum Stephansdom, sperrte draußen das Rad ab und ging hinein.

Ich tat das oft. Einmal war ich sogar mit Matthias Matussek im Dom und habe mit ihm darin *gebetet*. Muß man sich einmal vorstellen. Seitdem dachte ich daran, wenn ich dort war. Die Stimmung war nicht so phänomenal jenseitig und jahrtausendeöffnend wie in der Hagia Sophia, aber auch nicht so disneylandhaft unreligiös wie im blankgeputzten Petersdom in Rom. Abends war es angenehm dunkel, ja schwarz, das heißt: Nach allen Seiten und Höhen und Ecken hin breitete sich das Schwarz aus, und man konnte nur die unmittelbar beleuchteten Dinge sehen. Das lag daran, daß die Hauptlichtquelle immer noch die schier unendlich vielen Kerzen waren, die überall brannten und deren Licht sich natürlich nur wenige Meter ins Schwarze hinein ausbreiten konnte. Der Dom war nur halb so hoch wie die vor fast zweitausend Jahren von den alten Römern gebaute Hagia Sophia, aber etwas breiter, länger und vor allem ausufernder. Ich klaute den ›Kirchen-Report‹, eine Zeitung, die für 1,20 Euro auslag. Die konnte ich der Sissi zeigen, um zu beweisen, daß ich die Zeit im Dom zugebracht hatte und nicht bei meinen Freundinnen. Die rief ich nun alle der Reihe nach an.

Weiter in meinem Tagebuch: Erst um halb acht Uhr abends war ich zu Hause, somit gerade noch rechtzeitig. Um genau halb acht begann in Österreich immer die Sendung ›ZIB1‹, die wir niemals versäumten. ›ZIB‹ hieß in Wirklichkeit ›Zeit im Bild‹ und war die ›Tagesschau‹ der hiesigen Bevölkerung. Man versammelte sich dann vor dem Fernsehapparat und stellte alle anderen Interessen zurück. Diesmal kam nichts Besonderes. In der Steiermark war ein Bus ins Rutschen gekommen und im

Straßengraben gelandet. Die gute Nachricht innerhalb dieser Schreckensmeldung war jedoch, daß niemand der Fahrgäste zu Schaden gekommen war. In Salzburg wurde eine große Ausstellung über das Lebenswerk eines Malers eröffnet, von dem ich noch nie etwas gehört hatte. Das war erstaunlich, da ich von Kunst viel verstehe. Ein gewisser Felix Baumgartner, mir ebenfalls nicht geläufig und angeblich ein Fallschirmspringer, war zum bekanntesten lebenden Österreicher gewählt worden. Ein Politiker der Grünen, nämlich ein Landrat in einer niederösterreichischen Dorfgemeinde, hatte einen Burnout erlitten. Aus Anlaß dieses Falles sollte es im Anschluß an die ›ZIB1‹ eine Diskussionssendung mit dem Thema »Macht Macht krank?« geben. Ein namhafter Politikwissenschaftler würde moderieren. Solche Politikwissenschaftler waren total wichtig im österreichischen Fernsehen. Ohne sie kam kein politisches Format aus. Diese Leute wirkten freilich immer wie Karikaturen.

Nach der Sendung lief nichts Gescheites mehr, so daß wir noch in einen Spätfilm in unserem Kino um die Ecke gingen. Wir sahen die schöne französische Komödie ›Und wenn wir alle zusammenziehen?‹. Es ging in dem rührenden Film um sechs oder sieben Pariser Vorortbewohner, Freunde allesamt und im Rentenalter. Einer ist dement und vergißt alles, einer braucht eine Krankenschwester zum Ausgehen, die er aber nicht bezahlen kann, ein dritter holt sich im Bordell einen Herzinfarkt und kommt ins Krankenhaus. Die anderen haben Paarprobleme. Der eine Alte hat in seiner Jugendzeit mit drei der befreundeten Damen geschlafen, was erst jetzt herauskommt. Schließlich hat eine aus dem Freundeskreis auch noch Krebs im Endstadium. Mit einem Wort: Es ist echt was los bei den Grufties! Manchmal schlagen sie über die Stränge, etwa wenn der eine mit überhöhter Geschwindigkeit fast in einen Kinderwagen rast und dabei auch noch von den Bullen beobachtet wird. Nach einem Schlaganfall wird die Not in der Gruppe so groß, daß sie beschließen, einfach eine Alten-WG zu gründen. Dadurch sparen sie Pflegepersonal und können sich auch sonst prima helfen. Selbst die Beerdigung für die sterbende Krebskranke wird irgendwie eine schöne Sache. Sissi war wieder so gerührt, daß ihre Tränen im Übermaß flossen. Ich dachte daran, daß mir gerade gekündigt worden war, und konnte dadurch mitweinen. So kamen wir ganz gut durch die Nacht, eng umschlungen und gerührt von dem Film.

Der nächste Tag war Donnerstag. Die Elisabeth ging in die Redaktion, und ich kümmerte mich endlich wieder um die Einrichtung meiner neuen Geheimwohnung. Ich besaß leider noch keinen Schlüssel; die Verwaltungsfirma hatte die Schlüssel dem Hebräer gegeben – ich darf ihn so nennen, denn er nannte sich ja selbst so –, und der behielt sie aus unerfindlichen Gründen vorerst für sich. Tja, und es gab noch immer keinerlei Möbel in der smarten Immobilie. Ich knöpfte mir daher den »Ikea«-Katalog vor, sah aber erneut, daß der völlig unübersichtlich und unpraktisch war. Wieder einmal zeigte sich der menschliche Fortschritt im Internet. Ich war schnell bei jedem Möbelstück, das ich wollte und das ich bei der Begehung im »Ikea«-Lager ausgewählt und notiert hatte. Insgesamt vierzehn Möbel im Warenwert von 670 Euro setzte ich auf eine digitale Liste, die ich an eine »Ikea«-Website mailte. Umgehend bekam ich eine Antwort sowie die Information, daß die Möbel im Laufe der 45. Kalenderwoche geliefert würden und auch dann erst bezahlt werden müßten. Das war nun wirklich nicht schlecht. Ich konnte vorher noch nach Berlin fahren und die dortige Wohnung auflösen. Eigentlich wurde sie nicht aufgelöst, sondern umgebaut und luxussaniert. Ich konnte dann anschließend mit der Wohnung dort Geld verdienen. Das Geld, das mir durch die verlorene Kolumne entgangen war. Mein Plan war nämlich, die Berliner Wohnung durch eine Internet-Agentur für Ferienwohnungen an Berlinreisende vermieten zu lassen. Es war dieselbe Agentur, die Sissi und ich auch selbst in Anspruch nahmen, wenn wir in ferne Städte reisten und kein teures Hotel bezahlen wollten, wie zuletzt geschehen in Istanbul. Wir buchten dann für wenig Geld eine Privatwohnung. Berlin war eines der beliebtesten Touristenziele der Welt, und man konnte bei zwei Personen ohne weiteres 200 Euro für drei Nächte oder ein Wochenende verlangen. Wie auch immer, ich hatte in zwei Stunden meine neue Wohnung – die in Wien – komplett möbliert. Aus der Berliner Wohnung wollte ich nur Dokumente mitnehmen, also unveröffentlichte Manuskripte, von denen es viele gab, und Fotoalben.

Ich fühlte nun Stolz in mir hochsteigen. War es nicht phantastisch – ich hatte in kurzer Zeit heimlich eine Wohnung im sympathischen zweiten Bezirk gemietet und auch noch eingerichtet! Gab es da nicht eine gewisse Chance, daß Sissi, wenn sie davon erfuhr, nicht nur maßlos verärgert war, sondern auch positiv erstaunt? Ich konnte ihr erklären, daß ich nicht anders hatte handeln können. Denn wenn ich sie eingeweiht hätte, wäre es vorbei gewesen mit jeglicher Form von eigener Gestaltung. Sissi hätte nicht nur die Wohnung ausgesucht, sondern auch bis zum letzten Zahnstocher festgelegt, was in die Zimmer hineinkam und was nicht. Auch in unserer tollen gemeinsamen Wohnung in der Zirkusgasse befand sich ja kein einziger Gegenstand, der mir gehörte. Wann immer ich etwas von mir angeschleppt hatte, war es auf den Dachboden gewandert. Denn so war Sissi, und zwar weil sie eine Frau war und alle Frauen sich darin eins sind: Die Wohnung ist Frauensache und muß es bleiben! Dafür zu kämpfen lohnt jeden Streit! Ich wollte also nur ihre Nerven schonen, wenn ich die Sache ohne ihr Wissen in dieser Weise betrieb.

Trotzdem. Die Enttäuschung würde unvorstellbar riesig sein. Es konnte zu einem Zerwürfnis führen, das nicht mehr rückgängig zu machen wäre. Deshalb war die ganze Wohnungssache ein Problem für mich, das ständig an mir nagte. Ich begann bereits, schlecht zu schlafen. Gleichzeitig begann ich zu hoffen, meine frühere Schreibfähigkeit wiederzuerlangen. Ich mußte einfach ein paar Abgründe in mir aufbauen. Auch eine heimliche Freundin konnte hinzukommen. Vielleicht erst eine nette, harmlose und später eine verrückte, gefährliche, die jeden Mann nur unglücklich machen konnte! Das mußte man vom Schreibverlauf abhängig machen. Noch war es nicht soweit. Noch gab es nur monotones Tagebuch. Wo waren wir? Beim Donnerstag.

Diesmal gingen wir nicht ins Kino. Ich bin ja der Meinung, daß man jeden Tag, immer abends, ins Kino gehen sollte. Das war ein weitaus besserer kultureller Input als jedes Buch oder jede Zeitung. Auch an diesem Donnerstag hätte es gute Filme für uns gegeben, zum Beispiel den neuen Bond, ›Skyfall‹, oder den Tom-Cruise-Film. Aber Sissi suchte nach einem guten Autorenfilm, mit echten Problemen des Lebens, wie zum Beispiel Krankheit, Altersarmut, Demenz oder Inkontinenz. Wie durch ein Wunder kam an diesem Abend kein einziger Film dieser Art, und so unterhielten wir uns einfach ein bißchen über die Filme, die wir zuletzt gesehen hatten. Sissi wollte zum Beispiel wissen, wo wir denn einmal begraben sein wollten. Auf diese Frage gab es zum Glück schon eine Antwort, die älter war als ich selbst: Natürlich auf oder in der Familiengruft, die unsere Familie, also meine, besaß! Das verblüffte die Sissi, obwohl sie nicht zum ersten Mal davon hörte. Fast schien sie ein bißchen enttäuscht darüber, denn nun gab es ein Altersproblem weniger, über das man sprechen konnte.

Eine Woche später. Liebes Tagebuch, schon wieder ist so viel passiert in meinem Leben. In der Stadt Wien gab es ein großes Filmfestival, und meine Frau und ich haben fast jeden Tag einen schönen Spielfilm angeschaut. Den Anfang machte der Streifen ›Mozambique – Hommage an meinen sterbenden Vater‹. Ich habe das leider nicht verstanden und mich entsetzlich gelangweilt. Angeblich behandelte das Werk den Staat und die Geschichte von Mozambique einerseits sowie das lange Sterben eines bereits halbtoten Mannes andererseits. Doch man sah von ersterem kaum etwas, und von der angeblichen Hommage an den Vater des Regisseurs blieben auch nur Szenen eines Zombies übrig. Nie im Leben würde ich wollen, daß man *mich* mit so einer »Hommage« ehren wollte, wo statt von mir, meinen schönen Zeiten, meinen Erfolgen und Mißerfolgen, meinen attraktiven Frauen, statt von meinem ganzen Leben also nur von meiner zum Tode führenden Krankheit berichtet wird. Und von dem afrikanischen Küstenstaat sah man auch nur den Müll der letzten Tage. Dennoch wurde nach der Vorstellung artig diskutiert, stundenlang. Alle Kritiker lobten das große filmische Kunstwerk, und auch Sissi war von der Kraft der trüben Bilder hingerissen. Ich unterdrückte meinen Ärger und erholte mich bei einem Fritz-Lang-Film von 1955. Ich sage ja, es ist viel passiert in der Woche. Bestimmt möchtest du, liebes Tagebuch, daß ich dir auch diesen Film erzähle. Da ging es um einen enorm gutaussehenden Mann – bis 1955 sahen ja alle Filmmänner fabelhaft aus, es waren so unbezwingbare Schränke, die ihre dünnen Mädchenfrauen zerquetschen konnten –, der für seine Liebste einen Mord begangen hatte. Eine richtige Schlampe war es, die er ausschalten mußte, da sie ihn erpreßte und die geplante Hochzeit mit seiner Liebsten gefährdete. Alles klappt, der ganze höchst komplizierte Mord, doch ganz am Ende, im intimen Gespräch mit seiner Frau, verplappert er sich. Sofort wird die Frau hysterisch. Er soll ihr auf der Stelle die Wahrheit sagen. Sie bedrängt ihn, wird immer heftiger: »Du verschweigst mir doch etwas! Was ist es? Sag es mir! Was ist passiert? Du mußt mir alles sagen, Liebster, alles! Sag es! Sag es!« Und da gesteht er ihr stammelnd, was er gemacht hat. Sie ist erschüttert und ruft die Polizei. Und er wird hingerichtet. Auf dem elektrischen Stuhl. Mich erinnerte gerade diese Szene, wo die Frau einer kleinen Notlüge auf die Schliche kommt, sehr an mich. Auch ich lüge gern ein bißchen im Alltag und überhaupt. Ich habe gern ein kleines Geheimnis. Wenn die Frau es dann entdeckt, kennt sie kein Pardon. Da hilft dann keine Erklärung mehr.

Aber was passierte sonst noch alles? Wir sahen ›Liliom‹,

von 1933, ebenfalls von Fritz Lang. Das Filmfestival hatte nämlich auch eine Fritz-Lang-Retrospektive im Programm. Und wir sahen den aktuellen Film mit Philipp Hochmair, ›Der Glanz des Tages‹. Hier sah man den wohl zur Zeit größten deutschen Theater-Schauspieler, wie er lebt, probt, arbeitet, spazierengeht und zu Mittag ißt. An seiner Seite ist sein Onkel, ein altgewordener Messerwerfer und Zirkusclown. Oft unterhalten sich die beiden über den Unterschied von Theater und Zirkus. Der alte Clown hat keine Wohnung, friert oft und schlägt sich ohne Altersrente mühsam durch den Winter. Es ist ein schöner Film, der unseren Zustand einer überalterten, kraftlos gewordenen Gesellschaft ohne Zukunft kongenial versinnbildlicht, wie alle Filme, die ich seit Monaten mit der Sissi gesehen habe.

Vielleicht lag es nur an Wien, diese Häufung des Altersthemas? Immerhin ist die Bevölkerung hier älter als die von Berlin, wo ich herkomme. Berlin ist geradezu krankhaft jugendzentriert. Nahezu jeder junge Mensch, der dazu verdammt ist, in der deutschen Provinz aufwachsen zu müssen, zieht nach dem Abitur in die Hauptstadt. Während also Deutschland vergreist, ballt sich die gesamte übriggebliebene Jugend des Landes auf einem Fleck, nämlich Berlin, besser gesagt: den dortigen Stadtteilen Mitte, Prenzlauer Berg, Kreuzberg, Neukölln und Friedrichshain. Dort könnte man mit dem ewigen Lamento über Rentenkürzung und Cholesterinspiegel nicht punkten. Worte wie Blutfett, Praxisgebühr und Pflegeversicherung sind dort schlicht unbekannt. Man ist weder krank, noch stirbt man. Als ich nach Wien kam, war ich fasziniert von der Andersartigkeit dieser Stadt. Es gab noch andere Altersgruppen als die Jugend. Es gab mehr als nur eine Schicht, nämlich eine richtige Gesellschaft! Doch nun neigt sich die Waagschale in eine andere Richtung. Ich sehe vor lauter Alten die Gesellschaft nicht mehr. Bei der Premierenfeier zu ›Der Glanz des Tages‹ saß ich wieder nur mit steinalten Leuten am Tisch. Neben mir saß eine ältere Dame mit feuerrot gefärbten, kurzen Haaren, die mich tatsächlich an meine Großmutter erinnerte. Neben ihr saß ihre lesbische Freundin. Die beiden sollen in den siebziger Jahren große Nummern im Filmgeschäft gewesen sein. Engagierte feministische Filmemacherinnen. Die Frau trat sehr ruppig auf, zog mir den Stuhl, den ich für sie geholt hatte, fauchend vor der Nase weg. Dies sei ihr Stuhl, ich solle mich davonmachen. Es war die Attitüde der neuen Wutbürger, die man aus Deutschland kannte, Stichwort Stuttgart 21. Dort kämpften die verbitterten Alten gegen einen Bahnhof, hier sah ich die Wut nur bei alten Frauen, die sich darüber empörten, daß es, nach all den Jahrzehnten des feministischen Kampfes, immer noch Männer gab.

Die Premiere fand im Gartenbaukino statt, ein Saal mit fast tausend Plätzen, riesig, viel größer als die größten Multiplex-Kinos. Es war 1960 errichtet worden und stand unter Denkmalsschutz. Die meisten Gäste waren diese weiblichen Wutbürger – da konnte man es schon mit der Angst zu tun kriegen. Die männlichen Besucher traten als altgewordene ewige Jugendliche auf, mit dem entsprechenden Dresscode: Röhrenjeans, zu kurze schwarze Mäntelchen, Ohrringe, abgeschabte Lederjacke, schwarze Pullover, schwarze Hemden, lange graue Haare, Tätowierungen, manchmal Glatze. Diese Leute waren erkennbar Filmkritiker. Nur der Theaterstar Philipp Hochmair entzog sich der Kleiderordnung. Er trug einen maßgeschneiderten klassischen hellblauen Herrenanzug mit weißem Hemd und dunkler schmaler Krawatte. Er war der einzige Mann unter lauter lächerlichen und in die Jahre gekommenen Bubengestalten. Und ich selbst natürlich, in meinem britischen Landherrenaufzug. Elisabeth stach durch ihre beste Kate-Moss-Figur heraus.

Ja, liebes Tagebuch, was soll ich dir noch erzählen? Draußen ist der Himmel novembergrau. Auch kalt ist es geworden. Wer jetzt kein Zuhause mehr hat, der wird lange alleine bleiben, wie Rilke schon wußte. Vor allem Alte und Kranke, die sich das Krankenhaus ... Stopp! Ich sollte nicht auch noch mit der Leier anfangen. Was gab es denn Positives? Meine großartige Frau schreibt gerade die Titelgeschichte für ihr Magazin, und es geht dabei um Stalingrad. Das ist doch mal schön. Vor fünfzig Jahren tobte die größte Schlacht der Menschheitsgeschichte. Oder vor siebzig, das ist ja egal. Sissi weiß sowieso alles darüber, denn sie ist promovierte Historikerin, aber sie hat extra die neuesten Bücher zu dem Thema geholt und gelesen. Jetzt schreibt sie schon seit dem frühen Morgen, während ich bis in den Mittag hinein geschlafen habe und jetzt läppische Tagebuch-Schreiberei betreibe, aus einer bloßen Laune heraus. Ich arbeite praktisch überhaupt nicht mehr. In der mir verbliebenen zweiten Kolumne verarbeite ich nur noch Tiergeschichten. Was, das glaubst du nicht? Ich werde es dir beweisen und die letzte, die ich gestern schrieb, kurz präsentieren. Also:

Wütende Proteste gab es nach der herzlosen Tiergeschichte hier letzte Woche. Aber es geht auch ganz anders, wie mir zwei ›Kurier‹-Leser berichteten. Vor über sechzehn Jahren, am 15. August 1996, bei einem

Besuch ihres Bruders in Klosterneuburg, lief Brigitte S. eine herrenlose junge Katze zu. Sie setzte sich einfach auf ihren Fuß und ging nicht mehr weg. Sie war völlig ausgehungert und krank. Ihre Augen tränten, die Stimmbänder waren vom wehklagenden Miauen so angegriffen, daß sie keinen Ton mehr herausbrachte. Brigitte und ihr Mann Günter nahmen sie mit. Im Auto war das arme Tier nicht mehr von Brigittes Schoß wegzukriegen, so daß ihr Mann lenken mußte. Sie päppelten es langsam auf. Anfangs mußte es zwei- bis dreimal in der Woche zum Tierarzt. Was das kostete? Die beiden lachen nur; darauf haben sie nie geachtet. Eines Tages war es dann vollständig gesund. Und schon nach einem halben Jahr wurde es schwanger. »Viel zu früh«, meinte die Tierärztin vorwurfsvoll. Nun lasen Brigitte und ihr Mann Vorsorge-Bücher. Was tat man bei einer Katzenschwangerschaft? Sie bauten eine Höhle in einem Karton und probierten verschiedene Plätze dafür aus. Die Katze lehnte alle ab, bis der für sie genehme Standort zum Entbinden gefunden war: im Schlafzimmer, direkt neben dem Ehebett. Als es soweit war, befanden sich die Menschen gerade auf einer Party. Die Katze wartete brav ab, bis sie zurückkamen, erwartete sie ernst an der Tür. Dann schlüpften vier Buben aus ihrem Bauch. Sie wurden genauso anhänglich wie ihre Mutter. Günter, ein Arthur-Schnitzler-Fan, gab ihnen die Namen von seinen Lieblingsfiguren aus Schnitzler-Stücken. Die Mutterkatze brachte den Jungen alles bei: anschleichen, jagen, springen, laufen, sich putzen, Spaß haben. Ihre Stimme bekam sie leider nie wieder, und ihr Miauen war nur eine Andeutung desselben.

Aber die Dankbarkeit und Liebe gegenüber ihren Rettern ist bis heute geblieben. Denn so ist es immer, wenn man Tiere nicht gedankenlos funktionalisiert, sondern wirklich liebt!

So sieht inzwischen meine journalistische »Arbeit« aus! Es ist klar, liebes Tagebuch, daß da ein Konflikt heraufzieht: Meine Frau schreibt Titelgeschichten für den ›Standard‹, die Zeitung mit ›Spiegel‹-Niveau, und ich schreibe Geschichten über kleine Katzen. Nun kann mich nur noch das neue Buch herausreißen. Aber dazu muß ich erst meine schriftstellerische Normalleistung wiederfinden, was nicht geht, solange ich im emotionalen Paradies herumschwimme. Ich brauche also diesen anderen Raum, die abgespaltene Existenz, die neue traurige Single-Wohnung. Leider gelingt es mir nicht mehr, den zum Freunde gewonnenen kleinen dicken Makler wiederzusehen, der die Schlüssel und Verträge hat. Offenbar hat er Österreich verlassen. Sein Hauptlebensbereich ist ja natürlich auch Georgien sowie Moskau. Dort kennt er schließlich die achtzehnjährigen blonden Supermodels, von denen er mir erzählt hat und die für ihn anschaffen. Also, wenn ich ihn da richtig verstanden habe. Aber trotzdem habe ich das Projekt vorangetrieben. Die Firma »Ikea«, die für mich die komplette Wohnungseinrichtung anliefern und montieren sollte, schrieb mir, fast alle bestellten Artikel seien nicht per Spediteur lieferbar – ich müsse sie schon selbst abholen. Und für die verbliebenen drei Möbel verlange die Speditionsfirma 340 Euro. Das war mehr, als die Sachen ohnehin kosteten. Nun, ich fand trotzdem, daß es immer noch eine gute Sache sei. Eher hätte ich tausend Euro bezahlt, als selbst eines der vertrackten Billy-Regale zusammenzuschrauben. Nun gaben sie mir aber einen Liefertermin, bei dem ich gar nicht zugegen sein konnte, nämlich um acht Uhr morgens. Zu dem Zeitpunkt lag ich noch mit der Sissi im Bett. Wie hätte ich ihr erklären sollen, daß ich plötzlich aufspringen und das Haus verlassen mußte? Sie hätte die Lüge gewittert und wäre auf mich losgegangen wie die dünne Mädchenfrau in dem Fritz-Lang-Film von 1955. Aber das größte Problem der ganzen Ikea-Sache war, daß ich nicht genug Geld hatte. Ich hätte die Lieferung mit der Kreditkarte meiner Frau bezahlen müssen. Das war an sich unproblematisch, da Sissi sich nichts aus den Abrechnungen der Kreditkartenfirma machte. In Österreich bezahlte man für Spitzenjournalisten der ›Spiegel‹-Klasse noch Gehälter wie in Deutschland zur Zeit Rudolf Augsteins. So viel Geld konnte ein einzelner Mensch gar nicht ausgeben. Doch nun erfuhr ich, daß man gar nicht mit Kreditkarte zahlen konnte, sondern die Ware bei Lieferung bar zu bezahlen hatte. Ich bekam eine Gänsehaut bei dem Gedanken ...

Nein, ich *bekomme* sie, kann es genau beobachten, jetzt. Da wird das Paradies leichtfertig aufs Spiel gesetzt. Habe ich schon erzählt, daß die Sissi sagte, während der ganzen Veranstaltung mit dem Auschwitz-Überlebenden habe sie *nur mich* gesehen? Da waren hundert Menschen im Raum, der Powerpoint-Projektor warf die Bilder von Brillenbergen und Haarbergen und Skelettbergen an die Wand, der KZ-Überlebende wand sich, die Diskutanten erklärten sich – aber meine Frau, immerhin die leitende Person des Ganzen, sah nur mich! So stand es um unsere Liebe. Übrigens sah sie entzückend aus, ganz jugendlich und zart, gar nicht so verständlich verdüstert wie alle anderen. Sie stellte ihre Fragen euphorisch, wie eine Sportreporterin. Ja, diese tolle Frau besaß ich, und nun errichte ich hinter ihrem Rücken eine zweite Existenz. Tja, aber ich bin nun einmal jung und brauche das Geld. Sissi schreibt im großen Wohnzimmer, und leider kann ich nicht hören, wie die Tasten klappern. Das war nämlich das liebste Geräusch meiner Kindheit. Auch meine Mutter war Journalistin und schrieb oft und gern. Ich glaube, sie schrieb sogar noch lieber als Sissi. Es fiel ihr leicht. Nie habe ich sie beim Schreiben oder überhaupt über ihren Beruf stöhnen gehört. Das habe ich dann übernommen. Ein Schreibender ist ungeheuer privilegiert, dachte ich immer. Auch Sissi ist ganz und gar in ihrem Element, wenn sie schreibt. Denn schreibt sie auch nur eine Woche lang nicht, gerät sie aus der Bahn. Also, sie braucht das schon sehr, und vor allem sind ihre kritischen Artikel einzigartig gut, während meine liebe Mutter nur gängige Meterware lieferte. Ich fand immer, daß man trotzdem in jedem Satz ihr unbezweifelbares Talent spürte, übrigens wie auch bei meinem Bruder. Beide hatten dasselbe Talent, aber beide versagten beim Inhalt. Die Mutter bediente gedankenlos die Ideologie ihrer Zeitung – das war ›Die Welt‹ – und mein Bruder fand nichts dabei, der langlebigste Wiederkäuer linksliberaler Gutmenschen-Positionen zu werden. Da bin ich schon anders, das kann man sagen. Aber zurück zu Sissi, deren Klappern der Tasten ich nicht höre, weil bei modernen Apple-Laptops keine Geräusche mehr vorgesehen sind. Ab und zu stöhnt die Sissi, und nur daran merke ich, daß sie noch schreibt. Es macht ihr nichts aus, über das größte Weltereignis zu schreiben, Stalingrad, einfach so. Andere trauen sich das erst, wenn sie mindestens eine Doktorarbeit darüber verfaßt haben. Ich gehe leise durch die Wohnung, erst durch mein eigenes Zimmer, das mit dem großen Wohnzimmer durch eine gerade geöffnete Schiebetür verbunden ist, dann durch die ganze Wohnung bis zur Küche. Dort mache ich meiner Frau eine Tasse Kaffee, und als ich sie ihr bringe, sieht sie mich dankbar an. Ich bringe ihr dazu auch Kekse, aber die lehnt sie ab, weil sie fürchtet, ich bekäme dann selbst keine. Ich widerspreche und behaupte, die Keksmenge geteilt zu haben, doch sie glaubt mir nicht, und so muß ich das ganze Gebäck alleine essen. Eine Stille liegt über der Wohnung, die sich normale Stadtbewohner nicht vorstellen können. Auf den schmalen, gepflasterten Straßen um unser Haus herum im alten zweiten Bezirk fährt kaum einmal ein Automobil. Ab und zu läßt sich ein Fahrradfahrer sehen, dessen aufgeblasene Gummireifen wenig Lärm machen. Einmal am Tag hört man das ausgiebige häßliche Bellen eines Hundes. Ich habe ihn noch nie gesehen, stelle ihn mir klein und mit weißlichem Fell vor. Wir besitzen ein schönes Radio, ein Graetz Musica von 1957, sehr voluminös, zu schwer, um es tragen zu können, helle Eiche. Man kann damit sehr fein Mozart-Opern hören. In Österreich gibt es im Radio andauernd Opern und andere klassische Musik. Dazwischen senden sie Kultursendungen über Literatur, Lyrik und Theater. Sogar ganze Theateraufführungen werden im Radio übertragen. Hier sind die fünfziger Jahre noch ganz frisch. Ein großer Schock war daher der überraschende Tod von Johannes Heesters letztes Jahr. »Er hatte noch so viel vor«, klagte seine junge Witwe – fünfundvierzig Jahre jünger als er – ganz ohne Ironie. Viele erinnerten sich sogar noch lebhaft an seine mitreißenden Liebesfilme aus den dreißiger Jahren, die ständig im Fernsehen wiederholt wurden. Felix Austria, so sagte der Lateiner dazu, glückliches Österreich, in dem die Zeit nicht verging. Der ideale Ort, um (nicht) alt zu werden.

In der Mitte des Raumes hängt ein mittelgroßer Kronleuchter, wie in jeder Wiener Wohnung. Die Bücher stapeln sich bis zur Decke. Die Elisabeth geht vom Tisch weg, nimmt den Laptop mit und legt sich mit ihm ins Bett, um von dort aus weiterzuschreiben. Ich entdecke eine Mail meines Vorgesetzten bei der Zeitung. Die letzte Kolumne habe den Lesern sehr gefallen. Ob ich nicht von nun an immer über Tiere schreiben wolle? Dann würde er die Kündigung zurückziehen. Ich rufe eine Freundin an und lasse mir eine weitere Katzengeschichte erzählen, die ich sofort zu Papier bringe.

Eine schöne Sache, so eine Tiergeschichte. Dadurch kann ich meinen Job zurückbekommen. Am besten schreibe ich gleich noch weitere zehn Stück, um den Chefredakteur endgültig zu überzeugen. Dazu muß ich in den Zoo fahren. Ich tue es, denn es ist noch früh am Tag. Der Tiergarten Schönbrunn ist noch ein paar Stunden geöffnet. Die Sissi macht mit, und wir laufen bis zum Dunkelwerden von einer Tierfamilie zur nächsten. Und wieder entstehen wunderbare Texte. Der erste sei hier abgedruckt, die folgenden möge sich der Leser selbst ausdenken:

> *Wie geht es unseren Tieren im Winter? Haustiere haben es ja warm, aber was ist mit den Viechern im Schönbrunner Zoo? Ich habe einmal nachgesehen. Schon vor dem Eingang sieht man im Park die Eichhörnchen. Sie sind bei der Kälte sehr zutraulich. Man muß nur stehenbleiben und sie anschauen, dann kommen sie schon. Halb zögerlich, halb hoffnungsvoll. Sie*

legen sogar die Tatze auf den Handteller, in dem die Nuß liegt. Und erst wenn sie so ganz nah sind, sieht man richtig, wie süß sie sind. Da können die Tiere innerhalb des Zoos kaum mithalten. Etwa die Pandas. Die sitzen mit dem Rücken zum Publikum und wirken recht ignorant. Sie verzehren mißgelaunt ihr Abendessen, zu zweit, wie ein zu lange verheiratetes Ehepaar. Der Junge, er heißt Fu Lu, verspeist Unmengen unappetitliches, nasses Gestrüpp. In zwei Tagen muß er zurück ins kommunistische China, da ißt er lieber schon mal auf Vorrat. Die Besucher, meist Kinder, schauen ratlos zu. Ein kleiner Junge liest lieber Micky Maus. Andere weinen. Erst bei den Affen wird es wieder lustig. Sie schwingen von Seil zu Seil, von Ast zu Ast, elegant und sexy, sind phantastische Akrobaten. Nach jeder besonders gelungenen Einlage schauen sie zu den Menschen und genießen die Wirkung. Ihr Raum sieht sauber und aufgeräumt aus – und ist geheizt. Die Pinguine dagegen verharren im kalten, trüben Wasser. Andere Tiere laufen durch den herbstlich dunklen Morast, können nicht fliehen. Ein Marabu steht fassungslos in einem windigen Kabuff und weiß nicht weiter. Die Elefanten wirken neurotisch. Der neugeborene »Tuluba« versucht sich im Kopfstand. Also er steht auf dem Rüssel und zwei Vorderbeinen. Dann wieder schlägt er manisch mit dem Kopf gegen das Gitter. Die Alttiere rasen sinnlos hin und her. In Freiheit rennen sie ja meilenweit, hier haben sie nur ein paar Meter. Tierquälerei? Unsere Haustiere haben jedenfalls weniger zu leiden. Gott sei Dank!

Soweit nun dies. Wozu noch Egon Erwin Kisch? Es geht auch so. Und wieder sitze ich in meinem alten roten Ohrensessel und genieße es, in der schönen Wohnung in dem schönen Wien mit meiner schönen Frau zu sein. Das Leben ist ein langsamer ruhiger Fluß. Ich habe meine Mitte gefunden. Alles ist gut. Die Kolumnen sind für Monate auf Vorrat geschrieben. Meine Freunde haben mich vergessen. Aber meine Freundinnen sehen mich immer noch auf den »Herrenabenden«. Leider nicht sehr oft. Die Elisabeth meint, mehr als einmal im Monat müsse ein normaler gesunder Mann keinen Herrenabend haben. Sie hält das für eine Art Geburtstagsfeier, und sie selbst geht auch nicht jede Woche auf einen Geburtstag. Ich genieße die »Herrenabende« sehr, habe aber Mühe, danach wieder auf den Home-Modus zurückzuschalten. Ich trinke auch nicht die halbe Nacht, sondern bin immer vor zwölf bereits wieder zu Hause. Das heißt, ich gehe immer als erster. Das ist auf Dauer nicht durchzuhalten. Die anderen wollen weiter ihren Spaß haben, und ich bin der Spielverderber. Ich habe eigentlich auch nicht mehr viel zu erzählen. Viele finden es lustig, daß ich nun eine Tierkolumne halte. Für die Politik interessiere ich mich aber immer noch, jedenfalls für die österreichische. Es ist für mich frappierend, wie nah die veröffentlichte Meinung am parlamentarischen und demokratischen Geschehen noch dran ist. In Deutschland schreiben die Boulevard-Medien kaum noch über Parteipolitik und Parlamentskleinkram. Wen interessiert da schon die Urwahl des Grünen Parteichefs? Oder eine Übertragung der Haushaltsdebatte? In Wien verfolgen das die mündigen Bürger sogar noch auf Riesenbildschirmen in der U-Bahn. Alles ist wie in einem Dorf, in dem die Basisdemokratie eingeführt wurde. Es sind nur acht Millionen Einwohner im ganzen Land, allein Nordrhein-Westfalen hat doppelt so viele. Aber diese acht Millionen leiteten vor hundert Jahren noch eine Weltmacht. Entsprechend eingebildet sind sie.

Nun kann ich bei der Politik immer noch mitreden, beim Herrenabend, das ist schon einmal gut. Aber nur für eine Viertelstunde. Dann wollen die Leute ihren Schmäh haben. Gerade die Freundinnen wollen etwas zu lachen haben, und die hinzugekommenen Männer erwarten von mir Souveränität und Führung. Einer wie ich muß den Abend zusammenhalten. Denn in ihren Augen bin ich ja eine Autorität, ein großer deutscher Schriftsteller. Der Wirt redet mich bei jeder Order lautstark mit »Herr Professor« an. Doch es fällt mir schwer, meine Rolle zu spielen. Tagsüber bin ich glücklich, abends stecken die liebe Frau und ich die Köpfe zusammen – was soll ich da groß erzählen? Ich bin langweilig geworden, aber sie scheinen es noch nicht gemerkt zu haben. Oder etwa doch? Ich werde immer seltener eingeladen. Beim letzten Herrenabend hat sich Polly Adler einfach von mir weggesetzt. Einfach so. Viktor Darabos rückte nach – doch auch er setzte sich nach einer halben Stunde von mir weg. Bis zum Ende des Abends blieb dann der Platz rechts von mir leer. Es gab niemanden im Lokal, der es noch interessant gefunden hätte, neben mir zu sitzen!

Es muß etwas geschehen. Ich muß vorzeitig in meine einsame Schreibhütte ziehen. Auch Knut Hamsun hat dieses Problem auf diese Weise gelöst. Er hat sich ein Schreibhäuschen gebaut, zwar auf seinem Grundstück, aber außerhalb der Sichtweite des Haupthauses. Seine Frau und seine vier Kinder konnten ihn nicht sehen, wie er sich ›Segen der Erde‹ aus den Rippen schwitzte. Er war allein. Er konnte in tiefster Verzweiflung seine widerstreitenden Gefühle ausbaden und zu Literatur verwandeln, während seine Frau sich den Nazis andiente. Das konnte er dann natürlich auch nicht sehen. Nun, die Sissi wird mir schon keine Schande machen, wenn ich sie allein in der Wohnung lasse. Ein bißchen graust mir vor den lesbischen Freundinnen, die dann bestimmt häufig meinen Platz am Küchentisch einnehmen. Ich darf mir da nichts anmerken lassen. Immerhin habe ich Rebecca, eine meiner besten Freundinnen, auch als lesbisch downgegradet. Ich habe zur Sissi gesagt, Rebecca sei mein erster homosexueller Freund, also Freundin. Sie sei der einzige echte Kumpel, den ich hätte. Auf diese Weise habe ich die Eifersucht dämpfen können. Nun muß ich auch dazu stehen, nichts gegen Lesbierinnen zu haben. Das fällt mir schwer, da ich doch bis zur Halskrause homophob bin.

Wie gesagt, ich muß nächste Woche ausziehen. Dafür muß ich aus Berlin meine persönlichen Sachen holen. Die Möbel sind ja neu und schon im Anmarsch, nun fehlen nur noch Dokumente, Bilder und private Erinnerungsstücke. Und Berlin kann ich ja unter einem Vorwand besuchen. Ich sage, dort in der alten Wohnung, die ja mir gehört, das heißt jetzt mir und meiner Frau gehört, nach dem Rechten sehen zu wollen. Ich wolle Handwerker holen und die Wände neu ausmalen lassen. Das alles kann ja sogar stimmen. Auf diese Weise haben wir dann drei Wohnungen. Die gemeinsame in Wien, die Geheimwohnung zum Schreiben und die Ferienwohnung in der deutschen Hauptstadt.

Ja, so ist das. Es hat sich vieles verändert, aber ich will nicht vergessen, wie glücklich mein Zustand doch insgesamt ist. Wie unglücklich war ich in allen anderen, früheren Lebensphasen! Gut, ich konnte damals schreiben, ich hatte Talent, aber das ist nicht alles. Es gibt auch ein Leben *nach* dem Talent, wie ich gerade sehe. Ich sitze in der Küche und sehe der Sissi zu, wie sie mir ein Wiener Schnitzel brät. Die Sissi kann nicht kochen, aber braten. Immer wenn sie sagt, sie kocht jetzt etwas, brät sie es nur. Jetzt holt sie eine gelbliche Packung tiefgefrorenes Sauerkraut aus der Tiefkühltruhe und brät es direkt in einem bereits zum Platzen heißen Topf. Der steht da schon seit Minuten ohne Inhalt unter großer Flamme. Sofort färben sich die uralten Sauerkrautfäden braunschwarz. Das Schnitzel steht dem nicht nach. Unter Sissis Händen wird jedes Nahrungsmittel schwärzlich, weil sie eben alles braten muß. Aber ich genieße es natürlich, daß jemand für mich »kocht«. Das habe ich früher alles selbst machen müssen. Ich bin ein verwöhntes Kind und ein verwöhnter Mann. Immer waren die Frauen für mich da. Aber es gab auch lange Jahre, da mußte ich für mich selbst sorgen, und in denen habe ich anscheinend, wie ich jetzt merke, ganz gut kochen gelernt. Ich sehe es daran, daß mir die vielen Kochfehler auffallen, die die Sissi macht und die ich nie gemacht hätte. Das Schnitzel ist irrsinnig schwarz. Ich esse es trotzdem mit Freude, ebenso das Sauerkraut. Mein Magen muckt ein wenig auf, als er die letzten Teile des zähen, viel zu lange gebratenen Schnitzels aufnimmt. Der Teller ist nun leer, aber die Sissi fordert mich auf, eine weitere Portion Sauerkraut zu nehmen. Der ganze Topf sei noch voll. Ich tue es. Es schmeckt mir überhaupt nicht mehr. Schon am Vortag hatte es so scheußliches Kraut gegeben, Blaukraut, das liegt mir immer noch im Magen. Aber meine Frau sagt, es sei so gesund, Gemüse und so, das sei besser als meine Eßsünden bei McDonald's. Dort bin ich nämlich manchmal, um meinen Magen ein wenig von der Bratkost von zu Hause zu erholen.

Mir wird ziemlich schnell ziemlich schlecht. Bis zum Fernsehapparat schaffe ich es noch, zehn Minuten später beginnen Magenkrämpfe. Ich denke mir nichts Böses, da ich noch nie Schwierigkeiten mit dem Magen hatte. Aber es beginnt richtig weh zu tun. Stunden später wäre es mir schon am liebsten, ich würde mich einfach übergeben. Doch auch das ist heikel, da ich darin kaum Erfahrungen habe. Ich mußte mich in meinem Leben fast nie übergeben. Das letzte Mal ist Jahre her, und ich erinnere mich nicht mehr. Noch nie habe ich mir den Finger in den Hals gesteckt. Nun versuche ich es. Es funktioniert nicht. Die ganze Nacht wandere ich zwischen Bett und Badezimmer. Die Magenkrämpfe kommen und gehen in Wellen. Die Stärke bleibt gleich, doch lassen meine Kräfte nach.

Am nächsten Tag sind sie immer noch da, was mich sehr überrascht. Nun hoffe ich darauf, daß das schlechte Essen binnen vierundzwanzig Stunden verdaut sein sollte. Ich konzentriere mich ganz darauf, die Schmerzen auszuhalten. Sissi gibt mir eine Dulcolax. Dann nehme ich vier Buscopan und zwei harmlose Schmerztabletten. Auch die nächste Nacht tritt keine Besserung ein, und ich kämpfe mich der Morgenstunde entgegen, in der ich endlich zum Arzt gehen kann. Die Schmerzen sind nun deutlich stärker geworden. Es fällt mir schwer, aufzustehen und mich anzuziehen. Die Minuten im Wartezimmer sind kaum auszuhalten. Der Arzt verschreibt magensäureresistente Kapseln, eine seltsame Trinksubstanz und rät, wenn es dadurch nicht besser werde, zum Krankenhaus. Zu Hause nehme ich alles ein, dazu die neuen Nahrungsmittel, die Elisabeth gekauft hat: Gemüse, Haferflocken, Zwieback, leichte Suppen, Wassermilch. Es wird aber keineswegs besser. Die dritte Nacht verläuft wie die vorangegangenen. Sissi besorgt mir drei weitere Medikamente. Da die Krämpfe in Wellen kommen, denke ich bei jeder Besserung, nun sei es vorbei. Doch es vergehen zwei weitere Tage.

Als am Freitag meine Frau zur Arbeit geht und bei mir eine leichte Besserung eintritt, denke ich plötzlich, ich sollte es einmal mit einem Tapetenwechsel versuchen, und ich buche ein Zimmer im Hotel. Vielleicht ist meine ganze Krankheit eine Art Abwehrreaktion gegen meine Frau, von der ich gewissermaßen eine Überdosis, also einfach zuviel bekommen habe? Der Versuch ist es mir wert. Ich packe eine kleine Tasche und verlasse die Wohnung.

Schon das Packen überanstrengt mich. Dann stehe ich auf der Straße und kann mich nicht auf den Beinen halten. Ich will mich setzen und finde keine Möglichkeit dazu. Kein Taxi ist zu sehen. Gute zehn Minuten verstreichen auf quälende Weise. Ich setze mich auf die Stufen einer nahen Kirche. Dann sehe ich ein Taxi im Stau stehen, stehe auf und laufe dorthin. Ich erreiche das Auto und steige ein. Ich bin nun so erhitzt und erschöpft, daß mir das Wasser aus dem Gesicht tropft. Zum Glück fährt der Mann rasch zum Hotel, der Stau löst sich auf. Unterdessen reiße ich mir im Taxi die einzelnen Kleidungsstücke vom nassen Leib, öffne zudem das Fenster. Es hilft. Als wir beim Hotel ankommen, hat der Schweißfluß aufgehört. Ich taumele zur Rezeption. Die Leute kennen mich noch, ich war einmal Stammgast gewesen. Ein großes, gutes, altes Hotel. Ich habe nicht mehr die Kraft, mich einzutragen, aber sie winken mich durch. Der Lift ist gleich neben der Rezeption und kommt auch sofort. Ich fahre in den vierten Stock, betrete mein Zimmer, schließe die Tür und werfe mich aufs Bett. Ich kann mich nicht mehr ausziehen, schlüpfe angezogen unter die Decke und schlafe sofort ein.

Erst nach zwei Stunden habe ich genug Kraft geschöpft, um mich umzuziehen, meine Sachen zu ordnen und ein heißes Bad zu nehmen. Geht mein Plan auf? Führt der Tapetenwechsel zu einer Wende? Ich liege gespannt im Bett, innerlich unentschieden. Die Krämpfe lassen erst mal nach. Doch dann ruft Elisabeth an. Sie ist völlig außer sich. Sie versteht meinen Umzug ins Hotel als Verrat und macht mit mir Schluß. Ich hätte mich feige aus unserem gemeinsamen Leben gestohlen und brauche gar nicht mehr zurückzukommen. Tatsächlich hatte ich diesen Schritt nicht mit ihr beraten und ihr nur einen Zettel hingelegt. Ich war einfach zu schwach gewesen für längere Erklärungen. Es bleibt mir nun nichts anderes übrig, als mich zu entschuldigen und meine sofortige Rückkehr anzukündigen. Direkt nach dem Telefonat bekomme ich Schüttelfrost. Erst beginnen die Glieder zu zucken, dann der ganze Körper, vor allem die Zähne. Es wird von Minute zu Minute schlimmer. Alles verfällt in maßlose Zuckungen, bis ich nicht einmal mehr sprechen, eine Telefonnummer wählen oder atmen kann. Ein lebensgefährlicher Zustand. In dem Moment läutet das Telefon, und ich kriege gerade noch die Backe an den Hörer. Es ist die Rezeption, die die Anmeldung nachholen will. Ich krächze nach dem Notarzt. Ich würde gerade sterben, Hilfe, Notarzt, schnell! Die Frau an der

Rezeption, eine nicht Deutsch sprechende Serbin, möchte aber nur die Anmeldung machen. Ich jaule laut auf, Doktor, Doktor, Doktor, Hilfe, *Notarzt*, schnell! Endlich begreift sie.

Nun warte ich zappelnd und fröstelnd auf die Weißkittel. Das kann aber dauern. Mit äußerster Mühe gelingt es mir, mir Wärme zuzuführen, indem ich die Heizung hochdrehe, beide Bettdecken über mich ziehe und mehrere Pullover anlege. Ganz allmählich läßt der Schüttelfrost etwas nach. Als die Notärzte eintreffen – es sind fünf Stück auf einmal, alles junge Leute – ist er ganz weg. Ich bitte um eine krampflösende Spritze, aber sie verweigern sie mir. Sie müßten mich mit ins Krankenhaus nehmen. Davor habe ich die größte Angst. Auch mein Vater ist einmal mit einem Magenvirus ins Krankenhaus eingeliefert worden und hat es dann nicht mehr lebend verlassen. Vier Monate lang haben sie ihm – damals ein kräftiger Mann – so zugesetzt, daß er am Ende vor lauter Schmerzen ins Koma fiel und nicht mehr aufwachte. Bis heute ist sein seltsames Virus nicht identifiziert worden. Ich wehre mich daher gegen das Krankenhaus. Aber die Notärzte sind fünf, ich bin nur einer. Ich muß ihnen also den total Genesenen vorspielen. Sie fummeln an mir herum, stellen die nötigen banalen Fragen, messen den Blutdruck und so weiter. Vor allem füllen sie in einem mitgebrachten Computer seltsame Formulare für die Krankenkasse, das Krankenhaus, die Gesundheitsbehörde und das Sozialministerium aus, was viel Zeit verschlingt. Ich muß mich sehr zusammenreißen. Jeder kennt das: Computerfreaks bleiben manchmal nächtelang in der Wohnung, wenn sie sich mit ihrer Maschine erst mal festgedaddelt haben.

Endlich waren sie wieder weg. Kurz darauf bekam ich fürchterliches Herzrasen, gekoppelt mit maßlosen Schweißausbrüchen sowie dem Verlust des Gleichgewichts. Ich konnte nicht mehr aufrecht gehen, nur noch auf allen vieren. Auf diese Weise erreichte ich das große Fenster und öffnete es sperrangelweit. Ich zog mich ganz aus und zog eine der beiden Decken über mich. Waren die letzten Symptome nicht die eines klassischen Herzinfarkts? Nein, das war kein Gedanke, der mir gefiel. Ich kannte mein Herz. Es war stark und willig. Ich liege nun mit dem Kopf genau vor dem offenen Fenster und sehe in den eiskalten Winterhimmel. Es ist Mitte November und etwa null Grad warm. Es tut mir gut, in den Himmel zu sehen. Das Herzrasen hört leider nicht auf. Ich würde so gern, daß das Herz wieder ruhig schlägt. Es rast vor sich hin. So kann man keinen Frieden finden. Aber der eiskalte Himmel, das heißt der unendlich frische Sauerstoff, der ins Zimmer fließt, hilft doch sehr. Zu Hause sitzt wahrscheinlich die Sissi wie auf Kohlen, weil ich nicht komme und immer noch nicht da bin. Aber ich kann sie nicht anrufen. Ich würde es körperlich nicht schaffen, aber auch seelisch nicht. Die Sissi würde mir nicht glauben und mich mit weiteren Vorwürfen überziehen. Und endgültig mit mir Schluß machen. So ist das bei einer großen Liebe – die Empfindlichkeiten sind grenzenlos. Und so liege ich da und warte ab, ob sich das Herz nicht doch wieder einkriegt. Dabei fließt mir der Schweiß in Sturzbächen vom Körper. Ich muß entsetzliches Fieber haben. Deswegen ist ja die kühlende Luft so angenehm. Die Haare sind so naß wie unmittelbar nach dem Duschen. So vergehen diese Nachtstunden. Ich höre, obwohl hoch oben im vierten Stock, die Geräusche der

Menschen unten. Es ist eine Straße mit vielen Restaurants und Bars. Ich höre die Stimmen und das Lachen derjenigen, die ausgehen und fröhlich sind. Ich höre das gern in dem Moment.

Bestimmt fünf Stunden liege ich so da. Der Schweißfluß wird immer stärker, auch das Schwindelgefühl. Ich weiß, daß ich das Zimmer noch vor dem Morgen verlassen sollte, um vor Elisabeth noch Gnade finden zu können. Komme ich erst am nächsten Tag, hat sie bestimmt meine Sachen entfernen lassen und die Schlösser ausgetauscht. So sind sie nun einmal, die stolzen Frauen. Daß ich ohne jede Vorankündigung die gemeinsame Wohnung verlassen habe, ist die denkbar größte narzißtische Kränkung für sie. Wenn ich dagegen jetzt auftauche, mitten in der Nacht, sind es nur ein paar Stunden Abwesenheit gewesen. Es fällt mir aber immer schwerer, mich von dem schönen offenen Fenster und dem eisig schwarzen Wiener Himmel loszureißen. Es kommt mir so vor, als nähme ich irgendwie Verbindung mit dem Universum auf und als gäbe mir das Kraft. Als würde meine leere Batterie jetzt doch noch einmal aufgeladen. Achtzehn Monate die reine Liebe, das schiere Glück zu zweit, die totale Zweier-Monomanie, die definitive Überdosis Elisabeth – das hat mich bis in den letzten Winkel meiner überstrapazierten Herzmuskelkammern hinein vollkommen erschöpft: Aber jetzt kommt neuer Stoff. Jetzt geht es aufwärts! Vielleicht kommt jetzt die Wende.

So geht noch ein Stündchen dahin. Dann denke ich, ich müsse handeln, bevor eine Erkältung unvermeidlich wird. Aber da kommt mir noch ein Gedanke, den ich vorher noch zu Ende denken will. Ich merke, wie Fieberphantasien in meinem Hinterkopf entstehen und bald abgerufen werden können. Ich hatte noch nie Fieberphantasien, ahne aber, daß sie köstlich sind. Ich überlege nun, daß meine liebe Frau ja seit über zwanzig Jahren denselben Beruf ausübt. Sie schreibt über Kriegsverbrechen, den Holocaust, alte und neue Nazis, Vertreibung, Elend, Vergewaltigung und Tod. Sie schreibt über Stalingrad, die Greuel der Gulags, Zwangsarbeiter, Gaskammern, Todesfuge, Gewaltmärsche, Menschenversuche, Arisierung, Plünderung, Vernichtungslager, Auschwitz, Maribor, Theresienstadt, Dachau, Bergen-Belsen und so weiter. Sie schreibt über all die Millionen, die getreten, entwürdigt, zerstört und vernichtet wurden. In über tausend langen, vielbeachteten Artikeln hat sie in der anerkanntesten Zeitung des Landes über das größte Menschheitsverbrechen der Geschichte berichtet. So weit, so gut. Aber gibt es vielleicht einen Zusammenhang mit diesen Artikeln und Sissis unbewußten Triebkräften im Alltag? Mir fällt auf, daß auch ihr bisheriges Leben ein großes kunstvolles Trauergebilde war. Immer verstand sie es, die Umstände so zu arrangieren, daß eine Situation endloser Trauer entstand. So lebte sie in dem selbstgeschaffenen Bewußtsein, die schlechteste Journalistin des Landes zu sein, die unbedeutendste, die unbeachtetste. Von allem stimmte das Gegenteil. Ihre Kindheit war angeblich so todtraurig wie eine Kindheit im KZ. Längst wußte ich, daß sie eine lustige, glückliche Kindheit hatte. Sissi fühlt sich restlos ausgebeutet und bettelarm, von Altersarmut bedroht, und ist tatsächlich eine reiche und perfekt abgesicherte Mitbürgerin. Ihre Eltern waren nicht arme Häusler, Trinker und Obdachlose, wie sie nahelegt, sondern sparsame Beamte. Und als sie starben und ihrer Tochter ein Vermögen vererbten, hat sie dieses besinnungslos verschenkt – bloß um sich wieder halbwegs arm und ungesichert fühlen zu können. Die Beziehungen, die Sissi vor mir hatte, waren natürlich reine Trauerspiele. Angeblich hatte sie so gut wie keine zufriedenstellende Stunde mit den durchgehend unglücklichen, hochproblematischen Männern. Es waren durch die Bank Depressive. Die Beziehungen endeten immer damit, daß sie, die begabten und erfolglosen Künstlernaturen, in schwersten Depressionen versunken, abhauten, oft ohne adieu zu sagen. Es war wie ein Äquivalent zu den Trauergeschichten, die Sissi täglich verfaßte. Das große Weltenverbrechen fühlte sich so an wie die Tristesse der Gegenwart. Doch was bedeutet das für mich? Wie kann unser so ganz anderes, so schönes Glück mit diesem Grundmuster in Einklang gebracht werden? Doch einzig, indem ich das Zeitliche segne! Nur wenn ich sterbe, kann alles wieder so traurig werden wie gewohnt. Man muß dazu wissen, daß Sissi seit Jahrzehnten in psychoanalytischer Behandlung ist, und zwar bei einer alten jüdischen Analytikerin und eingeschworenen Freud-Jüngerin. Sie hat Freud nicht mehr persönlich erlebt, aber viel fehlte nicht. Diese Therapeutin dürfte ein ähnliches »Skript« haben wie die Sissi, besser gesagt: Sie hat es auf ihre Patientin übertragen. »Alles im Leben endet traurig« könnte man dieses Skript nennen. Das Wort »Skript« ist übrigens ein therapeutischer Fachbegriff und bezeichnet die unbewußten Muster, die das Verhalten eines Menschen bestimmen, ohne daß er es je herauskriegt. Wie mein eigenes Skript lautet, weiß ich allerdings nicht.

Hat Sissi nicht immer, wenn ich über einen Fehler von mir redete, genau diesen zum Hebel mißbraucht, mich zu schwächen? Ist ihr Schlußmachen in meiner ohnehin lebensgefährlichen Lage nicht fast ein kleiner Mordversuch? Ich merke bei dem Wort »Mordversuch«, daß ich mich in Richtung Fieberphantasie bewege, und da mir das zu gefährlich ist, gebe ich endlich den Befehl zum Aufbruch.

Unterbrochen von endlosen Ruhepausen gelingt es mir innerhalb einer Stunde, mich bis zur Rezeption vorzukämpfen. Das Wasser läuft mir übers Gesicht. Mit einem Handtuch wische ich es alle zehn Sekunden weg. Das Herz rast nicht mehr so, das hat sich in der kühlen Séance am Fenster dann doch wieder beruhigt. Gleich neben dem Hotel ist ein Taxistand. Ich steige ein und fahre mit einem freundlichen Ägypter bis zur ehelichen Wohnung. Die drei Stockwerke erklimme ich auch noch, übervoll des Glücks, es bis hierhin geschafft zu haben. Ich schließe die Tür hinter mir und krieche zum Sofa in der Küche. Mein Gleichgewicht ist wieder da, wenn auch sehr wackelig. Ich will erst einmal verschnaufen.

Nach zwei Minuten steht Sissi vor mir, böse, drohend. Sie erklärt, mir nicht mehr gut zu sein. Ich denke aber, wenn sie erst meine Geschichte hört, mit den Notärzten, wird sie schon Mitleid bekommen. Ich krächze meine Entschuldigungen hervor: Es tut mir leid, es war ein großer Fehler, eine gedankenlose Dummheit, Tapetenwechsel als Reflex, menschlich verständlich, aber dumm, zu blöd, es tut mir so leid...

Es hilft natürlich nichts. Ich hätte verschwinden wollen, für immer, beharrt Elisabeth. Mich zieht es ins Bett. Dort will ich ihr die ganze Geschichte erzählen und ihr Mitleid gewinnen. Ich ziehe mich umständlich um und lege mich ins Bett. Es tut gut, die nassen Sachen nicht mehr am Körper zu haben. Da ich ein guter Erzähler bin, kann ich die ganze Nacht gut schildern. Ich verfehle meine Wirkung nicht. Sissi verzeiht mir ein bißchen und macht nicht mehr mit mir Schluß. Weiteren Panikattakken ist damit der Boden entzogen. Verlustängste sind ja bei allen Menschen die größten Ängste. Ich rechne mir die neue Lage als ersten taktischen Erfolg an.

Aber auch Sissi bekommt Oberwasser. Sie zwingt mich, weitere Medikamente zu schlucken. Ich weiß, daß dadurch an einer neuen explosiven Mischung in meinem Magen gearbeitet wird, daß dieses Zeug schon seit Tagen meine gesamte Magenflora ruiniert, sage aber nichts. Sissi hat schon wieder neues Teufelszeug angeschleppt: Eumitan, Molaxole, Antiflat, Mexalen rapid, Relpax. Als ich mich doch beschwere, wird sie heftig. Ich sei ein schlechter Patient. Wie ein Kind, das nicht verstehe, was gut für es sei. Sie könne die Verantwortung für diese Situation nicht mehr übernehmen und würde den Notarzt rufen, sollte ich mich weigern, die Medikamente zu nehmen. Ich sage, ich würde die Verantwortung selber tragen. Sie ruft, daß sie genau dafür nicht die Verantwortung tragen könne, daß ich sie trage, und daß sie den Notarzt rufe. Ich könne sie daran nicht hindern. Mir ist klar, daß diese Vögel, wenn sie noch mal kommen, mich endgültig mitnehmen. Und so schlucke ich auch dieses Mal die verheerend wirkende Medizin.

Sissi wird nun immer bestimmender und herrischer. Aber auch meine Position wird besser. Ich bilde mir nun ein, Sissis geheime Triebfedern zu kennen und mich dagegen wappnen zu können. Gefahr erkannt, Gefahr gebannt, heißt es ja so richtig. Gegen halb fünf Uhr morgens falle ich in den Schlaf. Ein paar Stunden nur, aber sie stabilisieren mich.

Am nächsten Tag habe ich immer noch und mehr denn je die Magenkrämpfe, und am Tag darauf ebenso. Sie hindern mich an allem. Es ist eine endlose, stehen- und steckengebliebene Fahrt durchs Schmerzensland, wobei ich immer so tun muß, als ginge es mir besser, da sonst Sissi die Notärzte holen würde. Ich nehme scheußliche Schonkost-Speisen zu mir, die die Situation in meinem Magen verschlechtern. Seit acht Tagen habe ich nicht mehr die Toilette benutzen können. Der Bauch ist aufgepumpt wie ein doppelter Basketball. Immer neue Tinkturen werden mir verabreicht. Der Hausarzt, den Sissi ohne mich besucht, vermutet einen Darmverschluß. Also er zieht das in Betracht. Freilich müßte ich dann schon längst tot sein. Die dauernden Krämpfe verhindern immerhin, daß es zwischen meiner Frau und mir zu den üblichen endlosen Diskussionen und Beziehungsgesprächen kommt, was ohne Frage in dieser Lage hilfreich ist. Ein Lichtblick. Und als der Montagmorgen endlich anbricht, ist das Wochenende vorbei, was bedeutet: Nun folgen mehrere Tage, an denen ich allein bin und zu mir kommen kann.

Kaum ist die liebe Frau aus dem Haus, gehe ich in die Küche und mache mir ein herrliches Bauernmischbrot mit Butter und gekochtem Schinken. Es ist gar nicht so schwer, es zu essen. Schon eine knappe Stunde später hören die Krämpfe auf. Ich kann die Toilette wieder benutzen. Nun, da die Koliken weg sind, merke ich erst, daß ich die ganze Zeit auch Kopfschmerzen hatte. Die bleiben nun übrig. Doch dann finde ich eine Packung Nürnberger Elisen-Lebkuchen und nehme sie, zusammen mit einer Tasse Kaffee, zu mir. Daraufhin verschwinden die Kopfschmerzen. Ich habe nun tatsächlich überhaupt keine Schmerzen mehr. Formal gesehen bin ich wieder gesund!

Und ich bleibe es. Die Schmerzen kommen nicht zurück, auch in den folgenden Tagen nicht. Ich esse wieder mehr, jeden Tag ergänze ich die Nahrungspalette. Ich habe acht Kilogramm abgenommen. Ich denke darüber nach, welche Lehre ich aus dem ganzen Event ziehen soll. Meine Fiebergedanken über Sissis »Skript« kommen mir nun unmoralisch vor. Ist nicht alles, was man denkt, sagt oder schreibt, vor allem eine Aussage über sich selbst? Demnach müßte ich erst einmal bei mir selbst nach dem entsprechenden Skript suchen. Welche frühkindliche Geschichte, welcher selbstgestrickte Mythos steuert meine Handlungsweisen? Da fällt mir der Tod des geliebten Großvaters ein. Ich war fünf Jahre alt, als ich ihn kennenlernte. Er wurde zur einzigen männliche Bezugsperson in meiner Kindheit, wenn auch nicht für lang. Meine Eltern hatten mich jedenfalls zu den Großeltern gegeben. Während sich mein Vater nie um mich hatte kümmern können, hatte der Opi zuverlässig Zeit für mich. Ich blühte auf. Aus einem verkorksten, depressiven, extrem kränkelnden Kind wurde ein Sonnenschein. Leider starb der Grandpa schon knapp zwei Jahre später, und zwar unmittelbar vor der Pensionierung, genau gesagt: am Tag derselben. Ich hatte es mir von Anfang an so erklärt, daß ihn der Gedanke, nunmehr jahrzehntelang vierundzwanzig Stunden am Tag seiner Frau ausgesetzt zu sein, in Panik versetzt hatte. Schließlich war er ein Mann der wenigen Worte. Er konnte handeln, delegieren, entscheiden, Gutes tun – aber bestimmt nicht länger als dreißig Minuten mit einer Frau über Belangloses reden. Ich habe auch niemals darüber nachgedacht, ob er eine Alternative gehabt hätte – und kann es auch jetzt nicht. Er mußte sterben, ganz klar, und zwar im Krankenhaus. Herzinfarkt. Er war noch gesund hingefahren, um sich untersuchen zu lassen, und hatte unter den Augen der Ärzte den Infarkt gekriegt. Auf diese Weise mußte er nicht in den Armen seiner Frau sterben. Es ist wirklich seltsam, wie felsenfest ich an diese Geschichte glaube. Es ist meine festeste Gewißheit. Zu zweit mit einer Frau zu sein, auf Dauer, ohne Aus- oder Fluchtweg – die Hölle. Auch mein Vater ist immer wieder ausgerissen. So wurde das auch genannt: Papi ist wieder ausgerissen. Irgendwann, einmal im Jahr, war er plötzlich weg. Die Mutter war dann nicht wiederzuerkennen. Wir Kinder konnten nicht so recht nachvollziehen, wo die Katastrophe denn lag. Papi war weg, na und? Wo lag der Schaden? Wen störte das? Aber die Mutter sah aus, als hätte der gute Papi mindestens das Dienstmädchen geschwängert und es heimlich in Las Vegas geheiratet. Verrat hätten wir Kinder sofort verstanden, aber mal ein bißchen ausreißen? Ich fand sogar, daß Papi das verdient hatte. Er mußte doch auch einmal ein paar nette Stunden haben, sonst fiel er uns noch tot um, wie Opi. Jedenfalls gehört bestimmt zu meinem Skript, daß Männer ihre Frauen nicht grenzenlos aushalten und manchmal ausreißen müssen. Papi fuhr dann immer mit seinem schicken taubengrauen Mercedes 220 SE nach Italien und besuchte alte Studienfreunde. Sicher ließen diese allerlei fesche Bräute auffahren und viel Rotwein. Ich gönnte es dem armen Vater von Herzen. Selbst jetzt wünsche ich mir nichts so sehr, wie daß er in seinem kurzen Leben möglichst viele hübsche Italienerinnen gehabt haben möge und nicht nur diese immer und ewig mit ihm unzufriedene Ehefrau.

Jedenfalls dachte ich immer, ein Mann, der nicht ab und zu ausreißt, wäre überhaupt kein Mann. Bei meiner ersten Freundin wurde dieser Zug gleich problematisch. Sie war sechzehn und ich neunzehn und somit – damals war das so – noch nicht volljährig. Die Eltern des Kindes hatten mich bei der Hamburger Sittenpolizei angezeigt – so etwas gab es seinerzeit noch – weil ich mit dem Mädchen den Sexualverkehr ausführte – besser: sie mit mir – und sie davon abhielt, zur Schule zu gehen. Wir sind dann zusammen ausgerissen. Nach einigen Wochen, in Frankreich, bekam ich die ersten klaustrophobischen Zustände. Ich hielt es zu zweit nicht mehr aus. Ich mußte ausreißen, aber wohin? Ich lief dann einfach geradeaus irgendwohin, und die entsetzte Freundin begann mich zu suchen. Für sie war das furchtbar. Sie spricht heute noch davon. Manchmal fand sie mich unter einer Brücke, manchmal auf dem Rücksitz vom Auto.

Soweit zu meinem »Skript«. Ich glaube, nach so viel Selbstbezichtigung ist es wieder halbwegs okay, wenn ich mich erneut auf Sissis Skript werfe. Ich sagte ja schon, bei ihr muß das Leben insgesamt eine Situation der Trauer ergeben. Es muß ziemlich schwierig für ein Skript sein, in Tagen und Monaten größten Glücks noch so viel beinschwere Trauer zu generieren, daß in der Summe etwas Negatives herauskommt. Bekanntermaßen sind die Sissi und ich ja sehr verliebt ineinander. Wenn wir uns in die Augen sehen, was wir alle naslang tun, überkommt uns größtes Wohlbehagen. Wir finden uns gegenseitig herrlich und sehr gutaussehend. Sissi ist beruflich die erfolgreichste und gefeiertste Frau, die ich kenne. Ich bin ein anerkannter Schriftsteller, dessen Stern um so heller leuchtet, als ich an Jahren und an geschriebenen Büchern zunehme. Wir sind gesund. Wir haben mehr Geld, als wir ausgeben können. Wir sind finanziell abgesichert. Wir leben in der schönsten Stadt der Welt mit der gebildetsten Bevölkerung. Wir haben eine gemütliche Wohnung und ein Auto. Wo soll da das Unglück herkommen?

Nun, natürlich durch die Phantasie. Von Anfang an hat sich Elisabeth das fehlende Unglück, die ausbleibenden Katastrophen, Schrecknisse und Gemeinheiten einfach eingebildet. Ich kann nur immer wieder betonen, wie gern ich meine Frau habe und sie mich. Dennoch war sie anfangs von der Vorstellung besessen, ich liebte sie gar nicht, sondern eine andere. Vielleicht die Frau, von der ich mich ein halbes Jahrzehnt zuvor getrennt hatte. Oder Elena Plaschg, über die ich ein Buch geschrieben hatte. Oder Frauen, die ich in Wien kennengelernt hatte. Oder das Bäckermädel, die Bedienung im Kaffeehaus, unsere Putzfrau, Kolleginnen aus der Zeitung oder dem Verlag, oder gar Hauptdarstellerinnen aus Filmen, die wir im Kino sahen. Elisabeth war durch nichts davon zu überzeugen, daß ich sie liebte und keine andere, daß ich sie, Elisabeth, meinte. Sie sagte, ich würde mir nur einbilden, sie zu lieben, liebte in Wirklichkeit jemand anderen. Es war ein Zwangsdenken, das bei jeder Gelegenheit aufbrach. Es genügte, daß ich eine Zeitungsseite aufblätterte, auf der irgendwo eine Werbung mit einer jungen Frau auftauchte – schon brach die Debatte los. Ich mußte mich dann stundenlang gegen den Vorwurf verteidigen, diese junge Frau zu begehren und nicht sie, die Sissi. Diese Debatten waren so kräftezehrend und in der Wiederholung unerträglich, daß man in gewisser Weise sagen konnte: Trotz aller Herrlichkeit unserer Beziehung lebten wir in einer Hölle des Wahnsinns. Denn nicht nur krankhafte Eifersucht belastete uns. Elisabeth war auch noch unbeirrbar davon überzeugt, häßlich zu sein, zu alt für mich zu sein, beruflich vollkommen erfolglos zu sein und überhaupt die schlechteste Partie zu sein, die man machen konnte. Ich mußte immer an Franz Kafkas Erzählung denken, in der ein Mann sich einbildet, ein Käfer zu sein. Er glaubt das wirklich. Und damit war es – seine – Wirklichkeit. Und so bildete sich auch Sissi ein, etwas zu sein, was nichts mit ihr zu tun hatte. Weder war Frank Kafka ein Käfer, noch war Sissi eine verkrachte Arbeitslose und saufende Schlampe. Der Unterschied zwischen Einbildung und Wirklichkeit konnte größer nicht sein. So war sie davon überzeugt, wahnsinnig fett zu sein. Tatsächlich hatte sie die beste Figur, die man sich denken konnte. Stundenlang konnte sie über ihren nicht vorhandenen Schwangerschaftsbauch klagen. Mir blieb nichts anderes übrig, als milde darüber zu lächeln. Aber das Lächeln verging mir schnell, da Sissi mir immer wieder dreist unterstellte, ihre Einbildungen zu teilen. Ich würde sie abstoßend finden, ich würde sie mit ihren achtunddreißig Jahren zu alt für mich finden, ich würde sie unbedeutend und dumm finden. Es war schwer, dagegen zu argumentieren, ich tat es trotzdem. Ich tat es eigentlich ganz gern. Denn was tut ein Verliebter lieber, als die Zweifel seiner Geliebten zu zerstreuen? Es gelang mir auch im Laufe des ersten halben Jahres ganz gut und nachhaltig.

Heute sind diese Anfälle seltener und weniger heftig. Dafür bildet sich Sissi andere Entsetzlichkeiten ein. Sie würde nur noch kurze Zeit leben – das ist ihre neue Angst Nummer eins. Sie trägt sie vor sich her wie eine gottgegebene Tatsache. Wenn ich sage, ach, wir sind doch gesund, füllen sich ihre hellen blauen Augen mit Tränen, weil sie es angeblich besser weiß. In ihrem Gesicht steht die ganze Tragik eines Menschen, der gerade beim Arzt war und dort die furchtbaren Worte hörte »Er ist leider bösartig, der untersuchte Knoten«. Aber sie ist nie beim Arzt, und sie hat auch keinen Knoten.

Ein weiteres halbes Jahr lang hatte sie meine Literatur als schier endlosen Steinbruch für künstliches Unglück entdeckt. Sie las meine Bücher, und wann immer ein Frauenname auftauchte, war das der Startschuß für wochenlange höchst unfruchtbare Eifersuchtsszenen. Ich mußte in strengen Verhören stundenlang Auskunft geben, was es mit dem Frauennamen auf sich hatte. Steckte ein realer Mensch dahinter? Wie hieß er oder sie? Was hatte ich mit ihr gehabt? Hatte ich sie geliebt? Liebte ich sie immer noch? Begehrte ich sie? Träumte ich nachts von ihr? Waren das erotische Träume? War sie, Sissi, nur ein billiger Ersatz für diese Person, von der ich ja offensichtlich besessen war, da ich sie sogar in meinen Romanen vorkommen ließ?

Der Höhepunkt dieser Rasereien war die sogenannte Taschentuch-Affäre. Sissi entdeckte, daß ich manchmal ein seidenes Taschentuch mit mir führte, und wollte wissen, wer mir diese Liebesgabe, diesen Fetisch, zugesteckt habe. Ich kannte Sissi damals noch nicht so gut und antwortete wahrheitsgemäß, eine gute alte jüdische Freundin, hochgradig lesbisch, habe es mir gegeben. Die nun ausbrechenden Kämpfe zogen sich über Wochen hin. Selbst das Verbrennen des kleinen Tuches nutzte mir nichts.

Aber – irgendwann war auch das letzte meiner Bücher zu Ende gelesen. Damit hörte dieser grauenhafte Spuk auf. Man sollte außerdem nicht vergessen, daß heftige

Streitereien dieser Art – also Streitereien über nichts – auch einen gewissen Reiz haben können. Die gesamte Seele wird so durchgeschüttelt, daß der anschließende Sex überaus intensiv ist. Ich war jedenfalls immer gern bereit, diese Irrationalität als Teil des erotischen Gesamtsystems zu sehen und damit zu verzeihen. Immerhin hatte mir das Körperliche nie zuvor solchen Spaß gemacht, und da mochte ich nicht fragen, wo es herkam. Heute aber, nach meiner vielleicht lebensgefährlichen Erkrankung – mehrere Tage lang wurde um die zweiundvierzig Grad Fieber gemessen –, sehe ich das nicht mehr so locker. Ich stelle vielmehr die Frage, warum meine Frau die ganze Zeit den inneren Zwang hatte, unsere Lage als tragisch zu interpretieren. Wo kam das her? Wie geht das wieder weg?

Natürlich ist es verführerisch, die langjährige Therapeutin dafür verantwortlich zu machen. Wir werden noch sehen, ob das zu etwas führt. Ich werde der Sissi vorschlagen, der nächsten Sitzung beiwohnen zu dürfen. Ich habe das eigentlich immer schon gewollt, aber bei jedem zaghaften Vorstoß in diese Richtung versteinerte sich Sissis schönes Gesicht, und sie nannte meinen Wunsch »anmaßend«. Die Verbindung mit ihrer Analytikerin war für Sissi auf einem höheren Niveau angesiedelt als unsere. Sie erzählte auch nie von den Sitzungen, mit der ziemlich schroffen Begründung, das gehe mich nichts an. Seit über sieben Jahren ging sie viermal die Woche dorthin. Die ersten fünf Jahre hatte die Krankenkasse alles bezahlt. Seit zwei Jahren überwies Sissi von ihrem eigenen Geld einen fetten vierstelligen Betrag an die alten Hexe, jeden Monat. Auch das war und ist ja eine Sache, bei der jedem normalen Ehemann die Haare zu Berge stehen würden. Aber ich reagierte anders. Mir war die Verantwortung, die ich für Sissis hysterisches Wesen trug, schon so schwer geworden, daß ich froh über jeden war, der mir ein bißchen davon abzunehmen schien. Und wer war dazu besser geeignet als ein Therapeut? Ich ahnte nicht, daß diese Freudianerin nicht eine Hilfe war, sondern womöglich die Ursache einer fatalen Lebenseinstellung.

Trotzdem will ich nicht die Fortschritte vergessen. Erst ließ ja die manische Eifersucht nach, dann der ständige Mißbrauch meiner Bücher, dann die eingebildete Krebserkrankung. Es stellte sich so etwas wie ein allgemeines Vertrauen ein. Freilich waren die eingebildeten Katastrophen auch deswegen weniger geworden, weil Sissis Verhalten im Laufe der Zeit zu ganz echten, realen Katastrophen geführt hatte. Ich war wirklich arbeitslos geworden. Ich hatte wirklich – durch ihre Eifersucht, die selbst vor Kollegen und Freunden nicht haltmachte – fast alle meine Freunde verloren. Ich war in eine handfeste gesellschaftliche Isolation geraten, die erst langsam, dann immer schneller meine Schreibfähigkeit beeinträchtigte. Ich konnte kein eigenes Geld mehr verdienen, war von meiner Frau ökonomisch abhängig geworden. Und ich war am Ende nicht nur mental, sondern in der Folge auch körperlich zusammengebrochen. Nun gut, das ist jetzt übertrieben und zugespitzt ausgedrückt. Ich will nur sagen: Der Weg ging klar nach unten, und wahrscheinlich wurden deshalb die herbeiphantasierten Schrecken weniger. Es ging uns auch so schon schlecht.

Ja, so sind meine Gedanken nach der großen Krankheit. Es sind natürlich böse Gedanken, ungerechte. In Wirklichkeit kann ich immer noch lustige Tierkolumnen schreiben und damit ein paar Euro verdienen. Meine liebe Frau liebt mich mehr denn je. Es ist auch gut, daß ich soviel abgenommen habe. Ich wiege jetzt wieder fast so wenig wie vor einem Jahr, als Sissi mit dem systematischen Mästen meiner Person begann. Vielleicht bin ich nun sogar gesünder als damals, denn ich esse kein Fleisch mehr und kaum noch Fett und Zucker. Bei Fleisch überkommt mich nun nämlich ein Brechreiz. Ich kann es nicht mehr essen. Ich bin ganz ohne eigenes Zutun Vegetarier geworden. Das erspart mir eines Tages womöglich eine Diabeteserkrankung oder sonst etwas Ekliges dieser Art. Ich kann nun fit ins nächste Lebensjahrzehnt sprinten. Auch mit Sissi läuft es seit der Krankheit (noch) besser. Ich erzähle zur Anschauung einmal, wie wir zu einer Geburtstagsparty fahren, gestern. Das geschieht mit unserem kleinen Öko-Automobil. Ich ziehe mich ganz warm an, weil draußen schon Minusgrade herrschen und das Auto praktisch keine Heizung hat. Also es hat einen so kleinen Motor – 800 ccm –, daß derselbe nicht warm genug wird, um den Fahrgastraum zu erwärmen. Leider habe ich meine Brille verlegt. Auf den Straßen liegt Nebel, vor allem außerhalb der Stadt. Die alte Freundin von Sissi, die Geburtstag hat, ist weniger alt als befürchtet. Sie ist sogar fast mein Alter, hat zwei erwachsene Töchter, die freilich nicht anwesend sind. Es findet in einer Gastwirtschaft etwa dreißig Kilometer östlich von Wien statt. Drei lange Tische sind mit Gratulanten gefüllt, von denen die meisten, rüstige Graubärte, auf das Angenehmste an Käpt'n Iglo erinnern. Es gibt sogar eine Person unter dreißig Jahren, das ist die Bedienung. Ich kann mich an ihr nicht sattsehen. Aber ich achte respektvoll darauf, daß Sissi es nicht bemerkt. Ein pensionierter Schauspieler mit weißem Pferdeschwanz setzt sich zu uns. Er erscheint mir richtig sympathisch. Vor meiner Krankheit hätte ich ihn wahrscheinlich abstoßend gefunden. Nun habe ich diese Vorurteile nicht mehr. Ich mag seine Stimme, und wir kommen fast ein bißchen ins Gespräch. Nach zweieinhalb Stunden fahren wir wieder. Ich lege meine warme Hand auf Elisabeths Knie. Das Autoradio geht leider nicht mehr. Wir reden nichts. Nach einer Viertelstunde wird mir das ein bißchen unheimlich, und ich bitte meine Beifahrerin, mir doch etwas zu erzählen. Sie antwortet aber nicht. Während ich tatsächlich erstaunlich glücklich bin, da der Abend so friedlich verlief und die Atmosphäre so liebevoll war, merke ich, daß Sissi schon wieder unglücklich ist. Warum, weiß ich nicht. Aber ich bin mir sicher, ihre Stimmung noch vor dem Einschlafen wieder drehen zu können.

Nachts wache ich davon auf, daß das Licht an ist und Sissi mich ansieht. Nun sieht sie schon wieder besser aus. Sie sagt, ich hätte im Schlaf so lieb ausgesehen. Das hat sie auch immer gesagt, als ich krank war. Offenbar sehe ich im Schlaf immer lieb aus und sonst erst recht. Sissi trägt die schwarzen Trauerkleider nicht mehr, die sie während meiner Krankheit getragen hat. Gut so. Sie rechnet also nicht mehr mit meinem Ableben. Ich auch nicht.

Ich treffe sogar wieder Thomas Draschan. Das ist der bereits erwähnte Maler. Auch ihn habe ich seinerzeit bei den Herrenabenden kennen- und schätzengelernt. Er trinkt keinen Alkohol und nimmt keine Drogen, trotzdem lebt er teilweise in Berlin. Er hat in beiden Städten Wohnungen; beide sind zusammen kleiner als eine normale Einzimmerwohnung in Wien. Luxus interessiert ihn nicht, er ist Künstler. »Das Werk geht vor« ist sein

Lebensmotto. Eigentlich ist er wirklich erfolgreich, hat zehn Ausstellungen im Jahr. Und dieser große Künstler schickt mir nun aus dem verdorbenen Berlin eine Audio-Botschaft, in der er mit klarer Stimme bekennt, daß er es in dem »emotional verkommenen, entmenschten Areal« – nämlich Berlin – nicht mehr auszuhalte. Von der Gehirnchirurgin ist keine Rede mehr, offensichtlich hat sich die Sache in Luft aufgelöst. Genauer gesagt verlor unser Freund die Kontrolle über sich, als die überaus anziehende Frau – ohne Zweifel die schönste Wienerin neben Sissi – ein Kind von ihm erwartete. Er machte per SMS mit ihr Schluß und begab sich in Therapie. Anscheinend ohne Ergebnis.

Jetzt nimmt er das nächste Flugzeug, ich hole ihn ab. Wir fahren im Auto durch Wien. Er berichtet von der sexuellen Zügellosigkeit in der deutschen Hauptstadt. Alle Perversionen seien dort an der Tagesordnung. Sadismus und vor allem Masochismus würden von nahezu allen Mitbürgern und Mitbürgerinnen betrieben. Alkohol- und Nikotinmißbrauch, aber auch Drogengenuß und sexuelle Enthemmung fänden eine immer größere Verbreitung. Schlimm sei die völlige Unverbindlichkeit des Geschlechtsaktes. Jederzeit sei alles, aber wirklich alles möglich, doch es bedeute nichts. Dennoch sei ihm, Thomas Draschan, diese Form der entmenschten Sexualität lieber als die in Wien. Während in Berlin alles erlaubt sei und deswegen solche entsetzlichen Blüten der Amoralität treibe, sei in Wien alles verboten, noch aus dem Einfluß des Katholizismus heraus, und auf diesem Urgrund des Verbotenen entstünden dieselben Perversionen wie in Berlin. Ja, der Masochismus sei hier noch ärger als irgendwo sonst, alle Frauen müsse man peitschen in Wien, und dabei hätten sie auch noch ein schlechtes Gewissen.

»Na, wenigstens das! Ist doch schon mal ein Anfang ...«, wende ich ein. Nein, meint Draschan, das sei schlecht, denn der Masochismus sei naturgegeben und unabänderlich.

»Überhaupt nicht. Der Mensch wird masochistisch, wenn er schlecht behandelt wurde, also extrem schlecht, und er wird wieder normal, wenn er auf längere Zeit lieb behandelt wurde.« Nein, nein, nein, beharrt mein Freund, die sexuelle Prägung stünde von der Geburt an fest.

»Das sagst du, weil Frauen dich schlecht behandelt haben. Was du wirklich einmal erleben solltest, ist ein süßes Mädel, das dir allein gehört und über einen endlosen Zeitraum total lieb zu dir ist.«

Um Gottes willen, schreit er nun, das sei ja eine furchtbare Vorstellung. Er wisse, wovon er rede! Vermutlich meint er die Sache mit der Gehirnchirurgin, nennt sie aber nicht beim Namen, sondern fährt fort, lieber sei er in der Hölle und habe Spaß, als daß er im Himmel so etwas Fades erleben müsse. Er sieht dabei ganz authentisch aus. Ja, er meint das wirklich. Aber warum verläßt er dann Berlin? Er könne nicht mehr, er hätte zuletzt auch nicht mehr künstlerisch tätig sein können.

»Ach so«, sage ich, »das Werk geht vor.« Er nickt. Seit Tagen hat er nicht mehr geschlafen. Die letzte Nacht in Berlin hat er mit Bruno Brunnet in der Paris Bar durchgetrunken. Das heißt, Brunnet hat getrunken, Draschan zugehört und gelächelt. Dieser Brunnet ist der unsympathischste Galerist der Welt. Der Inbegriff des Angebers, des Daffke, des sozialen Aufsteigers, ja des Piefke. Hoppla, jetzt komm icke! Ellenbogen raus und Lieder anstimmen.

Schampus, Herr Ober, aber dalli-dalli! Nun verteidigt Draschan diese Karikatur von einem Wicht. Ja, das sei ihm lieber als das vornehme Getue der Wiener Kuratoren und Galeristen. Bruno Brunnet sei bei aller Abscheulichkeit und Angeberei und Kleineleutehaftigkeit doch ehrlich, durchschaubar und der Künstlernatur näher als die feinen Pinkel in den Kunstvereinen und staatlichen Museen, die nie etwas riskierten, ihre Manieren ausstellten und dafür hohe Gehälter bezogen.

»Trotzdem, Thomas, du hast mit diesem kleinen Schreihals die ganze Nacht durchgetrunken? Wie hast du das ausgehalten?«

Ach, meint er, das wisse er auch nicht, aber so schwer sei das nicht. In Dänemark und Skandinavien sei sexuell übrigens auch alles erlaubt, und dabei entstünde dann nicht diese berlintypische Amoralität, sondern Sportsgeist und Gymnastik, eine ungeheuer gesunde Form von Sex... Er ist schon wieder bei seinem Dauerthema. Künstlerische und berufliche Fragen berühren ihn offensichtlich nicht mehr.

Es ist wirklich schon weit gekommen mit ihm in dieser Stadt an der Spree. Aber ich vermute, mit Bruno Brunnet waren die Stunden schon deshalb kurzweilig, weil er der wahrscheinlich weltweit erfolgreichste Galerist für neue Malerei ist. Wie kann einem als junger Künstler an der Seite dieses Krösus langweilig werden? Mir wäre das natürlich anders ergangen. Trotzdem überlege ich, mir diese Szene einmal anzusehen. Ich fliege ja demnächst dorthin. Ich will ja meine Manuskripte und Fotoalben von Berlin nach Wien transportieren, in meine neue Geheimwohnung, die inzwischen fertig eingerichtet ist. Die Leute von Ikea sind nämlich *doch* gekommen und haben elf Großmöbel zusammengeklopft. Das waren Superprofis. Leute, die normalerweise in James-Bond-Filmen auftreten. Sie hatten auch ausgefuchste Spezialwerkzeuge. Auf diese Weise errichteten sie binnen Minuten diese sonst so erbärmlichen, weil wackeligen »Ikea«-Konstrukte. Groß, fest und unzerstörbar stehen sie nun in meiner Wohnung, für die Ewigkeit gemacht. Das war eine schöne Stunde. Ich telefonierte mit meinen Freunden und sah diesen Stuntmen dabei zu. Jeder andere hätte Wochen gebraucht. Die gesamte Wohnungseinrichtung kostete mich nun lediglich einen dreistelligen Betrag. 200 Euro für den Montage-Service, 130 Euro für die Spedition, 580 Euro für die elf Billigmöbel. Ich habe von allem einfach immer das Billigste geordert, und das war zugleich immer das Formschönste. Nur die billigen Sachen hatten keine Schnörkel und spießigen Muster, sondern klare geometrische Formen und die neutrale Farbe Weiß. Nun fehlen nur noch meine persönlichen Sachen. Die Vorhänge mußte ich selbst anbringen, was schwierig genug war. Ich brauchte dazu einen neuen Akku-Bohrer für 30 Euro, ein Meterband, Dübel und Schrauben. Letzteres schenkten mir die Ikea-Leute. Ich mußte auf den neuen Schreibtisch steigen und in drei Meter Höhe Löcher in die Wand bohren, zwölf Stück auf gleicher Höhe. Zum Glück bin ich eigentlich handwerklich begabt, und so klappte es. Immerhin, zwei Stunden kostete es mich, zwei Stunden meines wertvollen Schriftstellerlebens. Das war für mich schon eine große Ausnahme.

Jetzt fehlen mir nur noch meine persönlichen Gegenstände. Ich fliege also nach Berlin, und bei dieser Gelegenheit sehe ich mir die Stadt ein letztes Mal an. Als Einstimmung schreibe ich noch rasch eine kleine Berlin-

Reportage für ein österreichisches Reisemagazin, die mir in nur zwei Stunden Schreibzeit tausend Euro einbringt. Ich will sie dem Leser und vor allem mir nicht vorenthalten. Ich lese mich ja so gern selbst, jedenfalls lieber als jeden anderen Autor außer Stuckrad-Barre:

Berlin-Reportage
Von Johannes Lohmer

Wer Berlin besucht, tut das nicht der Architektur wegen. Die Stadt ist ja objektiv überaus häßlich, zersiedelt, industriell heruntergekommen und in weiten Teilen verlassen, ein bißchen so wie Liverpool. Fünf Millionen aufstrebende Bürger lebten in Berlin vor dem Krieg, jetzt sind es noch 3,3 Millionen. Nein, wer hierhin reist, tut es nicht aus touristischen Motiven. Er will Geschichte erleben, wenn man so will: Geschichte am offenen Herzen. Denn in Berlin geschieht ja immer gerade das, was später in den Geschichtsbüchern steht. Zur Zeit ist dort zum Beispiel die Wandlung von der Angestellten- zur Freiberuflergesellschaft zu beobachten. Die Transformation von der bürgerlichen zur Patchwork-Familie. Die Verschiebung von einer nationalen zu einer internationalen Identität. Das Verschwinden der heterosexuellen Rollenmodelle und ihr Ersatz durch homosexuelle. Der Verlust des Wertes von Geld als allesentscheidendem Faktor und das Wiedererstarken alter Warentauschverhältnisse. Um nur das Skurrilste zu nennen. Wie das konkret aussieht, werden wir darlegen.

Wer nicht mehr arbeitet, muß viel feiern. Aber abends ausgehen und viel Alkohol trinken kostet Geld.

Wo kommt es her? Bekanntlich hat Berlin das neben New York lebendigste Nachtleben der Welt. Das geht nur, indem die Preise niedrig sind, ja tendenziell gegen null gehen. Die meisten Partys – viele zehntausend jede Nacht – finden in Privatwohnungen statt. Dort ist alles umsonst. Kastenweise wurde Bier organisiert, Billigsekt der Marke »Faber« für 1,50 Euro die Flasche, Orangensaft, Wodka. Letzterer ist reines Gift und führt augenblicklich zu Lähmungen, so daß man ihn besser erst ganz am Schluß trinkt, wenn man gar nicht mehr wissen will, wer die Person ist, mit der man gleich auf der IKEA-Matratze landet.

Doch halt! Gibt es wirklich nur Jugend und Clubleben in der deutschen Hauptstadt? Im Prinzip ja, denn der Zuzug immer neuer Jahrgänge von Abiturienten jedes Jahr übersteigt jede Vorstellung. Im Grunde versammelt sich die gesamte deutsche Provinzjugend in Berlin, so daß in den westdeutschen Klein- und Mittelstädten nur Alte übrigbleiben. Dennoch gibt es auch in Berlin nichtjunge Bevölkerungsteile, vor allem Viertel. In den alten Westvierteln Charlottenburg, Wilmersdorf, Moabit, Wedding und Tegel findet man viele von jenen, die vor dem Mauerfall jung waren und es bis ins Greisenalter unbedingt bleiben wollen. Sie haben weiße Haare, graue Bärte, tragen das Haar aber lang, dazu Jeans, Base-Caps, Ohrringe, Tattoos, Turnschuhe. Es sind tragische Gestalten, kinderlos und im Alter einsam. Ihr Glück ist, daß in ihre Nachbarschaft oft Türken eingezogen sind, mit denen sie Freundschaft schließen. Natürlich gibt es in den Außenbezirken auch soziale Schichten, die dort einfach nur wohnen, nie in die Geschichte Deutschlands *eingegriffen haben und unspektakulär in den ererbten Einfamilienhäusern sitzen. Das sind die Altberliner. Besser gesagt jene, die während des kalten Krieges nicht ausgewandert sind. Und jene Ossis, die nach dem Mauerfall nicht nach Westdeutschland gezogen sind. Im Grunde hat Berlin ja nach 1945 seine bürgerlichen Schichten verloren. Erst den Adel, die Eliten, das Großbürgertum, schließlich die Mittelschicht, die Facharbeiter und sozialen Aufsteiger. Geblieben ist das untere Drittel, und das wohnt immer noch in den Außenbezirken. Zwischen ihnen und den euphorischen Zugereisten im Stadtkern gibt es keinerlei Berührungen. Ziemlich trostlos sieht es auch in den meisten Teilen Ostberlins aus. Hier siedelt noch einmal eine gute Million, weitgehend abgeschnitten von der modernen Welt. Die wachen, jungen, veränderungswilligen Bürger unter ihnen sind rasch in den Westen gezogen und haben ihr Glück gemacht, der Rest läßt sich von einem allmächtigen, allgegenwärtigen Staat aushalten, schon aus alter Gewohnheit. Wer also Berlin besucht, muß aufpassen, nicht aus Versehen ins falsche Viertel zu geraten. Um Tristesse, Hoffnungslosigkeit und Industriebrache zu erkunden, würde auch ein Trip nach Gelsenkirchen oder Duisburg reichen. Die Überalterung der Gesellschaft läßt sich besser im satten, abgeschlafften Schwabing studieren. Nein, wer Berlin meint, will Berlin-Mitte. Sowie Prenzlauer Berg, Friedrichshain und Kreuzberg. Dort ballt sich das Neue, das noch nie Dagewesene. Hier, zum Beispiel in der Kastanienallee, findet man alles, wovon man immer gehört hat: zwanzig Studentencafés in Reihe, zehn Atelier-Neugründun-*

gen pro Saison, Galerien mit den neuesten Künstlern, Büros mit verrückten Projekten und vor allem: junge Leute. Sie scheinen keine andere Eigenschaft zu haben, als jung zu sein. In einem Stil, mit dem sie sich alle gegenseitig anstecken, entziehen sie sich jeglicher kapitalistischen Modevorgabe. Die Männer tragen alle Acht-Tage-Bärte, schon weil sie zu faul sind, sich öfter als einmal in der Woche zu rasieren. Meist schlabbern unansehnliche Military-Hosen um ihre Storchenbeine. Wer auf sich hält, trägt ein infernalisch schreiendes Baby im Arm. Schon seit fünf Jahren ist der neue deutsche Vater das beliebteste Rollenmodell. Das sind viel zu junge Burschen ohne einen Cent in der Tasche, die sich dafür entschieden haben, Verantwortung zu übernehmen. Verantwortung für einen neuen Menschen, sprich ein Kind. Die Geburtenrate im Bötzowviertel – das liegt zwischen Prenzlberg und Friedrichshain – ist die höchste in Europa.

Wer nun diese Welthauptstadt der Jugend, der Künstler und der Kreativen besucht, kann nicht sicher sein, auf Anhieb in die Kreise hineinzukommen, die ihn interessieren. Ist er nämlich über dreißig oder gar über vierzig Jahre alt, wird er die verblüffende Erfahrung machen, daß er nirgendwo wahrgenommen wird. Die jungen Leute schauen einfach durch ihn hindurch. Für sie ist er phänotypisch einfach der Mathe- oder Chemiepauker aus der Provinzschule, der man gerade entkommen ist. Er zählt absolut null. So einen Pauker will niemand auf seiner Party haben. Es empfiehlt sich daher, wenigstens ein paar Jugendsymbole anzulegen, etwa ein T-Shirt mit pornographischem Inhalt oder eine künstlich zerrissene Jeans.

Auch mit einer Glatze kommt man überall durch. Eine andere Möglichkeit wäre es, mit der Medienszene Kontakt aufzunehmen. Hier arbeiten manchmal sogar Menschen ohne Jugendfimmel. Alle großen Qualitätszeitungen unterhalten aufwendige Hauptstadtbüros, fast alle in Mitte. Diese Journalisten haben ihre eigenen Restaurants, Clubs und Kaffeehäuser. Ein Wiener kann sich zum Beispiel im »Borchard« wohl fühlen oder in feinen Restaurants rund um die Friedrichstraße und den Gendarmenmarkt. Im »Kir Royal« ißt man nicht nur so gut wie in einem Wiener Restaurant, sondern sieht garantiert viel Prominenz an allen Tischen. Nicht vergessen sollte man, daß sich die deutsche Politik in Mitte tummelt. Wer sich noch nicht im Fernsehen an den Politikernasen sattgesehen hat, kann einfach bestimmte Lokale rund um den Reichstag, vor allem an der Prachtmeile Unter den Linden aufsuchen, etwa das Café Einstein.

Nun soll es ja wirklich noch Zeitgenossen geben, die selbst die geschichtsträchtigste Stadt der Welt der Naturschönheiten wegen aufsuchen wollen. Bitte sehr. Natürlich hat sogar Berlin, da groß wie ein Bundesland, die eine oder andere trauliche Ecke. Der Grunewald, der Wannsee, die vielen Seen außerhalb, diverse Parks, der Zoo, die Spree, für Stadtflüchtige sogar die nahe Ostsee: alles rentnergerecht und still. Hier hat der Mensch die Welt den Tieren überlassen. Wölfe und Füchse durchstöbern die zurückgelassenen DDR-Häuschen. Man kann stundenlang über nagelneue, mit dem Solidaritätsbeitrag finanzierte Landstraßen fahren, ohne auch nur einen McDonald's zu sehen. Nur in Finnland ist es noch schöner. Und wem so etwas gefällt, der sollte auch dorthin fahren. Zu den Lofoten. Oder den Färöer-Inseln. Den Lappen, Samen, Finnen. Wer dagegen einmal an der Zukunft schnuppern möchte, packe seinen Laptop ein und besorge sich ein paar Berlin-Adressen. Ohne Laptop geht es nämlich nicht in Mitte. Es wäre schon sehr auffällig, in einem Café am Zionskirchplatz zu sitzen und dabei in keinen Laptop zu starren. Das würde alle irritieren. Wo hat der Typ seinen Laptop? Warum checkt er seine E-Mails nicht? Hat er keine Freunde, mit denen er chatten kann? Will er nicht nachsehen, was heute so läuft, wer was aufstellt, was nachts so geht? Ist er von den Bullen? Aber mit der gut sichtbar umgehängten Laptoptasche und einer Basketballmütze mit einem angesagten Rapper-Signet läßt sich gut durch Berlin surfen, am besten mit der Straßenbahn. Die fahren Tag und Nacht. Wählt man die Linie M10 zwischen den Stadtteilen Mitte und Kreuzberg, kann man unentwegt aufgekratzte Partygänger beobachten. Man erkennt sie an der guten Laune, dem hohen Grad der Trunkenheit und den geköpften Bier- und Fuselflaschen in der Hand. Wer sich speziell für die Schwulenszene interessiert, fährt einfach ins »Berghain«. Dort tummeln sich vom Tiefkeller bis zum Dachboden Tausende von Vorzeigeschwulen und Touristen. Es ist vielleicht der einzige Ort, an dem Szene und Touristen sofort zusammenkommen. Vom Berghain hat jeder schon gehört, vor allem in New York. Es geht dort das hartnäckige Gerücht, das Berghain sei das »Studio 54« des 21. Jahrhunderts. Lebenslust und Hemmungslosigkeit im Gewand der Travestie seien dort auf einem nie vorher gekannten Höchststand. Das wird *wohl so sein. Und damit beantwortet sich die Frage, ob diese Metropole eine Reise wert sei. Natürlich. Gelangweilte aller Welt, ihr, die ihr den Naturtourismus satt habt, bereichert euch am Leben, kommt nach Berlin!*

Mit dem Bus fahre ich vom Flughafen bis zum Hauptbahnhof. Der Bus ist überfüllt. Überall hört man das gutmütige Berliner Idiom. Mir ist es dennoch verhaßt. Warum eigentlich? Es erinnert mich einfach an die schlimmsten fünf Jahre meines Lebens, die einzigen, die ich als Single ertragen mußte. In Berlin sind ja alle Singles, sogar die Homosexuellen. Es ist eine Krankheit, die alle Schichten erfaßt hat und dadurch nicht mehr heilbar ist.

Ich bin auf dem Weg zu Elena Plaschg und ihrer Busenfreundin, der schönen Mareth. Es ist abends, und schon kurz nach dem Hauptbahnhof sind alle Straßen schwarz von Menschen. Es ist wie Karneval in Rio. Die kilometerlange Torstraße ist mit Hunderttausenden von jungen Männern verstopft. Sie alle haben Bierflaschen in der Hand, tragen Parkas, grüne Windjacken, Kapuzenpullover. Sie wollen ausgehen und Spaß haben. Sie alle studieren, ob zwei, zwölf oder zwanzig Semester. Ich registriere, daß sich die Zahl der abends Ausgehenden seit meinem Weggang vor anderthalb Jahren glatt verdoppelt hat. Die Buben vertrinken das Geld ihrer Eltern, die Mädchen sind weniger präsent.

Der Taxifahrer behält die Ruhe. Wie alle Berliner Taxler will er *reden*. Ich bleibe aber einsilbig. Über Umwege erreichen wir die mir wohlbekannte Wohnung Elena Plaschgs. Als ich dem Fahrer dreißig Cent Trinkgeld gebe, sieht er mich lange nachdenklich an. Er versucht, sich einen Reim auf meine Person zu machen, kommt aber nicht darauf. Was will dieser viel zu alte Herr in der altmodischen Kleidung mitten in Berlin? Warum hat er keine Flasche Billigbier in der Hand? Warum gibt er Trinkgeld?

Elena und die schöne Mareth kochen für mich. Dabei beginnt Elena ohne Umschweife, von ihrem Liebesleben zu erzählen, das heißt, nachdem sie mich nach meiner kurz zurückliegenden fast tödlichen Krankheit befragt hat. Ich sage, ich sei seither ein anderer Mensch, viel selbstbewußter und glücklicher.

»Aha«, sagt Elena verständnislos. Dann macht sie Tempo. Mit ihrem letzten Freund, den ich auch gut kenne, sei nun Schluß, seit drei Wochen. Geschlafen hätten sie ja schon seit zwei, drei Monaten nicht mehr miteinander, also fast. Mit dem Neuen sei es dagegen im Bett phantastisch. Er sei Halbafrikaner, oder sogar ganz, das wisse sie nicht, da er Albino sei und weiße Haut habe. Sie zeigte mir ein Foto, auf dem im Grunde die Figur von Meister Proper zu sehen war. Furchtbar. Ein muskelbepackter, grinsender Glatzkopf. Der Typ sei in Köln aufgewachsen, also ein echter Kölsche Krat, und lebe seit zwölf Jahren in London. Im Moment sei er ohne Job, sonst arbeite er als Freiberufler und Comic-Animateur irgendwie bei Digitalisierungen von großen Blockbuster-Filmen mit. Wenn also irgendwo ein Wolkenkratzer in die Luft gesprengt wurde und zusammenfiel, mußte Meister Proper das mathematisch ausrechnen und künstlich umsetzen. Ja servus, denke ich. Elena sieht mich mit freudig aufgerissenem Gesicht an. Sie kann es kaum erwarten, daß ich etwas zu ihrem neuen Liebhaber sage. Aber was soll ich sagen? Zu so einem Menschen, der selbst nichts zu sagen hat, kann auch ich nichts beisteuern. Ich konzentriere mich auf das köstliche Essen, wissend, daß dies nicht die einzige Männergeschichte des Abends sein wird. Und wirklich, gleich übernimmt die schöne Mareth. Auch in ihrem Leben gibt es einen neuen Kerl. Auch sie präsentiert auf ihrem Laptop gleich ein paar Fotos. Wieder sehen wir einen bekannten Phänotypus: das egoschwache verklemmte Muttersöhnchen. Er steht gebückt da, schmale Schultern, die Haare schön, die Hände vor dem Schritt gefaltet, blasse Haut, nie ein Lächeln, Mitte Dreißig. Dieser Mann hat gerade Philosophie zu Ende studiert. Abgeschlossenes Hochschulstudium! Mit Staatsprüfung wahrscheinlich! Das ist doch einmal etwas anderes! Und was macht er nun? Er ist *Food Consultant* und verdient damit viel Geld. Er richtet so komische Partys aus, bei denen es um Essen und Philosophie geht. Er fliegt in alle Kontinente, um die Speisen ferner Völker kennenzulernen. Schöne Mareth sagt, daß sie gern so einen Mann hätte, mit dem sie essen und dabei philosophieren könne. Sie hat selbst achtzehn Semester Philosophie studiert, leider ohne Abschluß. Ich sage:

»Schöne Mareth, weißt du denn nicht, daß es kaum etwas Schlimmeres gibt als Diskussionen ohne Niveau? Das wäre ein Leben an der dauernden Schmerzgrenze für dich.«

Ich muß das erklären. Auf diesen organisierten kulinarischen Events sind ja wohl kaum Philosophen, sondern soziale Aufsteiger, Mittelständler und Apothekersgattinnen, die dann nur über das Essen hier und im Ausland reden. Versuche, tatsächlich zu philosophieren, geraten zu Desastern an Peinlichkeit. Es ist die Hölle. Und dann diesen Bubi an der Seite, der einen in die Ehe treibt und Kinder zeugt.

Mareth nickt. Doch nun ist wieder Elena dran. Meister Proper sei ja gar nicht der Mann, um den es ihr *wirklich* geht. Der habe vielleicht nur einen Genfehler, mit der Haut, und seine Kinder würden rabenschwarz. Da sei der Abstieg ja wohl sicher. Nein, sie habe da noch einen anderen, der fahre Porsche und sei über die Maßen erfolgreich. Das Problem mit ihm sei, daß er die meiste Zeit des Jahres im Flugzeug verbringe. Er habe Firmen und Firmenbeteiligungen in Asien, Amerika und Europa.

»Was für eine Firma denn?« will ich wissen.

»Ach, irgendwas mit Software und so.«

Nun wird erst mal ein Foto gezeigt. Ich sehe einen unfaßbar häßlichen Glatzkopf mit Backen- und Kinnbart. Ist es heute wirklich notwendig, sich äußerlich so zuzurichten? Beulige Jeans mit Hängepopo, dunkelblaues Hemd, bleicher Teint, kleinwüchsiger Körper. Ja, er sei deutlich kleiner als sie, Elena, aber das habe sie ja schon öfter gehabt.

Mit dem Mann verstehe sie sich total. Bei ihrem ersten Date hätten sie fünfzehn Stunden ununterbrochen miteinander geredet, und es sei am Ende total kribbelig gewesen. Seitdem treffen sie sich einmal im Monat, immer wenn er zufällig einmal nicht im Flugzeug sitzt. Es gibt nur ein kleines Hindernis. Klaus oder Oliver oder Thomas / Daniel / Michael – ich kann mir all die Namen der heute Fünfdreißigjährigen nicht merken – hatte noch nie eine Beziehung.

»Ist er schwul?« frage ich.

Elena strahlt und schweigt eine Sekunde lang. Offenbar hat sie den Gedanken zum ersten Mal. Sie weiß nicht, ob sie ja oder nein sagen soll. Sie meint, vielleicht sei er ein bißchen latent schwul, ohne es zu wissen.

»Das wäre ja nicht schlimm, im Gegenteil. Er könnte dich bewundern, weil du so groß und stark bist und so riesige Brüste hast.«

»Ja, er starrt mir immer wie besessen auf die Brüste!«

»Prima, dann hat er ja erste Regungen. Weiter so!«

In Wirklichkeit finde ich die Geschichte überhaupt nicht gut. Erneut so eine typische Berlin-Mitte-Story. Ich merke, als Elena weitere Details ihres neuen Herzensbrechers zum besten gibt, daß mich diese ganze Thematik langweilt. Ja, ich habe Mühe, Interesse zu heucheln und nicht zu gähnen. Alle drei neuen Männer sind ganz augenscheinlich uninteressant. Keiner hat eine geistige Tätigkeit. Es sind Handwerker, ohne die charakterlichen Vorzüge derselben. Es sind nicht anständige, grundgute Handwerker mit einem Schuß Klassenbewußtsein und politischem Wissen, sondern digitale Fummler und Finanzjongleure, verkommen und menschlich ausgehöhlt. Der eine hat noch nie die Liebe erfahren, der zweite pervertiert sein Philosophiestudium, der dritte sitzt sein Leben lang vor dem Rechner und übersetzt Unsinniges in digitale Formen. Der eine ist *gut im Bett*, der andere kennt das Bett noch gar nicht, was irgendwie dasselbe ist. Mich entsetzt und verärgert auch die Euphorie, mit der die beiden attraktiven Frauen über ihre neuesten Eroberungen sprechen. Genau dieselbe Euphorie haben sie bei dem Thema auch vor fünf Jahren an den Tag gelegt, als ich noch in Berlin wohnte und sie täglich traf. In einem halben Jahrzehnt sind sie nicht um ein Promille schlauer geworden. Wie eben die ganze Szene. Hier dreht sich alles in einer Spirale, und die führt nach unten. In noch einmal fünf Jahren werden sie fast vierzig sein und nicht mehr bei den jungen Kerlen landen können. Was dann? Dann stehen sie vor dem Nichts.

Wie immer, wenn ich im letzten Jahr in Berlin war, überkommt mich eine Panik, nicht wieder wegzukommen. Meine Geldbörse mit allen Ausweisen und Bankkarten könnte verlorengehen – dann wäre ich festgenagelt. Ich könnte krank werden. Ich könnte jemanden kennenlernen. Ein Feind von früher könnte mir auflauern – Jens Tittel zum Beispiel – und mich dauerhaft niederschlagen. Ein Junkie könnte mich von hinten anspringen. Und so konzentriere ich mich darauf, meinen Job zu tun, den ich mir vorgenommen habe. Ich will meine Manuskripte und Fotoalben retten. Immerhin gibt es zum Beispiel ein halbes Dutzend echte Romane – meist besser als die veröffentlichten –, die auf keinen Fall verlorengehen dürfen. Das sind wertvolle Lebenserfahrungen in erzählter Form. Und so beginne ich am nächsten Tag die schwere Arbeit des Selektierens und Einpackens. Es werden sechs mittelgroße Umzugskartons und ein kleineres gelbes Postpaket mit der Märklin-Eisenbahn. Ich weiß bis zuletzt nicht, ob ich den gelben Karton mitnehmen werde. Immerhin hatte ich die Märklin-Eisenbahn schon mit acht Jahren, das verpflichtet irgendwie.

Am übernächsten Tag kommt ein Auto und nimmt mich und die Kartons mit. Es ist ein schrottiger Kleintransporter, der nach Wien fährt, eine sogenannte Mitfahrgelegenheit. Mit mir fahren noch sieben andere mit, für jeweils 29 Euro. Der Fahrer studiert Geschichte in Berlin, angeblich. Wahrscheinlich ist er inzwischen hauptberuflicher Kleinbusfahrer. Er scheint sehr arm zu sein. Obwohl er die Strecke mehrmals die Woche fährt, kann er sich keinen Kaffee an den Raststätten leisten. Dort verzehrt er mitgebrachte selbstgekochte Suppe aus einem Henkelmann. Er behauptet, Vegetarier zu sein. Sein Auto ist über zwanzig Jahre alt und vollkommen durchgerostet. Er behauptet, es sei bereits seit eins Komma fünf Millionen Kilometern im Einsatz. Aus der alten Kassettenanlage dröhnt sieben Stunden lang instrumentale Klezmer-Musik. Ich bin froh, als wir in Wien vor meiner neuen Geheimwohnung ankommen. Der Fahrer trägt meine Kartons hoch, und auch der gelbe ist dabei. Ich gebe ihm etwas Geld dafür. Er ist Berliner und kann es gebrauchen.

Die Kartons stehen hübsch aufgereiht in dem großen Zimmer. Ich gehe zu Fuß die wenigen Meter bis zur gemeinsamen Wohnung. Kurz darauf ruft mich Elisabeth an, die gerade mit einer älteren Freundin in einem wenig angesagten Lokal mit dem langweiligen Namen »Tacheles« sitzt. Als sie hört, daß ich schon da bin, verläßt sie augenblicklich die Kaschemme und rennt zu mir. Die Wiedersehensfreude ist groß. Ich muß alles über Berlin erzählen. Von der Geheimwohnung und den Umzugskartons sage ich natürlich nichts. Die im »Tacheles« abrupt zurückgebliebene ältliche Freundin ist sauer. Die jungen Leute wissen nicht mehr, was Höflichkeit ist, denkt sie.

Am nächsten Tag fahre ich mit unserem Auto in die große Geschäftsgegend um die Mariahilfer Straße. Ich will einmal wieder echte Großstadtgefühle haben. Berlin ist ja keine Großstadt, sondern eine einzige Studentengegend. Die vielen kleinen und großen Geschäfte, der fließende Verkehr, all die Autos und Passanten machen mir gute Laune. Es ist zudem schon fast Vorweihnachtszeit. Ich denke an meine liebe Frau und wie gut ich es habe. Seit der Überwindung meiner vermeintlich lebensgefährlichen Viruserkrankung bin ich ohnehin jeden Tag glücklich. Natürlich war ich es vorher schon, aber nicht wirklich. Nicht so sehr. Ich vergleiche mich mit meinen Freunden. Obwohl sie in Wien leben, also nicht in Berlin leben, sind sie im Laufe der letzten zwölf Monate Singles geworden. Viktor Darabos hat seine vierundzwanzigjährige Studentin der Geschichtswissenschaften verloren. Sie hat sich einfach von ihm getrennt. Vorher hat sie ihn so dauerhaft schlecht behandelt, daß er ganz verrückt nach ihr geworden ist. Da hat der gute Mann, obwohl schon über vierzig Jahre alt, eine wichtige Erfahrung ein bißchen zu spät gemacht. So einen masochistischen Schub sollte man mit Ende zwanzig erleben und anschließend dagegen immunisiert sein, also gegen zu gutaussehende, zu junge Frauen, die Männer schlecht behandeln. Was tut der arme Viktor Darabos jetzt wohl? Er hat keinen Frieden. Er kann nicht allein sein. Es gelingt ihm nicht, ein paar Stunden herumzubummeln wie ich. Er sieht schrecklich aus, vertrinkt sein Geld und nimmt Tabletten. Ich weiß nicht, wie ich ihm helfen soll.

Mit meinem Freund Thomas Draschan steht es kaum besser. Er war vor zehn Tagen, wie berichtet, in Berlin, hat dort eine Woche lang herumgehurt und ist seitdem erkältet. Jeden Tag wird die Erkältung stärker. Seitdem er sich von seiner Gehirnchirurgin getrennt hat, lebt er vollkommen allein. Er hat es nicht so gut wie ich. Seine kleine Wohnung wirkt – wie alle Wohnungen von nichtschwulen Männern – verwahrlost. Damit mir das mit meiner eigenen Geheimwohnung nicht so geht, habe ich vielfältige Vorsorge getroffen. Erst mal ist die Wohnung unmittelbar vor meinem Einzug komplett saniert und luxusrenoviert worden. Zweitens sind alle Möbel und Einrichtungsgegenstände fabrikneu. Drittens habe ich mir vorgenommen, eine Putzfrau einzustellen. Ich will nicht so leben wie mein erkälteter Freund, der nicht mehr gesund wird. Sein Zustand ist so fortgeschritten, daß er ohne Liebe nicht mehr besser wird. Schließlich muß ich an meine Freundin Rebecca Winter denken. Sie hat wenigstens eine schöne Wohnung. Aber diese Wohnung ist so teuer, daß Rebecca bis an ihr Lebensende hart arbeiten muß. Nun hat man ihr gerade jetzt die baldige Kündigung angedroht. Seitdem hängt das sprichwörtliche Damokles-Schwert über ihrem Kopf. Der Kapitalismus hat wieder einmal eine seiner periodischen Krisen produziert, die Wirtschaft stockt, es wird massenhaft entlassen, gerade in den gedruckten Medien. Alle meine Freunde machen lange Gesichter. Unbegreiflicherweise hat sich keiner vorbereitet. Auch Rebecca hat in der Liebe nur Unglück produziert. Ihren Mann hat sie für Philipp Hochmair verlassen, einen Schauspieler, der zehn Jahre jünger als sie ist und vorsätzlich untreu. Zyklisch zweimal im Jahr will sie sich deswegen umbringen. Nun, zu Beginn dieses wahrscheinlich besonders harten Winters, sitzt sie ohne Mann in einer unbezahlbaren Wohnung und wartet auf den verantwortungslosen, wenn auch genialen jungen Schauspieler, der alle Frauen betrügt. Wie kann man sich nur in so viel Unheil verstricken? Da bin ich ein anderer Typ. Ich war auch in solchen Zusammenhängen, aber nur weil ich jung war. Nur Dumme lernen nicht hinzu. Wer alt ist und immer noch schimpft, muß ein Kretin sein. Sind meine besten Freunde Kretins? Nein, sind sie nicht. Warum handeln sie dann so? Mein Freund Draschan hat sich aus purer Hysterie von seiner tollen Freundin getrennt.

Mitten im höchsten Liebesglück. Es gab eine banale Meinungsverschiedenheit, Thomas Draschan wurde fundamentalistisch und machte Schluß. Spricht man ihn heute darauf an, strahlt er wie ein kleines Kind, das doch noch seinen Willen bekommen hat.

Na, ich werde das alles sowieso nie ganz herauskriegen. Das Auto stelle ich an der Ecke zur Neubaugasse ab. Das ist eine sogenannte Kurzparkzone. Ich fülle einen Parkschein aus und lege ihn gut sichtbar ins Auto. Dann gehe ich zu einem Drogeriegeschäft und drucke dort Fotos aus. Warum man das gerade in Drogeriegeschäften tut, weiß ich nicht. Alle Menschen haben doch einen Computer samt Drucker zu Hause. Wir auch. Trotzdem tue ich es, weil es so bequem ist. Aber die Farben sind schlecht, die meisten Fotos haben einen Stich. Und das kurze Spiel kostet mich, mitsamt Rahmen, 34 Euro. Ich brauche diese Bilder für die neue Geheimwohnung. Es sind Fotos, die Sissi darstellen. Sollte Sissi doch einmal eindringen in mein Versteck, werden sie die eigenen Fotos beruhigen. Die Rahmen sind aus Silber und schlicht.

Auf der rechten Seite, Richtung Osten, kommt ein McDonald's. Da es schon recht kalt ist, knapp unter dem Gefrierpunkt, kehre ich ein. Zwei heiße Cheeseburger TS werden mir gut tun. Ich setze mich auf einen Barhocker vor dem Schaufenster und blicke nach draußen. Und tatsächlich schmecken die beiden frischgebratenen Cheeseburger TS köstlich. Die kleingehackten Salatblätter, der zerlaufene Käse und die verschiedenen Mayonnaise-Soßen zergehen mir auf der Zuge. Ich beobachte die anderen Kunden, die ausnahmslos der unteren Unterschicht entstammen. Ein schöner Moment.

Bis zu Brillen-Fielmann ist es nicht weit. Ich will mir

dort zwei neue Billigbrillen machen lassen. Meine wertvolle Diedrich-Diederichsen-Brille habe ich verloren. Sie war eckig, streng und schwarz gewesen und stammte noch aus den achtziger Jahren, als ich unter Diederichsen Literaturwissenschaften in Hamburg studierte. Ich hatte sie im Originalzustand nachbauen lassen. Nun ist mir das egal. Mir ist es nur wichtig, daß ich kein Geld ausgeben muß. Die Brille setze ich nie auf, außer im Auto, und da ist es vorgeschrieben.

Ich sage also zu dem ersten Verkäufer, ich wolle die billigste Brille, die sie hätten. Der Mann ist aber nur Türöffner und verweist mich auf den nächsten. Der wiederum ist nur für irgendeine Selektion zuständig und führt mich zum ersten wirklichen Verkäufer. Der wiederum bringt mich mit zwei jungen Praktikantinnen zusammen, die mich in den ersten Stock zu einem Tisch und einem Stuhl führen. Ich soll mich setzen und meinen Namen und mein Geburtsdatum sagen. Dann bittet man um etwas Geduld. Die Mädchen verschwinden. Ich sitze die nächste halbe Stunde auf dem Stuhl und höre den launigen Verkaufsgesprächen der hochrangigen echten Verkäufer zu. Es ist klar, daß sie mit ihrem Geplauder den schlußendlichen Brillenpreis in schwindelerregende Höhen treiben. So geht es eben zu in Brillengeschäften. Es ist leichter, bei Scientology wieder auszusteigen, als aus so einem sogenannten Beratungsgespräch. Zum Glück macht mir Warten nichts aus. Das liegt an meinem iPhone. Ich lese die letzten E-Mails und beantworte sie. Auch Polly Adler hat geschrieben. Elisabeth hat mir eine rührende Nachricht auf Band gesprochen. Sie entschuldigt sich dafür, nicht schnell genug von der grindigen Kneipe zu mir nach Hause gestürzt zu sein, was gar nicht stimmt. Ich habe Lust, sie sofort anzurufen, will aber zuerst die Brillensache vorantreiben.

Ich beschwere mich bei einem Mitarbeiter und tue das ganz bewußt übertrieben und für die anderen Kunden hörbar. Ich will dadurch in eine bessere psychologische Position geraten:

»Junger Mann, so können Sie mit den Menschen nicht umgehen! Einen stundenlang warten lassen, während draußen das Auto abgeschleppt wird!«

Prompt wedelt er nun minutenlang um mich herum und entschuldigt sich mehrmals und übertrieben laut, wieder für das Publikum. Ich bin zufrieden. Ich werde sofort drangenommen und trage meinen Wunsch vor: die billigste Brille des Unternehmens, und die gleich zweimal. Obwohl ich meine Daten dabeihabe, werden die Augen erneut vermessen, dazu die Sehschärfe, die Kopfform, der Parallaxenausgleich und der Verspiegelungsgrad. Ich durchwandere mehrere Labors. Immer wieder begrüßen mich eilfertige, uniformierte Mitarbeiter und versuchen, einen tadellosen Eindruck zu machen. Ich soll das Gefühl bekommen, die vielen hundert Euro für eine Brille seien es wert. Den Laborleuten verschweige ich, daß ich auf die Billigbrille aus bin.

Endlich ist es soweit: Ich darf die Fassung auswählen. Wie groß ist meine Überraschung, als sie mir die original Diedrich-Diederichsen-Brille von 1988 vor die Nase halten! Das also ist ihre derzeitige billigste Brille im Sortiment.

»Haben Sie keine andere in dieser Preisklasse?« frage ich.

Der Mann sagt nicht nein. Bei Fielmann ist den Mitarbeitern das Wort »Nein« verboten:

»O ja, Sie können eine Metallrandbrille für einen geringen Aufpreis erhalten, das wäre dann dieselbe Preisklasse.«

»Aber mit Metallrand wäre es teurer?«

»Möglich. Aber sie ist ebenfalls in der Klasse null bis 80 Euro.«

»Wie genau wäre der Unterschied, junger Mann?«

»Moment, bitte sehr ... die Metallrandbrille käme zuzüglich Steuer, Diebstahl- und Glasbruchversicherung auf nur 79,99 Euro. Das Etui ist sogar kostenfrei. Wollen wir so verfahren?«

»Und die andere Brille?«

»Eben wie gesagt, 79,99 Euro. Bei Glassbruch können Sie ...«

»Nein, ich meine die erste Brille, diejenige ohne Metallrand, die schwarze Diedrich-Diederichsen-Hornbrille!«

»Ach so, die da ... Momentchen noch ... das wären dann auch 17,50 Euro. Also 35 Euro bei zwei Stück. Und da müßte ich die Bruchversicherung noch berechnen.«

»Brauche ich nicht! Packen Sie die schwarzen Brillen ein und basta.«

»Ich verstehe nicht. Das könnten wir ohnehin erst in Auftrag geben. Wollen Sie nicht ...«

Ich unterbreche seinen geölten Redefluß, stehe auf und bringe den Deal zu einem Abschluß. Dazu muß ich wieder das Stockwerk verlassen und einem neuen Mitarbeiter alle persönlichen Daten anvertrauen, die mir einfallen. Er füllt den Antrag aus, trägt die Laborwerte ein und verspricht, mich bei erfolgter Lieferung anzurufen. Eine Praktikantin bringt meinen Mantel. Eine ältere Dame geleitet mich nach draußen.

Es ist früher Nachmittag, aber es dunkelt schon. Ich

gehe zu »Saturn«, einem Elektronikgroßhandelsgeschäft. Erst frage ich in der Fernsehabteilung nach den billigsten Geräten. Das ist meine Obsession: immer alles billig, aber neu. Der kleinste Fernseher kostet 120 Euro. Man kann ihn sofort anschließen. Ich brauche aber auch noch einen Videorecorder. Nur so kann ich meine eigenen Filme sehen und bin nicht vom immer grauenhafter werdenden Fernsehprogramm abhängig. Aber sie verkaufen keine Videorecorder mehr. Diese Technik ist von allen Herstellern endgültig beerdigt worden.

Ich gehe zur Radioabteilung. Ich brauche ein weißes Radio, da die ganze Wohnung weiß ist. Oder eines aus Holz. Das einzige weiße Radio kostet 15 Euro, sieht gut aus, hat aber einen schlechten Klang.

So gehe ich wieder. Ich werde später entscheiden, wie ich die Medienfrage in der neuen Wohnung löse. In der alten Berliner Wohnung habe ich noch einen neuwertigen Grundig »Zauberklang« von 1958, ein perfektes Röhrenradio. Es ist leider so schwer, daß ich es nicht tragen kann. Die neueste Entwicklung hinsichtlich der Berliner Wohnung ist ja äußerst positiv. Ein guter Freund meines Freundes Thomas Draschan will unbedingt eine Wohnung in Berlin haben. Er hat sich nämlich in ein Mädchen aus Argentinien verliebt, das gerade nach Berlin gezogen ist. Dieser junge Mann, ein Dokumentarfilmer, ist viel jünger als ich, aber wahrscheinlich talentierter, reifer und besser aussehend als ich in dem Alter. Er ist wahnsinnig gut erzogen, höflich und liebenswürdig, mit einem Wort: Er und sein argentinisches Mädchen wären die idealen Mieter für meine Wohnung. Das Mädchen würde frischen Zitronenduft in die alten muffigen Räume bringen. Der Junge würde dafür sorgen, daß meine verbliebenen Zeugnisse und Dokumente mit Respekt behandelt würden. Und er könnte mir eines Tages sogar meinen Grundig »Zauberklang« nach Wien bringen. Denn er bliebe ja zur Hälfte Wiener, mit einer Wohnung im fünften Bezirk.

Das sind angenehme Gedanken. Ich müßte dann *nie wieder* nach Berlin fahren. Ich habe ja diese »Stadt« nie gemocht, auch nicht vor dem Mauerfall. Im Gegenteil. Vor der Wende war das noch viel schlimmer. Die fürchterlichste Aura, die ein Ort nur haben kann. Trist, grau, kalt, schlechte Laune. Die Farbe Gold, die Wien so auszeichnet, gibt es in Berlin nicht. Meine ehemaligen Berliner Freunde haben es durch die neuerliche schwere Weltwirtschaftskrise – die zweite binnen drei Jahren – besonders schwer. Auch sie haben sich so unklug und glücksvermeidend verhalten, aber mit mehr Recht als die Wiener, denn sie sind jünger. Elena Plaschg hat ihren daddyhaften Betthasen nach Hause geschickt und vertraut wieder auf die Hoffnung aller Frischverliebten: Beim nächsten Mal wird alles anders. Das wievielte, immergleiche Mal ist es denn diesmal? Ich rechne nach, überlege. Ich kenne Elena seit Ende August 2006, seit über sechs Jahren also. In dieser Zeitspanne hat sie gut drei Verliebtheiten pro Quartal gehabt, macht drei mal vier mal sechs, plus ein Quartal dazu seit August, somit fünfundsiebzig Liebhaber oder Fastliebhaber. Jedesmal die gleiche sinnlose Euphorie. Jedesmal dasselbe Ergebnis. Jedesmal intellektferne Dimpel mit künstlich antrainierten Muskeln, Ringen in den Ohren und *netter* Ausstrahlung. Und am Ende – oder von Anfang an – *beziehungsunfähig*. Nicht viel anders ist es mit der schönen Mareth, an die ich als nächstes denke. Gleichzeitig fällt mir der arme Armin

Boehm ein, mein liebster männlicher Freund dort, und das ist weiß Gott noch traurigerer Stoff... Lieber verscheuche ich den Gedanken und das ganze Thema, indem ich meine getreue Kumpelfreundin Rebecca anrufe. Die sitzt, obwohl es ein Werktag ist, bereits in ihrer neuen überteuerten Wohnung. Lässig im Pyjama, wie sie sofort mitteilt. Wohl wartet sie auf ihren jungen Schauspieler, der aber mal wieder Besseres zu tun hat. Ich lade mich rasch bei ihr ein. Mit dem Auto geht das schnell.

Minuten später stehe ich schon in ihrer Küche. Sie macht einen Tee mit Honig und Milch, bietet Lebkuchen und Eis an. Auf ihrem makellosen weißen BRAUN-Design-Schallplattenspieler von 1961 läuft Plastic Bertrand. Entsprechend großartig ist die Stimmung. Rebecca wirkt ohnehin nie traurig. Sie ist der lebendige Gegenentwurf zum Berliner Muffbürger. Wir beide sind uns darin einig, daß man ab der Lebensmitte glücklich und gut gekleidet sein sollte. Nun hat sie die Lebensmitte noch gar nicht erreicht, aber trainiert schon einmal. Ihr Mann, den sie verlassen hat, ist ein Spät-Linker und deutlich älter als wir beide. Warum hat sie ihn überhaupt geheiratet? Wohl weil die Spät-Linken, anders als alle Jahrgänge nach ihnen, das Gewissen noch ernst genommen haben. Deswegen habe ich ja auch die Sissi gewählt, und die Sissi wiederum die Spät-Linken: weil die noch die Welt als Ganzes analysiert haben, wie antiquiert und im Detail falsch das auch war. Und ist. Und wir bezahlen dafür einen hohen Preis: Wir übernehmen einen Freundeskreis von Greisen, vulgo von Alt-Achtundsechzigern. Auch Rebecca verkehrt noch hauptsächlich mit den gemeinsamen Freunden aus ihrer Ehe. Der charakterlose Liebhaber neueren Datums wird von den Granden der Altwiener Medien-Sozialisten praktisch nicht wahrgenommen. Die Kinder, die aus Rebeccas ungleicher Ehe hervorgingen, müssen sich zwischen dem österreichischen Antifaschismus der Nachkriegszeit, dem radikalen Feminismus der siebziger Jahre und der Internet-Wirklichkeit von heute irgendwo positionieren, was schlechterdings unmöglich ist. Rebecca weiß das und versucht, die allgemeine Lage in den Griff zu bekommen, indem sie einen kleinen Gegen-Freundeskreis aufbaut. Dazu gehören ich, der Künstler Draschan, der Schriftsteller Darabos und die Erfolgsjournalistin Polly Adler. Fünf Freunde, die viel erreichen können, wenn sie bewußt vorgehen.

Rebecca klappt den Laptop auf, und dort ist bereits jemand auf »Skype«, nämlich der promiske junge Schauspieler. Sieht man einmal von seinen bekannten Nachteilen ab, ist er sehr gewinnend und sympathisch. Man muß ihn mögen, und ich verstehe, daß Rebecca ihm verfallen ist. Sie ist ohnehin eigentlich lesbisch veranlagt und kann mit Männern nur ganz spezielle Verbindungen eingehen. Also eher bestimmte, historisch bedingte, gleichwohl höchst intensive Bündnisse und keine Verbindungen im alten, nur geschlechtlichen Sinn. Es gab drei solche großen Männer in ihrem Leben, mit allen hat sie viel Spaß in der Liebe gehabt, aber verbindlich und auf Treue angelegt war es nie und durfte es auch nicht sein. Bei dem kleinsten Gedanken, sie *gehöre* nun einem Mann, wäre sie dauerhaft frigide geworden. Bei normalen, also heterosexuellen Pärchen ist es doch gerade die Idee, einander zu gehören, am besten für immer, die so beflügelt. Nun gut, ich esse also die Lebkuchen von der Konditorei Oberlaa, und Rebecca erzählt mir von den neuesten erotischen Katastrophen unserer Freunde. Viktor Darabos hat sich mit der Vorgängerin seiner letzten Freundin eingelassen. Das ist nämlich so: Als er sich mit der seelisch grausamen vierundzwanzigjährigen Geschichtsstudentin befreundete, hat er eine Zeitlang noch seine bisherige Beziehung weiterlaufen lassen. Diese Frau ist allerdings labil gewesen und verschwand dann günstigerweise für ein halbes Jahr in der Nervenheilanstalt. Nun, da Darabos wieder allein ist und Trost braucht, ist sie zur Stelle. Die Nerven sollen jetzt besser sein, dank modernster Medikamente. Auch über unseren anderen Freund plaudert sie, und ich revanchiere mich mit all den aktuellen Schauermärchen aus Berlin, sogar dem über Armin Boehm. Wenn man alles einem verständigen Menschen erzählen kann, wird selbst eine Tragödie zum Gewinn.

Rebecca legt mir einen Bildband aus den sechziger Jahren vor. Ein berühmter Paparazzo hat die Bilder geschossen. Man sieht, wie er Jacqueline Kennedy verfolgt, Liz Taylor, Richard Burton und den frühen Bob Dylan. Wunderbar. Ich fühle mich sehr wohl in der schönen, ja perfekten Wohnung. Sie ist Lebensgrundlage und Selbstvergewisserung meiner Freundin. Ich verstehe, daß sie sich immer wieder krankmeldet und ganze Arbeitstage faul in dieser warmen, indirekt beleuchteten Wohnung abhängt, ohne Kinder und ohne Katzen. Die hat sie allesamt in frühen Jahren abgegeben. Der Älteste bekam schon mit siebzehn seine erste eigene Bleibe. Das ist das beste Alter dafür, denkt Rebecca, die schon mit sechzehn von zu Hause ausgerissen ist. Ich bekomme einen Anruf von Elisabeth, den ich nicht annehme. Das iPhone klingelt ins Leere. Ich verabschiede mich hektisch von Rebecca, laufe zum Auto und rufe von da aus, schon im Großstadtverkehr, mitten auf dem Opernring, zurück. Sissi, die nicht lesbisch und somit rasend eifersüchtig ist, soll nicht wissen, daß ich Rebecca manchmal besuche. Ich sage also, ich sei gerade stundenlang bei Fielmann gewesen und würde jetzt zur Autowerkstatt fahren. Das stimmt sogar. Ich würde meine Frau nie total anlügen, es muß immer eine Wahrheit dabei sein, auf die ich mich beziehe.

Sissi fragt, ob wir noch ein paar Folgen ›Mad Men‹ zu Hause haben. Ich verneine und schlage vor, in die Videothek zu fahren und den zweiten Teil der vierten Staffel auszuleihen. ›Mad Men‹ ist eine US-amerikanische Fernsehserie, die durch Schönheit und extremen Realismus besticht und in der Kennedy-Ära spielt. Jede Einstellung ist so schön wie der Rundgang Jackie Kennedys durch das Weiße Haus oder der herrliche sonnige Tag in Dallas, als der Präsident im offenen Wagen durch die Stadt fuhr.

Es ist schon dunkel. Die angestrahlten Prachtbauten Wiens beeindrucken mich immer noch. Seit einem Jahr, neun Monaten und drei Tagen bin ich in der Stadt. Seit einem Jahr, sechs Monaten und einem Tag bin ich mit Elisabeth zusammen. Das Leben davor ist schrecklich gewesen, so sinnlos wie bei den anderen Menschen. Seit ich Sissi kenne, habe ich nicht ein einziges Mal schlecht geschlafen. Ich hatte ohne Tabletten gar nicht leben können. Ibuprofen, Paracetamol, Thomapyrin, Aspirin, und das gefährliche Lexotanil. Nur eine Vierteltablette, aber die täglich. Sogar Alkohol hatte ich zu mir genommen, oft in kleinen, wohldosierten Mengen und raffiniert gemischt. Ich hatte Wodka, Gin, Martini, Limone und Rohrzucker in kleine Plastikbehälter gefüllt und heimlich bei mir geführt. Das alles ist seit dem 5. 6. 2011 vorbei. Ich gebe zu, daß ich damals etwas hatte, das konventionellerweise »Spaß« genannt wird und das mir jetzt fehlt. Dafür kann ich heute durch das nächtlich funkelnde Wien fahren, ohne meinen Führerschein zu gefährden.

Nach acht Uhr abends sind alle Geschäfte geschlossen, nur die Videothek nicht. Hier tun zwei blasse junge Leute Dienst. Ihr Geschäft läuft schlecht, ja es liegt am Boden. Niemand leiht sich noch Filme aus, da man sie sich umsonst herunterladen kann. Nur Sissi und ich sind noch vom alten Schlag. Wir wissen nicht, wie man das macht. Wenn diese Videothek in Konkurs geht, können wir nicht mehr ›Mad Men‹ sehen. Es ist sehr teuer, dieses Ausleihen. 36 Euro muß ich hinblättern, weil wir die letzte Staffel ein paar Stunden zu lange hatten. Bis jetzt haben wir schon den Gegenwert mehrerer neuer Apple-Computer in dem Laden gelassen. Zu Hause schreibe ich immer noch bevorzugt auf einem Apple Macintosh von 1984. Der sieht aus wie neu, da ich ihn einmal im Jahr mit einem speziellen Computerreiniger abwasche. Und er funktioniert wie eine Schreibmaschine. Beim Tippen gibt es ein beruhigendes Klappern.

Wir legen uns eng umschlungen auf das schmale Sofa vor dem Fernseher. Das machen wir immer so. Ich liege unten, den Kopf und Teile des Oberkörpers durch die Lehne abgestützt, und Sissi liegt leicht versetzt auf beziehungsweise vor mir. So sehen wir Folge auf Folge, bis ich Kopfschmerzen bekomme. Nach der dritten Folge geht mir das immer so. Sissi zwingt mich jedesmal, eine vierte zu gucken, und dann platzt mir am nächsten Tag der Kopf. Aber das vergeht wieder.

Und so ist es auch diesmal. Die Kopfschmerzen sind arg. Früher hätte ich dagegen Ibuprofen genommen, oder eine Überdosis Relpax. Das tue ich nicht mehr. Ich gehe dafür spazieren, Richtung Schwedenplatz. Dort gibt es einen McDonald's, in dem ich zwei Cheeseburger TS und einen Cappuccino bestelle und mich ans Fenster setze. Es gibt ja kaum etwas Köstlicheres als diese neue Kreation »Cheeseburger TS«. Es ist normalerweise der reine, perfekte Genuß, vor allem wenn der Cheeseburger gerade erst gebraten wurde. Ich will also die ersten kleinen Bissen nehmen, als ich merke, daß mich ein Mann neben mir stört. Ich sehe ihn nur aus den Augenwinkeln. Er ist immens groß und massig, nimmt mehrere Plätze für sich ein, macht plumpe, gefährliche Bewegungen und redet viel zu laut in ein altes Handy, in einer Sprache, die wie Serbokroatisch klingt. So kann ich meinen Cheeseburger TS nicht genießen. Ich will mich schon wegsetzen, als der Mann in einer linkischen Armbewegung meinen Cappuccino vom Tisch fegt. Laut klatschend explodiert er am Boden. Der fette Mann reagiert nicht. Ich gehe zum Schalter und gebe Bescheid.

»Einer Ihrer Kunden hat soeben mein McDonald's-Produkt vernichtet.«

»Haw? Ho'?«

Es ist nur eine Reinigungskraft, offenbar ein Chinese, der nicht Deutsch spricht. Ich sage es einem anderen Angestellten. Der ist ebenfalls ein Exot, spricht ebenfalls kein Deutsch, versteht mich aber. Ein Bulgare? In Österreich leben viele Balkanmenschen, die sich traditionell hier gut auskennen. Der Typ putzt den Boden und bringt mir einen neuen Kaffee. Die Cheeseburger sind nur noch halbwarm. Der Genuß hält sich in Grenzen. Ich tröste mich damit, daß McDonald's nun einmal ein Unterschichtslokal ist, in dem man mit solchen Vorkommnissen rechnen muß. Das ist der Preis für die Ekstase, die mich beim Verzehr der Produkte regelmäßig überkommt.

Der ungeschlachte Mann geht, und ich kann die Situation genießen. Ich sehe aus dem Fenster. Draußen laufen die Menschen auf dem Schwedenplatz herum. Sie haben wahrscheinlich alle Probleme zu lösen und selbstgestellte Aufgaben zu erfüllen. Mehr oder weniger sind sie unglücklich. Und auf einmal habe ich eine Idee. Ich denke plötzlich, daß ich der einzig glückliche Mensch hier am Schwedenplatz bin, aus einem ganz bestimmten Grund: weil ich der einzige bin, der alles versteht. Der einzige, der alles verstanden hat in seinem Leben und im Leben der anderen. Ja, ich habe keine Frage mehr offen. Ich weiß, wie alles abläuft, die Hierarchien, die Besessenheiten, die Wirtschaftskreisläufe. Im Westen war und ist das ohnehin recht durchschaubar, und inzwischen gibt es ja nichts anderes mehr. Das Dritte Reich war der Amoklauf des Irrationalen quer durch die Weltbevölkerung, aber seitdem spielt das Irrationale brav seinen Part, selbst der Islam.

Mir fällt Rebecca Winter ein, die mir unlängst gesagt hat, sie würde manchmal im Bett liegen und alles sei ihr ein Rätsel. Ihr würde schlagartig klarwerden, daß sie nichts, ja rein gar nichts wüßte! Und ihr ganzes Leben, das vergangene wie das aktuelle, sei ein Fragezeichen, ein einziges großes, dürres, blechernes WARUM? Alles sei Zufall gewesen, alles hätte auch anders kommen können. Arme, ahnungslose Rebecca. Mir geht es genau umgekehrt. Ich sehe komplett die Ursächlichkeit von allem, im Großen wie im Kleinen. Kein Fragezeichen, das sich nicht sofort auflösen ließe. Der, der das kann, freut sich. Der Rest muß leider im Unglück leben.

Mein Vater fällt mir ein. Er sagte immer, der liebe Gott meine es gut mit ihm, denn er sei gesund. Eine schon ziemlich kluge Einstellung, finde ich. Er war dann auch nie krank und wurde eines Tages einfach abberufen. Sekundentod, ohne Schmerzen. Wozu hätte er auch krank werden sollen?

Ich gehe nach draußen und schlendere am Schwedenplatz entlang. Viele kleine Geschäfte. Ein Laden mit Modellautos fasziniert mich. Man kann dort Modelle aller Autos der fünfziger und sechziger Jahre ansehen, große Modelle, aus Metall, kaum mit einer Hand zu heben, im Maßstab eins zu achtzehn. Ich könnte mir einen DKW 1000 S De Luxe von 1963 kaufen oder einen feuerwehrroten Volkswagen 1200 von 1985, mein erstes eigenes Auto, ein gut erhaltener Käfer, den ich 1990 kaufte, direkt vom VW-Händler, ein Ratenkauf mit sechsunddreißig Monatsraten. Aber ich will nicht zurückblikken. Damals, zu Zeiten dieses Autos, war ich noch so gottverdammt unglücklich. Es gibt Fotos.

Leider verschlechtert sich wieder einmal die wirtschaftliche Lage. Die Kónjunktur bricht ein. Das Internet zerstört die Existenzgrundlage fast aller Beschäftigten, die ihren Lebensunterhalt mit Schreiben verdienen. Das betrifft auch Sissi und mich. Seltsamerweise läßt mich das vollkommen kalt. Ich muß daran denken, wie oft ich schon ein Vermögen verdient habe und dabei kurz vor dem Selbstmord stand. Geld macht, das ist meine Lebenshaupterfahrung, nicht glücklich – wie sollte dann das Fehlen von Geld unglücklich machen? Aber Sissi sieht das anders. Sie stirbt fast vor Angst. Denn tatsächlich ist ihr Arbeitsplatz gefährdet. Jede Woche werden ihr nahestehende Kollegen gekündigt. Nur sie ist bisher wie durch ein Wunder davongekommen. Nun geht sogar das Gerücht um, ihre Firma stehe vor der Pleite.

Ich gehe noch ein paar Schritte, und während ich das tue, blicke ich nach links zu dem Gebäude, in dem im obersten Stockwerk – es ist das siebzehnte – meine Sissi arbeitet. Ich kann sie nicht sehen, weil es so weit weg ist, aber ich weiß, daß sie da ist, da ihr Fenster rot leuchtet. Das Licht kommt von einer roten Lampe, die ich ihr einmal geschenkt habe. Ich rufe sie an und sage, ich stünde vor ihrem Gebäude am Schwedenplatz. Nun geht sie ans Fenster und schwenkt die rote Lampe hin und her. Ich nehme das Nachrichtenmagazin ›Der Spiegel‹, das ich bei mir trage, und schwenke es ebenfalls hin und her, über meinem Kopf, bis sie mich erkennt. Es ist ein großartiger Moment, und ich weiß, daß ich sehr ergriffen wäre, täten wir diese Sache nicht sowieso jeden Tag. Ich weiß nicht, was Sissis Kollegen denken, wenn sie Zeuge der Aktion werden. Aber vielleicht hat man es genau deswegen noch nicht übers Herz gebracht, sie zu entlassen.

Als nächstes besuche ich den Papierhafen. Das ist ein Geschäft, das seit 1907 am Schwedenplatz Füllfederhalter und Schulsachen verkauft. Für Wiener Verhältnisse ist es also ein sehr modernes Geschäft. Alle anderen Firmen stammen hier aus noch früheren Jahrhunderten. Ich kaufe Millimeterpapier und doppelseitige Posterklebepunkte. Ich sage das der Verkäuferin ganz beiläufig, und sie versteht mich, ohne nachzudenken. Warum auch nicht? Was sollte ich sonst wollen, wenn nicht zum Beispiel Millimeterpapier? Sie holt es, und ich zahle.

Mit den Sachen geht es zur neuen Geheimwohnung. Sie ist seit Tagen fertig, aber was soll ich damit tun? Ich gehe manchmal hin und bewundere alles. Wirklich schön, die neuen Möbel, und alles so ordentlich. Ich muß nur noch die Berliner Wohnung vermieten, damit ich Geld für die neue habe. Nie mehr Berlin! Eine wunderbare Vorstellung, die mich sofort glücklich macht. Leider muß ich dazu gleich noch mal dorthin fliegen. Der neue Mieter, der künstlerisch ambitionierte Dokumentarfilmer, hat mich dazu verdonnert. Ich soll letzte persönliche Dinge aus der Wohnung holen, zum Beispiel die großen Farbfotos, die an der Wand hängen. Ich habe das eingesehen. Niemand will persönliche Farbfotos eines Fremden in seiner Wohnung haben. Ich werde sie also abnehmen, nach Wien holen, die Ränder etwas verwegen und fünfzigerjahrehaft anschneiden und dann mit Hilfe der gerade erworbenen doppelseitigen Posterklebepunkte an der Wand des neuen Flurzimmers anbringen. Ein großer Plan, edel durchdacht und gut vorbereitet. Etwas blöd ist nur, daß mir der gerade gefundene Mieter Sorge bereitet. Er ist zwar ein Meisterschüler Thomas Draschans und war vor zehn Jahren sogar sein Assistent. Aber von mir erst unbemerkt entpuppt er sich nun zunehmend als Superspießer. Er feilscht mit mir um jeden Cent und jeden Tag, den er weniger Miete zu zahlen hat. Die ersten Monate will er gar nichts bezahlen, wegen der Mängel, die erst zu beheben seien, etwa das Reinigen der Fenster und so weiter. Andererseits hat er eine große, ganz unbürgerliche Schwäche: Er verzweifelt an den Frauen. So hat er mir anfangs erzählt, er habe sich unsterblich verliebt und werde mit seiner Freundin in meine Wohnung einziehen. Jetzt stellt sich heraus, daß er die Frau erst einmal gesehen hat. Ich nehme an, sie wird es nur zwei Wochen mit ihm aushalten, wie ihre Vorgängerinnen. Ich weiß das von meiner ziemlich besten Freundin Rebecca Winter, die ihn kennt. Danach sitzt er als männlicher Unglücksvogel in meiner Berliner Wohnung – ein mir ärgerlicher Gedanke –, oder die Frau tut es. Die aber spricht nur Spanisch und zahlt bestimmt keine Miete.

Immerhin werde ich in Berlin im Fernsehen auftreten und 500 Euro damit verdienen. Auch der Flug und das Luxushotel werden bezahlt. Auf diese Weise muß ich meine Rückkehr in die alte Wohnung nicht bereuen. Wie kam ich zu diesem Auftrag? Nun, da hat sich wieder einmal ein Fan geoutet. Das passiert mir immer wieder. Da meine Bücher, immer schon, vor allem von jungen Leuten verschlungen wurden, kommt eines Tages stets so ein junger Mensch, der inzwischen erwachsen und Redakteur geworden ist, und will mich kennenlernen. Dann verabredet man ein Interview. Diesmal ist es für den RBB – Rundfunk Berlin-Brandenburg, ehemals RIAS Berlin – und die Sendung ›Bauernfeind‹, ehemals ›Die Harald Schmidt Show‹. Es ist durchaus ehrenvoll, dort aufzutreten. Aber was soll ich in der Sendung sagen? Man hat mich allen Ernstes als Jugendexperten eingeladen. Ich soll die heutige Jugend verteidigen. Der Jungredakteur glaubt wahrscheinlich, daß ich viele Jugendliche kenne. Das ist ein Mißverständnis. Ich habe einmal ein Jahr mit meinem Neffen Elias zusammengewohnt. Das war für mich so kraß, fremd und anstrengend, daß ich daraus ein Buch gemacht habe. Und das wurde dann ein Bestseller und prägt mein Image bis heute. Nur habe ich in den letzten sechs Jahren kaum noch Kontakt zu dem Neffen gehabt, der übrigens vorgestern endlich in Indien heiratete. Schon aus der Tatsache, daß ich davon aus Facebook erfuhr, kann man ermessen, daß der Informationsfluß aus der Jugendszene in meine Richtung versiegt ist. Auch wäre mein Neffe mit seinen nunmehr über dreißig Lebensjahren nicht mehr jung. Also nicht mehr jugendlich. Auch Elena Plaschg und ihre promiske Bande ist zwar unendlich unreif, aber nicht mehr neunzehn. Ich soll freilich über Teenager aussagen, die sich freiwillig und mit größter Euphorie selbst ausbeuten. Was soll ich da sagen? Ich kann darüber noch nicht einmal nachdenken. Vielleicht fällt mir im Flugzeug etwas ein.

Ich fahre mit dem Taxi zum Flughafen. Am selben Tag ist ein Streik der zivilen Flugbegleiter, erfahre ich später. Die Maschine hebt mit einer Stunde Verspätung ab. Der Flug kostet 242 Euro, ist aber schon von der Fernsehgesellschaft bezahlt. Die Sitze sind so schmal und der Fußraum ist so kurz, daß ich die Beine in eine verquetschte Querlage bringen muß, damit die Knie nicht wundscheuern. Die Flugzeit beträgt fünfundachtzig Minuten. Ich lese den ›Spiegel‹. Ich habe einen Fensterplatz direkt über den Seitenflügeln. Neben mir sitzen – natürlich – zwei Homosexuelle. Es geht ja nach Berlin. Es ist mir ganz lieb, denn die anderen Passagiere sehen nicht gerade appetitlich aus. Wie in der Mitte-Szene üblich, haben sie die Haare meist selbst geschnitten. Auf ihre Schultern fällt der Grind, also Schuppen. Direkt vor mir sitzt ein besonders häßlicher typischer Neu-Berliner: alterslos, billiger Kapuzenpullover, weißblonder oder ganz weißer, unregelmäßiger Zehn-Tage-Bart mit einzelnen besonders langen weißen Haaren, Überbiß, wäßrige Hundeaugen, ratloser Blick. Der würde auf der Stelle das Gute Gespräch beginnen und losjammern, säße ich neben ihm.

In Berlin liegt Schnee, ziemlich tiefer sogar, kalt und braun. Wieder nehme ich ein Taxi. Der Fahrer beginnt sofort das Gute Gespräch. Wetter, Finanzmarktkrise, Wowereit. In dieser Stadt haben die Taxifahrer das Recht, mit den Fahrgästen zu diskutieren, es ist ein fester Bestandteil der Folklore. Ich versuche, die Sache abzuwürgen, und brumme nur:

»Ja, Wowereit, der hat uns alle verarscht, wa.«

Das beflügelt den Mann nur. Er ist Araber oder etwas in der Art und spricht wirklich nur sehr schlecht Deutsch. Eigentlich ist es bewundernswert, daß er es trotzdem so engagiert versucht. Ich will ihn nicht völlig entmutigen und mache ein bißchen mit.

Er setzt mich in der Französischen Straße ab, wo ein Auto vom Fernsehen auf mich wartet. Drei Leute begrüßen mich voller Freude. Sie sind Fans von mir, diese TV-Macher. Wir fahren in ihrem Van – das ist ein größerer Kombi – durch die ganze Stadt und darüber hinaus, bis Hoppegarten. Dort gibt es angeblich eine Trabrennbahn. Man sieht aber nichts davon, weil alles unter dieser dicken Schneedecke liegt. Wenigstens ist hier der Schnee noch weiß, und neuer rieselt vom dunklen Himmel. Wir steigen aus. Ich erkenne Stallungen. Unter unseren Füßen ist angeblich die Rennbahn. Der Kameramann baut diverses Gerät auf.

Ich stehe zwanzig Minuten in eisiger Kälte herum, die Beine knöcheltief im Schneematsch. Endlich kommt ein Pferd vorbei. Ich muß so tun, als sei es mein Pferd. In die Kamera spreche ich einen Satz, der mir aufgeschrieben wurde:

»Gut gemacht, Firecracker. Du machst mich stolz, kleine Lady.«

Das soll sich auf das noch junge weibliche Pferd beziehen, das von einer Schülerin geritten und trainiert wird.

Die Szene wird zweimal wiederholt. Dann gehen wir zu den Stallungen. Ich werde neben einem Pferd gefilmt, das ich streichele und dem ich Apfelstücke in das weiche Maul schiebe. Wieder muß ich Sätze dazu sagen. Ich habe noch nie so große Tiere angefaßt und stelle mich ungeschickt an. Jedes Pferd wiegt fünfhundert Kilogramm. Das habe ich nicht gewußt.

Dann beginnt das Interview. Ich rede über die heutige Jugend. Im Flugzeug sind mir doch noch zwei, drei Thesen dazu eingefallen. Ich sage, die Jungen ahnten genau, wie die Welt bald sein wird, nämlich digital, virtuell und in allen wesentlichen Bereichen außerhalb des Geldkreislaufes. Dementsprechend verhielten sie sich. Regierung, Staat, Schule, selbst die Eltern seien für sie keine signifikanten Realitäten mehr, verglichen mit den unendlichen Welten des Internets und der Internationalität. Am allerwenigsten jene Kräfte, die man früher die Arbeitgeberseite nannte. Dauerhafte Festanstellungen wird es für diese nachwachsende Generation nicht mehr geben, nur schlecht oder gar nicht bezahlte Kurzzeitjobs. Entsprechend unwichtig sei »Arbeit« für sie.

Das ist es, was diese Berliner Fernsehleute von mir hören wollen. Der Freibrief für weiteres Faulenzertum in einer Stadt, in der dreiundsechzig Prozent der Bürger von Transferleistungen leben. Zwei von drei Berlinern lassen sich aushalten – und wollen dabei kein schlechtes Gewissen haben. Wir steigen alle wieder in den Van, und zurück geht es ins Zentrum. Ich werde von den drei jungen Leuten ausgiebig über meine Bücher ausgefragt. Es macht Spaß, Anhänger zu haben, und ich fühle mich sehr geschmeichelt. Bei jedem Stichwort, das ich ihnen hinwerfe, schnattern sie meinungsversessen los und übertreffen meine eigenen bekannten Standpunkte um ein Vielfaches. So poltern sie gegen die neuen deutschen Väter, die bis Mitte Zwanzig studieren, dann zwei, drei Jahre ein bißchen alternatives Berufsleben ausprobieren und sich dann in die Vaterschaft stürzen, Stichwort »Verantwortung übernehmen«, und das Geld kommt wieder von der Allgemeinheit. Ich wundere mich, daß sie sich so ereifern, meine Fans hier im Auto. Und plötzlich gefällt mir das. Ist es nicht schön, in einer Stadt zu leben, wo anscheinend jeder zu jeder Tag- und Nachtzeit leidenschaftlich diskutiert? Es täte mir vielleicht auch ganz gut. Und nicht mehr arbeiten zu müssen. Und Kinder in die Welt zu setzen, die mich gleich miternähren, zum Teil. Wunderbar ...

Man setzt mich im Grandhotel Zarenhof ab. Bis zuletzt erfahre ich nicht, warum ich mein Interview neben Pferden in eiskalten Stallungen machen mußte. Das macht aber nichts. Da ich fürchte, mich erkältet zu haben, drehe ich die Heizung auf volle Stärke, gehe sofort ins Bett und schlafe vierzehn Stunden durch. Am nächsten morgen nehme ich im goldgetäfelten Frühstücksraum die Kalorienmenge von achtundvierzig Stunden zu mir, da ich am Vortag gar nichts gegessen hatte. In diesem Raum sehe ich fast nur gutgebaute junge Frauen. Groß, patent, tüchtig, wahrscheinlich das Rückgrat der Berliner Wirtschaft. Denn es läuft ja nicht schlecht, trotz allem Faulenzertum, in der Freizeitgesellschaft, es ist sogar mächtig was los.

Wieder Taxi. Diesmal zu meiner Berliner Wohnung. Dort will ich etwas aufräumen und die letzten persönliche Dinge entfernen, damit mein Wiener Nachmieter endlich Frieden gibt. Es gibt kein Wasser, keinen Strom und keine Heizung in meiner alten Wohnung. Ich will Fotos abhängen, aber es sind viele, dreißig bis vierzig. Da erlahmt der Eifer rasch. Ich kann nur ein bißchen putzen. Dann rufe ich den Handwerker an, mit dem ich mich ohnehin verabredet hatte. Er will in einer halben Stunde da sein.

Ich gehe noch mal weg, nur kurz zur Post, um diese gelben Postkartons zu kaufen. Es liegt immer noch soviel Schnee. Niemand hat Salz gestreut, es ist spiegelglatt. Andauernd falle ich hin, die anderen Menschen weniger, die sind darin geübt. Ich bemerke, daß mehr Menschen auf den Straßen sind als früher, und alle sind jung und führen kleine Kinder mit sich. Da hat sich seit meinem Weggang etwas verschoben. Das Viertel ist noch vitaler geworden. Es waren schon vorher wahnsinnig viele junge Familien hier, und nun hat sich das noch einmal verdoppelt. Mir gefällt das gut, aber ich weiß, wie diese verbiesterten Neupapas und Neumamas alle Individuen behandeln, die gerade keine kleinen Kinder haben: wie Luft. Man führt ein erbärmliches Schattenleben unter diesen fanatisierten Überzeugungseltern. Bald sehnt man sich nach einem einzigen Menschen, der noch etwas anderes im Kopf hat als Kita und gesunde Ernährung.

Ich stapfe zurück, falle noch fünfmal hin, und im Treppenaus zu meiner Wohnung, direkt neben meiner Wohnungstür, stoße ich mit einer attraktiven jungen Frau zusammen, die seit vielen Jahren meine Nachbarin ist, die ich aber gleichwohl noch nie zu Gesicht bekommen habe. Sie steht in ihrer Tür, ich in meiner. Natürlich bin ich hocherfreut und stelle mich vor. Sie ist genauso erfreut und sagt, schon viel von mir gehört zu haben. Ob wir reden wollen. Kurz entschlossen hole ich eines meiner

Bücher und schenke es ihr. Es ist ›Unter Ärzten‹, erschienen im Vorjahr. Wir verabreden uns für später.

Der Handwerker ist unheimlich. Er trägt zwar die für Männer über vierzig vorgeschriebene Mitte-Glatze, ist aber noch viel älter als erlaubt, nämlich über sechzig. Trotzdem trägt er Ohrringe und ein Palästinensertuch, einen Schwulenschnäuzer, einen Kapuzenanorak. Eigentlich dürfte er sich gar nicht mehr im Viertel aufhalten, so alt, wie er ist. Um das Bild komplett zu machen, erzählt er dauernd von seiner zweiundzwanzigjährigen Freundin, die total süß sei und ihn völlig fertigmachen würde. Ich glaube, es ist eine Französin oder Belgierin, mit afrikanischen Vorfahren. Ja servus. Sie habe noch einen anderen Freund, aber den habe sie nun Gott sei Dank abgeschossen.

Wir besprechen die vorgesehenen Arbeiten. Er nehme sechs Euro die Stunde, sagt er, und das Blöde sei, daß die Konkurrenz aus Osteuropa nur vier Euro die Stunde nehme. Da stehe er enorm unter Duck. Für die Renovierung der Wohnung will er 240 bis 280 Stunden berechnen. Ich rechne es schnell im Kopf aus. Mit Materialkosten komme ich auf über 2000 Euro. Das ist viel zuviel. Wie bekomme ich den argwöhnisch mich taxierenden jungen alten Mann wieder aus der Wohnung? Ehrlich gesagt gar nicht. Mich rettet, nach zwei Stunden zäher Verhandlung, die hübsche Nachbarin. Sie schlägt so lange gegen die Tür, bis ich den Finsterling dazu gebracht habe, seine Rappermütze aufzusetzen und zu gehen. Mit vielen Versprechungen entlasse ich ihn. Eigentlich hat er einen fetten Vorschuß mitnehmen wollen. Ich bin kurz davor, ihm Geld zu geben, als ich die Frau höre.

Die Frau? Sie heißt Kristin, ist fünfundzwanzig Jahre

alt, beides sagt sie in den ersten Sekunden, und trägt eine Knabenfrisur, wie man sie nur bei lesbischen Frauen sieht. Bald outet sie sich aber als heterosexuell. Sie spricht von gescheiterten Beziehungen. Nun lebt sie schon länger ohne Freund. Sie hält mir ein Buch hin: ›Die Psychologie sexueller Leidenschaft‹ von David Schnarch. Ich muß lachen, da Titel und Autorenname so verblüffend zueinander zu passen scheinen. Aber sie wird ernst und sagt, das Werk sei super und fast schon ihre Bibel. Ich schlage es nicht auf. Ich bringe es nicht über mich. Ich bin nicht irgendwer, jedenfalls nicht einer, der David Schnarch lesen könnte. Aber schon bald ändere ich meine Meinung. Dieses Mädchen ist außergewöhnlich gutaussehend und legt mir in wenigen Minuten ihr gesamtes Seelenleben vor die Füße. Ich weiß, daß das nur Ausdruck der allgemeinen Berliner Gesprächskonventionen ist, aber es behagt mir. Warum nicht mit derselben Münze antworten? Und so erzähle ich von meiner lieben Frau, der Sissi, von ihrem Hang zu alten Menschen, ihren großen Gefühlen und ihrer Schüchternheit. Kristin antwortet in schwer auszusprechenden Vokabeln des fortgeschrittenen Therapiechinesisch. Ob sie Psychologie studiert? Sie hat es nicht gesagt. Wenn ich sie halbwegs recht verstehe, sagt sie, daß man sich individualisieren soll, gerade in der Beziehung, und zwar mit Hilfe der Differenzierung. Irgendwann fällt der Name Erich Fried oder Erich Fromm, ich vergesse es gleich wieder, und es geht darum, Menschen nicht besitzen zu wollen, sondern zu lieben. Bald darauf sind wir bei Foucault. Nun wird es anstrengend. Kristin macht einen Tee, und das gibt mir die Gelegenheit, sie genau anzusehen. Sie ist fast so groß wie ich und schlank wie ein Model. Aber wirklich anziehend an ihr ist vor allem die Begeisterung, mit der sie über Sexualität spricht. Natürlich kenne ich das Phänomen noch aus meiner Berliner Zeit. Je weniger konkrete Zärtlichkeit und Liebe erfahren wird, desto mehr wuchert der Diskurs darüber. Am Ende wird das Reden über Sex zum sexuellen Erlebnis selbst. Da ich aber so lange dergleichen nicht mehr gehabt habe, genieße ich den kleinen Ausflug ins Perverse.

Ich erzähle nun alles über Elisabeth und mich. Wie sehr wir uns lieben und wie eng verschmolzen wir miteinander sind. Wie entsetzlich ich mich mein ganzes Leben über fühlte, bis ich sie endlich traf. Wie sie mich immer in geriatrische Filme zwingt und in die Gesellschaft von Greisen der Alt-Achtundsechziger-Bewegung. Wie ihre Lieblingsthemen das Altern, Krankwerden, Dementwerden, Verblöden, Zähneverlieren und die Kürzung der Rente bei mir auf Ratlosigkeit stoßen. Was ich ihr aber nicht zeigen würde, um sie nicht zu verunsichern. Denn sie sei ein so zartes, übersensibles Wesen, das durch den geringsten Ausbruch von Aggression irreparablen Schaden nehmen würde.

Kristin kann mit meinen letzten Ausführungen nicht mehr viel anfangen. Ihr Psycho-Latein beinhaltet nicht die Behandlung von Menschen, die Greise toll finden und zwanghaft deren Gesellschaft suchen. Ein bißchen holpert sie noch mit Begriffen wie Prokrastination und fortschreitender Humanisation im Binnenbereich der Zivilgesellschaft herum – »wir müssen eines Tages merken: Hey, das ist ja *ein Mensch*« –, dann erlöse ich sie. Ich muß zurück in die Wohnung. Nach dem zweiten Tee und dem Austausch der Handynummern ist es soweit. Ich sage ihr beim Abschied, daß ich froh sei, daß dieses erste

Gespräch so besonders intensiv verlaufen sei. Ich sehe an ihrem Gesicht, daß sie nicht weiß, was ich meine. Sie redet bestimmt immer so.

Ich freue mich trotzdem über die eroberte Handynummer. Ich kann eines Tages nach Berlin zurückkommen und erneut über sexuelle Leidenschaftlichkeit diskutieren, erst mit ihr, dann mit ihren Freundinnen, dann mit dem gesamten Viertel. In Berlin kann man mit jedem sofort Freundschaft schließen. Ich habe zwar die meisten Freunde dort verloren – was mich, ehrlich gesagt, erschütterte –, aber ich kann beim nächsten Mal einfach neue gewinnen. Daran habe ich bis jetzt nicht gedacht. Nun werden auch die neuen Freunde wieder verschwinden, im allgemeinen Sog des ewigen Ausgehens, Drogennehmens, Frauenvögelns, und diesmal könnte ich sogar selbst mit den Bach runtergehen, aber was soll's. Es ist eine Option, und so viele Jahre habe ich nicht mehr. Ich meine, Jahre vor dem tatsächlichen Alter, das Sissi so anhimmelt. Die definitiv letzten zwanzig oder dreißig Jahre kann ich ja fest mit ihr buchen, in Wien und im eigenen Fiaker. Also, das sind meine Gedanken, als ich wieder in der Wohnung bin und eine Kerze anzünde. Ich überlege, daß wir wirklich Wand an Wand wohnen, sogar Bett an Bett in gewisser Weise, Kristin und ich: Die Lustschreie, die ich manchmal hörte, müssen ihre gewesen sein. Das war wohl in der Zeit, als sie noch nicht so enttäuscht war von den Beziehungen mit metrosexuellen Mitte-Jungs ... Nun gut, ich muß jetzt die Fotos abnehmen. Oder lieber doch nicht? Warum soll ich die Wohnung einem Fremden überlassen, der noch nicht einmal Miete bezahlen will? Und seiner Freundin, die ihn bald verläßt und nur Spanisch spricht? Nein, ich lasse alles so, wie es ist. Außerdem fliegt mein Flugzeug schon in zwei Stunden.

Ich blase die Kerze aus, verlasse die kalte Wohnung und gehe zu meinem Nachbarn und Freund, dem bekannten Armenanwalt Dr. Mundt, der ebenfalls im selben Stock wohnt. Seine Tür ist einen Meter neben Kristins und drei Meter neben meiner. Er läßt mich hinein und bittet zu Tisch. Gerade hat sein japanischer Koch ein Essen gemacht. Eine gute Gelegenheit, etwas mehr über Kristin zu erfahren. Und tatsächlich erzählt der Armenanwalt, daß das Mädchen schon Affären im Haus hatte. Sogar sein bester Freund hat mit ihr geschlafen. Ich runzele die Stirn und tue ein bißchen empört.

Wir reden über alles, klar. Der Korruptionsskandal in Österreich, die Justiz in Deutschland, Wirtschaftstheorien von Adam Smith, Keynes, Friedman und Hayek, neue Bücher von Sibylle Berg, Stuckrad-Barre und Christian Kracht, der Untergang des Suhrkamp-Verlages, die alte Armut in Berlin und der neue Wohlstand im südlichen Prenzlauer Berg, die Entwicklung beim Autobauer Opel und so weiter. Wir sitzen eben in einer Berliner Küche. Der Japaner kredenzt Sake. Aber der Flieger ruft, und ich muß los.

Diesmal sitzen ganz andere Leute im Flugzeug. Jedenfalls bilde ich mir das ein. Es sind Österreicher. Sie haben sich sorgfältig gekleidet und lesen Zeitung. Schon beim Einstieg werden einem neun verschiedene Tageszeitungen angeboten. Die Ansage der Sicherheitsvorschriften spricht Niki Lauda persönlich. Es ist seine Fluglinie. Der Flug geht auch viel schneller. Nach knapp einer Stunde landen wir schon. Die Beine sind nicht gequetscht und geschwollen, der neue Airbus A320 ist geräumig. Und ich fühle mich insgesamt frei und entspannt, als ich meine geliebte Sissi wieder in die Arme schließe.

»Na, war Berlin wieder so traumatisch?« fragt sie nach den ersten heftigen Küssen.

»Ach was. Diesmal gab's ein Happy-End!«

Buch und E-Book sind jetzt Freunde!

Der Kauf dieses Buches berechtigt Sie zum einmaligen
Download des Textes als E-Book.
Damit Sie lesen können, wie und wo Sie wollen.

Dies ist Ihr Code für den Download des E-Books:

JLALVPXWZHT

Gehen Sie auf www.hardcover-plus.de
und geben Sie den Code dort ein.

Bitte beachten Sie, dass die Weitergabe des E-Books
an Dritte nicht gestattet ist.